Sœurs de cœur

SUSAN MALLERY

Sœurs de cœur

SAGA
BLACKBERRY ISLAND

♦ SAGAS ♦

HARLEQUIN

Collection : SAGAS

Titre original : THREE SISTERS

Traduction française de SYLVIE CALMELS-ROUFFET

HARLEQUIN
83-85, boulevard Vincent-Auriol, 75646 PARIS CEDEX 13.
Service Lectrices — Tél. : 01 45 82 47 47
www.harlequin.fr

ISBN 978-2-2803-3366-5

1

Se faire plaquer devant l'autel, le jour de son mariage, ce n'est pas pour les mauviettes !

Parce qu'il n'y a pas que le côté humiliant et profondément blessant d'une telle situation à surmonter, il y a aussi tout l'aspect logistique à gérer. Il est en effet peu probable que le salaud qui vous quitte aussi lâchement et vous laisse seule face à trois cents amis et parents proches — sans parler de *votre* mère ! —, s'inquiète de détails mineurs, genre renvoyer les cadeaux de mariage et régler la note du traiteur. En un mot, il faut du cran et une bonne dose d'optimisme — ou d'inconscience — pour faire face et aller de l'avant. Ce qui expliquait que trois mois seulement après cette malheureuse expérience, Andi Gordon investissait la totalité de ses économies dans une maison qu'elle n'avait vue qu'une seule fois, sur une île où elle n'avait séjourné qu'une seule journée.

Après avoir signé les derniers papiers chez le notaire et récupéré les clés, Andi prit la route sinueuse jusqu'au point culminant de Blackberry Island et contempla son acquisition.

La maison faisait partie d'un ensemble historique baptisé les « Trois Sœurs » — trois demeures de style Queen Anne, bâties à l'aube du siècle dernier.

D'après l'agent immobilier, celle de gauche était un modèle de restauration réussie. Ses couleurs crème reflétaient à la perfection le style et la mode en vigueur à l'époque de sa construction. Son jardin à l'anglaise, tiré au cordeau, formait un contraste saisissant avec les jardins habituellement rencontrés sur cette côte Nord-Ouest des Etats-Unis. Et la bicyclette pour enfant appuyée contre un des piliers du porche paraissait totalement anachronique dans le paysage.

La maison de droite avait été elle aussi restaurée, mais sans le même souci du détail historique. Les fenêtres à vitraux étaient laquées de bleu vif, et la sculpture d'un oiseau prenant son envol trônait au milieu du jardin.

Quant à la maison du centre, elle exhibait encore l'écriteau « A Vendre » planté au milieu des herbes folles. En dehors de son style et de ses dimensions, elle n'avait rien de commun avec ses voisines. Depuis ses façades assaillies par un lierre agressif, ses vitres cassées, ses bardeaux manquants jusqu'à sa peinture écaillée, la maison était un vibrant témoignage de négligence et d'indifférence. Si elle n'avait pas fait partie d'un ensemble historique, elle aurait été rasée depuis belle lurette.

Andi avait lu la fiche énonçant les défauts de son acquisition — électricité datant de plus de trente ans, plomberie défaillante, murs fissurés, planchers pourris. Le spécialiste mandaté pour expertiser la maison avait rebroussé chemin à mi-parcours et lui avait rendu l'argent de ses honoraires.

L'agent immobilier avait ensuite tenté de l'orienter sur un appartement ravissant, dans une résidence récente avec vue sur le port, piscine privée et gardien.

Elle avait refusé. A la seconde où elle avait découvert la vieille bâtisse, elle avait su que c'était exactement ce qu'elle recherchait. Cette maison avait été un jour bourrée de promesses, mais le temps et les circonstances en avaient décidé autrement, la réduisant à sa situation présente : abandonnée et méprisée. Pas besoin d'un diplôme en psychologie pour comprendre qu'Andi s'y identifiait d'une certaine façon. Naturellement, elle était consciente que remettre ces murs en état ne résoudrait pas ses propres problèmes. Mais le cœur prenait parfois le pas sur la raison. Et son cerveau avait eu beau lui hurler qu'elle commettait une erreur monumentale, il était trop tard… Son cœur avait eu le coup de foudre.

Après tout, compte tenu de sa toute récente rupture de fiançailles en public, le jour même du mariage, tomber amoureuse d'une maison était nettement moins dangereux que de tomber amoureuse d'un homme. Aucun risque d'être plaquée devant l'autel.

Garée devant la ruine qu'elle venait d'acquérir, Andi sourit.

— Me voici, murmura-t-elle. Je vais te donner un coup de neuf.

La promesse s'adressait autant à elle-même qu'à la maison.

Parce que Andi aussi avait bien besoin d'un coup de neuf.

Ces dernières semaines avaient été un véritable cauchemar, chaque jour apportant son lot de récriminations et de questions purement logistiques. Heureusement, l'achat de la maison lui avait permis de penser à autre chose. Expédier par e-mail les documents nécessaires au montage du prêt immobilier était autrement plus constructif que de rédiger des e-mails expliquant à sa cousine au second degré que oui, après être sortis ensemble pendant plus de dix ans, Matt l'avait larguée le jour de leurs noces, sous prétexte que leur décision de se marier lui semblait précipitée et qu'il lui fallait encore un peu de temps pour y réfléchir. Et que oui, il avait filé à Las Vegas, deux semaines après, pour épouser sa secrétaire. Quant aux conversations avec sa mère sur le sujet, Andi préférait ne plus y penser.

Savoir qu'elle allait quitter Seattle pour Blackberry Island lui avait permis de tenir le coup. Elle s'était concentrée sur sa fuite, avait vidé son appartement du centre-ville et mis les voiles.

Elle serra la clé remise par l'agent immobilier. La pointe métallique s'enfonçant dans sa paume la ramena au présent, à cet instant qui s'ouvrait sur de nouvelles perspectives d'avenir.

Elle descendit de voiture et contempla la baraque délabrée qui se dressait sous ses yeux. Mais au lieu des carreaux cassés et du porche branlant, elle la vit telle qu'elle serait une fois restaurée. Coquette. Rayonnante. Une maison que tout le monde admirerait. Pas un rebut. Parce qu'une fois sa restauration terminée, Andi appellerait ses parents pour leur en parler. Ce serait une conversation bien plus agréable que d'écouter sa mère énumérer tout ce qu'elle avait raté dans sa vie. Comme de ne pas avoir été capable de se métamorphoser en la femme dont Matt rêvait et d'avoir bêtement laissé s'échapper l'homme idéal.

Andi se retourna pour admirer la vue sur le détroit de Puget. Par temps clair, l'eau étincelait de reflets métalliques. Toutefois, les journées ensoleillées étaient plutôt rares, dans cette partie du pays. Ce qui n'était pas un problème. Andi adorait la brume, la pluie, le ciel gris, le couinement des bottes en caoutchouc sur les sols humides. Et toute cette grisaille permettait d'apprécier d'autant plus le soleil lorsqu'il daignait percer les nuages.

Elle se tourna vers l'ouest, vers l'entrée du détroit. Perchées au sommet de l'île, les Trois Sœurs bénéficiaient d'une vue à couper le souffle sur le Pacifique. Construites par des capitaines de navire, elles avaient été orientées de façon que leurs propriétaires puissent surveiller le passage des bateaux. A la fin des années 1800, la pêche et le commerce maritime étaient en effet l'activité principale de l'archipel, avant que le tourisme et l'industrie du bois ne viennent les supplanter.

Oui, elle avait fait le bon choix, songea Andi. Sa place était ici. La danse des vagues, les rochers de calcaire et de granit, les criques de sable fin, les fleurs jaunes des ajoncs qui poussaient çà et là au sommet des falaises… On était loin des gratte-ciel de Seattle. La ville n'était qu'à deux heures de voiture, mais c'était une autre planète comparée à la petite bourgade de Blackberry Island.

— Bonjour ! C'est vous la nouvelle propriétaire ?

Andi se retourna.

Une femme s'avançait vers elle. De taille moyenne, elle portait un jean, un pull-over et des boots. Ses longs cheveux roux encadraient un visage intéressant, plutôt que joli. Des pommettes hautes, de grands yeux verts et la peau d'un blanc laiteux, résultat sans doute à la fois de l'hérédité génétique et du manque d'ensoleillement depuis l'été dernier.

— Bonjour. Oui, c'est moi.

La femme lui sourit.

— Enfin ! Cette pauvre maison commençait à se sentir vraiment très seule. Je m'appelle Boston. Boston King.

Elle tendit le bras vers la demeure de droite, celle dont la pelouse était ornée d'une sculpture d'oiseau prenant son envol.

— J'habite à côté.

— Enchantée. Andi Gordon.

Un rayon de soleil perça à travers les nuages, illuminant une mèche couleur prune dans la crinière flamboyante de Boston King.

Machinalement, Andi passa la main dans la masse indisciplinée de ses boucles brunes, en se demandant si elle serait capable d'une telle excentricité, elle qui n'avait jamais eu l'audace d'aller au-delà d'une simple coupe de cheveux.

— Vous êtes une parente de Zeke King ? C'est l'entrepreneur que j'ai contacté pour restaurer la maison.

Le sourire de son interlocutrice s'élargit.

— C'est mon mari. Il dirige avec son frère une entreprise spécialisée dans la restauration de bâtiments d'époque. Il m'a dit en effet qu'il était en contact avec la nouvelle propriétaire.

Elle inclina la tête sur le côté.

— Mais il ne m'a pas parlé de vous et je meurs d'envie d'en savoir un peu plus. Je viens de faire du café. Une tasse, ça vous dit ?

Andi eut une pensée fugace pour le carton de produits d'entretien, les seaux et les balais dans le coffre de sa voiture. Elle avait du pain sur la planche et peu de temps devant elle pour rendre les lieux habitables avant l'arrivée du camion de déménagement en début d'après-midi. D'un autre côté, dans la mesure où il n'y avait que trois maisons sur ce promontoire, lier connaissance avec sa voisine de droite semblait tout aussi important.

— Volontiers.

Boston la devança à travers les herbes hautes jusqu'à son propre jardin, puis jusqu'à sa porte d'entrée.

Sous le porche, Andi fut surprise de découvrir un plancher peint en bleu nuit, parsemé d'étoiles et de planètes. En revanche, la porte d'entrée, avec ses vitraux anciens, était du plus pur style victorien.

Ce décor éclectique alliant fantaisie et traditionnel se poursuivait dans le vestibule. Un coffre de style shaker cohabitait avec un portemanteau perroquet, ainsi qu'un miroir encadré d'oiseaux argentés. Sur la gauche, le salon était meublé d'un confortable canapé en cuir brun et de fauteuils assortis, mais au-dessus de la cheminée trônait une immense toile représentant une fée dans le plus simple appareil.

Andi suivit sa voisine dans un étroit couloir aux murs rouge sang qui débouchait sur une cuisine lumineuse et résolument moderne, avec un comptoir en granit, des appliques en Inox et des placards vitrés. A l'odeur du café se mêlait un délicieux parfum de cannelle.

Boston lui désigna l'un des tabourets devant le coin-bar.

— Asseyez-vous. J'ai préparé des scones. Il me reste un pot de confiture de coings de l'automne dernier. Ça vous va ?

Songeant à la barre de céréales et à la tasse de thé insipide, avalées en guise de petit déjeuner, Andi entendit son estomac émettre un grondement d'approbation.

— C'est parfait. Merci beaucoup.

Elle prit place sur le siège offert, tandis que Boston sortait les scones du four et servait le café.

— Sans sucre pour moi, précisa Andi.

— Ah, une authentique amatrice de café. Pour ma part, je dissimule le goût de la caféine sous la crème.

Alliant le geste à la parole, elle prit un pot de crème fraîche dans le réfrigérateur.

Andi balaya la pièce du regard.

Une large fenêtre surplombait l'évier, une autre éclairait le coin-repas. Si les moulures et le panneau de bois près de la porte de service avaient gardé leur aspect d'origine, le reste de la pièce avait été entièrement modernisé.

— J'aime beaucoup votre cuisine. Je crois que la mienne n'a pas vu l'ombre d'un pot de peinture depuis soixante ans.

Boston ouvrit un scone en deux et le tartina de confiture. Ce faisant, des bracelets à breloques argentées tintèrent à son poignet.

— J'ai visité votre maison à l'occasion de la journée portes ouvertes, organisée par l'agence immobilière. La cuisine est en effet très années cinquante. Un style en vogue aujourd'hui.

— Je n'ai rien contre le côté rétro, fit remarquer Andi. Mais je dois avouer que j'ai un faible pour les robinets qui donnent de l'eau chaude quand on les ouvre et les réfrigérateurs qui produisent du froid pour conserver les aliments.

— Que d'exigences ! s'exclama Boston en riant. Mais ne vous inquiétez pas. Mon mari va vous arranger ça en un rien de temps.

— C'est lui qui a restauré votre maison ?

— Oui, il y a six ans.

Boston prit une gorgée de café et lui sourit.

— D'où venez-vous ? demanda-t-elle.

— De Seattle.

— Une grande ville. Ça va vous changer, par ici. La vie sur l'île est plutôt calme.

— C'est justement ce que je recherche.

— Vous avez une famille ?

Andi comprit qu'il ne s'agissait pas de savoir si elle avait des parents ou des frères et sœurs.

— Non.

Boston ne chercha pas à dissimuler sa surprise.

— C'est une grande maison que vous venez d'acheter.

— Je suis médecin, expliqua Andi. Pédiatre, plus exactement. Je compte installer mon cabinet de consultation au rez-de-chaussée et vivre à l'étage.

Il lui sembla que les épaules de son hôtesse se raidissaient légèrement.

— Vous avez raison, dit cette dernière en regardant par la fenêtre donnant sur la maison d'Andi. Cela vous évitera de perdre du temps en trajets. Les transformations à réaliser pour aménager un cabinet médical ne devraient pas poser trop de problèmes.

— Le plus difficile sera sans doute de déplacer la cuisine à l'étage.

Elle prit une bouchée de scone et ajouta :

— Il y a longtemps que vous habitez l'île ?

— J'y suis née et j'ai grandi dans cette maison. Je n'ai jamais vécu ailleurs. Quand j'ai commencé à sortir avec Zeke, je l'ai prévenu que ces murs faisaient partie du lot. Je me demande d'ailleurs si ce n'est pas pour ça qu'il m'a épousée. Je le soupçonne d'être tombé amoureux de la maison.

Andi prit le temps de savourer une nouvelle bouchée de scone avant de demander :

— Vous travaillez sur l'île ?

— Oui. Je suis artiste peintre. Je réalise essentiellement des modèles sur tissu pour des créateurs de mode ou des décorateurs d'intérieur. Mais depuis quelque temps…

Sa voix faiblit, tandis qu'une lueur sombre traversait son regard.

— Je peins aussi des portraits, reprit-elle. C'est moi, la principale responsable des décorations fantaisistes autour de vous.

— J'adore le porche.

— Vraiment ? Deanna déteste. Elle ne le dira jamais, bien sûr, mais je l'entends soupirer chaque fois qu'elle monte les marches.

— Deanna ?

— Oui. Votre voisine de gauche.

— La propriétaire de la splendide demeure de l'autre côté de la mienne ?

Boston acquiesça d'un signe de tête.

— Elle est très belle, en effet. Et vous devriez voir l'intérieur. Du papier peint au mobilier, tout est d'époque, précisa-t-elle.

Elle jeta de nouveau un coup d'œil par la fenêtre.

— Deanna vous invitera certainement chez elle. Elle a cinq filles. De futures patientes pour vous. Des gamines adorables.

De nouveau cette ombre dans son regard, puis elle reprit :

— Bon. Je crois avoir fait le tour du voisinage. Il faut dire que nous ne sommes guère nombreux, dans le quartier. Je suis contente que vous ayez choisi de venir vous y installer.

Bien que le ton de la conversation soit resté le même, Andi eut soudain le sentiment que l'atmosphère avait changé. Comme si sa voisine avait hâte qu'elle s'en aille.

Elle termina rapidement son café.

— Merci pour la collation, Boston, mais je dois y aller. J'ai tellement de choses à faire.

— Ce doit être sacrément difficile de déménager. Personnellement, je ne peux imaginer vivre ailleurs qu'ici. J'espère que vous vous plairez dans notre petite rue.

— Certainement, répondit Andi en se levant. Ravie d'avoir fait votre connaissance.

— Moi de même, renchérit Boston en la reconduisant jusqu'à l'entrée. N'hésitez pas à passer, si vous avez besoin de quoi que ce soit. Au cas où il serait nécessaire de couper l'eau pendant les travaux, vous pouvez venir utiliser notre salle de bains.

— C'est gentil, mais si l'eau est coupée, je déménage *illico presto* à l'hôtel, conclut Andi en riant.

Lorsque la porte d'entrée se fut refermée derrière elle, elle s'immobilisa un instant au pied du perron et contempla sa maison. Les fenêtres sur le côté exhibaient des carreaux cassés, et la peinture s'écaillait sur une grande partie de la façade. Quant au jardin, c'était le royaume des herbes folles et des ronces.

— Tu parles d'une ruine ! marmonna-t-elle en retournant à sa voiture.

Cela dit, pas de quoi s'inquiéter, se rassura-t-elle au souvenir du projet de restauration proposé par Zeke King. Il lui avait donné rendez-vous samedi matin pour finaliser leur contrat. Ensuite, les travaux pourraient débuter.

Dans l'immédiat, elle allait nettoyer une partie de la maison avant l'arrivée des déménageurs.

Il y avait une grande chambre à l'étage, dans laquelle la plupart de ses meubles pourraient être entreposés pendant la durée du chantier. Entretemps, elle se contenterait de vivre dans deux petites pièces sous les combles, moches mais fonctionnelles. La plus grande ferait office de salon et de pseudo-cuisine. Un micro-ondes et un grille-pain constitueraient son seul luxe.

Il y avait aussi une salle de bains minuscule, dotée d'une douche faite pour les nains et d'une robinetterie antique des années 1940. Zeke King lui avait promis d'installer en priorité un chauffe-eau électrique.

Elle aurait ainsi de quoi survivre aux trois mois prévus pour le chantier. Bien qu'elle ait demandé que tout soit terminé fin juillet, elle avait décidé d'attendre septembre pour ouvrir son cabinet de consultation, afin de se laisser une marge de sécurité en cas d'imprévus ou de retards dans les travaux.

Elle sortit le matériel de nettoyage du coffre de sa voiture et gravit avec précaution les marches branlantes du perron en piteux état, notant au passage les lattes éventrées. Elle inséra la clé dans la serrure de la porte d'entrée et batailla un instant avant de réussir à l'ouvrir. Puis elle entra chez elle.

Ici, il n'y avait ni collection éclectique de meubles, ni couleurs vives sur les murs, rien de charmant, de près ou de loin. Une odeur de moisi se mêlait à la puanteur des précédents occupants appartenant vraisemblablement à l'espèce des rongeurs. Des lambeaux de papier peint pendaient tristement sur les murs tachés d'humidité, et des planches de contreplaqué masquaient les fenêtres du salon.

Andi posa à ses pieds un seau rempli de produits d'entretien, un sac contenant des chiffons et des rouleaux de papier. Puis, les bras le long du corps, elle pivota lentement sur elle-même et lâcha un petit rire nerveux en contemplant la ruine qui allait être son nouveau foyer.

— Ne t'en fais pas, chuchota-t-elle. Je vais te rendre belle.

Elle sourit.

— Moi et une armée d'ouvriers, bien sûr. Tu verras. Quand tout sera terminé, toi et moi, nous irons beaucoup mieux.

Oui, quand les travaux seraient terminés, la maison aurait retrouvé sa splendeur d'antan, Andi serait installée dans sa nouvelle vie, Matt ne serait plus qu'un mauvais souvenir et son cabinet médical commencerait à accueillir ses premiers patients. Elle ne serait plus la ratée de la famille, l'idiote ayant donné dix ans de sa vie à un homme qui l'avait larguée le jour de leurs noces pour se marier aussitôt après avec une autre. Elle n'aurait plus à s'inquiéter de ne pas être à la hauteur, de ne pas être suffisamment belle, suffisamment intelligente, suffisamment bien.

— Nous n'aurons peut-être pas l'air aussi parfaites que la maison de gauche, ni aussi artistiques que celle de droite, mais nous serons très bien. Tu verras.

Ces paroles résonnaient comme une promesse. Or Andi tenait toujours ses promesses.

2

Deanna Phillips regardait fixement la photo.

La fille était jolie. Vingt-cinq ans, tout au plus. Brune. Impossible de distinguer la couleur de ses yeux à cause de la pose. De profil, elle pressait ses lèvres contre la joue d'un homme qui faisait face à l'appareil photo.

Le cliché avait immortalisé un instant de bonheur. L'homme souriait, une jolie femme serrée contre lui, dressée sur la pointe des pieds pour l'embrasser. Tout dans cette photo respirait le charme et la joie. Si ce n'est que l'homme en question était le mari de Deanna.

Debout au milieu de leur chambre, elle écoutait le bruit de la douche. Il était à peine 6 heures du matin, mais Colin était levé depuis une heure. Fidèle à son habitude, il était d'abord sorti faire son jogging, puis il avait pris un petit déjeuner avant de filer sous la douche. D'ici quelques minutes, il se rendrait jusqu'à son bureau et de là, il commanderait un taxi pour l'aéroport. Colin voyageait beaucoup pour son travail. Deanna ne le reverrait pas avant la fin de la semaine.

Les pensées se bousculaient dans son esprit.

Colin la trompait. Comment avait-il pu être assez bête pour laisser cette photo dans son téléphone portable ? Il la trompait ! Depuis combien de temps ? Avec combien de femmes ? Oh Seigneur, il la trompait…

Deanna sentit son estomac se révulser. Un frisson la secoua, ses jambes chancelèrent.

— Ressaisis-toi, s'ordonna-t-elle.

Il ne lui restait plus beaucoup de temps. Dans une demi-heure, elle irait réveiller les filles et les préparerait pour l'école. Ensuite, elle partirait travailler à son tour. Elle avait un millier de choses à faire, des commandes à remplir pour la boutique, des décisions à prendre. Le monde n'allait pas s'arrêter de tourner parce que Colin l'avait trahie de la pire des façons.

Ses yeux brûlaient. Elle refoula ses larmes. Non, elle ne pleurerait pas. Les larmes étaient un signe de faiblesse.

Les doigts toujours crispés sur le téléphone, elle hésitait.

Devait-elle questionner Colin ? C'était le plus logique. Il fallait qu'elle dise quelque chose. Mais quoi ? Elle ne se sentait pas prête, pas…

Le bruit de la douche cessa. L'eau s'arrêta de couler.

Lentement, Deanna reposa le téléphone portable sur la commode, près du portefeuille de son mari et de ses clés de voiture.

Elle avait seulement voulu voir les photos du dernier match de football auquel ils avaient assisté pour en récupérer quelques-unes et les mettre sur la page Facebook de la famille. Au lieu de ça, elle avait découvert l'infidélité de son époux.

Ne pas réagir tout de suite, se dit-elle. Prendre le temps de réfléchir à ce qui lui arrivait. Comprendre ce que tout cela signifiait. Penser aux conséquences. Avant de décider de ce qu'elle allait faire.

Ou ne pas faire.

Elle enfila sa robe de chambre et descendit au bureau. Là, elle mit l'ordinateur en marche. Ses doigts tremblaient, constata-t-elle en pianotant le mot de passe sur le clavier. Elle se laissa tomber dans le fauteuil en cuir et serra les pans de sa robe de chambre autour d'elle. Elle était glacée, vidée, sans force, tellement fragile… Un rien pourrait la fracasser en mille morceaux.

L'ordinateur se mit à bourdonner et l'écran afficha l'image de la famille idéale : le père, la mère, les filles. Tous blonds, beaux et heureux. Ils étaient sur la plage, en jean et en T-shirt blanc, méli-mélo de bras et de jambes. Les jumelles essayaient de s'échapper, leurs sœurs aînées tentaient de les retenir. Colin l'enveloppait de ses bras. Ils riaient. Ils étaient heureux.

Que leur était-il arrivé ?

— Ça va ?

Deanna sursauta et leva les yeux.

Colin se tenait sur le seuil du bureau. Il portait le costume bleu foncé, celui qu'elle avait choisi pour lui. Mais il avait mis une cravate beige. Il avait un goût atroce en matière de tenue vestimentaire. D'ordinaire elle lui aurait dit : « Colin, tu devrais changer de cravate », mais aujourd'hui… Quelle importance ?

Elle le dévisagea en se demandant ce que les autres femmes lui trouvaient. Certes, il était bel homme. Grand, épaules larges, yeux bleus. Il se maintenait en forme. Deanna était d'ailleurs très fière d'avoir pour mari un homme qui avait toujours autant d'allure vêtu d'un jean et d'un simple T-shirt. Contrairement à la plupart des hommes de son âge — il fêterait ses quarante ans, l'année prochaine —, il avait échappé à la bedaine du buveur de bière. Etait-ce ce genre d'homme que l'autre femme recherchait ? Un homme d'âge mûr ?

— Deanna ?

Elle prit conscience qu'il la regardait fixement, l'air inquiet.

— Je vais bien, réussit-elle à répondre, malgré l'étau qui serrait sa gorge.

Colin continuait de la regarder, attendant visiblement qu'elle en dise plus. Elle s'humecta les lèvres, ne sachant que dire.

Du temps, songea-t-elle désespérément. Il lui fallait du temps.

Elle glissa ses mains sous le bureau afin qu'il ne les voie pas trembler.

— Je me sens un peu nauséeuse, ce matin. Sans doute quelque chose que j'ai mangé.

— Tu es sûre que ça va aller ?

Elle se mordit la lèvre pour ne pas hurler qu'elle n'irait plus jamais bien. Comment osait-il même poser la question ? Il avait saccagé leur vie, détruit tout ce qu'ils avaient construit ensemble. Il l'avait détruite, elle ! Tout ce pour quoi elle avait travaillé, tout ce qu'elle avait tant désiré… envolé ! Disparu ! Elle allait devoir le quitter. Elle allait devenir l'une de ces mères célibataires dépressives et désespérées. Qu'allait-elle devenir avec cinq enfants ? Cinq filles… Elle ne s'en sortirait jamais toute seule.

— Ça ira, répondit-elle, impatiente qu'il s'en aille.

Elle avait besoin d'être seule pour réfléchir, respirer, comprendre. Il lui fallait arrêter l'hémorragie de ses émotions.

— Je vais à Portland, précisa Colin. Je serai de retour jeudi.

Il lui donnait toujours ce genre de détails. Des détails qu'elle n'écoutait jamais. Elle avait l'habitude des absences de son mari pendant la semaine.

Mais cette fois, c'était différent… Il se pourrait qu'il parte pour toujours. Que se passerait-il alors ? Elle travaillait à mi-temps dans une boutique d'artisanat. Elle organisait des ateliers de patchwork et de scrapbooking. Son salaire payait les vacances et les sorties du week-end. Il ne suffirait pas à acheter de quoi nourrir cinq enfants.

Une vague de panique enfla en elle, lui coupant le souffle. Elle se força à regarder son mari, en tentant désespérément de se souvenir de tous ces petits détails qui font que la vie semble normale.

— J'espère qu'il fait chaud, dit-elle.

— Quoi ?

— En Oregon. J'espère que le temps est ensoleillé.

Colin fronça les sourcils.

— Deanna, tu es sûre que ça va ?

Essayer de sourire serait une catastrophe. Elle s'en abstint.

— Ce n'est qu'un mal d'estomac passager. Je ferais bien de courir me préparer pour emmener les filles à l'école. Bon voyage.

Elle se leva. Par chance, Colin recula d'un pas quand elle s'approcha, si bien qu'elle put sortir du bureau sans avoir à le frôler. Elle grimpa les escaliers quatre à quatre et se rua dans la salle de bains. Là, elle s'appuya de tout son poids sur le rebord en porcelaine du lavabo et ferma les yeux face au visage pâle et bouleversé que lui renvoyait le miroir.

— Maman, tu sais très bien que je déteste ce pain. Pourquoi est-ce que tu continues à en faire ?

Deanna ne prit même pas la peine de répondre. Elle se contenta d'enfermer le sandwich préparé la veille dans la boîte à déjeuner. Elle y ajouta des bâtonnets de carotte, une pomme et des biscuits.

Des biscuits aux graines de lin, songea-t-elle distraitement. Ce n'étaient pas les préférés des filles, mais c'était plus sain.

— Maman !

Madison avait posé les poings sur ses hanches. A douze ans, elle pouvait afficher un regard méprisant capable de faire se ratatiner l'âme la plus trempée.

Deanna connaissait bien ce regard et en connaissait la cause, parce qu'elle avait autrefois éprouvé ce même sentiment de mépris à l'égard de sa propre mère. A la différence près que celle-ci avait fait de son enfance un enfer. Deanna, elle, ne comprenait pas ce qu'elle avait bien pu faire de mal pour que sa fille aînée la déteste à ce point.

— Madison, je ne suis pas d'humeur à discuter aujourd'hui. S'il te plaît. Contente-toi de prendre ton sandwich.

Sa fille lui lança un dernier regard noir et sortit en marmonnant quelque chose qui ressemblait à s'y méprendre à une insulte du genre « pauvre conne ». Mais Deanna n'en était pas certaine. Et ce matin, elle ne se sentait ni la force ni le courage de croiser le fer avec sa fille.

A 8 heures, les cinq filles étaient parties et la maison était déserte. Dans la cuisine régnait le désordre habituel, avec les bols dans l'évier, les assiettes du petit déjeuner traînant sur la table et des paquets de céréales ouverts sur le plan de travail. Lucy avait oublié sa boîte-repas dans le réfrigérateur, ce qui obligerait Deanna à faire un détour pour s'arrêter de nouveau à l'école. Et la parka rouge de Madison était restée accrochée au dossier d'une chaise.

Si l'étourderie de Lucy n'était pas une nouveauté, en revanche on ne pouvait en dire autant pour Madison. L'oubli était délibéré.

Madison avait détesté cette maudite parka quarante-huit heures à peine après avoir supplié sa mère de la lui acheter, parce que cette parka était tout ce dont elle rêvait et qu'il la lui fallait à tout prix. Depuis cette séance de shopping, début septembre, Deanna bataillait avec sa fille aînée qui insistait pour avoir un nouveau manteau. Jusqu'à présent, elle avait tenu bon.

La semaine précédente, Colin avait cependant proposé de lui en racheter un autre. Selon lui, se chamailler pour un vêtement n'en valait pas la peine, d'autant que Lucy adorait le rouge et serait certainement ravie de récupérer la parka de sa sœur aînée.

Un exemple supplémentaire du manque de soutien de Colin à son égard, songea Deanna avec aigreur. Son mari prenait toujours le parti des filles.

Elle alla à l'évier et tourna le robinet. Elle attendit que l'eau soit à bonne température, appuya trois fois sur le flacon pompe et se savonna les mains. Encore et encore... La sensation familière de l'eau chaude et du savon glissant entre ses doigts l'apaisait. Elle savait qu'elle ne devait pas continuer ainsi trop longtemps, sous peine de ne plus pouvoir s'arrêter. Aussi, bien avant de s'y sentir prête, elle se rinça les mains, ouvrit le tiroir du meuble près de l'évier et sortit une serviette en coton avec laquelle elle se sécha consciencieusement les mains.

Elle quitta la cuisine sans prendre la peine de la remettre en ordre. Elle s'en occuperait plus tard. Mais lorsqu'elle voulut monter à l'étage pour regagner la chambre, ses jambes la lâchèrent. Elle s'affaissa sur la première marche, la tête entre les mains. A la colère se mêlaient la peur et la blessure de l'humiliation. Elle avait fait de son mieux pour être tout le contraire de sa mère, pour tirer un trait sur la face sombre de sa vie. Mais certaines choses ne s'oubliaient jamais. Et la question familière : « Que vont penser les voisins ? » restait coincée dans son cerveau, refusant d'en sortir.

Les gens allaient jaser. Les gens allaient se demander depuis combien de temps Colin la trompait. Ils s'imagineraient qu'il la trompait depuis des années. Après tout, le métier de Colin l'amenait à voyager énormément. Oh bien sûr, elle recevrait des marques de sympathie et de sollicitude dans les premiers temps. Mais ensuite, les femmes mariées ne tarderaient pas à s'écarter, nullement désireuses de fréquenter une divorcée. Quant à leurs maris, ils la regarderaient en se demandant ce qu'elle avait bien pu faire pour pousser Colin à fuir dans les bras d'une autre. Ensuite, ils questionneraient directement Colin sur « où, quand, comment ? », histoire de vivre des aventures extraconjugales par procuration.

Deanna se mit à trembler. De peur. De colère. De frustration. Elle aurait donné n'importe quoi pour pouvoir retourner dans son lit et redémarrer cette journée. Si seulement elle n'avait pas regardé cette photo… Malheureusement, elle ne pouvait remonter le temps et elle allait devoir affronter la réalité de l'infidélité de Colin.

Elle baissa les yeux sur l'alliance à sa main gauche. Les diamants scintillaient, même dans la pénombre. Elle prenait soin de nettoyer sa bague tous les mois et de vérifier le sertissage des pierres pour ne pas les perdre. Bon sang, elle avait passé sa vie à faire attention à tout ! Quelle idiote !

Rageuse, elle retira l'alliance et la jeta par terre. Elle la regarda rebondir sur le sol, puis se couvrit le visage de ses mains et fondit en larmes.

Boston King arrangea les tulipes dans le vase posé sur le guéridon dont le plateau de bois peint en blanc formait un délicieux contraste avec le coloris vert amande des pieds.

Elle déplaça une feuille, rapprocha la tulipe jaune de la rose, en fit pivoter une autre. Une fois satisfaite du résultat, elle tira le guéridon sous la fenêtre en plein soleil, puis s'installa sur son tabouret, prit son carnet de croquis et se mit à dessiner.

Le geste était assuré et rapide. Son esprit s'apaisait tandis qu'elle se concentrait sur les formes, les reliefs et les courbes. Ce n'était plus un objet qu'elle voyait, mais une multitude de pièces. Les pièces d'un tout, songea-t-elle avec un sourire pensif. « Il faut regarder les briques, pas le résultat final », avait l'habitude de dire un de ses professeurs de dessin.

Une fleur apparut sur le papier. Boston prit un pastel jaune dans l'intention de capturer la pureté des pétales or. Ce faisant, les bracelets à son poignet tintèrent, mélodie familière… Elle ferma les yeux, puis les rouvrit.

Gris. Elle troqua le pastel jaune contre un gris foncé. Presque noir, mais pas tout à fait. La pointe était usée, mais bien appointée. Elle y veillait. Sa main se remit à bouger, plus vite, plus sûre. Elle connaissait les lignes par cœur.

Et ce qui avait été une fleur se métamorphosa peu à peu en un visage d'enfant.

— Liam, murmura-t-elle tout en faisant courir ses doigts

sur les contours du dessin, adoucissant les courbes jusqu'à ce qu'elles soient aussi apaisées que le bébé endormi.

Après avoir ajouté quelques détails en arrière-plan, elle contempla le résultat. Oui, c'était bien lui… La courbe de ses joues, la promesse de tant d'amour dans ses yeux mi-clos. Son adorable petit garçon…

D'un geste cent fois répété, elle apposa la date et ses initiales dans le coin en bas à droite, arracha la feuille de son carnet et la posa sur la pile de croquis déjà réalisés. Puis elle prit sa tasse de thé, alla jusqu'à la fenêtre de son atelier et contempla le jardin.

Des épinettes s'épanouissaient en bordure de la propriété. A leur pied, des digitales oscillaient doucement sous la brise de fin d'après-midi. Toutes avaient survécu à la dernière grosse tempête de l'hiver. Les jonquilles célébrant la sortie de l'hiver ne seraient bientôt plus qu'un souvenir. Le printemps était là, depuis plusieurs semaines déjà.

Demain, songea Boston, elle terminerait les plantations dans le potager. Elle appréciait les légumes frais, même si elle ne partageait pas l'obsession enragée de Deanna à produire elle-même quasiment tout ce qui constituait l'alimentation de sa famille.

La maison était silencieuse. Boston sentait plus qu'elle n'entendait les battements de son cœur. C'était tout ce qui l'entourait, ces derniers temps. Le silence. Pas le calme. Le calme avait un côté apaisant. Le silence au contraire était angoissant. Dans le silence, il n'y avait pas de paix, seulement l'absence de bruit.

Boston se détourna et traversa la maison pour aller se poster à la fenêtre du salon donnant sur la façade. Dans l'allée de la maison voisine, elle vit le camion de déménagement manœuvrer pour repartir. Il était arrivé en tout début d'après-midi. Zeke lui avait dit que leur nouvelle voisine comptait stocker tous ses meubles dans l'une des chambres à l'étage et s'installer sous les combles pendant la durée des travaux.

Comme si son cerveau avait eu le pouvoir de matérialiser ses pensées, elle aperçut le pick-up rouge de son mari qui contournait le camion de déménagement pour venir se garer devant chez eux. Elle le regarda descendre de voiture et s'avancer vers la porte de service.

Il se déplaçait avec la même aisance et la même élégance que la première fois qu'elle l'avait vu… Elle avait fêté ses quinze ans et venait de faire sa rentrée au lycée. Intimidée, elle se cramponnait à ses copines de classe comme un singe orphelin abandonné dans la jungle. Zeke King était, lui, en dernière année. Beau et sexy en diable, c'était le capitaine de l'équipe de football.

Au premier regard, elle en était tombée follement amoureuse. Au premier regard, elle avait su qu'il était l'homme de sa vie. Il adorait la taquiner en prétendant que de son côté, il lui avait fallu plus de temps. Que ce n'était qu'après avoir discuté dix minutes avec elle qu'il s'était résigné à sa destinée.

Depuis ce jour, ils ne s'étaient plus quittés. Elle avait vingt ans et Zeke vingt-deux quand ils s'étaient mariés. Leur amour était sans nuage et ils étaient si heureux ensemble qu'ils avaient décidé d'attendre un peu avant de fonder une famille. Boston était au tout début de sa carrière d'artiste peintre, Zeke venait de créer son entreprise, et ils rêvaient de découvrir le monde. Leur bonheur avait été parfait…

— Salut, chérie ! lança Zeke en entrant dans la cuisine. Notre voisine vient d'emménager.

— J'ai vu.

Il s'approcha, son beau regard brun toujours empli de tendresse, mais aussi d'inquiétude, à présent. Parce que ces six derniers mois, leur vie autrefois lisse et sans nuage, s'était métamorphosée en un parcours du combattant, un parcours accidenté, semé d'embûches.

Chaque jour commençait dans le chagrin et finissait dans les reproches. Dans leur tête, ils étaient conscients que rien n'était leur faute, mais dans leur cœur… Elle ne pouvait parler pour celui de Zeke, mais son cœur à elle était devenu vide. Vide au point qu'elle en venait à se demander s'il était possible que l'amour puisse survivre dans un trou noir.

— La restauration de sa maison va donner un sérieux coup de pouce à notre chiffre d'affaires, cette année, fit remarquer Zeke. Tu seras sympa avec elle, d'accord ?

Boston se força à sourire.

— Je suis toujours sympa.

— C'est vrai. Mais ce serait mieux si tu pouvais éviter de lui parler des énergies dégagées par les puissances terrestres, avant que nous ayons encaissé le règlement des travaux.

Boston leva les yeux au ciel avec un soupir agacé.

— J'ai célébré le solstice d'été une seule fois et c'était à la demande de mes élèves du cours de dessin.

— Tu n'as pas besoin que les gens te le demandent pour faire des trucs bizarres, chérie.

— Ignare.

— Sorcière, répliqua Zeke en posant un baiser sur sa joue. Je vais chercher mes affaires.

Il retourna à son pick-up. Boston jeta un coup d'œil à l'horloge. Il serait bientôt l'heure de dîner. Il faisait tellement beau qu'elle avait prévu un barbecue. Le premier de la saison.

Elle pourrait l'accompagner d'une salade et inviter leur nouvelle voisine. La pauvre devait être épuisée par le déménagement. Et vu l'état de vétusté de sa cuisine, elle n'avait probablement pas de quoi se préparer un repas.

Zeke revint les bras chargés de dossiers. Il tenait une petite boîte à la main.

Boston sourit.

— C'est pour moi ?

— Je ne sais pas. Je l'ai acheté pour la plus belle fille de l'univers. C'est toi ?

Même quand tout allait mal, Zeke faisait toujours en sorte d'essayer de la faire sourire, songea Boston, attendrie. C'était un époux attentionné qui lui offrait régulièrement des petits cadeaux. Des petits cadeaux pas chers, mais chargés de tendresse. Un nouveau pinceau, une rose, une épingle à cheveux dénichée chez un antiquaire. De mille et une manières, il lui faisait savoir qu'il pensait à elle. Qu'elle était la personne la plus importante à ses yeux. Cette attention de tous les instants jouait pour beaucoup dans la réussite de leur mariage.

Boston tendit la main pour prendre la boîte, mais Zeke se détourna pour la mettre hors de portée.

— Pas si vite, mademoiselle.

Il posa ses dossiers sur la table, puis, lentement, lui tendit la boîte.

Elle la prit.

— Des diamants ? plaisanta-t-elle, sachant que ce n'était pas leur style ni à l'un ni à l'autre.

— Mince ! Si j'avais su que c'était ce dont tu rêvais, je serais passé chez le bijoutier !

En dépit du ton badin, Boston perçut une intonation différente dans la voix de son mari. Et quand elle releva les yeux sur lui, elle lut le doute dans son regard.

Lentement, elle ouvrit la boîte et contempla, médusée, les minuscules chaussons. Tricotés avec de fines aiguilles, dans une laine blanche très douce, ils étaient ravissants.

Boston sentit sa gorge se serrer, sa poitrine se contracter, lui coupant la respiration. Tout son corps se figea, et la boîte glissa de ses doigts soudain glacés.

— Comment as-tu pu ? dit-elle d'une voix à peine audible.

La douleur enfla en elle, aiguë, tranchante. Elle se détourna, s'efforçant de tenir en cage ce monstre qu'était sa souffrance.

Zeke lui saisit le bras.

— Chérie, ne fais pas ça. Regarde-moi. Ça fait six mois. Il est temps de sortir de notre deuil et de songer à avoir un autre enfant.

Boston s'arracha à l'étreinte de ses doigts sur son bras et posa sur lui un regard glacial.

— Notre fils est *mort*.

— Tu crois que je ne le sais pas ?

— Tu donnes cette impression. Tu viens de dire « six mois » comme si ça faisait une éternité. Eh bien non, Zeke ! Six mois, ce n'est rien. Six mois, c'était hier. Je ne l'oublierai jamais, tu m'entends ? Jamais !

Elle vit la tendresse s'effacer du regard de son mari qui s'assombrit.

— Ça ne peut plus durer ainsi, dit-il d'une voix dangereusement calme. Il faut que nous avancions.

— Toi, tu avances, répliqua-t-elle sèchement. Moi, je reste là où je suis.

La résignation se peignit sur le visage de Zeke. La souffrance.

— Très bien, dit-il. Si c'est ce que tu veux, continue ainsi. Je sors. Je ne sais pas quand je rentrerai.

Il hésita avant de tourner les talons, comme s'il attendait

qu'elle lui demande de rester. Mais elle serra les dents et ne dit rien. Elle voulait être seule. Elle avait besoin d'être seule. Zeke était libre d'aller se soûler. Pendant qu'elle se perdait dans la peinture, lui se perdait dans l'alcool. Chacun son remède contre la souffrance.

Zeke secoua la tête et sortit. Quelques secondes après, il s'éloignait au volant de son pick-up.

Quand le bruit du moteur eut disparu dans le lointain, Boston regagna l'atelier éclaboussé de lumière. Son regard balaya sans les voir les étagères de bois fabriquées par son mari, le chevalet au centre de la pièce, les toiles vierges adossées aux murs attendant leur destinée, et se posa sur les portraits de Liam. Leur fils.

Des dessins au fusain, des croquis, des peintures à l'huile, des pastels, des aquarelles. Elle avait utilisé tous les supports, tous les matériaux, toutes les techniques. Elle avait réalisé des centaines, peut-être même des milliers de portraits.

Depuis qu'ils l'avaient enterré, Liam était tout ce qu'elle pouvait dessiner. Tout ce qu'elle voulait dessiner.

Le cœur battant, elle se saisit d'un carnet de croquis et d'un crayon. Puis elle s'installa sur son tabouret préféré et se mit à dessiner.

3

Deanna était assise au volant de sa voiture garée sur le parking du parc municipal. Le printemps s'était enfin installé sur l'île et les arbres se couvraient de feuilles d'un vert tendre reflétant la lumière du soleil.

Elle tendit la main vers son gobelet de café à emporter, mais elle tremblait trop pour pouvoir le tenir et encore moins le porter à ses lèvres. Elle avait passé ces cinq derniers jours à trembler comme une feuille. A trembler et à ne pas pouvoir avaler une bouchée de nourriture. A se demander comment sauver les vestiges de ce qui avait été autrefois sa petite vie parfaite. Oscillant entre culpabilité et envie d'étrangler Colin, elle avait pleuré, hurlé, dès qu'elle était seule, mais fait comme si de rien n'était en présence des enfants. Et peu à peu, un plan avait mûri dans son esprit.

Elle regarda le dossier posé sur le siège passager à côté d'elle. Elle y avait rassemblé des notes, des numéros de téléphone, des papiers administratifs et des copies des relevés bancaires de leur compte joint.

Ses options étaient limitées. Elle était en effet arrivée à la conclusion qu'elle ne voulait pas d'un divorce. Etre une femme mariée faisait partie de son identité. C'était le statut auquel elle avait toujours aspiré, et elle ne laisserait pas Colin le lui enlever. Elle allait lui expliquer qu'elle pourrait pardonner son écart, mais certainement pas l'oublier. Et qu'il allait devoir faire de sérieux efforts pour la reconquérir.

Elle avait sous la main des armes dont elle entendait bien se servir. Les filles, bien sûr. Et aussi la place de Colin dans leur petite communauté. Colin adorait Blackberry Island, mais s'il ne revenait pas dans le droit chemin, elle s'arrangerait pour qu'il soit rejeté de tous.

Toutefois, une petite voix insidieuse en arrière-plan lui soufflait que Colin n'avait peut-être aucune envie de rompre avec sa maîtresse. Et qu'il n'était peut-être pas aussi attaché à sa famille qu'elle le croyait. Par « famille », elle savait que c'était uniquement elle que la petite voix désignait. Car l'amour de Colin pour ses filles ne faisait aucun doute.

Elle choisit d'ignorer la voix. Elle devait être forte et elle se montrerait forte. Elle savait l'être. Elle avait survécu à bien pire.

Elle inspira profondément, s'obligeant à respirer doucement, lentement, pour se calmer. Puis avec précaution, elle prit le gobelet de café entre ses doigts et but une gorgée.

Dès que Colin aurait promis de mettre fin à sa liaison adultère, elle lui proposerait de suivre ensemble une thérapie de couple. L'air de rien, elle préciserait également qu'elle avait les coordonnées d'un ou deux avocats réputés. Des avocats qui considéreraient sans doute, en cas de divorce, qu'un père infidèle ne méritait pas de passer trop de temps avec ses enfants.

La maison n'était pas en jeu, Dieu merci. Elle était à son nom et le resterait jusqu'à sa mort. Au fil des années, elle avait parfois songé à apposer le nom de Colin à côté du sien, au bas de l'acte de propriété, mais elle ne l'avait jamais fait. Une chance.

Elle jeta un coup d'œil à sa montre. Une heure plus tôt, quand elle avait su que Colin était en route pour rentrer à la maison, elle lui avait envoyé un texto précisant qu'elle était au courant de sa liaison et le priant de venir la retrouver dans le parc municipal. Naturellement, une telle conversation ne pouvait avoir lieu qu'en privé. Or avec cinq filles à la maison, il était difficile d'organiser un tête-à-tête. Deanna s'était donc arrangée pour pouvoir s'absenter, le temps que durerait sa petite mise au point avec Colin.

Lorsqu'il gara sa voiture à côté de la sienne, elle posa son café et prit le dossier sur le siège passager. Comme ses doigts se refermaient sur la poignée de la portière, la colère enfla de nouveau en elle. Une colère sombre et froide qui lui donnait envie de hurler, de mordre, de faire mal. Comment Colin avait-il osé lui faire une chose pareille ? Elle avait passé sa vie à son service, au service de leur famille, et voilà le remerciement !

Elle prit une nouvelle bouffée d'oxygène. Elle devait à tout prix se calmer, garder les idées claires. Elle devait à tout prix conserver son sang-froid.

Colin descendit de voiture et se pencha pour la regarder par la vitre. Sûre de son fait, elle ouvrit sa portière.

— Bonsoir, Deanna.

Seulement « bonsoir » ? Pas de « je suis désolé » ?

Les lèvres pincées, elle se contenta d'un petit hochement de tête et se dirigea vers une table de pique-nique. Elle s'assit sur le banc avec vue sur le détroit. Elle aurait ainsi quelque chose à contempler pendant que Colin se confondrait en excuses.

Il s'assit face à elle, ne la quittant pas des yeux.

Elle attendit, prête à recevoir ses explications, ses excuses, ses regrets. Elle espérait lire un peu d'anxiété dans son regard. Non. Elle espérait y lire la peur. Peur de la perdre. Peur de perdre ses filles.

Mais il n'y avait pas trace de la moindre angoisse dans le beau regard bleu de Colin. Son mari était le même que d'habitude. Fatigué par le voyage, bien sûr. Peut-être une pointe de résignation sur le visage. Mais il avait l'air toujours aussi sûr de lui.

Il désigna le dossier qu'elle tenait.

— Tu t'es préparée.

— En effet.

Posant les coudes sur la table, il se pencha vers elle.

— Je n'ai pas de liaison, Deanna. Je n'ai jamais eu de liaison avec une autre femme.

— J'ai vu la photo.

— Tu as vu *une* photo.

Deanna eut un léger mouvement de recul et redressa les épaules.

— Si tu as l'intention de jouer sur les mots, il est inutile de poursuivre cette conversation, laissa-t-elle tomber.

— Je te dis juste que ce que tu as vu, c'est une photo de moi avec une jeune collègue de travail dont le bureau arrosait les fiançailles. Quelques semaines plus tôt, elle m'avait confié vouloir rompre avec son petit ami, persuadée qu'il lui faisait des cachotteries et qu'il essayait de se débarrasser d'elle. Je lui avais conseillé de ne pas rompre sur un coup de tête et au final, il s'est avéré que le petit ami en question organisait en secret un week-end romantique pour lui demander sa main. Sur la photo, elle me remercie.

— Avec un baiser ?

— Un baiser sur la joue, Deanna. C'est une collègue de travail qui a quinze ans de moins que moi et qui va se marier le mois prochain. Je ne te trompe pas.

Deanna lut la vérité dans ses yeux. Colin ne mentait jamais. Une grande qualité chez un mari, songea-t-elle, tandis que la peur cédait le pas au soulagement.

— Tu aurais pu me le dire, murmura-t-elle, consciente qu'elle lui devait des excuses.

— Et toi, tu aurais pu me parler de tes doutes à mon égard.

Il se redressa et la toisa de son regard bleu.

— Je suis déçu que tu puisses croire que je suis le genre d'homme capable d'infidélité.

— Comment pouvais-je savoir ? se défendit-elle, mal à l'aise. Tu es tout le temps en déplacement et je tombe sur cette photo de toi avec une autre femme.

— Ce n'est pas ma faute si tu t'es fait des idées.

— Je sais, murmura-t-elle, consciente qu'elle était seule fautive et qu'il serait juste qu'elle le reconnaisse.

Mais les mots restèrent coincés dans sa gorge.

Comme elle se taisait, Colin la dévisagea.

— Cela ne suffit pas, dit-il.

— Quoi ?

— Je n'ai pas bien entendu tes excuses. Recommence.

Elle se raidit.

— Colin !

— Ecoute, Deanna, j'en ai assez. De toi, de nous. Notre mariage n'a rien d'un mariage heureux. Il ne l'est plus depuis longtemps.

Deanna tressaillit sous la gifle infligée par ces quelques mots. Elle ouvrit la bouche pour protester, mais ne trouva rien à dire.

Le visage de Colin se durcit.

— J'en ai assez, Deanna. Tu ne te soucies pas de moi, ni de

notre couple. Je ne suis pas certain que tu te soucies de quoi que ce soit en dehors de l'image de la famille idéale que tu renvoies au monde extérieur. Tout ce qui t'importe, c'est ce que pensent les autres. Mais il est clair que tu préfères ne pas m'avoir dans les pattes. Ce que tu veux, c'est mon salaire et qu'ensuite je débarrasse *ton* plancher.

Alors même qu'un froid glacial l'envahissait, lui coupant le souffle, Deanna sentait ses joues brûler.

— Tu crois que je ne perçois pas ton agacement dès que j'essaie d'organiser quelque chose avec les filles ? poursuivit Colin. Tu nous fais très clairement sentir que nous ne sommes pas les bienvenus dans notre propre maison. Nous nous faisons l'effet d'invités indésirables. Rien n'est jamais assez bien pour toi. Nous ne sommes pas à la hauteur de tes aspirations, c'est évident. Tu es constamment sur le dos des filles et tu ne me lâches pas d'une semelle. La maison est ta chasse gardée et tu ne rates jamais une occasion de nous le faire comprendre.

— Ce n'est pas vrai, protesta-t-elle dans un souffle, abasourdie par cette attaque inattendue. Tu racontes n'importe quoi.

— C'est ce que tu crois ? Dans ce cas, le problème est plus grave que je ne l'imaginais.

Il marqua une pause, puis reprit d'une voix plus calme :

— J'espérais que cela s'arrangerait avec le temps, que tu finirais par t'apercevoir de la façon dont tu te comportes avec moi, avec les enfants. Mais tu n'as toujours pas ouvert les yeux. J'ai patienté jusqu'ici sans doute par peur des conséquences. Aujourd'hui, j'en ai marre d'attendre que ça change, Deanna.

Sur ce, il se leva et baissa les yeux sur le dossier qu'elle tenait toujours entre ses mains.

— Je ne sais pas si tu avais l'intention de me faire peur ou de me demander de partir. De mon côté, voici ce qu'il en est. Je veux bien essayer de sauver ce qui reste de notre couple, mais pour cela, il faudrait d'abord que je me sente chez moi sous mon propre toit. J'en ai assez que tu décides de tout, que tu traites nos filles comme si tu dressais des chiens qu'il faut éduquer à la propreté, au lieu de les élever comme des enfants. Alors, si toi aussi tu tiens à sauver notre mariage, il faut que ça change. Maintenant.

Il en avait peut-être dit plus. Deanna n'était pas sûre. Tout ce qu'elle savait, c'était qu'elle avait froid, qu'elle avait du mal à respirer et qu'elle avait mal au cœur. Elle essaya de se lever, mais n'y parvint pas. Le dossier glissa de ses doigts, laissant les papiers s'éparpiller sur la pelouse.

C'était faux. Tout était faux !

Les mots tournaient en boucle sous son crâne. Colin avait tort. Ses accusations étaient injustes et cruelles. Elle le détestait !

Lorsqu'elle réussit enfin à se lever, elle se tourna pour le lui dire, mais il était déjà parti. Sa voiture s'éloignait. Elle le regarda disparaître dans le virage. Elle était seule.

Boston fit glisser la terre entre ses doigts.

Les semis de légumes s'alignaient dans une caisse à côté d'elle. D'ordinaire, elle plantait directement les graines, mais cette année, elle avait décidé de faire des semis. Zeke lui avait construit une petite serre à cet effet.

Le bruit d'un moteur lui fit relever la tête. Ce ne pouvait être son mari, se dit-elle. Sans doute son beau-frère, Wade, venu plaider la cause de Zeke. Grand frère un jour, grand frère toujours. Au moindre problème, Wade ne pouvait s'empêcher de venir à la rescousse de Zeke.

Boston s'assit en tailleur dans l'herbe et attendit. Trente secondes plus tard, Wade contournait la maison. En deux enjambées, il la rejoignit.

— Je me doutais que je te trouverais ici.

Boston leva les yeux sur lui.

Les deux frères se ressemblaient comme deux gouttes d'eau. Même taille, un mètre quatre-vingts, cheveux bruns et yeux sombres. Des hommes solides, faciles à vivre, à la loyauté sans faille. Ils avaient les mêmes goûts et partageaient une passion commune pour le sport. Une passion qui restait un mystère pour Boston. Chaque année, elle organisait avec des copines une petite fête privée pour célébrer la fin de la saison de football.

Wade s'agenouilla à côté d'elle. Il portait un jean et un simple T-shirt. Pas de veste. Les frères King étaient costauds et ne s'embarrassaient jamais de vêtements chauds tant que le thermomètre ne descendait pas au-dessous de zéro.

Boston connaissait Wade depuis aussi longtemps que Zeke, car celui-ci l'avait emmenée déjeuner chez lui pour la présenter à sa famille, peu de temps après leur première sortie ensemble. Entre l'entrée et le plat de résistance, il avait annoncé qu'il l'épouserait un jour. Ses parents n'avaient pas bronché, pas même battu un cil. Sans doute pensaient-ils qu'il s'agissait d'un béguin d'adolescents qui ne durerait pas.

— Il croit que tu es fâchée contre lui, commença Wade.

— Et toi, tu ne crois pas qu'il ferait mieux de venir me le demander ?

— Tu sais bien que mon frangin déteste la confrontation.

— Pas toi ?

Wade lui adressa son sourire habituel.

— Si, mais je sais aussi que tu m'aimes trop pour me crier dessus.

— J'aime aussi Zeke et cela ne m'empêche pas de lui crier dessus.

— Exact. C'est bien pour ça que je suis venu. Il ne sait plus comment s'y prendre avec toi. Il dit que certains jours, tu n'es plus là et que rien ne peut t'atteindre.

Boston baissa les yeux.

Zeke n'avait pas tort. Certains jours, la douleur qui régnait dans chaque recoin de son cœur était telle qu'elle ne ressentait rien d'autre. Et parce que cette souffrance la consumait, elle choisissait délibérément de ne plus rien ressentir du tout, de faire abstraction de tout ce qui l'entourait.

Elle entretenait l'image de son adorable petit garçon dans une sorte de vide émotionnel où son bébé était toujours là, souriant et heureux, presque à portée de main.

Elle releva les yeux sur son beau-frère.

— Tu ne peux rien pour nous, Wade.

— Dis-moi seulement s'il peut revenir. J'en ai marre de le voir squatter mon canapé.

— Rien ne l'y oblige. Je ne lui ai pas demandé de partir.

Wade esquissa une moue dubitative.

— Ce n'est pas ma faute s'il préfère se sauver au lieu de se battre, protesta Boston.

— Il prétend justement que le problème, c'est que tu ne veux pas te battre.

L'inquiétude assombrit le regard de Wade.

— Je t'en prie, Boston. Vous avez déjà perdu Liam. Ne vous perdez pas l'un l'autre.

Elle réussit à ne pas flancher en entendant le prénom de son fils.

— Zeke ne me perdra pas, dit-elle, s'efforçant de conserver une voix calme. Je l'aimerai jusqu'à mon dernier souffle. Quant au reste, t'a-t-il précisé ce qu'il a osé me demander ?

— Oui, et je pense qu'il n'a pas tort. Avoir un autre enfant…

Boston bondit sur ses pieds en secouant la tête.

— Tais-toi ! Tu as une fille. Elle est belle et en bonne santé. Elle est là, près de toi. Tu ne peux pas comprendre. Ce n'est pas à toi de me dire ce que je dois faire.

Elle recula d'un pas, puis d'un autre.

Wade la dévisagea avec inquiétude.

— Excuse-moi, Boston. Tu as raison. Je n'aurais pas dû te dire ça.

Elle inspira profondément. Son beau-frère s'approcha et l'entoura de ses bras. Elle se blottit contre lui en signe d'acceptation silencieuse de ses excuses.

— Il ne faut pas lui en vouloir. Zeke t'aime, dit-il en posant un baiser sur le sommet de sa tête. Moi aussi, je t'aime. Mais pas de la même façon.

C'était une vieille blague entre eux. Boston ferma les yeux et hocha la tête.

— C'est bon, dis-lui qu'il peut rentrer à la maison.

— Tu es sûre ?

— Oui. Si je l'ai sous la main, je pourrai le torturer plus facilement.

— Je te retrouve enfin ! lança Wade en riant. Au fait, c'est moi qui me charge de la restauration de la maison voisine, précisa-t-il en la relâchant.

— Ah bon ? Ce n'est pas Zeke ?

— Nous avons décidé que j'étais le plus qualifié sur cette affaire.

Boston esquissa un sourire entendu.

— *Qualifié ?* Ben voyons ! J'imagine que vous avez longuement réfléchi avant de prendre une décision qui n'a, bien entendu, rien à voir avec le fait qu'Andi Gordon est une sympathique célibataire, dotée par-dessus le marché d'une très belle chute de reins.

— Mon métier n'est pas facile. Je fais ce que je peux.

— Tu es un petit malin.

— Pas vraiment, mais je ne suis pas contre jeter un coup d'œil sur votre nouvelle voisine. J'ai rendez-vous avec elle, demain matin, précisa Wade avec un clin d'œil canaille. Souhaite-moi bonne chance.

— Dans tes rêves. Et renvoie-moi mon mari.

Wade l'embrassa sur la joue et retourna à sa voiture tandis que Boston retournait à ses plantations.

Zeke allait revenir, ils se parleraient de nouveau et la vie continuerait. A condition qu'il comprenne qu'elle n'était pas prête à passer à l'étape suivante. Et qu'il l'accepte telle qu'elle était, avec son cœur en miettes qui ne s'en remettrait peut-être jamais.

Les gens ne cicatrisaient pas tous de la même façon et à la même vitesse. Elle était heureuse que Zeke soit déjà prêt à aller de l'avant. Elle aurait presque aimé pouvoir en faire autant. Presque. Parce que en vérité, ne pas lâcher prise sur sa souffrance lui permettait de garder son bébé près d'elle. Dans sa douleur, Liam était toujours avec elle. Exactement là où il devait être.

Combien de temps était-elle restée assise sur ce banc ? Deanna n'en avait aucune idée. Lorsqu'elle trouva enfin la force de bouger, elle frissonnait. Peut-être à cause de la température extérieure… Non, ce qui la glaçait était en elle.

Les paroles de Colin ne cessaient de la harceler. Tandis qu'elle s'avançait lentement vers sa voiture, elle sentait le sang s'échapper de plaies que personne d'autre ne pouvait voir.

Tout ce qu'il avait dit était faux, se répétait-elle. Comment pouvait-il proférer de telles horreurs ? Elle adorait ses enfants. Elle se dévouait pour sa famille. Elle leur donnait tout, sans jamais rien demander en retour. Son amour pour eux était son unique raison d'être.

Elle mit le moteur en route et lentement reprit le chemin de la maison. Dans un virage, les papiers contenus dans le dossier glissèrent de nouveau, s'éparpillant sous le siège.

Elle avait été si sûre d'elle, songea-t-elle avec amertume. Elle s'était si bien préparée. Elle avait répété ce qu'elle allait dire, ce qu'elle allait exiger. Et maintenant, elle ne savait plus où elle en était, incapable de comprendre ce qui n'avait pas tourné comme prévu.

L'humiliation la consumait, lui brûlait la peau. Colin avait-il déjà tout raconté aux filles ? Savaient-elles ce qui s'était passé ? Madison jubilerait certainement, mais ses sœurs, Lucy et Audrey, qu'en diraient-elles ? Les jumelles, de leur côté, n'étaient encore que de toutes petites filles qui adoraient leur mère. Oui, elles l'adoraient…

Deanna prit soudain conscience qu'elle n'en était plus aussi sûre. Une heure auparavant, elle en aurait mis sa tête à couper, mais à présent… c'était comme si quelqu'un lui avait enlevé son monde et l'avait violemment secoué avant de le lui rendre sens dessus dessous. Tout avait l'air en place, mais les soudures n'étaient pas droites et les bords étaient irréguliers. Son monde ressemblait soudain à un château de cartes branlant.

Elle prit le dernier virage de la petite route sinueuse conduisant aux Trois Sœurs. La vue de sa maison si parfaitement restaurée avait généralement un pouvoir apaisant sur elle. Mais pas ce soir. Pas maintenant.

Elle n'était pas restée assise dans le parc aussi longtemps qu'elle le croyait, car la voiture de Colin était encore dans l'allée. Leurs cinq filles se pressaient autour de lui pour l'embrasser, lui parler, se chamaillant pour savoir qui porterait sa valise.

Deanna ralentit et s'arrêta à l'entrée de l'allée pour regarder ses enfants sourire à leur père, manifestement heureuses de le revoir. Elle entendait leurs voix excitées et leurs rires. Elles les voyaient danser autour de lui.

Quelques jours plus tôt, cette scène l'aurait remplie de joie et de fierté. Tant de pères ne manifestaient aucun intérêt pour leurs enfants. Colin, lui, était tout le contraire. Il avait toujours été très proche des filles. A présent, Deanna commençait à comprendre pourquoi. Depuis le début, il avait un plan. Il voulait les lui enlever. Tout lui enlever. Lui faire mal.

Elle attendit que la joyeuse troupe ait disparu à l'intérieur de la maison pour se garer à côté de la voiture de son mari et rentrer à son tour.

La cuisine résonnait des voix et des rires joyeux des filles se disputant l'attention de leur père. La gorge serrée, Deanna monta dans sa chambre, ferma la porte et s'y adossa.

Non, elle ne pleurerait pas. Pas question de montrer à Colin qu'il l'avait blessée.

Chancelante, elle s'avança vers le lit à baldaquin et s'agrippa à l'une des colonnes, luttant pour respirer.

Tant d'injustice lui donnait envie de hurler. Elle avait tout sacrifié pour Colin. Absolument tout. Pour lui offrir cette vie parfaite dont il se plaignait à présent. Elle était une bonne épouse, une bonne mère. Une très bonne mère ! Comment osait-il la critiquer ? Il était absent toute la semaine. C'était elle qui s'occupait de chaque détail du quotidien C'était elle qui gérait les crises, pendant que lui allait et venait au gré de ses rendez-vous professionnels. Evidemment, il avait le beau rôle — le retour du héros — pendant qu'elle était bien obligée d'assurer l'éducation des enfants. Colin n'était jamais là pour leur rappeler de se brosser les dents !

L'amertume avait un goût de bile dans sa gorge. Dévorée par la haine, elle se cramponna à la colonne des deux mains, enfonça ses ongles dans le bois. Rancœur et colère coulaient dans ses veines tel un poison.

« Qu'il soit maudit, songea-t-elle méchamment. Qu'ils soient tous maudits ! »

4

— Allez, dépêche-toi ! Je suis en état de manque, marmonna Andi, debout devant la cafetière.

Obéissant, l'appareil émit le glougloutement caractéristique de l'eau bouillante passant sur le café moulu.

Andi posa son bol à la place habituellement occupée par la verseuse et attendit qu'il soit plein à ras bord pour remettre la verseuse en place d'une main experte, avant de prendre sa première gorgée de café. Enfin !

Tandis que la caféine sortait progressivement son cerveau de son état de torpeur, elle repoussa les mèches qui lui tombaient sur les yeux et regarda autour d'elle, en essayant de se rappeler pourquoi elle avait acheté cette bicoque. Elle avait tout largué et elle était venue s'installer ici pour une raison qui, sur le moment, lui avait semblé parfaitement incontestable, mais qui, ce matin, ne lui semblait plus aussi logique.

— Encore un peu de café, dit-elle à haute voix. Ensuite, je me souviendrai pourquoi je trouvais que c'était une bonne idée.

La caféine faisant son effet, elle traversa son minuscule salon-kitchenette, sous les combles, pour jeter un coup d'œil par la fenêtre. Certes, elle vivait dans un espace restreint, mais la vue était imprenable.

D'où elle se tenait, Andi surplombait toute la moitié ouest de l'île. Sans parler du spectacle offert par le détroit étincelant sous le soleil matinal. En cet instant même, un bol de café dans les mains, sans rien de terrifiant bombardant sa tête en piqué, elle était en mesure d'apprécier pleinement le potentiel prometteur de son investissement. Bien mieux qu'à 3 heures du matin, alors qu'elle se battait contre des bestioles volantes.

Etonnée, elle aperçut un pick-up qui se garait devant chez elle. Clignant des yeux, elle se pencha. Mais qui donc pouvait bien venir la voir à 8 heures, un samedi matin ? Elle n'avait…

— Mince ! s'exclama-t-elle en posant son bol sur le rebord de la fenêtre et en baissant les yeux sur le T-shirt trois fois trop grand qui lui servait de pyjama.

Zeke King, l'entrepreneur. Ils avaient rendez-vous. Quelque chose dont elle se serait forcément souvenue si elle avait pu dormir un peu plus de quatre heures d'affilée dans les dernières soixante-douze heures.

Sans perdre une seconde, elle se débarrassa de son T-shirt, enfila le jean et le chemisier qu'elle portait la veille, avant de dévaler l'escalier, pieds nus. Elle s'arrêta au premier étage, le temps de boutonner son chemisier et d'en rentrer les pans dans son jean.

Consciente qu'elle n'avait pas pris de douche depuis son arrivée et qu'avec ses cheveux ébouriffés elle semblait sortie tout droit d'une scène d'*Halloween 5*, elle se félicita d'avoir pensé à se brosser les dents la veille. La civilisation exigeait le respect de certains critères. Certes, les siens n'étaient pas très élevés, mais il lui en restait tout de même quelques-uns.

Elle sauta les trois dernières marches et courut jusqu'à la porte d'entrée. Elle l'ouvrit juste avant que son visiteur ne frappe.

— Franchement, dit-elle en riant. Vous auriez pu venir à pied depuis…

… la porte à côté.

Les mots restèrent coincés sur le bout de sa langue, tandis que sa mâchoire inférieure s'affaissait.

Parce que l'homme qui se tenait face à elle n'était pas Zeke King, son voisin et entrepreneur.

Zeke King était grand, brun, et il avait un charmant sourire. Plutôt beau gars. Physiquement parlant, l'homme en face d'elle lui ressemblait, mais ça s'arrêtait là.

Il paraissait plus grand, plus imposant. Les cheveux plus sombres, le sourire plus éclatant. Plus sexy, conclut-elle mentalement en prenant soin de refermer sa bouche et regrettant déjà de ne pas avoir pris de douche, de ne pas s'être coiffée et de ne pas avoir enfilé son super tailleur — celui qui donnait l'impression qu'elle avait des hanches et des seins.

— Bonjour, dit l'homme d'une voix basse et rauque.

Andi sentit ses orteils se recroqueviller légèrement.

— Vous devez être Andi Gordon. Je suis le frère de Zeke. Wade King.

Zeke King avait un frère ?

Andi le dévisagea, incrédule.

Exact. Il y avait bien un air de famille. Quelques rides au coin des yeux et des traits plus marqués, mais c'étaient les mêmes pommettes hautes, le même nez mince et légèrement aquilin, surmontant une bouche généreuse… Si elle n'avait pas passé ces dix dernières années à se faire piétiner le cœur par un salaud qui l'avait plaquée le jour des noces pour épouser sa secrétaire deux semaines après, elle se serait volontiers demandé si Wade King était célibataire.

— Mademoiselle Gordon ?

— Quoi ? Oh ! Désolée. J'étais ailleurs. Entrez donc.

Elle s'écarta pour le laisser passer.

— Où étiez-vous ? demanda Wade.

— Pardon ?

— Vous venez de dire que vous étiez ailleurs ?

— Ah, oui. C'est la fatigue. Le manque de sommeil à cause des chauves-souris.

Wade lâcha un petit rire moqueur. Ce qui le rendit tout de suite un peu moins sexy aux yeux d'Andi.

— Je ne blague pas, protesta-t-elle. Il y a des chauves-souris dans cette maison, et pas une goutte d'eau chaude. Dans la journée, je râle contre l'absence d'eau chaude, mais dès que la nuit tombe, je peste contre ces maudites bestioles qui me font dresser les cheveux sur la tête. Impossible de fermer l'œil.

Wade laissa tomber son sac à dos sur le sol.

— Alors comme ça, vous n'aimez pas les chauves-souris.

— Je déteste tout ce qui vole dans mes cheveux à 3 heures du matin. J'ai dû les chasser à coups de balai.

— J'aurais payé cher pour voir ça…

— Et moi j'aurais payé cher pour qu'elles aillent squatter

ailleurs. Vous connaissez le pourcentage de chauves-souris porteuses du virus de la rage ?

— Non.

— Il est élevé.

— Possible, mais vous avez peut-être confondu un gros hanneton avec une chauve-souris, répliqua Wade avec de nouveau son petit sourire moqueur.

Andi fit taire son exaspération et posa les mains sur ses hanches.

— Je peux savoir pourquoi vous êtes là ?

— Vous m'avez engagé pour retaper votre bicoque. Wade King. Vous êtes *vraiment* fatiguée.

— Je me souviens de votre nom. Vous êtes le frère de Zeke. Vous travaillez ensemble ?

— Bonne déduction. King Construction. Zeke et moi travaillons à deux sur tous les projets. Mais c'est moi qui superviserai le vôtre.

Sur ce, il se baissa pour ouvrir son sac à dos.

— J'ai apporté quelques plans. Vous voulez les voir ? Je sais que vous en avez déjà discuté avec mon frère, mais je préfère m'assurer que nous sommes bien d'accord avant d'entreprendre les travaux de démolition, lundi matin.

— Pouvez-vous faire en sorte que j'aie de l'eau chaude et plus de chauves-souris d'ici ce soir ?

Wade releva les yeux sur elle et lui décocha un sourire qui la rendit toute chose.

— Pas de problème. Je m'en occuperai avant de partir.

— Dans ce cas, je veux bien jeter un œil sur les plans.

Peu après 10 heures du matin, Andi savourait la sensation de l'eau chaude ruisselant sur son corps, en se promettant de ne plus jamais rien demander, de ne plus jamais se plaindre de quoi que ce soit. Mmm… Elle pourrait rester une éternité sous cette douche. De l'eau chaude et du café, c'était tout ce qu'il lui fallait pour être heureuse.

Le sourire aux lèvres, elle versa dans le creux de sa main une bonne dose de gel douche parfumé à la vanille. Le parfum l'enveloppa, chassant les derniers vestiges de fatigue.

Vingt minutes plus tard, elle avait enfilé des vêtements propres et tenté de dompter, sans succès, la masse de ses boucles brunes encore humides.

Guidée par une volée de jurons, elle grimpa au grenier et découvrit son entrepreneur à quatre pattes dans l'espace minuscule du salon-kitchenette.

Elle réprima un petit rire triomphant. Wade King était en train de constater qu'elle n'avait pas menti à propos des chauves-souris. Et son jean usé laissait deviner des fesses musclées, ne put-elle s'empêcher de remarquer, bien que ces trois derniers mois, elle avait plus souvent eu envie de botter l'arrière-train des hommes que de s'extasier sur leurs rondeurs.

— Alors, vous voyez ? J'avais raison.

— C'est pas le moment, grogna Wade en brandissant ce qui ressemblait à un filet à papillons.

— Au contraire ! J'ai bien vu que vous ne me croyiez pas quand je disais que j'avais été attaquée par des chauves-souris. Et je ne blaguais pas non plus, s'agissant de la rage. Alors surtout, faites attention à ne pas vous faire mordre.

Il lui glissa un rapide coup d'œil.

— C'est justement ce que j'essaie d'éviter. Ne pas me faire mordre.

Une forme sombre tomba du toit. Wade se redressa d'un bond, balança son filet à papillons et piégea la bestiole volante avant qu'elle n'aille se réfugier derrière une poutre.

Andi ne savait ce qu'elle était censée admirer le plus chez cet homme, sa remarquable coordination œil-main ou l'ondulation de ses abdominaux entrevus sous le T-shirt…

La chauve-souris se débattait dans le filet tandis que Wade maintenait celui-ci collé au mur pour empêcher la bestiole de s'échapper.

Il désigna le manche à Andi.

— Tenez-le-moi une seconde, vous voulez bien ?

Prudemment, elle s'exécuta, tandis qu'il enfilait une paire de gants.

— Vous allez la tuer ? demanda-t-elle, inquiète.

— Non. Je vais la sortir d'ici et la relâcher dans la nature.

Je n'en ai trouvé qu'une. Une fois partie, vous ne devriez plus être embêtée.

— Parfait. J'espère qu'elle ne vous mordra pas.

Wade lui jeta un regard sarcastique.

— Moi aussi.

Par la fenêtre, Andi le regarda sortir dans le jardin et s'avancer vers un bosquet d'arbres. Quelques secondes plus tard, il libérait la chauve-souris et revenait vers la maison.

Pas mal, se dit-elle, regrettant de ne pas l'avoir appelé dès sa première nuit blanche. Elle aurait pu être débarrassée de cette satanée bestiole beaucoup plus tôt.

Elle prépara deux bols de café, tandis que Wade sortait des plans de son sac à dos. Ils s'installèrent ensuite face à face sur la petite table qui servait à la fois de coin-repas et de bureau.

Ils étaient si proches qu'Andi pouvait sentir l'odeur de lessive de ses vêtements. La lumière saupoudrait de paillettes dorées ses yeux bruns. Et sa bouche était faite pour inciter une femme à l'imaginer sur la sienne, ne put-elle s'empêcher de songer en se demandant s'il embrassait bien. Non pas qu'elle soit une experte dans l'art du baiser. La preuve, elle s'était entraînée à embrasser Matt pendant dix ans et pour quel résultat !

— Le plan du rez-de-chaussée, précisa Wade en orientant le document face à elle.

Elle se pencha pour examiner la disposition des pièces. La salle d'attente, la réception, son bureau et trois salles d'examen.

Wade lui parla des fenêtres et de la luminosité, des matériaux qu'ils utiliseraient, et des décisions qu'il faudrait prendre concernant le choix des peintures et des équipements.

— Il y a quelques années, nous avons rénové le cabinet du Dr Harrington. Vous le connaissez ?

— Un peu, oui. Il m'a gentiment proposé de travailler avec lui, jusqu'à ce que je puisse ouvrir mon propre cabinet. Je commence lundi.

— Dans ce cas, vous verrez les aménagements que nous avons réalisés chez lui et si ça vous plaît, nous pourrions en faire autant ici.

— N'oublions pas que je m'occupe d'enfants. Il est essentiel qu'ils se sentent bien quand ils entrent dans mon cabinet. C'est déjà suffisamment angoissant pour des tout-petits d'aller chez le médecin, il ne faut surtout pas que le cadre les impressionne. J'imagine des couleurs gaies, très lumineuses.

Wade se renversa contre le dossier de sa chaise avec un sourire.

— On croirait entendre ma belle-sœur.

Il pointa le menton vers la maison voisine.

— Boston.

— Je la connais. Je l'ai rencontrée le jour de mon arrivée. Elle est charmante.

— Tout à fait. C'est une artiste. Vous pourriez discuter toutes les deux de ce qui fait qu'une couleur est plus sympa qu'une autre.

Andi perçut la lueur amusée dans son regard.

— Vous vous moquez de moi.

— Un peu. Mais nous n'en sommes pas encore à l'étape du choix de la déco.

Ils discutèrent ensuite logistique — murs à abattre, ampleur du chantier. Wade lui assura qu'elle pourrait rester dans la maison pendant tout le temps des travaux, et elle le crut.

— Je ferai le point avec vous chaque soir. Je suis généralement le dernier à quitter le chantier.

— Un patron qui bosse, c'est plutôt rare, lança-t-elle, moqueuse. Ce n'est pas trop dur pour votre famille ?

— Question d'habitude.

Andi réprima une grimace. Bravo pour l'approche subtile destinée à savoir s'il était célibataire ou non ! La première gamine venue ferait mieux qu'elle. En fait, tout ce qu'elle voulait savoir, c'était si Wade était un homme aussi bien au plan personnel qu'au plan physique.

Et s'il était marié, bien sûr. Non pas qu'elle veuille avoir une relation avec lui. Ou un autre. Suite à sa désastreuse expérience avec Matt, elle avait décidé d'affronter la vie en solo et de rester célibataire jusqu'à la fin de ses jours. Raison pour laquelle elle était venue s'installer sur cette île. Après tout, la vie de couple ne devrait pas lui manquer tant que ça. Comment pourrait-elle avoir envie de quelque chose qu'elle n'avait jamais vraiment connu ? Entre Matt et elle, cela n'avait jamais été très passionné. Et, disons-le franchement, côté sexuel, rien d'exceptionnel… Même si en cet instant précis, s'imaginer faire autre chose que de rester seule chez elle, les prochains samedis soir, à mâchonner une portion de pizza en écoutant la retransmission d'un concert classique à la radio, avait l'air plus réjouissant. Mais elle ne le dirait pas. Et n'y penserait même pas. Cette période de sa vie en duo appartenait au passé. Elle avait décidé de passer à autre chose. Genre niveau spirituel supérieur. Elle…

— Andi ?

Elle revint sur terre. Wade était en train de la dévisager.

— Oui ?

— Ça va ?

— Très bien. Juste un peu fatiguée par mes nuits en compagnie d'une chauve-souris.

— J'imagine. Venez. Je vais vous montrer où je compte installer la cuisine.

Elle ravala un soupir. Triste à dire, mais c'était l'invitation la plus excitante qu'elle ait reçue dernièrement de la part d'un homme.

Le dimanche matin, Deanna s'immobilisa en haut de l'escalier. Les voix des filles et leurs rires montaient de la cuisine. Chaque dimanche, c'était le même scénario. Quels que soient ses déplacements professionnels, Colin se débrouillait pour être à la maison, ce jour-là. Il se levait tôt pour préparer le petit déjeuner de toute la famille. Parfois, il y avait des omelettes au menu, d'autres fois des crêpes. Un jour, il avait même réussi à faire des scones à partir de trois fois rien.

Dès qu'elles ouvraient les yeux, les filles descendaient vite le rejoindre. Juchées sur les tabourets alignés devant le comptoir, elles lui racontaient leur semaine. Madison et Lucy l'assistaient, tandis qu'Audrey surveillait les jumelles.

Deanna n'avait jamais été une grande fan de ce rituel dominical. En fait, elle détestait voir Colin aux fourneaux. C'était un tel bazar. Il utilisait tous les ustensiles qui lui tombaient sous la main, empilant les casseroles et les assiettes sales dans l'évier. Mais ce qu'elle détestait le plus, c'était l'atmosphère qui régnait dans la cuisine, le dimanche matin. Elle avait beau être la maîresse de maison, ce jour-là elle se sentait comme une intruse dans sa propre cuisine. Elle avait l'impression que son mari et ses enfants étaient tous ligués contre elle.

A présent, elle hésitait, ne sachant si elle devait descendre les rejoindre ou non. Depuis deux jours, Colin et elle s'évitaient. Dès le vendredi soir, il était allé dormir sur le canapé dans le bureau, la prenant au dépourvu. Elle aurait préféré être celle qui le chasse hors de leur chambre, mais il ne lui en avait pas laissé l'occasion. A présent, il se comportait comme si de rien n'était.

Sans doute pour lui, n'y avait-il rien de changé. Il avait formulé son ultimatum, puis il était parti, la laissant seule avec ce froid glacial en elle.

Elle frotta nerveusement ses mains l'une contre l'autre, consciente de la sécheresse de sa peau. Elle se lavait les mains trop souvent, trop longtemps. Le pire, c'est que cela ne l'aidait plus. Ce rituel familier ne l'apaisait plus du tout.

La honte s'insinua en elle. Honte de sa faiblesse, honte de n'avoir aucun contrôle sur ses filles et sur son mari. Si les gens savaient, ils riraient d'elle.

Mais cela n'arriverait pas. Elle était solide et déterminée. Et elle avait surmonté des moments bien pires. D'une façon ou d'une autre, cela s'arrangerait avec Colin. Ils avaient déjà eu des accrochages par le passé et ça s'était toujours bien terminé. Il ne s'agissait que d'une saute d'humeur passagère chez son époux. Ça lui passerait. Pareil pour les filles. Nul ne pouvait changer quoi que ce soit au fait qu'elle était leur mère.

Elle se redressa et descendit l'escalier. Comme elle s'approchait de la cuisine, les voix se firent plus fortes. Il y eut un éclat de rire. Elle força un sourire sur ses lèvres et s'avança sur le seuil de la pièce.

Devant la cuisinière, Colin, un torchon passé dans la ceinture de son jean, était en train de faire sauter des crêpes. Audrey et les jumelles le regardaient faire. Lucy remplissait les verres de jus de fruits et Madison, à côté de son père, disposait les crêpes sur un plat.

Soudain, tous se retournèrent pour la regarder. Une expression coupable se peignit sur le visage des trois plus jeunes, Lucy reposa lentement la brique de jus de fruits sur la table, l'air inquiète comme si elle venait d'être prise la main dans le sac de bonbons. Madison, elle, lui jeta un regard noir. Seul Colin resta de marbre, le visage impassible.

Les rires et les bavardages s'étaient arrêtés net, faisant place au silence.

Deanna dévisagea ses filles tour à tour, sans déceler le moindre signe de bienvenue, le moindre sourire. Serrant les poings, elle s'exhorta à tenir bon, à ne pas céder un pouce de terrain.

Colin retourna à sa tâche et fit sauter trois nouvelles crêpes.

— Je vais te chercher le sirop d'érable, proposa Madison.

Lucy reprit le service du jus de fruits.

Et Deanna resta sur le seuil de la cuisine, invisible, comme tant d'autres dimanches matin. C'était toujours ainsi, songea-t-elle, choquée par cette soudaine prise de conscience. Le silence quand elle arrivait dans une pièce. Tous ces signes manifestes que sa présence n'était pas désirée et qu'elle ferait mieux de s'en aller. Qu'elle n'avait pas sa place parmi eux.

Sentant les larmes lui monter aux yeux, elle les chassa d'un battement de cils et tourna les talons. La poitrine prise dans un étau, elle se dépêcha de remonter dans sa chambre. Arrivée là, elle ferma la porte à clé avant de se réfugier dans la salle de bains. Les doigts tremblants, elle ouvrit le robinet d'eau chaude et prit le savon.

En ce dimanche après-midi, assise à même le plancher sous le porche dangereusement branlant de sa nouvelle demeure, Andi offrait son visage au soleil. Elle n'avait pas terminé de déballer toutes ses affaires, mais la journée était trop belle pour rester enfermée.

Boston déboucha à l'angle de la maison, sa chevelure flamboyant sous le soleil.

— Tout se passe bien ? lança-t-elle.

— Très bien, répondit Andi en se levant pour descendre le perron à sa rencontre. J'ai presque terminé de m'installer et le chantier commence demain.

— Dans ce cas, vous faites bien de profiter de votre dernier jour de tranquillité. Le bruit des marteaux-piqueurs est difficile à supporter.

— Heureusement, je serai absente une grande partie de la journée. Je vais temporairement travailler avec le Dr Harrington. Cela me permettra de rencontrer de futurs patients.

— Ça ne l'ennuie pas que vous veniez braconner sur ses terres ?

— Au contraire. Il est ravi d'avoir enfin un pédiatre dans le coin. Je crois qu'il préfère ne plus s'occuper des tout-petits. Trop d'urgences, entre les otites et les bronchiolites.

Boston hocha la tête, tout en détournant légèrement les yeux, et croisa les bras sur sa poitrine.

— Wade m'a parlé d'un problème de chauve-souris chez vous, reprit-elle. C'est résolu ?

— Apparemment oui, répondit Andi en la dévisageant d'un œil curieux.

Elle aurait juré que quelque chose venait de se passer, mais elle ne pouvait pas dire quoi exactement. Une intonation dans la voix de Boston, sa manière de détourner les yeux…

Elle en était là de ses réflexions quand la porte d'entrée de la maison d'à côté s'ouvrit pour laisser sortir sous son porche une jolie femme blonde.

— Notre voisine, murmura Boston. Deanna Phillips. C'est elle qui a cinq filles. Je vais vous présenter.

Andi était sur le point d'acquiescer quand elle vit la femme lever la main pour essuyer sa joue. La distance ne permettait pas de distinguer des larmes, mais le geste était sans équivoque.

— Je ne crois pas que le moment soit bien choisi, dit-elle. Nous ferons les présentations une autre fois.

Boston hocha la tête en fronçant les sourcils.

— J'ai du mal à croire que cette championne du self-control puisse pleurer. Ça fait désordre dans sa façade parfaite.

Elle s'interrompit avec une grimace.

— Désolée, je ne voulais pas être méchante.

— Pas de problème, répondit Andi, songeuse.

Tout compte fait, la vie dans leur petite rue pourrait bien ne pas être aussi simple et aussi sereine qu'elle l'imaginait.

5

Lundi matin, Andi se gara devant le centre médical du Dr Harrington, l'estomac noué par un mélange d'appréhension et d'excitation.

Pour son premier jour de travail, elle s'était habillée classique — chemisier ivoire sur pantalon noir et chaussures basses. Elle avait dompté ses longs cheveux frisés en une tresse, appliqué une touche de mascara et opté pour un rouge à lèvres naturel.

Elle descendit de voiture et prit sur le siège arrière sa trousse médicale et sa blouse blanche avec « Dr Andi » inscrit au marqueur sur la poche. Comme la plupart de ses jeunes patients avaient peur des blouses blanches, elle avait dessiné sous son nom une énorme chenille rose aux pattes chaussées de bottes vert fluo. L'effet était garanti. Les gamins terrorisés à leur arrivée dans le cabinet de consultation éclataient de rire dès qu'ils la voyaient.

Après une dernière profonde respiration, elle poussa la porte du cabinet médical.

La salle d'attente décorée dans les tons beiges était en ordre. Il y avait des revues empilées sur des tables basses entre les fauteuils et quelques jouets dans un coffre. Une salle d'attente classique, nota-t-elle en s'avançant vers la réception.

La femme assise derrière le comptoir était un contraste saisissant avec l'ambiance feutrée des lieux. Agée d'une quarantaine d'années, elle exhibait une chevelure d'un rouge profond, des mains ornées de bagues toutes plus voyantes les unes que les autres et des cils d'une longueur impressionnante, sans doute pas plus naturels que la couleur de ses cheveux. Mais son sourire était sympathique et Andi se souvenait de son accueil chaleureux, lors de sa première visite.

— Bonjour, Laura.

Cette dernière releva les yeux et bondit sur ses pieds.

— Vous voici ! Bienvenue chez nous. Croyez-le ou non, mais votre carnet de consultations est déjà plein pour ce matin. Dès que les gens ont appris qu'un pédiatre s'installait sur l'île, le téléphone n'a pas cessé de sonner.

Elle lui fit signe de passer derrière la réception.

— Le Dr Harrington a demandé à vous voir quelques instants avant que vous commenciez, ajouta-t-elle.

Depuis plus de trente ans, le Dr Harrington était le seul médecin exerçant sur Blackberry Island. Compte tenu de la démographie en hausse sur l'île — de nombreuses familles optant pour un retour à la nature, à deux petites heures seulement de Seattle —, Andi avait parié sur le fait qu'un pédiatre ne serait peut-être pas de trop. Elle saurait bientôt si elle avait eu raison.

Une jolie blonde aux longs cheveux lisses sortit d'une salle d'examen. Andi l'avait également rencontrée quand elle était venue discuter avec le Dr Harrington de la possibilité de travailler quelques mois dans son cabinet médical.

— Nina, c'est ça ?

La jeune infirmière hocha la tête avec un sourire.

— Bienvenue, docteur Gordon.

— Appelez-moi Andi.

— D'accord, Andi.

— Nina s'est portée volontaire pour être votre infirmière attitrée, précisa Laura.

Nina sourit.

— Vous pouvez me demander tout ce que vous voulez. Je peux vous indiquer où sont stockées les compresses, mais aussi l'adresse du meilleur pressing de la ville.

— Je vais avoir besoin des deux, assura Andi en suivant Nina dans ce qui allait être son bureau, une petite pièce sans fenêtre, meublée en tout et pour tout de deux chaises, d'une table et d'un ordinateur.

Nina fit la grimace.

— Ce n'est pas terrible.

— Ça m'ira très bien, la rassura Andi. Je ne vais pas y passer des heures, juste le temps de mettre à jour les dossiers médicaux et de remplir la paperasse administrative.

— Et peut-être aussi le temps de faire votre shopping en ligne sur internet, pendant la pause, suggéra Nina avec un sourire amusé. Il n'y a pas beaucoup de commerces dans le coin. Toutefois, si vous rêvez d'aimants en forme de mûre pour coller sur votre réfrigérateur, vous n'aurez que l'embarras du choix !

— Pour l'instant, je n'ai pas encore de cuisine, répliqua Andi en riant. Il me faudra donc patienter encore un peu, côté déco. Mais dès que je serai installée, je vous ferai signe, promis.

Elle posa sa trousse médicale et sa blouse sur l'une des chaises et suivit Nina jusqu'au bureau du Dr Harrington.

Le vieil homme se leva pour l'accueillir.

— Content de vous revoir, Andi.

— Moi aussi, docteur Harrington.

— Appelez-moi Ron, dit-il en lui serrant vigoureusement la main. Asseyez-vous donc un instant.

Andi prit place sur la chaise réservée aux visiteurs, face à son collègue.

— Laura m'a dit que vous aviez déjà un planning chargé, aujourd'hui. Vous allez avoir du pain sur la planche.

— C'est très gentil à vous de me laisser travailler dans votre cabinet, cet été.

— Il y a bien assez de travail pour nous tous ! Et je suis ravi d'avoir de l'aide, jusqu'à ce que mon fils vienne prendre le relais en septembre, précisa le Dr Harrington, l'œil pétillant derrière ses lunettes. Vous ai-je dit que Dylan avait terminé major de sa promotion à l'école de médecine ?

« Une dizaine de fois seulement », songea Andi tout en souriant.

— Vraiment ? Vous devez être fier de lui.

— Il y a de quoi ! Dylan est un garçon formidable qui vient de décrocher son diplôme de médecin.

La joie et la fierté de ce père devant la réussite de son fils faisaient plaisir à voir, constata Andi avec une pointe d'amertume. Certains parents étaient ravis que leurs enfants soient médecins. Les siens n'avaient pas montré le même enthousiasme pour sa vocation de pédiatre.

A leurs yeux, vouloir s'occuper de « bobos et de vaccinations » témoignait d'un grave manque d'ambition. Sa mère, spécialiste en chirurgie cardiaque, estimait qu'elle aurait dû s'orienter vers une spécialité plus prestigieuse que la pédiatrie. Son père, neurochirurgien réputé, partageait cet avis, naturellement. Son frère était lui aussi neurochirurgien et sa sœur dirigeait une équipe de recherche contre le cancer. Au final, Andi était le mouton noir de la famille.

Elle chassa la voix de sa mère de son esprit et reporta son attention sur le Dr Harrington, qui était en train de lui expliquer l'organisation du cabinet médical.

— Si cela ne vous ennuie pas, ce serait bien que vous puissiez assurer des consultations un samedi sur trois. Naturellement, en compensation, vous prendrez le jour de congé qui vous convient en semaine.

— Pas de problème, répondit Andi. Je comprends tout à fait qu'il soit difficile pour les parents qui travaillent de se libérer en dehors du week-end.

— Parfait. A présent, je vais laisser Nina vous faire visiter les lieux.

Le Dr Harrington se leva.

— J'ai pensé que nous pourrions déjeuner ensemble, aujourd'hui. Si vous avez des questions, je pourrais y répondre. Et je pourrais aussi vous montrer des photos de la remise de diplôme de mon fils, ajouta-t-il avec un clin d'œil.

— Volontiers.

— Dans ce cas, à tout à l'heure. Et bienvenue chez nous, Andi.

Nina l'attendait dans le couloir.

— Tous vos rendez-vous de ce matin sont des visites médicales de routine, lui expliqua-t-elle en la conduisant vers l'arrière du bâtiment. Une demande de certificat médical, quelques vaccinations et la visite du sixième mois pour un nourrisson en parfaite santé.

Andi sourit.

— Voilà une journée qui commence bien.

Nina ouvrit une porte et s'effaça pour la laisser entrer dans la salle de pause. Il y avait là plusieurs casiers, une table et six chaises. Une fenêtre s'ouvrait sur le parking de service. Mais ce qui fit chaud au cœur d'Andi, ce fut le bouquet de fleurs trônant à côté d'un gâteau portant l'inscription « Bienvenue » sur le glaçage rose. Et tout le personnel — trois autres femmes dont Laura — était là pour l'accueillir.

— Nous aimerions vous inviter à déjeuner, lui proposa Laura, une fois les présentations faites.

— Avec plaisir. Mais vous n'avez pas à m'inviter. Je fais partie de l'équipe à présent et je trouve sympa d'aller déjeuner ensemble.

Les femmes échangèrent des regards surpris.

— Vous êtes sûre ? demanda Nina. Vous êtes médecin.

— Cela ne m'empêche pas de manger, répondit Andi avec un sourire. Et d'apprécier la compagnie.

— Dans ce cas, c'est d'accord, décréta Laura en s'emparant d'un couteau. Aujourd'hui, le Dr H a prévu de vous emmener au restaurant, mais demain, on sort déjeuner toutes ensemble.

Sur ce, elle coupa une première part de gâteau qu'elle fit glisser sur une assiette.

— J'adore débuter la journée par une bonne dose de sucre.

A 9 heures, Andi avait regagné son bureau, après avoir elle aussi avalé sa dose de sucre et de caféine sous forme d'une énorme part de gâteau et d'une deuxième tasse de café. Pas vraiment le genre de petit déjeuner à conseiller aux patients, mais l'occasion était spéciale.

Nina passa la tête par la porte entrouverte.

— Gabby Williams et sa maman sont en salle 4. Elles vous attendent.

Andi se leva et lissa le devant de sa blouse blanche.

— Je suis prête.

Nina lui tendit le dossier médical.

— Gabby a dix ans. Elle est en parfaite santé et part en camp d'été dans deux semaines. Elle a besoin d'un certificat médical.

— Très bien.

Andi s'arrêta devant la porte de la salle d'examen et prit une profonde inspiration avant de frapper et d'entrer.

— Bonjour. Je suis le Dr Andi Gordon.

Elle sourit à la mère et à la fillette assise sur la table d'examen.

— Carly Williams, dit la mère.

— Et moi, Gabby.

Blondes, avec de grands yeux bleus, mère et fille se ressemblaient comme deux gouttes d'eau.

Andi se tourna vers la fillette.

— C'est toi la maman ?

Gabby pouffa.

— Vous dites ça pour rire.

— Ah bon ?

— Oui. Vous êtes médecin et les médecins sont très intelligents.

— Il paraît, répondit Andi en s'asseyant sur le tabouret. Alors comme ça, tu pars en colonie de vacances.

Elle tourna la tête vers Carly Williams.

— C'est bien votre fille qui part ? Pas vous.

Carly Williams éclata de rire.

— J'aimerais bien partir en colonie de vacances ! Malheureusement, je crains d'avoir dépassé l'âge.

Andi fit s'allonger Gabby et lui sourit.

— Parle-moi donc de ce camp d'été.

— Il est super ! C'est en montagne et il y a des chevaux. Mais le plus chouette, c'est qu'on va écrire une pièce de théâtre et qu'on va la jouer !

— Waouh, tu en as de la chance ! s'exclama Andi en sortant son stéthoscope. Tu montes à cheval ?

— Je vais apprendre.

Andi commença son examen, tout en continuant à faire parler la fillette de ses futures vacances.

Lorsque celle-ci quitta la pièce avec sa mère, Andi compléta le dossier médical et poussa un soupir satisfait. La journée s'annonçait bien.

Lundi soir, Deanna posta deux photos sur la page Facebook de la famille et relut ce qu'elle venait d'écrire. Le ton était essentiel. Pas question de laisser transparaître le moindre problème à travers ces quelques mots.

Préserver la façade du « Bien sûr que je vais bien ! Pourquoi cette question ? » était épuisant. A moins que ce ne soit le manque de sommeil. Voilà trois nuits qu'elle passait, les yeux rivés au plafond, étendue seule dans le grand lit conjugal, à se demander les raisons de tout ce gâchis et à essayer de comprendre pourquoi c'était elle, la brebis galeuse.

S'il y avait eu dans son comportement la moindre ressemblance avec sa mère, elle aurait pu comprendre que Madison lui en veuille et que Colin ait pu proférer de telles accusations contre elle. Mais elle n'avait rien de commun avec sa mère ! Absolument rien. Elle entretenait parfaitement la maison, préparait des repas sains et équilibrés, accordait toute son attention à ses enfants et à son époux. Personne ne l'avait jamais retrouvée ivre morte, inconsciente, baignant dans ses vomissures. Elle n'avait jamais levé la main sur une seule de ses filles. Et celles-ci ne tremblaient pas de terreur en la voyant.

Mais ses filles ne l'aimaient pas. Du moins pas comme elles adoraient leur père. Elles ne se précipitaient pas vers elle, le visage rayonnant de joie, dès qu'elle entrait dans une pièce. Et franchement, elle ne comprenait pas pourquoi.

Elle avait beau essayer de se convaincre que c'était uniquement parce que Colin était souvent absent et qu'il manquait aux enfants, elle n'y croyait pas trop elle-même. Il y avait forcément autre chose. Si seulement elle savait quoi…

Elle se massa les tempes du bout des doigts, les yeux brûlants de fatigue, de chagrin.

— Je pars demain.

Colin se tenait sur le seuil du bureau. Ils s'étaient à peine adressé la parole depuis sa brutale offensive verbale du vendredi, et elle n'avait aucune envie de lui parler maintenant. Il y avait cependant certains détails logistiques à régler.

— Quand as-tu prévu de rentrer ? demanda-t-elle.

— Jeudi.

Il s'avança dans la pièce et referma la porte derrière lui.

— Tu as réfléchi à la discussion que nous avons eue, vendredi ?

Deanna se leva pour pouvoir le regarder droit dans les yeux, sans avoir à lever la tête vers lui.

— Il n'y a pas eu de discussion. Tu m'as dit que je faisais tout de travers et tu es parti. Ce n'est pas ce que j'appelle une discussion.

Colin la dévisagea.

— Tu as raison. Alors prenons le temps de discuter maintenant.

— Discuter de quoi ? J'ai passé ma vie à m'occuper de toi et des enfants. Et tout ce que je récolte, ce sont des accusations.

— Tu attends des remerciements ?

Bien sûr ! Elle s'était toujours montrée une très bonne mère et une parfaite épouse.

— Je ne veux pas te servir de souffre-douleur, répondit-elle.

Colin haussa un sourcil.

— Le terme est un peu excessif, fit-il remarquer.

— Comment appelles-tu ça, alors ? Tu me jettes des horreurs à la figure et tu détournes les filles de moi.

Elle sentit sa gorge se serrer, mais pas question pour elle de montrer le moindre signe de faiblesse. Elle se reprit.

— Je ne sais pas ce que tu attends de moi, Colin. Je ne vois pas ce que je pourrais te donner de plus.

— Dans ce cas, nous avons un sérieux problème, car j'attends de toi beaucoup plus.

— Que veux-tu dire ?

Colin enfonça les mains dans les poches de son jean et la regarda fixement.

— Je veux dire que tu vas devoir changer de comportement, tant vis-à-vis des filles que de moi. Tu veux tout régenter, tout contrôler, ce que nous faisons, où nous allons, les vêtements que nous portons, ce que nous mangeons. Ce n'est plus vivable.

— Je prépare les repas, ce n'est pas du contrôle, s'indigna Deanna, blessée par tant d'injustice. C'est moi qui tiens le calendrier des activités, il est donc normal que je sache qui doit aller à tel ou tel endroit. Pourquoi dénigres-tu tout ce que je fais ?

Elle aurait voulu lui dire qu'il pouvait partir, s'il n'était pas content. Sauf qu'elle n'était pas prête pour cela. Pas prête à ce qu'il la quitte.

— A t'entendre, j'ai l'air d'un monstre, ajouta-t-elle. C'est pourtant loin d'être le cas.

Le visage de Colin s'assombrit.

— Ce soir, à table, Audrey a demandé une autre part de lasagnes que tu lui as refusée, dit-il.

— Elle avait assez mangé.

— Qu'en sais-tu ? En se couchant, elle m'a expliqué que

son sandwich était tombé par terre et que la surveillante l'avait jeté à la poubelle. Comme elle n'avait pas de quoi s'en acheter un autre, elle a dû se contenter d'une pomme à midi, et ce soir, elle avait faim.

Deanna se sentit rougir.

— Elle aurait dû me le dire.

— Et prendre le risque de t'entendre lui crier après ? Elle a préféré se taire et partir se coucher affamée.

— Je ne crie pas, protesta Deanna.

Elle ne criait jamais. Elle parlait d'une voix ferme et raisonnable.

— Tu lui fais peur. Bon sang, Deanna, tu me fais peur !

— J'aimerais que ce soit vrai.

Colin secoua la tête, l'air soudain découragé.

— Je sais que tu crois bien faire, mais tu as tort. Jusqu'à présent, j'ai essayé de me convaincre qu'en tant que mère, tu savais mieux que moi ce qui était bien pour nos enfants. Je me suis trompé. Tu as des problèmes liés à ton passé qui…

Deanna plaqua violemment ses mains sur le bureau et le fusilla du regard.

— Laisse mon passé en dehors de ça, tu entends !

— Très bien. Tu ne veux pas en parler ? D'accord, nous n'en parlerons pas. Ce qui est clair, c'est que je passe la moitié de ma vie entre deux avions et que je ne vois pas mes filles grandir. Alors, même si c'est ce qui me permet de gagner davantage d'argent, je vais réduire mes déplacements et nous allons devoir apprendre à vivre avec moins. Je veux rester ici, m'occuper davantage des filles, les emmener à l'école, prendre le temps de jouer avec elles et de connaître leurs camarades.

Et à elle, que lui resterait-il ? se demanda Deanna, atterrée. Il essayait de lui voler sa vie.

— J'aimerais aussi comprendre ce que tu penses de moi, poursuivit-il. De nous. De quelle façon tu vois les choses entre nous.

Sa bouche se tordit en un sourire triste.

— Je ne suis pas certain que tu éprouves de l'amour pour moi, Deanna. Je ne suis même pas sûr que tu m'apprécies. Ce que tu aimes, c'est notre standing de vie, l'image que nous offrons.

Il haussa les épaules et ajouta :

— J'aimerais me tromper, mais je ne crois pas.

Il baissa les yeux, puis les releva sur elle et l'observa comme s'il la voyait pour la première fois.

— As-tu jamais éprouvé quoi que ce soit pour moi ou bien n'ai-je été à tes yeux qu'un moyen de sortir de ton enfer ?

Deanna blêmit sous l'insulte.

— Comment oses-tu ?

— Tu me le demandes ? C'est pourtant simple. Il s'agit de mon mariage, à moi aussi.

Elle brûlait d'envie de lui jeter quelque chose à la figure. De le frapper, de le blesser de la même façon qu'il venait de le faire. Elle n'en fit rien. Sa haine était forte, mais pas au point de lui faire oublier tout ce qu'impliquerait un divorce.

— Ne t'avise pas de venir dans notre lit, décréta-t-elle sèchement.

Il haussa les épaules.

— D'accord. Pour ce que ça change.

Puis il tourna les talons et sortit.

Deanna resta les yeux fixés sur la porte ouverte pendant de longues secondes, avant de s'effondrer sur sa chaise et de se couvrir le visage de ses mains rêches et gercées. Elle attendit les larmes, mais elles ne vinrent pas. Elle avait l'impression de n'être plus qu'une coquille vide. Sa vie était en train de basculer et elle ne savait même pas par où commencer pour tenter de réparer quelque chose qui lui était tout simplement incompréhensible. Elle n'avait plus aucun repère. Elle se sentait comme une naufragée, seule sur un youyou sans rames ni gouvernail, au milieu d'une mer hostile et démontée.

6

L'Hôtel des Baies avait vue sur l'océan. A l'heure du déjeuner, son restaurant accueillait essentiellement des hommes d'affaires et des touristes.

Plongée dans la consultation de la carte, Andi essayait de se décider entre la salade spéciale et le plat du jour, un poisson grillé.

— Franchement, vous devriez tester la salade de poulet sur le pain à l'ail, lui conseilla Nina. C'est tellement bon que ça tient de l'expérience spirituelle.

— Elle a raison, renchérit Laura en ajustant ses lunettes de lecture sur son nez. Je pourrais en manger un plein saladier à tous les repas. Naturellement, je prendrais du poids et notre cher Dr H me sermonnerait sur ma tension artérielle et mon taux de cholestérol.

Elle reposa la carte avec une moue chagrine.

— J'adore travailler avec cet homme, mais c'est un obsédé de l'équilibre alimentaire.

— Les risques du métier, lui fit remarquer Andi en riant.

— C'est sûr. Je dois cependant reconnaître que l'obsession du Dr H est un moindre mal, comparé à d'autres risques professionnels. Il y a quelques années, on m'a proposé un poste dans un cabinet dentaire. J'ai tout de suite refusé, à cause du bruit de la fraiseuse. Ça, je savais que je ne le supporterais pas. C'est dingue de penser que de nos jours, on est capable de déceler des nanoparticules, mais pas de réaliser des fraises dentaires silencieuses. Je vous le dis comme je le pense, l'argent de la recherche ne va pas toujours là où il devrait.

Toute la tablée s'esclaffa.

Andi s'adossa à sa chaise, se laissant bercer par le flot des conversations autour d'elle.

Elle avait survécu à sa première journée de travail et la deuxième s'annonçait sous les meilleurs auspices. Elle était en train de déjeuner avec ses collègues de boulot pendant qu'une demi-douzaine de gars costauds s'affairaient depuis le matin à démolir l'intérieur de sa maison, elle ne se battait plus contre les chauves-souris et, summum du confort, elle avait de l'eau chaude. Dans l'ensemble, la vie était plutôt belle.

Le rire de Dawn, la seconde infirmière, la tira de son état de quasi-béatitude.

— Franchement, Andi, je ne peux pas croire que vous ayez délibérément choisi de quitter Seattle pour venir vous installer sur cette île perdue. Moi qui suis née ici, j'aurais rêvé de vivre à Seattle.

— Mais tu t'es mariée et tu as eu des enfants, intervint Misty, la responsable administrative du cabinet médical. Et maintenant, te voilà coincée ici jusqu'à la fin de tes jours.

Laura sirota une gorgée de jus de fruits.

— Dawn se plaint, mais il ne faut pas croire un mot de ce qu'elle dit, précisa-t-elle à l'adresse d'Andi. Elle adore son île et ne la quitterait pour rien au monde. Comme nous toutes, d'ailleurs.

— Vous êtes toutes nées ici ? demanda Andi.

— Mes parents se sont installés ici quand j'avais cinq ans, répondit Laura. Ce qui revient quasiment au même.

Elle se pencha vers Andi et ajouta avec un clin d'œil :

— Le seul problème dans le coin, c'est la pénurie d'hommes. Tous ceux qui sont corrects sont déjà mariés.

— Il reste encore quelques célibataires, observa Nina.

— Ils sont rares, objecta Laura. Et s'ils sont encore célibataires, c'est qu'ils ont forcément un problème. Croyez-en mon expérience, Andi.

Misty lui donna un petit coup de coude en riant.

— Ne dis pas n'importe quoi ! Tu vas l'effrayer, alors qu'elle vient tout juste d'arriver.

— Aucun risque ! lança Andi, non sans un petit pincement

au cœur. J'ai vécu une rupture difficile qui m'a fait renoncer aux hommes au moins pour les dix prochaines années.

Toutefois, la vision d'un beau mâle tel que Wade King n'était pas pour lui déplaire… C'était même une distraction fort agréable. Et elle ne pouvait s'empêcher de se demander si son séduisant entrepreneur tombait dans la catégorie des célibataires ou pas.

— Vous êtes courageuse, fit remarquer Nina. Acheter une maison, ouvrir votre propre cabinet médical et repartir de zéro dans un nouvel endroit, ce n'est pas rien.

Andi sourit, consciente que cette description sonnait bien mieux que la vérité. En réalité, elle avait atterri ici uniquement parce qu'elle avait pris la fuite.

— Nina a raison, renchérit Misty dans un soupir. Vous avez un sacré courage. A ce propos, le Dr H vous fait dire qu'il est à votre disposition si vous avez besoin d'aide pour vous installer.

— C'est vraiment gentil à lui.

— C'est un brave homme.

— Dommage qu'il soit à ce point obsédé par son fils, précisa Laura.

— « Mon fils, le médecin ! » reprit toute la tablée en chœur avant d'éclater de rire.

Lorsque le serveur vint prendre les commandes, Andi se décida pour la fameuse salade de poulet.

— Vous avez commencé les travaux dans la maison ? demanda Nina. Ce doit être un gros chantier.

— Heureusement, je ne fais rien moi-même, répondit Andi. Je me contente de regarder en priant que la maison ne s'écroule pas. Il faut pratiquement abattre tous les murs intérieurs.

— Vous allez y installer votre cabinet de consultation ?

— Oui. Au rez-de-chaussée. Les plans sont terminés. Wade King me les a montrés samedi.

— Waouh, Wade King ! s'exclama Laura en faisant mine de s'évanouir. Il est craquant !

— Trop jeune pour toi, lui rappela Misty.

— Mon chou, je ne fais que regarder, mais s'il me propose d'aller un petit peu plus loin que le simple plaisir des yeux, je ne dirais pas non.

— Il est donc si populaire ? ne put s'empêcher de demander Andi.

— Il est plus que populaire, répondit Dawn, l'air rêveur. C'est notre idole. J'ai été à l'école avec lui. Depuis l'âge de douze ans, j'ai le béguin pour lui. Malheureusement, il ne m'a jamais regardée autrement que comme une copine de classe.

— Dommage, compatit Nina.

— J'adore ses fesses, intervint Laura. Vous les avez remarquées, Andi ?

— Euh, non… je n'ai pas vraiment fait attention.

— Vous devriez. Pensez-y. Dire qu'il est là quand vous rentrez chez vous, en fin de journée. Veinarde !

Andi ne sut quoi répondre, ce qui s'avéra finalement une bonne chose, car elle eut une soudaine inspiration.

— Son épouse doit être jalouse de toutes ces femmes qui reluquent son mari.

Des regards gênés s'échangèrent autour de la table.

— Il n'est pas marié, lui apprit Mitsy.

— Il est veuf, précisa Nina. Sa femme est morte d'un cancer. Une tragédie.

— Il a une fille, ajouta Dawn. Elle s'appelle Carrie. Une gamine adorable. Vous la verrez sans doute, car sa meilleure amie, Madison Phillips, habite à côté de chez vous.

De nouveau les quatre femmes échangèrent des regards, puis il y eut une seconde de silence.

— Autant la prévenir, déclara soudain Laura. Avez-vous rencontré Deanna Phillips ? C'est la propriétaire de la maison voisine de la vôtre. Froide comme un glaçon. Une pisse-vinaigre.

— Tu exagères, objecta Nina. Deanna est juste… excessive.

— Moralisatrice à l'excès, tu veux dire, ironisa Laura. Ses pauvres gamines. Elle leur mène la vie dure.

Andi ne releva pas. Tout ce qu'elle savait, c'est que Deanna Phillips était sortie quelques jours plus tôt sous le porche de sa maison pour pleurer.

Dawn secoua la tête avec un soupir.

— Deanna fait partie de ces mères qui font leur propre pain, cuisinent exclusivement des aliments bio et ne laissent pas leurs enfants regarder la télévision, à moins que ce ne soit un documentaire éducatif. Il n'y a rien de mal à ça, s'empressa-t-elle d'ajouter. C'est juste que…

— Elle passe son temps à bassiner les gens avec sa fichue baraque, enchaîna Laura. Elle ne peut pas avoir un jardin comme tout le monde avec quelques ronces et du chiendent. Non. Il est parfaitement entretenu, en parfaite harmonie avec le style parfait de sa maison parfaite.

— Je perçois comme une pointe d'amertume, lui fit remarquer Nina.

— Je n'ai pas grandi dans une famille aisée, répliqua Laura. Je n'ai pas honte de le dire et je ne m'en cache pas. Deanna sort d'un milieu aussi pauvre que le mien, mais à l'entendre, on la croirait descendue d'une famille d'aristocrates. Cette femme est insupportable.

— Tu exagères, intervint Misty.

— Je n'ai pas encore eu l'occasion de faire sa connaissance, dit Andi qui avait du mal à concilier le portrait qui venait de lui être fait de sa voisine avec l'image de la femme en larmes, seule, devant sa maison.

— Elle sera certainement charmante avec vous, dit Nina. Ses cinq filles sont adorables.

Andi sourit.

— C'est exactement ce que m'a dit mon autre voisine, Boston King. Le jour de mon arrivée, elle m'a accueillie avec un café et nous avons un peu bavardé. Elle a l'air sympa.

— Elle l'est, confirma Nina.

— C'est une artiste peintre, ajouta Laura. Une spécialiste de la peinture sur tissu. Elle crée des modèles originaux pour de grands couturiers et des designers du monde entier. Pour autant, elle n'a pas pris la grosse tête. Elle est restée la même. Une fille épatante.

Misty hocha la tête.

— Elle et Zeke forment un couple merveilleux, enchaîna-t-elle. Ils se sont connus au lycée et depuis, ils ne se sont plus quittés.

Son visage s'assombrit.

— C'est affreux ce qui leur est arrivé.

Tout le monde se tut.

Laura se tourna vers Andi.

— Ils ont perdu leur bébé, il y a six mois, expliqua-t-elle. Liam aurait un an aujourd'hui. Boston le tenait dans ses bras quand il s'est soudain arrêté de respirer. Un problème cardiaque, ont dit les médecins.

— Je ne savais pas, murmura Andi.

Sa formation de pédiatre l'avait amenée à côtoyer des parents en deuil de leur enfant, et leur souffrance l'avait profondément marquée.

— D'ordinaire, nous évitons de parler de la vie privée des uns et des autres, reprit Nina après un instant de silence.

— Ce n'est pas tout à fait vrai, objecta Laura avec un sourire malicieux, désireuse de détendre l'atmosphère. Autant vous prévenir, Andi, nous sommes de vraies commères. Aujourd'hui, nous nous montrons sous notre meilleur jour pour vous plaire, mais vous devriez nous voir après un ou deux verres de vin. Ça défrise !

Andi tira sur une de ses boucles de cheveux.

— Tant mieux. J'ai toujours rêvé d'avoir les cheveux raides.

Lorsqu'elle rentra chez elle, en fin de journée, Andi se gara dans l'allée, à côté d'un pick-up fatigué, le même qu'elle avait vu devant sa maison, le samedi matin.

Rapidement, elle vérifia son apparence dans le rétroviseur. Non pas qu'il y ait grand-chose à faire. Elle n'allait pas se transformer subitement en publicité pour produits de maquillage.

Elle se contenta donc de lisser au mieux ses cheveux et de vérifier que son mascara n'avait pas dégouliné. Puis elle prit son sac et descendit de voiture. Au moins était-elle propre et habillée décemment aujourd'hui. La dernière fois que Wade King l'avait vue, elle était épuisée et dépenaillée au sortir de sa nuit de lutte avec une chauve-souris.

Elle gravit les marches du porche quatre à quatre et entra chez elle en s'obligeant à respirer calmement. Il fallait qu'elle le salue de façon naturelle, mais souriante. Voire même avec un bon mot qu'il pourrait…

Elle se figea au milieu de ce qui avait été autrefois le hall d'entrée et balaya lentement les lieux d'un regard horrifié. Elle aurait parié que sa mâchoire s'était décrochée, mais n'était pas en mesure de le confirmer. Le choc était trop grand.

Elle n'avait plus de maison !

Seuls les murs extérieurs et l'escalier montant à l'étage tenaient encore debout. A part cela, pas grand-chose d'autre.

Toutes les cloisons intérieures avaient disparu. Il restait un ou deux piliers, sans doute pour éviter que les étages supérieurs ne s'effondrent. Et aussi quelques fenêtres, nota-t-elle machinalement en se demandant si elle devait s'en réjouir.

D'un bout à l'autre du rez-de-chaussée, rien ne venait interrompre son champ de vision.

— Ne vous affolez pas.

Elle entendit Wade avant qu'elle ne le voie.

Il sortit de derrière l'escalier avec un sourire amusé.

— Je vous promets que le résultat sera splendide, ajouta-t-il.

— J'ai bien failli tourner de l'œil. J'ai du mal à croire que vous ayez tout abattu en une seule journée.

— C'est super, non ? En fait, deux autres chantiers ont été retardés pour des raisons techniques, si bien que toute l'équipe a pu venir ici pour la démolition.

— Génial.

Sous le choc, elle n'était pas en état de faire autre chose que d'admirer les longues jambes de Wade et ses larges épaules. L'homme avait belle allure en jean, songea-t-elle distraitement, consciente toutefois que ce n'était ni le lieu ni le moment pour ce genre de considération.

— Ce matin, j'avais une vraie maison, marmonna-t-elle. Et maintenant, il ne me reste plus que quatre murs.

Wade posa une main amicale sur son bras.

— Il faut voir le côté positif. Plus vite on ratisse tout, plus vite on reconstruit. C'est certainement la même chose en médecine.

— Uniquement si on compare cette maison à une infection qu'il faut éradiquer.

— Je n'irais pas jusque-là.

— Ça me rassure.

Elle laissa tomber son sac à main au pied de l'escalier.

— Il reste encore des trucs à détruire ? demanda-t-elle.

— Juste le plancher qu'il faudra retirer soigneusement pour pouvoir le réutiliser plus tard.

Il avait en effet proposé de récupérer les lattes de chêne pour aménager les combles, se souvint-elle.

— Je suis contente de ne pas avoir assisté à la démolition. Je crois que cela m'aurait fait mal au cœur.

— Vous auriez surtout trouvé cela bruyant, plaisanta Wade, l'air tout joyeux.

« Evidemment, c'est cent fois plus amusant quand la maison à détruire n'est pas la vôtre ! » se retint de répliquer Andi.

— Venez, dit-il en se dirigeant vers l'arrière de la maison. Je vais vous montrer ce à quoi j'ai pensé, pour l'aménagement de la salle de pause du personnel.

Docilement, elle le suivit, et son regard dériva malgré elle sur les fesses de son entrepreneur joliment moulées par le jean. Laura avait raison. Wade King avait décidément de très belles fesses musclées et rebondies. Probablement grâce à tous ces efforts physiques qu'il faisait dans la journée.

— On pourrait installer des placards au-dessus d'un long plan de travail. Un réfrigérateur dans le coin, ici. Un évier au centre.

Il lui indiquait du doigt la place de chaque élément.

— Des étagères sur ce mur, un meuble de rangement sous la fenêtre et un deuxième comptoir, bien pratique lorsqu'on organise des petites fêtes de bureau autour d'un buffet, précisa-t-il.

— Vous en organisez souvent, sur les chantiers ?

— Bien sûr. Nous adorons les fêtes à thème. Genre escale tropicale ou bal costumé pour Halloween, répondit-il avec un clin d'œil. Mon contremaître adore se déguiser en Marilyn Monroe.

— Vraiment ?

— Tout à fait. Mais revenons à nos moutons. Ce n'est pas la première fois que nous réalisons une installation professionnelle, et l'expérience montre que l'espace kitchenette apporte une touche de convivialité, toujours bien accueillie par le personnel.

— Tout à fait d'accord.

— Parfait.

Wade la dévisagea quelques secondes.

— Comment ça se passe avec le Dr Harrington ?

— Très bien. L'équipe est sympa et j'ai déjà une longue liste de patients. Il semble qu'il y ait de la demande pour un pédiatre dans le coin.

— Une chance pour vous. Vous avez toujours voulu être médecin ?

Sa famille ne lui avait pas vraiment laissé le choix, songea-t-elle.

— Plus ou moins.

— Vos parents doivent être fiers de vous.

Elle réprima un soupir. Ses parents étaient plus déçus qu'autre chose, mais c'était difficile à expliquer aux personnes qui ne connaissaient pas le milieu dans lequel elle avait grandi. Elle n'allait tout de même pas avouer au beau Wade qu'elle était la ratée de la famille.

— Ma mère aurait préféré que je me tourne vers la chirurgie.

Wade secoua la tête avec une moue dubitative.

— Elle est sacrément exigeante. J'ai une fille qui a douze ans. Chaque semaine, elle change d'avis à propos de son futur métier. Je serais aux anges si elle m'annonçait qu'elle veut être médecin.

— Elle a encore le temps.

— C'est vrai. Elle grandit déjà trop vite.

Il l'étudia un instant de son regard sombre et demanda :

— Quel effet ça fait d'être la personne la plus intelligente dans cette pièce ?

— Ce n'est pas moi, la plus intelligente.

— Bien sûr que si. C'est vous la diplômée.

Elle éclata de rire.

— Peut-être, mais c'est vous qui m'avez sortie des griffes d'une chauve-souris. Les diplômes ne m'ont été d'aucun secours contre lui. Ou elle. Je n'ai pas pris le temps d'examiner son sexe de près.

— Moi non plus.

— En tout cas, vous m'avez sauvée. Vous êtes mon héros.

— J'aime bien l'idée d'être un héros. Souvenez-vous-en demain matin, quand vous descendrez l'escalier et que vous trébucherez sur un tas de gravats. Ça vous évitera de flipper.

Elle n'en était pas aussi certaine. Cela dit, elle ferait un effort.

Wade jeta un coup d'œil sur sa montre.

— Il est tard, mais je ne voulais pas partir avant de vous avoir rassurée sur le chantier.

— Vous aviez peur que je me sauve en hurlant dans la nuit ?

— Il y a de quoi paniquer, non ? répliqua-t-il, un sourire en coin. Croyez-moi, Andi, dans quelques semaines, cette maison sera splendide, ajouta-t-il, reprenant son sérieux. Vous ne la reconnaîtrez plus.

— Je vous crois.

Bizarre, voilà qu'elle faisait de nouveau confiance à un homme. Preuve qu'elle n'avait pas plus de cervelle qu'un moineau. La leçon donnée par Matt ne lui avait donc pas suffi ? Elle l'avait cru, quand il disait vouloir passer sa vie avec elle. Résultat : il l'avait plaquée devant l'autel. Bon, d'accord, Wade King n'était pas son fiancé. Ni même un petit ami. C'était son entrepreneur et…

— Andi ?

Elle cligna les yeux.

— Oh ! Pardon ! J'avais la tête ailleurs.

— Y a pas de mal. Du moment que vous n'avez pas la tête ailleurs quand vous tenez le volant de votre voiture.

— Je suis très concentrée quand je conduis.

Wade la regarda comme s'il était sur le point d'ajouter autre chose.

« On pourrait sortir ensemble », ce serait sympa. Ou bien, « J'ai envie de vous embrasser et de vous faire l'amour comme un fou », ce serait encore mieux, songea-t-elle dans un bref instant d'égarement.

Elle se reprit aussitôt. Non, non, pas question ! Elle était venue s'installer ici justement pour éviter tout nouveau déboire sentimental. Par conséquent, plus d'homme dans sa vie. Chasteté absolue.

— A demain, Andi.

— D'accord. A demain. Bonne soirée, Wade.

— Vous de même, dit-il avec un sourire en passant près d'elle pour se diriger vers la porte.

Cédant à la tentation, elle se retourna pour le regarder partir. Oui, Laura avait raison. L'homme était magnifique, de dos. En fait, il était aussi beau de face que de dos.

Malheureusement, il n'avait pas encore manifesté le moindre signe d'intérêt à son égard. Pas même une étincelle.

Est-ce que cela venait d'elle ?

Pendant dix ans, Matt avait essayé de la changer. Il lui avait demandé de se teindre en blonde et de se faire lisser les cheveux, de porter des robes plus sexy et de se montrer plus entreprenante au lit. Peut-être aurait-elle dû l'écouter.

A croire qu'elle était entourée d'une aura visible uniquement des hommes, les prévenant qu'elle était ennuyeuse comme la pluie. Ce qui n'aurait rien de surprenant. Elle n'avait jamais été très douée pour les relations fille-garçon. Au lycée, elle bûchait tellement pour maintenir sa moyenne dans la stratosphère qu'il ne lui restait guère de temps libre pour les sorties. Elle avait rencontré Matt la semaine précédant son entrée à l'école de médecine. N'ayant aucune expérience en matière de garçons, elle ne disposait alors d'aucun point de comparaison et s'était investie corps et âme dans une relation à sens unique.

Mais cela n'avait plus d'importance, maintenant, se dit-elle en se dirigeant vers l'escalier. Elle allait vivre en solo désormais. Sans homme. Une femme accomplie, libre de toute attache, en route pour l'aventure, voilà ce qu'elle était.

Toutefois, elle ne dirait pas non à Wade pour un baiser. Si d'aventure, il le lui demandait…

7

Andi troqua sa tenue de travail contre un jean et un T-shirt, avant de redescendre au rez-de-chaussée examiner de plus près sa maison. Enfin, ce qu'il en restait.

Le soleil ne se coucherait pas avant deux bonnes heures et l'air était étouffant. Elle ouvrit l'unique fenêtre qui n'avait pas été condamnée par des planches, puis sortit s'asseoir sous le porche, sur la première marche d'escalier.

Depuis son nouveau lieu favori de méditation, elle tournait le dos au chantier et pouvait ainsi imaginer plus facilement ce que serait sa maison, une fois l'intérieur restauré et le jardin réaménagé… Ses deux voisines possédaient des jardins splendides. Elle n'avait pas l'intention d'essayer de rivaliser, mais elle ne voulait pas que le sien fasse tache dans le paysage. Pour cela, elle allait devoir s'attaquer aux mauvaises herbes qui envahissaient la pelouse et au lierre galopant de façon anarchique le long de la clôture.

Elle en était là de ses réflexions quand un gros chat apparut sur le côté de la maison et s'approcha d'un pas nonchalant.

— Salut, toi. Qui es-tu ?

Tranquillement, le chat vint s'asseoir à côté d'elle. Il portait un collier. Elle se pencha pour lire le nom inscrit dessus.

— Pickles. Cela ne me dit pas si tu es fille ou garçon.

Elle laissa le nouveau venu renifler ses doigts, puis lui caressa le museau. Visiblement sous le charme, le chat se frotta quelques secondes contre sa main avant de s'étendre de tout son long sur la marche, s'offrant lascivement aux caresses.

— Le moins que l'on puisse dire, c'est que tu n'es pas sauvage.

— C'est notre chat.

Andi releva la tête.

Une fillette de neuf ou dix ans, blonde avec de grands yeux bleus cerclés de lunettes, s'avançait vers elle.

— Pickles ? Drôle de nom pour un chat, fit remarquer Andi avec un sourire.

— C'est Madison qui l'a appelé comme ça quand il est arrivé chez nous. Maman dit que j'étais déjà née, mais je ne me souviens pas. J'étais trop petite. Je m'appelle Lucy. J'habite à côté.

— Salut, Lucy. Moi c'est Andi. Andi Gordon.

La fillette lui retourna un sourire timide. Andi se déplaça pour lui faire un peu de place à côté d'elle, sur la marche.

Elle se souvenait des propos de ses collègues de travail au sujet de la mère de Lucy. Deanna Phillips ne semblait guère appréciée. Toutefois, Andi préférait se forger sa propre opinion. Elle n'avait pas encore rencontré sa voisine. Peut-être faisait-elle partie de ces personnes d'un abord difficile, mais qui possédaient en réalité un cœur d'or.

— Je fais faire de gros travaux dans ma maison, dit-elle en fronçant le nez de façon comique. J'espère que le bruit ne vous dérange pas trop.

— Je ne pense pas. Maman n'a rien dit, répondit la fillette.

Elle s'assit sur la marche en prenant soin de ne pas froisser sa robe, puis leva les yeux sur Andi.

— Je suis contente que vous ayez acheté la maison. Elle avait l'air tellement triste sans personne pour l'habiter.

— J'ai pensé la même chose, quand je l'ai vue. Et les maisons qui l'entourent sont si belles qu'elle paraît encore plus misérable.

— C'est dur d'être au milieu.

— Tu es au milieu, dans ta famille ?

Lucy hocha la tête, les yeux à présent rivés sur le chat.

— J'ai quatre sœurs. Madison est l'aînée, je suis la deuxième. Après moi, il y a encore Audrey et les jumelles.

— Waouh ! Cinq filles. C'est beaucoup.

— C'est ce que maman dit. Après la naissance de Madison, maman voulait un garçon, mais c'est moi qui suis arrivée. Ensuite, elle a eu Audrey et puis les jumelles, Sydney et Savannah. Papa dit qu'il se moque de ne pas avoir de garçon, parce que nous sommes les plus gentilles filles de la terre.

Andi sourit.

— Il a raison. Tes parents ont beaucoup de chance de vous avoir.

Lucy resta silencieuse quelques instants. Puis ses épaules se voûtèrent légèrement et elle poussa un soupir.

— Ma meilleure amie a déménagé au Texas pendant les vacances de Pâques. Elle m'a invitée à venir la voir cet été, mais maman n'est pas d'accord. Elle trouve que je suis trop jeune pour y aller seule.

— Les mamans se font toujours du souci.

Lucy hocha de nouveau la tête et remonta ses lunettes sur son nez, l'air tracassée.

— Maman pleure beaucoup en ce moment, lâcha-t-elle subitement. Elle pleure en cachette dans sa chambre, pour pas qu'on le sache. Mais moi, je le sais, je l'ai entendue.

Andi perçut la tension dans le corps de la fillette et en eut le cœur serré.

— J'imagine que cela t'inquiète, dit-elle doucement.

— Oui, murmura Lucy. Madison aimerait que papa la quitte et nous emmène, mais je ne veux pas. Je préfère rester ici. Comme maintenant.

Elle hésita.

— En un petit peu mieux, quand même, précisa-t-elle d'une toute petite voix.

Andi résista à l'envie de la serrer dans ses bras pour la consoler. Lucy avait manifestement beaucoup de peine, mais elle affichait une dignité telle qu'Andi craignait de l'effaroucher. Aussi se contenta-t-elle d'observer calmement :

— C'est dur d'entendre sa maman pleurer. Quand la mienne pleurait, je ne me sentais pas bien du tout. J'avais mal au ventre.

Lucy leva sur elle un regard surpris.

— Moi aussi, avoua-t-elle. Des fois, j'ai envie de vomir.

— C'est normal. Mais il ne faut pas trop t'inquiéter. Très souvent, les choses s'arrangent entre les parents.

— J'espère.

Lucy tourna la tête vers sa maison.

— C'est bientôt l'heure du dîner. Je dois y aller.

Elle prit le chat dans ses bras et se leva.

— Merci d'être venue me voir, Lucy. Reviens quand tu veux.

Un sourire illumina le visage de la fillette.

— D'accord. Au revoir.

— Au revoir.

Andi la regarda s'éloigner, pensive.

Chaque famille dissimule des secrets. Certains plus effrayants que d'autres, songea-t-elle en contemplant la splendide maison voisine de la sienne. Ne restait plus qu'à espérer que Deanna et son mari réussiraient à résoudre leurs problèmes, avant que la situation ne devienne trop angoissante pour leurs enfants.

Boston King vit Lucy retourner chez elle avec Pickles drapé telle une écharpe sur ses épaules. S'il existait un paradis pour chats, Pickles y avait sa place d'office, se dit-elle en traversant la pelouse en direction de la maison d'Andi. Il laissait les filles jouer avec lui comme s'il n'était qu'une simple poupée de chiffon et ne se rebiffait jamais, même pas quand elles lui enfilaient des vêtements ridicules et lui nouaient un chapeau sur la tête.

— Salut ! lança-t-elle en s'approchant.

Andi se retourna.

— Salut.

Boston souleva à bout de bras le panier qu'elle portait.

— J'ai entendu les ouvriers démolir votre maison. Je me suis dit que vous étiez peut-être traumatisée.

Andi se leva et descendit les marches.

— Je le suis. Franchement, j'appréhende de retourner à l'intérieur.

Boston lui tendit le panier.

— Voilà de quoi vous réconforter. Gratin de macaronis accompagné d'une bouteille de chardonnay. Personnellement, je commencerais par un bon verre de vin, ajouta-t-elle avec un sourire.

Andi jeta un coup d'œil sur le panier.

— Merci. C'est vraiment très gentil.

— Pas de quoi. Je suis contente d'avoir enfin une voisine.

Techniquement parlant, elle avait déjà une voisine. Deanna Phillips. Mais elles n'avaient jamais été proches et se contentaient d'échanger un salut de temps à autre. Elles vivaient pourtant dans la même rue depuis des années.

Sans doute la faute à Deanna qui ne ratait pas une occasion de manifester sa désapprobation à l'égard de ses moindres faits et gestes. De son côté, Boston ne pouvait nier un certain mépris affiché à l'égard de Madame Parfaite, sa voisine collet monté.

Andi lui indiqua le porche d'un geste.

— Je n'ai pas de siège à vous proposer, rien que des marches délabrées. Mais si vous voulez bien venir vous asseoir.

— Juste une minute alors. Zeke ne va pas tarder à rentrer, il adore les macaronis au fromage.

Les deux femmes s'assirent au sommet de l'escalier.

— Je réfléchissais au jardin, dit Andi. Je n'ai aucune expérience dans ce domaine, mais je crois que je vais devoir m'y mettre sans tarder.

— C'est le moment de faire des plantations.

— Quand je vois votre jardin et celui de Deanna Phillips, j'ai honte du mien. Je me dis que la barre est trop haute pour moi.

— Il ne faut pas. Je suis certaine que vous vous débrouillerez très bien. Si vous voulez, je vous donnerai les coordonnées d'un pépiniériste qui saura vous conseiller.

— Avec plaisir.

Le jeu des lumières et des ombres sur le visage d'Andi soulignait la structure délicate de ses traits. Une beauté authentique, nota Boston qui s'attachait davantage aux courbes et aux formes qu'aux critères de séduction habituels. La chevelure d'Andi, une masse de boucles brunes indisciplinées, serait difficile à capturer sur une toile. Mais ses yeux, d'un vert émeraude, auraient sans aucun doute un effet magnétique.

— Vous ne connaîtriez pas, par hasard, un décorateur pratiquant des prix raisonnables ? s'enquit Andi. Parce que je vais aussi avoir besoin de conseils pour aménager le cabinet de consultation. J'aimerais des couleurs vives pour le rendre accueillant. Il faut que les enfants s'y sentent bien et que le cadre puisse les distraire de leur angoisse quand ils sont malades.

Boston visualisa aussitôt un décor de forêt tropicale.

— Une fresque murale, dit-elle machinalement. Des couleurs gaies dans les tons de bleu et de vert. Avec des pointes de rouge et de jaune. Une jungle. Des fleurs. Des oiseaux. D'énormes perroquets. Peut-être des poissons dans une rivière, des chats aux yeux qui brillent et…

Elle s'interrompit.

— Désolée. Je m'emballe.

— Pas du tout, j'aime beaucoup votre idée, déclara Andi. Je suis certaine que les enfants adoreraient. Ne pourrait-on pas prolonger la fresque dans le couloir desservant les salles d'examen ?

— Bien sûr que si. On pourrait aussi décorer chaque porte d'un animal différent, proposa Boston, soudain animée d'un enthousiasme créatif. En conservant un fond vert sur les murs pour rappeler le thème de la jungle.

Elle jeta un coup d'œil vers sa maison en entendant le pick-up de Zeke se garer dans l'allée.

— Accepteriez-vous de m'établir un devis pour une fresque murale ? demanda Andi.

Boston hésita. Elle n'avait plus travaillé à un véritable projet depuis des mois. Zeke la pousserait probablement à accepter, dans l'espoir qu'elle puisse se changer les idées et sortir du gouffre de tristesse dans lequel l'avait plongée la mort de leur petit garçon.

— Je vais y réfléchir, marmonna-t-elle en se redressant. J'ai pas mal de choses à faire en ce moment.

Un mensonge, certes, mais qui lui permettait de battre en retraite. Réaliser cette fresque était impensable. Parce que si elle acceptait ce travail, elle n'aurait d'autre choix que de le mener jusqu'au bout et ce serait trop de pression. Une pression insupportable. Depuis la perte de Liam, elle se sentait si fragile… Aussi fragile que du verre filé.

— Quoi qu'il en soit, je serais ravie de discuter déco avec vous, conclut-elle.

— Ce serait formidable, déclara Andi en se levant à son tour. Merci pour le dîner.

— Pas de quoi.

Boston descendit les marches et courut retrouver Zeke qui l'attendait près du pick-up.

— Tu t'es fait une nouvelle amie ? lui demanda-t-il en souriant.

— Je lui ai apporté de quoi dîner.

Le regard brun de Zeke se fit gourmand.

— Des macaronis au fromage ?

— Oui. Ils t'attendent dans le four.

Il l'attira contre lui et l'enveloppa de ses bras.

— C'est la raison pour laquelle je reste marié avec toi. A cause des pâtes.

Boston se blottit dans le mélange familier de force et de chaleur du corps de son mari. A cet instant, tout allait bien, elle pouvait de nouveau respirer normalement et oublier, l'espace d'une seconde, qu'un rien pourrait la faire voler en éclats.

Ensuite, ils se disputeraient, comme ils le faisaient si souvent ces temps-ci. Parce que la colère était devenue pour Zeke son unique moyen pour essayer de l'atteindre, de la faire réagir. Comme d'habitude, elle esquiverait, et comme d'habitude il partirait. Une fois seule, elle reprendrait ses pinceaux et Zeke finirait pas revenir à la maison. Leur vie était devenue chaotique. Elle en était consciente. Ils vivaient désormais dans une sorte de spirale infernale dont elle ne savait comment sortir sans détruire la seule chose qui les unissait. Leur amour.

Deanna scanna la référence d'une bobine de fil argenté. La livraison de ce mercredi était plus importante que d'ordinaire, avec toute une série d'articles de Noël.

On était pourtant début mai. Quel besoin avaient donc les gens de penser déjà à Noël ? se demanda-t-elle, énervée, en entrant la quantité sur l'ordinateur.

Elle connaissait la réponse, naturellement. Toute personne se lançant dans la réalisation d'un pull, d'une écharpe ou d'un quelconque ouvrage fait main pour les fêtes de fin d'année, y travaillait pendant l'été. C'était logique.

D'habitude, elle aimait bien effectuer l'inventaire des articles présentés pour la saison à venir. Mais aujourd'hui, tout lui tapait sur les nerfs.

En réalité, c'était Colin qui lui tapait sur les nerfs. Elle avait passé une bonne partie des deux dernières nuits, allongée seule dans l'obscurité, à ressasser son amertume et à traiter son mari de tous les noms d'oiseaux qui lui venaient à l'esprit. Elle avait aussi dressé mentalement la liste de tout ce qu'elle avait fait pour lui. De tout ce qu'elle avait sacrifié pour lui. De tout ce qu'il n'avait pas pris la peine de remarquer, et encore moins de lui en être reconnaissant.

Sa silhouette, par exemple. Elle n'avait pas grossi d'un gramme depuis le jour où il l'avait épousée, et ce en dépit de quatre grossesses. Contrairement à Boston qui avait pris quinze kilos pendant sa grossesse et ne s'était pas donné la peine de perdre ses kilos superflus.

Ses activités sociales aussi. Elle suivait l'actualité de près, et était capable de discuter de façon avisée de la crise pétrolière ou de géopolitique. Elle assistait à toutes les réunions de la commission scolaire locale, ainsi qu'aux différentes réunions du conseil municipal. Elle participait à toutes les manifestations caritatives, ne ménageant pas sa peine pour être bien vue de tous.

Quant à sa maison, elle l'entretenait de façon impeccable, de même qu'elle se dévouait pour sa famille du matin au soir. Elle préparait le pain, cultivait ses propres légumes bio, cuisinait chaque maudite bouchée de nourriture qu'ils avalaient.

Et tout cela pour quels remerciements ? Accusations injustes ! Rejet ! Mépris ! Menaces !

Elle s'efforça de reprendre son calme et finit d'entrer les dernières commandes. Puis elle sortit la fiche d'inventaire des articles en réserve.

Située sur le côté ouest de l'île, la boutique Cosy Crafts bénéficiait d'une clientèle touristique, mais aussi locale. Deanna y organisait des ateliers de scrapbooking, de patchwork et de tricot. Elle choisissait et coordonnait les différents intervenants. C'était elle qui avait convaincu Boston d'animer un cours d'initiation à la peinture, deux ans auparavant. Le cours avait d'ailleurs donné lieu à un article élogieux dans une revue touristique. Colin l'avait-il seulement lu ?

Elle fixa un instant la vitrine du magasin. Une envie furieuse la prit d'y lancer une chaise. Un tel geste n'arrangerait rien, bien sûr, mais il lui fallait faire quelque chose. Chaque parcelle de son être hurlait de souffrance. De frustration. De terreur. Et de rage.

Divorce. Cette seule pensée la rendait malade. Pas question de divorcer. Elle ne voulait pas de cette solution. Elle ne voulait pas devenir un objet de pitié ou de commérages.

Malgré elle, elle ne put s'empêcher de revoir sa mère debout au milieu de l'affreuse kitchenette de leur sordide baraque crasseuse.

« Si tu te déniches un mari, fais en sorte de le garder, avait-elle coutume de lui dire. Rien de pire que de vivre sans homme à la maison. »

Deanna ne devait guère avoir plus de sept ou huit ans, quand elle avait reçu ce précieux conseil. A cette époque, elle considérait en effet qu'un homme à la maison était une bonne chose. Sa mère buvait moins quand elle avait un homme. Et par voie de conséquence, elle la frappait moins souvent et moins cruellement. La maison n'était plus aussi sale et il y avait de quoi manger dans le réfrigérateur.

Aujourd'hui, Deanna considérait encore qu'un homme à la maison était une bonne chose, mais pour des raisons différentes. Elle n'avait aucune envie de changer de style de vie ou de travailler plus. Et elle n'avait aucune envie d'expliquer le pourquoi du comment à qui que ce soit. Maudit Colin qui avait tout fichu en l'air !

Il était censé rentrer demain soir à la maison. Et elle redoutait déjà son retour. Elle ne savait ni quoi lui dire, ni comment se comporter.

Elle secoua la tête pour chasser la réalité déprimante de ce qu'était devenue sa vie et sortit du carton de livraison des pelotes de laine rouge et verte. Elle allait les exposer en vitrine dès maintenant, pour inciter à la vente. Exécuter son travail à la perfection comptait plus que jamais.

Quelques minutes plus tard, la porte du magasin s'ouvrit sur Boston.

— Bonjour. Non ! Déjà ? s'étonna celle-ci en voyant les pelotes de laine aux couleurs de Noël. L'été n'a même pas commencé.

— Je sais, répondit Deanna après un sourire poli. Mais les projets de tricot pour les fêtes de fin d'année prennent du temps.

Elle examina Boston d'un rapide coup d'œil. Cette dernière

portait une simple tunique colorée sur un jean taille basse qui ne dissimulait en rien le bourrelet disgracieux de son ventre. Et la lumière du soleil faisait ressortir ses mèches de cheveux rouges et violettes.

Ridicule. Quand donc cette femme cesserait-elle de se faire passer pour l'adolescente qu'elle n'était plus depuis longtemps ? Mais Boston avait toujours été d'un naturel excentrique. Sans doute son côté artistique. Et dire que la plupart des gens trouvaient cela charmant !

— J'aurais besoin de peinture acrylique, annonça Boston. Une boîte de peinture pour enfants fera l'affaire.

De l'acrylique ? s'étonna Deanna. D'ordinaire sa voisine commandait des produits qu'il fallait faire venir spécialement d'Europe. Elle ne comptait plus les heures passées sur internet à essayer de comprendre des formulaires de commande en ligne, rédigés en français et en italien.

— Pour quoi faire ? ne put-elle s'empêcher de demander.

Boston s'avança dans le rayon des fournitures d'art.

— Je vais peindre une fresque.

Elle secoua la tête et reprit :

— Ou plutôt, je vais *essayer*. Il s'agit d'un projet de fresque murale pour la salle d'attente d'Andi. Je vais commencer par réaliser quelques esquisses sur papier. Ensuite, je verrai si je continue ou non. C'est un gros travail, mais c'est peut-être ce dont j'ai besoin.

Deanna la rejoignit.

— Je ne comprends pas. Qui est Andi ?

Boston, qui examinait une série de petits pots de peinture aux couleurs vives, se tourna vers elle, surprise.

— Notre nouvelle voisine.

— Oh ! Je n'ai même pas pris le temps d'aller me présenter, marmonna Deanna.

Elle se souvenait vaguement avoir aperçu un camion de déménagement devant l'horrible baraque qui jouxtait sa maison. Elle avait aussi entendu les bruits d'un chantier, mais elle était si bouleversée, ces derniers temps, qu'elle n'avait pas intégré le fait qu'elle avait désormais une nouvelle voisine.

Boston prit un petit pot de peinture rouge qu'elle éleva devant ses yeux.

— Ce n'est pas grave, dit-elle. Tu as tellement à faire en ce moment.

Deanna se sentit rougir et se mit aussitôt sur la défensive.

— Que veux-tu dire ? lança-t-elle sèchement.

Une nouvelle fois, Boston lui jeta un regard surpris.

— Rien de particulier. Je voulais juste dire qu'avec cinq filles et un mari en déplacement professionnel toute la semaine, j'imagine que tu n'as pas une seconde à toi. Je ne sais pas comment tu fais pour t'en sortir.

Elle hésita avant d'ajouter :

— Il y a… autre chose ?

— Non. Bien sûr que non, s'empressa de répondre Deanna qui se serait giflée.

Elle devait à tout prix tenir bon, garder son sang-froid. Ne rien laisser paraître de ses difficultés personnelles avec Colin. Cela ne regardait personne.

— Je suis fatiguée. Excuse-moi.

— Pas de souci, répondit Boston en choisissant une demi-douzaine de pots de peinture et un pinceau. Bon. Je crois que j'ai tout.

Elles se dirigèrent vers la caisse enregistreuse.

— Je passerai voir notre nouvelle voisine, ce week-end, déclara Deanna. Comment est-elle ?

— Sympa. Jolie. Pédiatre, de surcroît. Nous avons désormais un médecin juste à côté de chez nous.

— C'est bien, commenta platement Deanna en entrant les codes des différents articles.

Mais en son for intérieur, elle s'inquiétait déjà d'avoir pour voisine une femme qui avait fait carrière. Quelqu'un pour critiquer sa vie. Quelqu'un pour lui faire remarquer qu'en acceptant d'avoir autant d'enfants, elle avait choisi d'être dépendante d'un homme, et que dans sa situation actuelle, elle ne pouvait s'en prendre qu'à elle-même.

Elle rangea les fournitures dans un sac en papier qu'elle tendit à Boston.

— Bonne chance pour le projet.

— Merci. J'ai hâte de commencer. J'ai besoin de faire quelque chose de nouveau. Il me faut du changement et je crois que c'est le moment idéal pour ça.

Sur ce, elle la salua et quitta la boutique.

Deanna la regarda sortir.

Comment cette femme pouvait-elle proférer de telles absurdités ? Depuis quand le changement avait-il du bon ? Le changement était synonyme de bouleversement.

Le dernier gros changement auquel Boston avait été confrontée, c'était la mort de son unique enfant. Comment pouvait-elle croire que le changement avait du bon ?

8

Le samedi matin, Andi se leva tôt. Il était prévu que les ouvriers viennent travailler toute la journée et elle ne voulait surtout pas se retrouver coincée dans son minuscule deux-pièces sous les combles, avec pour seule compagnie le bruit des marteaux-piqueurs et autres engins électriques tout aussi bruyants. Il n'y avait pas assez de café dans le monde entier pour rendre ce vacarme supportable.

La démolition du rez-de-chaussée était maintenant terminée, mais l'avancée des travaux de rénovation était invisible à l'œil des non-initiés. Wade lui avait cependant assuré que de nouvelles canalisations d'eau avaient été installées et que l'électricité avait été remise aux normes. Personnellement, elle avait besoin d'éléments plus concrets sur lesquels s'appuyer — genre murs en bonnes vieilles briques — pour visualiser un quelconque progrès. Plus tard, elle serait certainement heureuse d'avoir de nouveaux interrupteurs et de nouvelles prises de courant, mais dans l'immédiat, voir des câbles pendouiller entre les poutres ne la réjouissait pas plus que ça.

La semaine prochaine, une équipe supplémentaire viendrait s'attaquer à la rénovation de l'étage. Ce qui signifiait encore plus de cloisons à abattre, ainsi que deux salles de bains à détruire. Sa pauvre maison allait bientôt être réduite à une coquille vide.

Mais ça, ce n'était pas pour tout de suite, se dit-elle en descendant la colline en direction du bourg. Aujourd'hui, elle avait décidé d'explorer l'île. Le ciel était sans nuages, le soleil étincelant et la journée pleine de promesses. Elle s'était inscrite à une visite guidée du vignoble qui débuterait à 11 heures. En attendant le départ, elle avait prévu de faire le tour du port de Blackberry Bay et de visiter le centre-ville.

Comme elle s'approchait des premiers bâtiments, elle nota sur sa gauche une salle de sport qui proposait des séances de yoga et de Pilates.

Intéressant. Elle avait déjà essayé le yoga et découvert qu'elle était la personne la moins souple de la planète. Toutefois, bon nombre de gens ne juraient plus que par le Pilates. Une méthode de renforcement des muscles stabilisateurs visant à un développement harmonieux et équilibré du corps et de l'esprit. Exactement ce qui lui fallait !

Elle entra les coordonnées téléphoniques de la salle de sport dans son Smartphone et poursuivit sa promenade. Elle appellerait plus tard pour avoir des renseignements sur les horaires et le tarif des séances.

Un peu plus loin, une pancarte indiquait un marché de producteurs fermiers. Elle suivit la direction indiquée. Elle n'était pas seule à s'y rendre. Il y avait devant elle une famille. Le petit garçon tenait en laisse un énorme golden retriever — difficile de dire lequel des deux dirigeait l'autre. Un peu plus haut, un couple de retraités marchait main dans la main, parfaitement synchrone.

Andi sourit. C'était agréable, ce sentiment d'appartenir à une communauté. Pour le moment, elle ne connaissait pas grand monde, en dehors de ses collègues de travail, mais ça viendrait.

Quelques minutes plus tard, elle découvrait le marché installé sur la place de l'église. Les étals offraient des produits frais de saison. Les premières asperges côtoyaient des bouquets de fleurs champêtres, des fromages et des œufs. Il y avait aussi du miel et des savons artisanaux. Elle fut tentée d'acheter, mais elle n'était pas certaine d'avoir le temps de rentrer déposer ses achats chez elle, avant le départ de la visite guidée du vignoble. Aussi se contenta-t-elle de regarder, avant de retourner sur le port, point de rendez-vous de la visite.

Elle repéra une brunette d'une vingtaine d'années, arborant un T-shirt portant le logo « Island Tours », devant l'office du tourisme. Elle s'approcha.

— Bonjour. Je suis inscrite pour la visite de 11 heures. Andi Gordon.

— Très bien. Je m'appelle Beth.

La jeune femme jeta un coup d'œil sur sa liste et lui tendit un bracelet en plastique violet.

— Nous allons visiter plusieurs caves, lui expliqua-t-elle. Ce bracelet est votre passe d'accès. Ne videz pas vos verres, pensez à boire beaucoup d'eau et à grignoter.

Elle sourit et ajouta :

— Nous ne souhaitons pas que nos touristes reprennent le volant avec un taux d'alcoolémie trop élevé dans le sang.

Andi songea une seconde à préciser qu'elle n'appartenait pas à la catégorie des touristes, mais à celle des résidents permanents de l'île, puis se ravisa. Ce n'était pas l'objet.

— Je suis à pied, répondit-elle.

— Tant mieux. Dans ce cas, vous pouvez être pompette.

La jeune fille s'interrompit, le stylo en l'air au-dessus de sa liste, manifestement dans l'attente de quelque chose.

— Quoi ? demanda Andi.

— L'autre nom.

— Quel autre nom ?

— Vous n'êtes pas accompagnée ?

Quelques mois plus tôt, Andi aurait pu répondre « oui » à cette question. Oui, elle était accompagnée. Oui, elle était avec Matt. Oui, elle était avec quelqu'un. En duo. Même si cela n'avait pas été l'amour fou, être en couple avec Matt avait quelque chose de sécurisant.

— Je suis seule.

Beth cligna des yeux.

— Oh. D'accord. Ne vous inquiétez pas. Il y a pas mal de gens sympas dans le groupe. Je suis certaine que ça se passera très bien.

Andi eut envie de lui faire remarquer qu'elle ne s'inquiétait pas et que la terre n'allait pas cesser de tourner sur son axe simplement parce qu'une femme n'avait pas de petit copain. Mais elle n'en fit rien. Après tout, elle aussi se sentait un peu gênée, même si elle était parfaitement déterminée à renoncer aux hommes. Le fiasco avec Matt lui avait suffi et elle avait décidé d'embrasser une vie de célibataire endurcie. Le « … et ils vécurent heureux ensemble » n'était pas pour elle. A partir de maintenant, elle allait vivre heureuse seule !

— Bonjour ! C'est vous la célibataire ?

Interloquée, Andi se retourna. Un couple lui souriait. Tous deux grands et minces, des cheveux gris, l'air chaleureux. Soixante-dix ans au bas mot.

— Pardon ?

La femme lui tendit la main.

— Je m'appelle Betty et voici Fred, mon mari. Nous participons également à la visite du vignoble. La petite jeune fille qui nous sert de guide nous a dit que vous étiez seule.

La vieille dame baissa la voix pour ajouter :

— Nous lui avons promis de vous tenir compagnie. Nous allons bien nous occuper de vous.

Andi réprima un gémissement.

Bon sang, elle n'avait pas besoin de chaperon ! Elle avait la trentaine bien sonnée, elle était médecin et parfaitement capable de suivre une visite guidée qui l'éloignerait, au plus, d'une dizaine de kilomètres de sa maison.

Toutefois, comme elle était bien élevée, elle adressa au couple ce qu'elle espérait être un sourire sincère.

— C'est très gentil à vous, mais ne vous dérangez pas pour moi.

— Oh ! Cela ne nous dérange absolument pas, déclara Betty en passant avec autorité son bras sous le sien. Nous avons une fille exactement dans la même situation. Comme vous, elle est mignonne, et personne ne comprend pourquoi elle n'arrive pas à se trouver un gentil mari. Nous avons cru un temps qu'elle était lesbienne, mais je vous assure que ce n'est pas le cas. Enfin… Ce n'est pas toujours facile de trouver chaussure à son pied. Cela dit, il ne faut jamais désespérer. Peut-être allez-vous tomber sur un gentil célibataire, pendant la visite.

— En fait, je me suis inscrite à cette visite pour en apprendre un peu plus sur l'histoire de l'île et déguster ses vins, crut bon de préciser Andi.

Betty lui tapota affectueusement le bras.

— C'est bien, jeune demoiselle. Vous prenez les choses avec courage et philosophie. Je devrais prendre modèle, moi qui ai tellement peur de me retrouver seule. Si par malheur Fred disparaissait avant moi, je ne saurais que faire. Il faut dire que je me suis occupée de lui pendant cinquante ans. Etre épouse et mère, qu'est-ce qu'une femme peut souhaiter de mieux ?

Andi s'éclaircit la gorge et chercha rapidement la réponse la plus polie…

— Le mariage et la maternité peuvent en effet apporter quelques satisfactions, mais…

— Ne vous en faites pas, mon chou, vous finirez bien par vous dénicher un gentil compagnon, l'interrompit Betty. Et maintenant, laissez-moi vous présenter nos amis. Ils sont charmants, mais méfiez-vous de Walter. Il a tendance à avoir le regard baladeur, et vous êtes son type.

Andi sentit un début de migraine lui serrer les tempes.

— Ecoutez-moi, tout le monde ! claironna Betty à la ronde. Je vous présente Andi. Elle est seule.

Elle baissa légèrement la voix pour ajouter sur un ton qui se voulait celui de la confidence :

— Alors, chers amis, si vous connaissez des célibataires dans votre entourage, petits-fils, petits-neveux, n'hésitez pas à donner leurs coordonnées à Andi. Son horloge biologique tourne, il faut l'aider à se trouver un brave garçon.

Sidérée, Andi ouvrit la bouche, puis la referma.

Qu'aurait-elle pu dire ? Son seul réconfort était de savoir que très bientôt, elle entrerait dans une cave… Elle goûterait chaque vin, accepterait tous les verres et les boirait jusqu'à la dernière goutte.

Andi était du genre à surveiller la quantité d'alcool qu'elle buvait et à ne jamais être soûle, ou même pompette. Mais ce jour-là fit exception.

Quand Betty et ses amis avaient offert de la ramener chez elle en voiture, elle avait décliné la proposition. Marcher lui ferait le plus grand bien et lui éclaircirait les idées.

Elle avait également refusé de prendre les numéros de téléphone des proches esseulés de ses compagnons seniors de beuverie.

Franchement, les descriptions des célibataires en question l'avaient littéralement terrifiée. Pour ne pas dire traumatisée.

Il y avait le plus âgé des petits-fils de Bea et Harold, qui vivait encore chez sa mère et qui était encore puceau. A l'inverse, il y avait Jeff, trente-deux ans, sportif de l'extrême, qui s'était parfaitement remis de sa dernière IST — infection sexuellement transmissible ! Chase qui, à trente ans, avait déjà divorcé trois fois parce qu'il n'arrivait pas à trouver l'âme sœur. Et Derek, un écrivain raté, à la recherche d'une femme ayant un boulot stable pour le faire vivre, pendant qu'il pondrait le prochain Nobel de littérature. Même Beth, leur guide, lui avait parlé d'un ex-petit copain censé sortir d'une cure de désintoxication dans quelques semaines.

Andi avait réussi à esquiver toutes les offres de rencontre et vaguement promis de rester en contact. Certes, la visite du vignoble avait été passionnante, mais elle aurait donné n'importe quoi pour être ailleurs.

Lorsqu'elle réussit enfin à s'échapper, elle prit la direction de sa maison.

Seule avec ses pensées et une migraine lancinante, elle s'efforça de rester focalisée uniquement sur la route. Ce qui s'avérait plus difficile que prévu, car les pensées ne cessaient de perturber sa concentration.

D'accord, elle n'avait plus fréquenté d'hommes depuis que Matt l'avait plaquée le jour du mariage, mais si ceux qui venaient de lui être décrits représentaient le seul éventail de choix à sa disposition, alors autant vivre en ermite. Elle n'avait aucune envie de servir de mère à qui que ce soit et encore moins de soutien financier. Tout ce qu'elle voulait, c'était un homme correct, drôle et attentionné. Fidèle et, si possible, un petit peu sexy.

— Rectification : je ne veux plus d'homme ! lança-t-elle à haute voix, avant de regarder autour d'elle pour s'assurer de l'absence d'oreilles indiscrètes dans le voisinage.

Elle était venue sur cette île pour être indépendante. Pour pouvoir repartir de zéro, libre comme l'air. Sans homme !

Elle marqua une pause au pied de la colline et leva les yeux sur la rue qui conduisait à sa maison. Le cerveau embrumé par les vapeurs d'alcool et le corps accablé par la température extérieure en hausse, elle n'était soudain plus aussi sûre de pouvoir rentrer chez elle.

Elle aspira une grande goulée d'air et reprit sa marche laborieuse. Un pied devant l'autre, c'était ainsi que commençaient tous les voyages. Et tandis qu'elle gravissait la rue, son esprit se remit à vagabonder.

La vue sur le détroit était splendide. On apercevait la péninsule et l'entrée des terres dans l'océan. Evidemment, ce serait bien plus beau, s'il n'y avait pas ce fichu brouillard qui l'entourait… Zut ! Elle voyait flou.

L'air était chargé de sels marins. Sans cesser de marcher, elle inspira de nouveau plusieurs fois, lentement, profondément, dans l'espoir de s'éclaircir la tête. Mais les pensées continuaient de se bousculer dans le désordre sous son crâne.

Elle avait peut-être été un peu trop catégorique, à propos des hommes. Et un peu trop impulsive dans sa décision de venir s'installer sur une île. Naturellement, son expérience avec Matt suffirait à dégoûter n'importe qui de la vie de couple. Cela dit, il serait dommage qu'une mauvaise expérience pousse à prendre des décisions susceptibles d'affecter le restant de vos jours. Balckberry Island n'offrait aucune perspective de rencontres sérieuses. C'était un repaire pour touristes. Or, les touristes n'étaient que de passage. Betty et Fred avaient beau être sympas, elle n'avait aucune envie de sortir avec l'un ou l'autre. Idem pour les résidents de l'île. A première vue, ils étaient déjà tous en couple. Deux par deux, songea-t-elle en gloussant bêtement.

Un dernier virage et sa maison fut en vue.

— Magnifique, marmonna-t-elle avec un sourire béat.

Les quelques vitres encore en place étincelaient sous le soleil, et le jardin à l'abandon, envahi par les herbes folles, ne semblait plus aussi effrayant. Au lieu de le raser complètement, elle ferait peut-être mieux d'étudier son potentiel.

— Son *potentiel*, dit-elle à haute voix, avant de céder à l'hilarité car le mot l'amusait.

Oh ! là là ! Elle était vraiment pompette.

Au moins avait-elle fait le bon choix en jetant son dévolu sur cette maison. Ce n'était pas comme avec les hommes…

Tiens, justement, en parlant des hommes, l'un de ses représentants sortait de chez elle. Grand et musclé, vêtu d'un T-shirt et d'un short. Elle plissa les yeux et le vit se baisser pour soulever une poutre qu'il bascula sur son épaule comme s'il s'agissait d'un fétu de paille. Puis il retourna à l'intérieur.

Andi vacilla, un sourire idiot sur les lèvres.

Elle avait reconnu Wade.

— Tu crois qu'il voudrait bien sortir avec moi ? demanda-t-elle à personne en particulier. Ou coucher avec moi ?

Parce que même si elle avait décidé de renoncer aux hommes, même si ses ébats entre les draps avec Matt ne lui avaient pas laissé de souvenirs impérissables, la chasteté de ces derniers mois commençait à lui peser. Un petit orgasme ne serait pas de refus.

Wade avait l'air si fort. Et il avait de si grandes mains… En tant que médecin, elle savait que la rumeur concernant les grandes mains et les grands pieds n'était qu'un mythe. Toutefois, il n'était pas interdit de rêver. Sauf que si elle en était à fantasmer sur son entrepreneur, c'était peut-être signe qu'elle n'était pas claire avec elle-même concernant cette question du célibat. Et si elle ne se sentait pas prête à vivre en ermite le restant de ses jours, s'installer sur une île était une idée absurde. Une idée parfaitement stupide !

Sa vision se troubla de nouveau et elle réalisa qu'elle ferait mieux de ne pas rester en plein soleil et de boire un peu d'eau. Oui, c'était ça. D'abord s'hydrater. Ensuite, elle réfléchirait à ce qu'elle allait faire à propos…

Elle cligna des yeux et perdit de nouveau le fil de sa pensée.

Elle réussit à remonter la rue jusque chez elle, puis l'allée, et à gravir les marches d'un pas chancelant. Mais quand elle entra dans le hall sombre, elle dut s'adosser contre la porte, le temps d'accommoder sa vision au changement de luminosité et tenter de stabiliser son regard.

Elle baissa les yeux sur la bouteille d'eau miraculeusement apparue entre ses mains. D'où venait-elle ?

— Salut ! Alors, comment s'est passée la visite du vignoble ?

Andi releva les yeux sur Wade. Elle lui sourit.

— C'était une visite *dégustation*, précisa-t-elle.

— Je vois.

— Il y avait beaucoup, beaucoup de vins.

Wade fronça les sourcils.

— Vous avez trop bu, Andi.

— Juste…

Elle leva la main et essaya de rapprocher l'index de son pouce. Sauf qu'il y avait une bouteille entre les deux. Hmm, mais d'où venait cette fichue bouteille ?

— Andi ?

Elle concentra de nouveau son attention sur le visage de son interlocuteur. Séduisant. Mais un peu flou. Comme tout le reste de la maison.

— Combien de verres avez-vous bus ? demanda Wade.

— Sais pas. J'étais avec Fred et Betty.

— Qui sont Fred et Betty ?

— Des amis. De *très vieux* amis, gloussa-t-elle en réalisant qu'il pourrait penser qu'elle les connaissait depuis des lustres, alors qu'elle voulait simplement préciser qu'ils étaient âgés.

Mais ce serait trop compliqué à expliquer.

Elle vit Wade secouer la tête.

— Vous allez être dans un sale état, demain matin, marmonna-t-il avec une grimace. Essayons d'y remédier.

— D'y *quoi* ?

D'une main ferme, il la fit pivoter et lui ôta son sac à dos qu'elle avait complètement oublié. Ce fut comme s'il lui enlevait un énorme poids des épaules.

— Bon sang Andi, combien de bouteilles avez-vous achetées ?

Elle regarda fixement son sac à dos, l'air éberluée.

— Il y a du vin là-dedans ?

Wade soupesa le sac d'une main.

— Je dirais l'équivalent d'une caisse. Vous voulez que je le monte dans la cuisine ?

— J'ai une cuisine ? s'exclama-t-elle. Vous m'avez installé une cuisine ? Comme c'est gentil !

Incroyable. Ce matin, il n'y avait rien du tout. Juste un espace vide. Et maintenant, une cuisine…

De nouveau, Wade secoua la tête.

— C'est pire que ce que je pensais, laissa-t-il échapper dans un soupir. Venez. Je vais vous aider à monter à l'étage.

Vous pourrez vous asseoir tranquillement jusqu'à ce que votre estomac se révolte.

— J'ai un estomac d'autruche, je ne vomis *jamais*, crut bon de l'informer Andi avec un petit reniflement dédaigneux.

— J'espère que vous vous trompez. Croyez-moi, débarrassez-vous rapidement de tout ce vin que vous avez avalé et vous vous sentirez mieux, demain. Autrement, je ne voudrais pas être à votre place quand le soleil se lèvera.

Andi ne comprenait pas un traître mot de ce qu'il racontait, mais cela ne devait pas avoir beaucoup d'importance, car il la poussait déjà vers l'escalier.

La seconde d'avant, elle était dans le hall, la seconde suivante, elle était dans son grenier transformé en salon-kitchenette et Wade l'installait dans un fauteuil.

— Je vais très bien, assura-t-elle.

Il lui sourit, amusé.

— Je vois ça.

Il sortit des glaçons du minuscule freezer et les mit dans un verre qu'il remplit d'eau additionnée d'une pincée de sel avant de le lui tendre.

— Buvez. Je reviendrai plus tard voir comment vous allez.

Avant qu'elle ait pu lui signifier que ce n'était pas la peine, il avait déjà quitté la pièce. Et avant qu'il ait atteint le bas de l'escalier, elle reposait le verre sur la table, l'estomac soudain barbouillé. Trente secondes plus tard, elle se précipitait dans la salle de bains pour tester la théorie de Wade selon laquelle se vider l'estomac dès maintenant lui permettrait de se sentir mieux demain.

9

Boston regardait fixement la feuille de papier blanc devant elle. Dans sa tête, elle voyait très exactement la fresque murale telle qu'elle l'imaginait. Le jaguar aux yeux étincelants, les singes malicieux se balançant dans des arbres d'un vert vif, la chenille rampant sur un pétale de fleur d'hibiscus, des perroquets aux couleurs éclatantes volant de branche en branche. D'ordinaire, une fois que la scène était claire dans son esprit, sa main se mettait à bouger. Mais pas cet après-midi.

C'était la troisième fois qu'elle essayait de mettre sur papier son idée de fresque pour la salle d'attente d'Andi. Travailler sur ce projet inhabituel lui avait semblé le parfait antidote à sa panne d'inspiration artistique. Mais en dépit de ce qu'elle voyait quand elle fermait les yeux, en dépit de son désir de faire revivre son talent, elle restait figée sur sa chaise, ses doigts engourdis refusant de coopérer.

— Salut, chérie.

La voix familière, les mots familiers l'arrachèrent à sa prison. Elle bondit sur ses pieds et sortit précipitamment de son atelier.

— Tu rentres tôt, dit-elle en s'avançant dans la cuisine.

Zeke lui sourit tout en défaisant sa ceinture à outils.

— J'avais hâte de retrouver la femme de ma vie.

Boston s'approcha. La ceinture à outils heurta le sol et les bras de son mari l'entourèrent. Elle s'abandonna à son étreinte, se noyant dans sa chaleur et son odeur. Tout en lui était rassurant et excitant en même temps, si familier… Sauf qu'elle ne savait plus quand la bouche de Zeke s'emparerait de nouveau de la sienne pour la rendre folle de désir.

Jusqu'à il y a six mois, leur entente sexuelle avait toujours été parfaite, songea-t-elle en savourant la caresse des mains de Zeke sur son corps. Après la naissance de Liam, elle avait été prête à faire l'amour bien avant l'autorisation du médecin. Et aujourd'hui, elle le désirait toujours autant. Mais Zeke, lui, se dérobait…

Boston noua les bras autour de sa nuque et l'obligea à baisser la tête pour l'embrasser. Elle sentit ses mains descendre le long de son dos pour agripper ses fesses. Elle arqua son corps pour se coller contre lui, se frotter contre lui, sentir contre son ventre l'érection familière, sentir l'intensité de son désir. Mais lorsqu'elle baissa les mains vers les poignets de Zeke pour amener ses doigts longs et forts à ses seins, ce fut pour réaliser que son mari ne manifestait aucune preuve physique de désir pour elle.

Leurs lèvres se séparèrent. Comme si de rien n'était, Zeke lui donna une petite tape affectueuse sur les fesses, puis passa un bras autour de ses épaules.

— Alors, où en est ton projet de fresque murale ? demanda-t-il en l'entraînant vers l'atelier. Montre-moi ce que tu as fait aujourd'hui.

— Il n'y a rien à voir, bredouilla-t-elle. J'ai un peu de mal à démarrer.

— C'est normal. Je veux juste voir les esquisses.

Il avait l'air si déterminé qu'elle comprit qu'il était impossible de l'arrêter. Aussi se résigna-t-elle à l'inévitable.

L'atelier avait été ajouté à la maison peu de temps après leur mariage. Orienté plein sud, avec de larges fenêtres pour laisser entrer la lumière, il était sobrement meublé d'un chevalet, d'une grande table de travail et d'étagères de bois pour y ranger les pots de peinture et les pinceaux.

Zeke s'avança dans la pièce, tandis que Boston restait dans le couloir, sachant déjà ce qu'il allait voir. Ce qu'elle n'avait pas eu le temps de dissimuler. Parce que c'était ce qu'elle faisait depuis des semaines. Dissimuler l'évidence. Dissimuler l'atroce réalité.

Une feuille de papier à dessin trônait sur le chevalet. Seule surface vierge dans la pièce. Tout le reste, les murs, la table de travail, était couvert de portraits de leur fils décédé. Des dessins au crayon, au pastel, au fusain, des peintures à l'huile, des aquarelles, en noir et blanc, en couleur, réalistes, abstraites. Dans tous les styles, sous tous les angles, dans toutes les positions. Boston puisait dans ces images une forme de consolation, d'apaisement. Mais elle savait qu'il n'en était pas de même pour Zeke.

Elle le regarda tourner lentement sur lui-même, laissant ses yeux errer sur les murs. Quand il lui fit face, elle lut la colère sur son visage, mais aussi le désespoir. Un désespoir noir et profond.

— Alors tu continues ? Dans quel monde vis-tu, bon sang ?

Elle s'avança dans l'atelier et soutint son regard.

— Je vis ici.

— Non. Tu vis dans un autre monde. Un monde que tu t'es créé pour continuer à vivre avec Liam, un monde qui n'existe pas. Dans le monde réel, Boston, tu dois te débrouiller pour vivre avec ton chagrin.

— C'est ce que je fais.

— A d'autres ! Tu te caches la réalité. C'est différent. Tu refuses d'assumer la réalité telle qu'elle est. Notre fils est mort, Boston. *Mort.* Tu penses pouvoir le peindre ainsi jusqu'à la fin de tes jours ?

— Tout le monde ne choisit pas de noyer son chagrin dans l'alcool.

— Peut-être, mais *moi*, je manifeste mes émotions, répliqua Zeke d'une voix vibrante de frustration. Je pleure notre enfant. Et toi ? As-tu seulement versé une larme ?

Elle pouvait visualiser la colère, rouge et étincelante — un cliché, mais c'était ainsi qu'elle la percevait. La tristesse aussi. Moins nette. Vert d'eau ou gris-bleu, songea-t-elle, consciente qu'il était plus facile de se concentrer sur ces représentations visuelles que sur les paroles de Zeke.

— Je me débrouille à ma façon pour vivre avec mon chagrin, répondit-elle d'une voix sourde.

— Non, tu t'égares complètement.

D'un geste las, il désigna l'atelier, les peintures et les esquisses.

— Tout ceci me fait peur, Boston. As-tu idée de ce que je ressens quand je te vois peindre Liam, heure après heure, jour après jour ?

Il serra les poings.

— Je ne supporterais pas de te perdre, Boston. Ne me fais pas ça, je t'en prie. Va voir quelqu'un. Parles-en à un médecin.

Comme il faisait mine de la prendre dans ses bras, elle se dégagea vivement.

— Un psychiatre, tu veux dire. Parce que tu considères que je suis folle, c'est ça ?

En réalité, elle ne voulait surtout pas que qui que ce soit tente de réparer son cœur brisé. Parce que c'était justement tout ce qui lui restait de Liam. Un cœur brisé. Sans cela, son petit garçon était vraiment parti.

Déchiré, Zeke la dévisagea.

— Je ne peux pas te regarder continuer ainsi, dit-il.

Et il sortit.

Boston le laissa partir. Il allait sans doute chez Wade, ou passer la soirée dans un bar. Elle aurait voulu le rappeler, mais elle n'en avait pas la force.

Leur amour était comme une maison dont les fondations commençaient à s'effriter. Les murs ne tarderaient pas à s'écrouler.

Elle entendit la portière du pick-up claquer, puis le bruit du moteur. Alors elle s'avança vers le tabouret, s'y assit et prit son crayon. L'image du jaguar avait disparu de son esprit, chassée par celle d'un bébé endormi.

Qu'elle se mit à dessiner.

Andi se réveilla avec une migraine carabinée et le vœu sincère de ne plus jamais jamais se soûler. Ses yeux piquaient, son estomac brûlait et sa peau lui semblait trop petite de deux bonnes tailles, au moins. En tant que médecin, elle pouvait visualiser le schéma du processus d'élimination des toxines à travers son organisme. En tant que personne directement concernée, elle ne pouvait que s'hydrater et attendre que sa gueule de bois s'atténue.

Elle n'avait que des souvenirs épars de la journée précédente. Elle était cependant certaine d'avoir parlé avec Wade. Elle espérait seulement ne pas avoir raconté trop de bêtises.

Genre lui demander la permission de tâter ses muscles ou de lui arracher son T-shirt…

A sa décharge, son entrepreneur était vraiment beau mec, et sa décision de renoncer aux hommes avait peut-être été… un peu trop hâtive. Il fallait qu'elle y réfléchisse de nouveau. Qu'elle agisse avec mesure et prudence. Et qu'elle attende de se sentir un peu mieux avant de se jeter au cou de Wade King. D'autant qu'il n'avait toujours pas manifesté le moindre signe d'attirance à son égard. Rien, pas une étincelle dans son beau regard sombre indiquant qu'elle était pour lui autre chose qu'une simple cliente.

Elle secoua la tête… et grimaça aussitôt. Elle ferait mieux de se ressaisir rapidement, car aussi séduisant que soit le tableau, elle avait déjà valsé dans le décor devant trois cents personnes, et cela suffisait amplement. Elle avait eu son compte de déception amoureuse pour une vie entière, merci bien.

Après avoir bu deux verres d'eau et grignoté une biscotte, elle descendit l'escalier d'un pas prudent. Heureusement, c'était dimanche. Elle n'aurait donc pas à supporter le bruit d'un marteau-piqueur ou d'une scie, ni même d'une conversation. Elle pourrait se désintoxiquer en paix. En fin de journée, peut-être se sentirait-elle capable d'avaler un bol de bouillon.

Au bas de l'escalier, l'immense espace vide qui s'offrait à ses yeux ne lui remonta pas le moral. Elle rêvait d'avoir des murs et un plancher. Des fenêtres aussi, à la place des trous occultés par des planches. Bon, d'accord, les travaux n'avaient commencé que depuis une semaine, mais tout de même. Elle avait besoin de visualiser les progrès. Elle avait besoin de concret.

Elle s'arrêta devant ce qui ressemblait à un câble électrique tout neuf et essaya de s'enthousiasmer. Peine perdue. Pas la moindre étincelle d'émerveillement.

Elle était sur le point de remonter s'allonger, quand quelqu'un frappa à sa porte.

Du moins, elle supposa que c'étaient des coups frappés à sa porte, car dans son état, le résultat ressemblait davantage à des coups de bélier directement sur sa boîte crânienne. Elle se hâta d'aller faire cesser ce supplice.

— Oui ? dit-elle en clignant des yeux devant la jolie blonde qui se tenait sous son porche.

De taille moyenne, sa visiteuse avait le teint clair et de magnifiques yeux bleus. Sa tenue chic décontractée lui fit prendre conscience de son propre T-shirt fané et de son short trop large. Sans parler de ses pieds nus et de ses cheveux en bataille.

Elle réprima une grimace tandis qu'elle reconnaissait sa voisine, Madame Parfaite.

— Bonjour, dit celle-ci avec un sourire poli. Je m'appelle Deanna Phillips. J'habite la maison d'à côté.

Deanna portait un chemisier blanc sur un pantalon de toile bleu marine parfaitement coupé, et le rang de perles autour de son cou de cygne parachevait l'ensemble.

Andi tira sur le bas tout effiloché de son T-shirt.

— Ravie de vous rencontrer, répondit-elle en s'effaçant machinalement pour laisser entrer sa voisine, avant de réaliser qu'il n'y avait pas de murs chez elle, et encore moins d'endroit où s'asseoir. Excusez-moi. Je suis en plein chantier.

Deanna s'avança et balaya les lieux du regard. Son nez délicat se fronça légèrement.

— Vous gardez la structure, c'est déjà ça, fit-elle remarquer. Je suis certaine que ce sera charmant, une fois les travaux terminés.

Elle marqua une pause avant d'ajouter, avec un sourire contrit :

— Je suis désolée de ne pas être venue me présenter plus tôt.

Elle lui tendit un plat.

— Bienvenue chez nous. Poulet et légumes. Très sain. J'espère que cela vous plaira.

— Merci.

Andi prit le plat, contente de se voir offrir un repas tout prêt. A supposer toutefois qu'elle retrouve un jour l'appétit. La simple odeur des épices s'échappant de dessous le film étirable lui retournait l'estomac.

Deanna pivota lentement sur elle-même, notant au passage les planches occultant les ouvertures sur l'extérieur.

— On m'a dit que vous étiez médecin.

— Pédiatre.

— Un beau métier. C'est ce que l'on attend des femmes d'aujourd'hui, n'est-ce pas ? Qu'elles fassent carrière. Pour ma part, ma priorité a toujours été d'être mère de famille. Je suis vieux jeu, je sais, précisa-t-elle, les lèvres pincées.

Andi se demanda s'il s'agissait de la conclusion de leur conversation ; elle avait du mal à suivre le fil. Elle fit cependant un effort.

— J'ai cru comprendre que vous aviez cinq filles. Les familles nombreuses sont rares, de nos jours.

— En effet, j'ai cinq filles.

Puis elle reprit l'examen des lieux.

— Vous devriez venir voir ma maison. Elle a été parfaitement restaurée et tout le mobilier est d'époque.

— Oh ! ce doit être ravissant, ne put que répondre Andi.

Deanna hocha la tête.

— En effet. La maison appartient à ma famille depuis sa construction. Boston a également hérité de la sienne, mais ses grands-parents n'étaient pas les premiers propriétaires.

— Ah.

Etait-il si important de savoir depuis combien de générations la maison était dans la famille ? Andi était perdue.

Deanna lui décocha un nouveau sourire. Un sourire affecté, cette fois.

— Bien, je ne vous dérange pas plus longtemps, dit-elle. Bienvenue dans notre petite rue. C'est un soulagement de voir ces murs enfin occupés. Quoi que vous en fassiez, ce sera toujours un progrès.

Et, d'une démarche assurée et un peu guindée, elle sortit.

Andi la suivit d'un œil éberlué. Elle n'avait rien compris à ce qui venait de se passer, mais une chose était sûre : Deanna Phillips faisait partie de ces personnes difficiles à apprécier au premier abord.

Le dimanche suivant, Andi avait de nouveau le moral dans les chaussettes, mais cette fois, sans la gueule de bois.

Errant, désœuvrée, dans la maison, elle se sentait affreusement seule et la journée semblait interminable. Pendant la semaine, c'était différent. Son travail au cabinet du Dr Harrington l'occupait à plein temps et le soir venu, elle était contente de se détendre tranquillement chez elle. La veille, elle avait passé son samedi après-midi à faire des courses, mais aujourd'hui, elle n'avait rien de prévu.

A l'époque où elle sortait avec Matt, ils avaient l'habitude de passer leurs dimanches ensemble. C'était généralement le seul jour où ils étaient libres tous les deux et rarement de garde. Bien qu'avec la spécialité de Matt — chirurgie oncologique —, il n'était jamais vraiment disponible.

Ils réussissaient tout de même à faire pas mal de choses ensemble — musées, dîners chez des amis, visites dans la famille de Matt, cinéma. Ils allaient parfois faire les boutiques, et Matt lui disait quoi acheter. Bref, pendant dix ans, elle avait consacré son temps libre à faire ce dont Matt avait envie. Si bien qu'à trente-deux ans, elle découvrait avec consternation qu'elle ne savait pas quoi faire d'elle-même, un dimanche.

Elle termina son café, rinça sa tasse, puis fit son lit. Elle avait déjà pris sa douche et s'était habillée. La journée ne faisait que commencer. Elle était chaude et ensoleillée. Il serait dommage de ne pas en profiter. Elle pourrait faire…

Faire quoi ? Que pourrait-elle bien faire ?

Il n'y avait pas de musée sur Blackberry Island, elle n'avait aucune envie d'aller au cinéma toute seule, et tous ses amis habitaient Seattle.

Elle jeta un coup d'œil par la lucarne du grenier. Son regard s'arrêta deux étages plus bas, sur le jardin à l'abandon.

Voilà ce qu'elle pourrait faire ! Descendre dans le jardin, s'y promener, réfléchir à son aménagement. Elle pourrait même prendre quelques photos et demander à Wade s'il connaissait un paysagiste susceptible de lui donner un coup de main pour le remettre en état. Ou demander à Boston les coordonnées de la personne dont elle lui avait parlé.

Sa décision prise, elle se tartina rapidement de crème solaire, posa un chapeau sur sa tête, prit son appareil photo et sortit.

Les hivers sur cette côte Nord-Ouest des Etats-Unis étaient généralement gris et pluvieux, mais dès que le soleil perçait, il n'y avait pas plus bel endroit sur terre.

Andi contempla le ciel d'un bleu lumineux, la côte rocheuse

en contrebas et l'océan au-delà. L'été s'installait sur l'île. Et elle aussi !

Elle commença par le jardin à l'arrière de la maison. Il portait encore la marque de sa splendeur d'antan. Un petit chemin dallé, envahi par les mauvaises herbes, circulait entre ce qui avait dû être d'anciens massifs de fleurs — à présent noyés sous les broussailles. Des touffes d'herbe poussaient çà et là et le chiendent avait pris ses aises.

Elle regarda autour d'elle en se demandant s'il n'y aurait pas, quelque part, un système d'arrosage ou des outils de jardin. Il y avait bien un appentis de bois au fond du jardin, mais il semblait sur le point de s'écrouler et c'était à coup sûr le paradis des araignées — elle s'en voudrait de les déranger !

Elle prit des photos. Vu à travers une lentille optique, le jardin était franchement… moche. Il était plus qu'urgent de s'en occuper.

— Bonjour !

Elle se retourna et aperçut Lucy qui tenait dans ses bras le chat de la famille. Deux fillettes se ressemblant comme deux gouttes d'eau l'accompagnaient.

— Je vous présente mes petites sœurs, annonça Lucy. Sydney et Savannah.

Andi sourit et s'agenouilla pour se mettre à la hauteur des fillettes. Elle leur tendit la main.

— Ravie de vous rencontrer.

Sydney et Savannah lui serrèrent la main tour à tour, puis se regardèrent en riant.

Les trois filles étaient en short et en T-shirt. Les jumelles portaient des T-shirts identiques ourlés d'un volant. L'un rose, l'autre jaune.

— Moi, c'est Sydney, précisa la fillette à l'ourlet jaune.

Lucy s'assit dans l'herbe et relâcha Pickles qui se vautra aussitôt dans un rayon de soleil et se mit à faire sa toilette. Les jumelles s'assirent près de leur sœur, face à Andi.

— Qu'est-ce que vous faites ? demanda Lucy.

— Je prends des photos du jardin. Pour le moment, il n'est pas très beau.

Savannah hocha vigoureusement la tête.

— Maman n'aime pas du tout votre maison. Elle dit que c'est un fl…

Elle glissa un regard à sa grande sœur qui se contenta de hausser les épaules.

— Un fléau ? proposa Andi.

— Oui, c'est ça. Un fléau.

Pas très sympa, comme remarque, même s'il y avait une part de vérité, songea Andi.

— C'est juste parce que cette pauvre maison est restée trop longtemps abandonnée, expliqua-t-elle. Elle était triste, mais à présent, elle est contente.

— Les maisons ne peuvent pas être contentes, objecta Sydney avec le plus grand sérieux.

— Pourquoi pas ?

— Parce qu'elles ne sont pas vraies.

Andi inclina la tête sur le côté en étudiant sa maison.

— Moi, je la trouve vraie.

— Sydney veut dire qu'elle n'est pas vivante, expliqua Lucy. Mais je comprends ce que vous ressentez. Moi aussi, j'ai toujours trouvé que votre maison avait l'air triste.

Sydney se pencha vers Andi avec un grand sourire.

— Vous voulez bien nous offrir un biscuit ?

— Désolée, mon chou, mais je n'ai pas grand-chose dans mes placards. Il me reste une pomme. On pourrait la partager.

— Non merci.

— Promis, j'aurai des biscuits la prochaine fois.

— Et de la limonade ? hasarda Sydney, pleine d'espoir.

— Bien sûr.

— On pourrait jouer à faire semblant de prendre le thé, proposa Lucy. On y joue souvent, même si Sydney ne peut pas s'empêcher de faire remarquer qu'il n'y a pas de tasses.

— Elle ne comprend pas le jeu, intervint Savannah avec un sourire compréhensif.

— Si je comprends ! protesta Sydney. Mais faire semblant, c'est pas pour de vrai.

— C'est tout de même amusant, conclut Lucy.

Sydney se rapprocha d'Andi.

— Maman voulait un garçon, mais c'est nous qui sommes arrivées à sa place.

Les mêmes paroles que Lucy, l'autre jour, nota Andi. Quelle tristesse pour ces fillettes de savoir qu'elles n'étaient pas le garçon tant attendu par leur mère. Et quelle maladresse de la part de Deanna Phillips de ne pas leur avoir caché qu'elle espérait un fils.

— Je vous trouve adorables, dit-elle en leur souriant. Je serais super-heureuse d'avoir trois filles comme vous.

Elle reçut trois sourires en retour, et Lucy entreprit de leur servir le thé, tendant à chacune des tasses, le sucrier et tout un assortiment de délicieux gâteaux virtuels.

Boston aperçut les filles par la fenêtre du salon, alors qu'elle époussetait les étagères de la bibliothèque.

Zeke et Wade étaient partis à Seattle voir un match de base-ball, si bien qu'elle était seule.

Pour la première fois depuis bien longtemps, l'atmosphère dans son atelier lui avait paru étouffante et elle s'était sentie incapable de dessiner ou de peindre quoi que ce soit. Nettoyer la maison de fond en comble lui avait semblé une meilleure alternative, ce qui prouvait à quel point elle allait mal. A sa connaissance, personne n'aimait faire le ménage — à l'exception peut-être de Deanna Phillips qui s'enorgueillissait d'être une parfaite femme d'intérieur.

Sa petite voix moralisatrice lui souffla aussitôt qu'il n'était pas charitable d'émettre des jugements hâtifs sur son prochain. Ce n'était pas bon pour le karma. Elle ferait mieux de voir en Deanna une mère exemplaire, aux multiples qualités. Même si à l'instant, elle aurait bien été incapable d'en citer une seule.

Elle regarda par la fenêtre les trois fillettes assises en cercle avec Andi, le chat au milieu. Elles jouaient manifestement à la dînette. La lumière du soleil semblait les envelopper, protégeant la candeur du moment. Les reflets d'or pâle des cheveux blonds des gamines, les formes anguleuses de leurs genoux, la pointe rose de la langue de Pickles léchant sa patte, les boucles brunes d'Andi, l'herbe verte…

Boston visualisa aussitôt le tableau. Lâchant le chiffon à

poussière, elle courut dans son atelier. Là, elle prit une boîte de pastels et un petit carnet de croquis. Elle fit ensuite un détour par la cuisine pour y prendre une assiette de muffins au chocolat préparés le matin même, à base de farine blanche, de beurre et de sucre. Deanna en ferait une attaque, si elle savait, mais Boston s'en fichait. Elle avait besoin que les fillettes restent en place encore quelques instants. Et pour cela, les muffins étaient le moyen le plus simple et le plus efficace.

Elle enfonça trois canettes de jus de fruits dans ses poches et courut rejoindre le petit groupe.

Pickles avait terminé sa toilette. Etendu de tout son long, il se prélassait au soleil en ronronnant.

— J'espère que je ne vous dérange pas, dit-elle en s'approchant. Je vous ai vues prendre le thé et je n'ai pu résister au plaisir de m'inviter.

— Vous êtes la bienvenue, répondit Andi. Malheureusement, je suis une hôtesse déplorable. Défaut que je ne manquerai pas de corriger le week-end prochain, promis.

Les fillettes se serrèrent en riant pour faire une place à la nouvelle arrivante. Trois paires de grands yeux bleus se rivèrent sur l'assiette de muffins.

— Ils sont au chocolat ? demanda Lucy d'une petite voix pleine de révérence.

— Oui. C'est moi qui les ai faits.

— Maman dit que c'est meilleur quand c'est fait maison, observa une des jumelles avec un sourire gourmand.

Boston leur présenta l'assiette.

— Je sais ce que pense votre mère des biscuits industriels. Alors, vous pouvez goûter ceux-ci sans crainte.

Les jumelles regardèrent leur sœur aînée, attendant visiblement son approbation.

Lucy pinça les lèvres, puis, lentement, tendit la main pour prendre un muffin. A la seconde où ses doigts se refermèrent dessus, les jumelles prirent un gâteau chacune. Boston tendit les canettes de jus de fruits à Andi, posa son carnet de croquis sur ses genoux et ouvrit la boîte de pastels.

Elle hésita une seconde avant de se décider pour un pastel jaune. La peur l'étreignit, mais ignorant le léger tremblement de ses doigts, elle traça un premier trait, une mèche de cheveux blonds. Puis un deuxième, un troisième…

Elle troqua ensuite le pastel jaune contre un rose pâle pour représenter les visages. Sa main glissait de plus en plus vite sur le papier. Elle était consciente des voix autour d'elle et des rires des fillettes, mais elle ne voyait plus que des silhouettes, des courbes et des couleurs.

Docilement, Pickles restait immobile. Boston le dessina. Les longues jambes d'Andi prenaient forme, elles aussi, ainsi que ses cheveux bouclés.

Elle commençait à avoir mal au bras, et les prémices d'une crampe se faisaient sentir dans ses doigts, mais elle les ignora. La sueur perlait à sa lèvre supérieure, et elle aurait juré entendre le bruit de l'océan. A moins que ce ne soit le sang qui battait à ses oreilles.

Elle dessina les arbres, puis la façade de la maison.

Lorsqu'elle releva enfin les yeux du carnet de croquis, elle s'aperçut que les filles et leur chat avaient disparu, et qu'elle était seule avec Andi.

Elle avait l'impression d'ouvrir les yeux au sortir d'un rêve. Elle ne savait plus trop ce qui était réel et ce qui ne l'était pas. Créer relevait pour elle de l'ordre de l'intime. Elle n'avait pas imaginé pouvoir s'abandonner de nouveau ainsi.

Elle en avait pourtant la preuve sous les yeux. Le croquis était naïf, imparfait, brouillon, mais elle avait réussi à capturer la scène. Il y avait de la vie, du mouvement. Et des enfants qui n'étaient pas Liam.

Elle se sentit soudain atrocement mal à l'aise. Elle aurait voulu pouvoir courir se réfugier chez elle, mais ses jambes refusaient de lui obéir.

— Ça va ? demanda Andi d'une voix douce.

Boston hocha la tête.

— Excusez-moi. Je… je me suis laissé absorber.

— J'ai vu. C'est impressionnant la vitesse à laquelle vous avez dessiné la scène.

Andi se pencha sur le dessin pour l'examiner de plus près.

— Incroyable, la façon dont vous avez réussi à représenter les expressions de chacune des filles. Et ma maison aussi. Et en cinq ou six traits de crayon, seulement. Je la reconnaîtrais n'importe où.

Une bouffée d'émotion assaillit Boston, étrange mélange d'embarras, de plaisir et de doute.

— J'aimerais avoir le dixième de votre talent, poursuivit Andi. Vous êtes vraiment douée.

Boston rougit et se frotta les doigts pour enlever les traces de pastel.

— C'est un don, en effet. Je n'ai pas grand mérite.

— Au contraire, protesta Andi. Vous avez certainement travaillé très dur pour le perfectionner. Il ne suffit pas d'avoir du talent, encore faut-il savoir s'en servir.

Boston se mordit la lèvre, puis regarda Andi et réussit à forcer un sourire sur ses lèvres.

— Vous êtes gentille. Ce dessin n'est pas très bon, mais je suis contente qu'il vous plaise. Je n'ai pas peint depuis un bout de temps et cette…

— Oh ! Ne vous inquiétez pas pour la fresque. Je n'imaginais pas que vous étiez une telle artiste. Vous êtes trop talentueuse pour un tel projet.

Boston secoua la tête.

— Non, ce n'est pas ça. J'aimerais sincèrement travailler là-dessus pour vous. Mais jusqu'à présent, j'ai été incapable de dessiner quoi que ce soit.

Elle marqua une pause, puis redressa les épaules.

— Il y a un an, nous avons eu un fils, Zeke et moi. Liam. C'était un beau bébé. Si souriant et…

Elle déglutit pour lutter contre cette sensation de gorge serrée. Une gorge serrée seulement. Pas de larmes. Jamais de larmes.

— Il est décédé il y aura bientôt sept mois, dit-elle très vite. Une malformation cardiaque. Le hasard, ont dit les médecins. Un jour, son cœur s'est arrêté de battre.

Elle contempla un brin d'herbe quelques secondes avant de reprendre :

— Je le tenais dans mes bras. Il me souriait, et dans la seconde suivante, il ne respirait plus.

Andi lui pressa légèrement la main.

— C'est terrible, dit-elle doucement. La perte d'un enfant

est une telle tragédie. Il n'y a pas de mot pour décrire la souffrance des parents.

— Je le dessine, murmura-t-elle. Je le dessine sans arrêt. Encore et encore… Cela m'apaise.

— Je comprends. C'est comme s'il était encore avec vous. Votre corps l'a conçu et mis au monde. Maintenant, c'est dans votre cœur, sous vos doigts, que vous le recréez d'une certaine façon.

Boston releva les yeux sur Andi et la dévisagea, stupéfaite qu'elle ait spontanément saisi cette sensation, ce sentiment sur lequel elle-même avait tant de mal à mettre des mots et que Zeke ne pouvait comprendre.

— Oui, c'est ça… C'est exactement ça… Depuis que je l'ai perdu, je suis incapable de dessiner autre chose, c'est pourquoi ceci…

Elle désigna le dessin qu'elle venait de réaliser.

— … c'est un progrès.

Elle savait qu'elle n'était pas guérie, bien sûr, mais elle avait l'impression d'avoir fait un premier pas. Après tous ces mois d'errance dans une sorte de brouillard, c'était la première lueur d'espoir.

— Je vais peut-être pouvoir m'attaquer à votre fresque murale, conclut-elle.

— Pas de précipitation. Vous avez le droit de refuser ce boulot. C'est un peu comme si je demandais à Picasso de m'aider à repeindre les murs de ma salle de bains !

Boston se mit à rire. Il y avait une éternité qu'elle n'avait pas ri. C'était si agréable…

— Je veux bien vous donner un coup de main pour peindre votre salle de bains, dit-elle.

— Laissons Wade et ses hommes s'occuper de ça.

Andi marqua une petite pause avant de remarquer, mine de rien :

— Je trouve Wade vraiment très sympa.

— Il l'est. Avez-vous rencontré sa fille ?

— Non.

— Carrie est une gamine épatante. Elle a douze ans. L'âge difficile, paraît-il. Jusqu'à présent, elle est toujours aussi adorable.

Vous la croiserez certainement bientôt, car c'est la meilleure amie de Madison Phillips, la fille aînée de notre voisine.

Elle baissa les yeux sur les muffins qui restaient.

— D'ailleurs, je ferais mieux de rapporter cette assiette chez moi, avant que Deanna ne l'aperçoive et ne m'attaque à coups de râteau. Ses filles ne sont pas autorisées à manger du sucré.

— Sérieux ?

— Pas de sucre, pas de produits industriels, rien qu'elle ne cuisine elle-même.

— C'est de la dévotion !

— Personne ne peut nier qu'elle soit une mère dévouée.

Une mère qui avait cinq gamines éclatantes de vie et de santé, songea-t-elle, sentant de nouveau la grisaille l'envelopper.

Elle se leva.

— Merci pour le thé.

— Ce fut un plaisir, répliqua Andi en riant. La prochaine fois, je remplirai mon rôle d'hôtesse comme il se doit. Gâteaux et limonade.

— Les filles vont adorer. Faites juste attention à ce que leur mère n'en sache rien.

— Elle me fait un petit peu peur.

— A moi aussi !

Boston ramassa ses affaires et reprit la direction de sa maison. Machinalement, son regard tomba sur le dessin. Sur les visages et les couleurs. Ce qui lui avait semblé un premier pas vers la guérison, quelques instants plus tôt, lui apparaissait soudain comme une trahison.

L'estomac noué, elle se précipita chez elle, arracha la feuille de papier de son carnet et la déchira en deux. Puis en quatre, en huit… en confettis qu'elle jeta dans la poubelle.

Cinq minutes plus tard, elle était assise dans son atelier, un crayon à la main, traçant sans réfléchir le profil d'un bébé endormi qui prenait rapidement forme sous ses doigts.

10

La colère était devenue la compagne quotidienne de Deanna. Ces deux dernières semaines, Colin avait été en déplacement professionnel la plupart du temps et, le week-end, ils s'étaient à peine adressé la parole.

Deanna avait beau se dire qu'elle était en train de s'habituer à cette vie qui serait la sienne, une fois divorcée, au fond d'elle-même, elle savait qu'elle était loin de la réalité. Pour l'instant, elle bénéficiait encore de la protection matérielle que lui offrait le salaire confortable de son mari. Une fois séparés, il lui faudrait se débrouiller seule.

Alors, elle cultivait sa rancœur. Ce n'était pas bien difficile et paradoxalement, cela commençait même à lui procurer un certain mieux-être. Il y avait très longtemps qu'elle n'avait pas été en colère. Depuis des années, en fait. Naturellement, elle n'en avait pas seulement après Colin, mais il constituait une cible facile et c'était tout ce qu'il méritait.

— J'aime bien ses cheveux, disait Lucy tout en mettant la table. Elle dit que ses cheveux étaient déjà tout bouclés quand elle est née. J'aimerais avoir les mêmes.

Deanna n'avait aucune idée de ce dont parlait sa fille. Ou de qui. Une camarade de classe, sans doute. Au moins Lucy avait-elle réussi à se faire une amie. Un progrès. Sa cadette avait toujours été une enfant timide. Et ces lunettes, Seigneur ! Elle était encore trop jeune pour porter des lentilles de contact, et quand Deanna avait demandé s'il serait possible de corriger la myopie de sa fille par une chirurgie au laser, le médecin l'avait regardée comme si elle était un monstre.

Personne ne la comprenait, songea-t-elle avec rage en jetant un coup d'œil au poulet qui rôtissait dans le four. Elever cinq enfants n'était pas une partie de plaisir. D'ailleurs, qui élevait cinq enfants, de nos jours ? Au début, elle en voulait seulement deux. Une fille et un garçon. Mais après la naissance de Lucy, elle avait persisté pour avoir un fils, comme tout le monde. A l'arrivée des jumelles, elle avait capitulé.

Elle aimait ses filles. Elle les aimait toutes les cinq. Mais elle avait l'impression d'être chaque jour un peu plus débordée.

Elle sortit du réfrigérateur la bouteille de chardonnay ouverte trois soirs plus tôt. Elle en ouvrirait une autre pour le dîner.

Elle se versa un verre de vin et but une gorgée tout en jetant un coup d'œil à l'évier. Elle mourait d'envie de se laver les mains, de sentir le savon glisser entre ses doigts, l'eau chaude… De laver toute cette souffrance et cette incertitude dans laquelle elle se débattait. Mais sa peau était déjà très abîmée et ses doigts couverts de gerçures. Signe révélateur de son désarroi. Elle devait se montrer forte. Ne rien laisser paraître. Ne pas donner à Colin le pouvoir de lui prendre plus qu'il ne lui avait déjà pris.

Des pas firent trembler les marches du porche.

— Papa est rentré ! claironna Madison en courant ouvrir la porte d'entrée.

Lucy abandonna aussitôt le couvert et se précipita derrière sa sœur, tandis que les trois autres filles accouraient elles aussi, pour sauter au cou de leur père.

Restée seule dans la cuisine, Deanna prit son verre de vin. Elle avait l'estomac noué, mais elle but tout de même. Elle vida son verre d'un trait, parce qu'elle était frustrée de ne pas pouvoir faire ce qu'elle voulait, frustrée de ne pas pouvoir se laver les mains. Et parce que ses filles n'accouraient jamais vers elle pour se jeter dans ses bras.

— Bravo, Audrey ! dit Colin. Tu as bien travaillé. Je suis fier de toi.

Les doigts de Deanna se crispèrent sur son verre, tandis que sa troisième fille rayonnait de fierté sous le compliment paternel.

Typique, ragea-t-elle intérieurement en baissant les yeux sur son assiette. Un seul mot de leur père et les filles étaient aux anges. Elle aussi avait félicité Audrey pour son contrôle d'orthographe. Même si à huit ans, Audrey n'était toujours pas capable de faire un sans-faute. Elle avait mal orthographié deux mots sur les vingt demandés. Deanna les lui avait fait réécrire cinquante fois chacun, afin qu'elle s'en souvienne pour le prochain contrôle. Une attitude de parent responsable dans laquelle certains esprits tordus verraient à coup sûr une forme de maltraitance.

— A part ça, quoi de neuf ? demanda Colin. Deanna ? Tu as vu notre nouvelle voisine ?

— Oui, il y a déjà deux semaines.

— Elle est pédiatre, intervint Madison. Elle va installer son cabinet de consultation au rez-de-chaussée. C'est Carrie qui me l'a dit. Son père s'occupe de la rénovation de la maison.

— Andi est super-gentille, renchérit Lucy en remontant ses lunettes sur son nez. Avec Sydney et Savannah, on a pris le thé dans son jardin, dimanche dernier.

— On a fait semblant de prendre le thé, rectifia Sydney. Mais ensuite, Boston est arrivée avec…

Elle s'interrompit net comme si elle avait reçu un coup de pied sous la table.

Derrière ses lunettes, Lucy la fusilla du regard et se hâta de répéter :

— Andi est vraiment gentille. Elle aime bien jouer à la dînette. J'adore ses cheveux tout bouclés.

— C'est d'elle que tu parlais, tout à l'heure ? De notre voisine ? demanda Deanna, contrariée. Cette femme n'a-t-elle rien d'autre à faire que de jouer avec des gamines ? C'est bizarre.

— Pour une pédiatre, cela n'a rien d'étonnant, intervint calmement Colin.

Mais Deanna se sentait d'humeur vindicative. Et la cible était toute trouvée.

— Comment se fait-il qu'elle ne soit pas mariée ? poursuivit-elle. Elle devrait avoir une famille, à son âge. Je parie qu'elle est lesbienne.

Colin fronça les sourcils.

Lucy et Audrey rougirent, l'air gênées, tandis que le regard de Madison virait à l'orage.

— C'est plus fort que toi ! lança cette dernière d'une voix pleine de mépris. Il faut toujours que tu racontes des horreurs sur les gens, alors que tu ne les connais même pas.

— C'est quoi, une lisbonne ? demanda Sydney.

— Je t'expliquerai plus tard, ma puce, répondit Colin. Madison a raison, Deanna. On dirait que tu prends plaisir à imaginer le pire. Notre nouvelle voisine est certainement très gentille. Et son arrivée est plus que bienvenue dans notre petite communauté. N'est-ce pas toi qui disais, il n'y a pas si longtemps, que ce serait formidable d'avoir un pédiatre sur l'île ? Maintenant que nous en avons un, à la porte d'à côté, tu trouves moyen de critiquer.

Vexée, Deanna ouvrit la bouche pour protester, mais ne trouva rien à répliquer.

— Je plaisantais, réussit-elle enfin à marmonner.

— C'est évident, ironisa Colin. Nous savons tous combien tu adores plaisanter.

Sur ce, il repoussa sa chaise et se leva.

— Venez, les filles. Je vous emmène manger une glace en ville.

Toutes les cinq le regardèrent avec, sur le visage, la même expression — deux tiers de plaisir, un tiers d'appréhension.

Les doigts de Deanna se crispèrent une fois de plus sur son verre.

— Ce n'est pas leur soirée dessert, laissa-t-elle tomber.

Colin posa sur elle un regard exaspéré.

— Ah oui ? Parce que avoir droit à un dessert une fois par semaine seulement forge le caractère, c'est ça ? Eh bien moi, je ne suis pas de cet avis. Je les trouve formidables, et ce soir, j'ai envie de leur offrir une glace. Suivez-moi, les filles.

Sans se faire prier, toutes repoussèrent leur chaise dans un bel ensemble et sortirent de table. Lucy et Audrey se dépêchèrent d'enlever leur couvert pour le porter dans l'évier, mais leurs sœurs ne prirent même pas cette peine et se hâtèrent de suivre leur père.

Il y eut des murmures et des rires étouffés dans le hall d'entrée, la porte qui s'ouvre et se referme. Puis plus rien. Uniquement le silence. Et Deanna, assise à table, au milieu de sa cuisine en désordre. Toute seule. Perdue au beau milieu d'une guerre dont elle ne comprenait pas les règles.

Elle ne comprenait même pas ce qui l'avait déclenchée, ni depuis quand elle était passée dans le camp ennemi. Tout ce qu'elle savait, c'est qu'elle était seule dans cette bataille. Elle n'avait personne à qui parler. Personne pour la rassurer. Personne sur qui s'appuyer.

— Bonjour. Je suis venue assister au cours de 17 heures, annonça gaiement Andi.

La réceptionniste de la salle de sport, une ravissante brunette d'une vingtaine d'années, leva les yeux sur elle.

— Vous êtes sûre ? Je n'ai aucun cours particulier prévu à cette heure-ci.

— Je me suis inscrite au cours de maths, plaisanta Andi. Je vous ai appelée, il y a deux jours.

— Vous avez précisé que vous étiez nouvelle ? Parce que nous demandons à tous nos nouveaux clients de suivre un ou deux cours particuliers pour apprendre à faire correctement les exercices et ne pas se blesser lors des séances collectives.

— Oh.

L'enthousiasme d'Andi mollit tel un ballon de baudruche qui se dégonfle.

Dès le lundi matin, elle avait organisé son planning de consultations pour pouvoir assister à cette séance de 17 heures. Un troisième long dimanche d'ennui s'était en effet chargé de lui rappeler que c'était elle qui avait décidé de venir vivre sur cette île — personne ne lui avait mis un revolver sur la tempe — et que c'était donc à elle de se trouver des amis et des occupations. Certes, le sport n'avait jamais fait partie de ses activités favorites, mais ce pourrait être l'occasion de rencontrer d'autres résidents de Blackberry Island, histoire de faire connaissance.

— Vous avez déjà pratiqué le Pilates ? demanda la réceptionniste.

— Pas vraiment, non.

Une jolie rousse au corps de danseuse s'approcha.

— Je m'appelle Marlie. C'est moi qui anime le cours de 17 heures. Vous pouvez toujours venir essayer et vous déciderez ensuite de continuer ou non.

— Le problème est donc résolu, conclut la réceptionniste avec un sourire encourageant. Vous pouvez poser vos affaires ici.

Elle désigna une rangée de casiers métalliques derrière elle, munis chacun d'un cadenas. Andi mit son sac à main dans l'un d'eux.

L'âge des autres participantes au cours s'échelonnait de vingt à soixante ans. Toutes avaient l'air très en forme, en tenue de sport — débardeur et collant noirs — et pieds nus. Andi retira donc ses chaussures pour les enfermer dans le casier avec son sac, puis elle suivit le mouvement et s'installa sur un tapis de sol au fond de la salle.

— On commence par cent, déclara Marlie.

Cent quoi ?

Andi vit ses voisines s'allonger et prendre un poids d'un kilo dans chaque main. Elle en fit autant. Elle leva les jambes comme tout le monde, enfonça le menton dans sa poitrine et sentit immédiatement une brûlure à la fois au niveau de l'estomac et à l'arrière des cuisses. Allait-elle devoir tenir ces poids pendant…

— Et on pompe ! On inspire, 2, 3, 4 ! Expire, 2, 3, 4 !

A la profonde consternation d'Andi, tout le monde se mit à lever et à abaisser les bras, tout en gardant les jambes tendues, à angle droit avec le corps.

— Talons serrés, orteils tournés vers l'extérieur, dit Marlie en passant près d'elle. Menton contre la poitrine, serrez vos abdominaux.

Quels abdominaux ? A 50, ces derniers se mirent à trembler de façon incontrôlable. A 100, Andi se dit que c'était une erreur d'être entrée dans cette salle de sport, et que si elle ne liait connaissance avec personne sur l'île, ce n'était pas si grave que ça, en fait.

Cinquante minutes plus tard, elle était allongée sur son tapis de sol, haletante, absolument pas certaine de pouvoir se relever.

Malgré des études poussées en anatomie, elle se découvrait des muscles dont elle avait jusque-là ignoré l'existence.

Tout le monde était déjà debout et remerciait leur professeur pour son cours.

Non sans peine, Andi roula sur le côté et réussit à se mettre à quatre pattes, puis à se redresser.

— Alors, qu'en pensez-vous ? lui demanda Marlie tout sourire.

— Super.

— Vous vous êtes bien débrouillée, pour une première fois. Vous devriez prendre un ou deux cours particuliers et revenir en séance collective. Tout le monde est sympa, vous verrez. Nous nous amusons bien.

Andi regarda les autres femmes qui bavardaient joyeusement devant la réception. Elles transpiraient à peine et ne donnaient pas l'impression qu'un bus leur était passé sur le corps. Même la femme d'une soixantaine d'années bougeait normalement.

— Je n'irais peut-être pas jusqu'à employer le terme *s'amuser*, mais je veux bien refaire un essai, promit-elle.

Quand elle serait rétablie. Le mois prochain, sans doute.

Sur ce, elle se traîna jusqu'à sa voiture et s'installa derrière le volant en grimaçant. Son bras tremblait quand elle inséra la clé de contact et mit le moteur en route. Une chance que sa voiture soit une automatique. Dans son état, elle aurait été incapable de faire bouger un levier de vitesse. Voilà ce qui arrivait quand on faisait l'impasse sur le sport. Tôt ou tard, on en payait le prix fort.

Arrivée devant chez elle, elle était tellement crevée que la vue du pick-up de Wade dans son allée ne déclencha cette fois-ci aucun fantasme en elle. De toute façon, dans son état — en sueur, le visage écarlate, vêtue d'un T-shirt et d'un jogging informe —, elle ne risquait pas d'attirer l'attention d'un homme quel qu'il soit. Si elle décidait de continuer le Pilates, elle s'achèterait une jolie tenue de sport, songea-t-elle distraitement. Si elle continuait.

Péniblement, elle gravit les quelques marches du porche et entra. Wade était là, des plans à la main.

— J'ai quelque chose à vous montrer, dit-il en indiquant l'arrière de la maison.

Elle laissa tomber son sac sur la première marche d'escalier et le suivit en boitillant. Il s'arrêta devant un tas de planches.

— L’électricité est presque terminée et nous allons commencer à monter les cloisons intérieures. A la fin de la semaine, vous pourrez circuler entre les différentes pièces.

— Super, ça avance, répliqua-t-elle, s’efforçant d’afficher un sourire enthousiaste.

Wade la dévisagea quelques secondes mais ne fit aucun commentaire.

— J’ai quelques commandes à passer et j’aurais besoin de votre signature pour des interrupteurs et des prises électriques, dit-il. Autre chose, le représentant en matériel médical a appelé pour prévenir que les tables d’examen sont disponibles.

Il ajouta encore quelques précisions qu’Andi faisait de son mieux pour écouter, mais le cœur n’y était pas.

C’était donc ça sa vie, aujourd’hui, songeait-elle en contemplant les armatures métalliques des futures cloisons. Cette maison, cette île. Elle avait quitté tous ses amis, son quotidien, tout ce qu’elle avait connu jusqu’à présent, pour redémarrer ici à zéro, sans rien d’autre qu’une bicoque délabrée et des abdominaux en guimauve.

Bon d’accord, elle allait pouvoir exercer ici le métier qui lui plaisait sans avoir à subir les critiques familiales. Ce n’était pas négligeable. Pour autant, cela ne lui tiendrait pas chaud la nuit… En fait, elle n’était plus aussi certaine de vouloir renoncer définitivement aux hommes. Et voilà qu’elle se retrouvait sur une île. Certes, il ne s’agissait pas d’une île déserte, mais tout de même. Wade King était le seul célibataire croisé dans le coin et visiblement, elle n’était à ses yeux qu’une cliente comme une autre.

— Vous n’aimez pas ?

Andi le regarda, interloquée.

— Aimer quoi ? Désolée. J’étais ailleurs. Vous pouvez répéter ?

— Bien sûr, mais… Tout va bien, Andi ?

Elle ouvrit la bouche et la referma. Puis les mots jaillirent malgré elle, sans qu’elle puisse les arrêter.

— Non, ça ne va pas. J’ai déménagé sur cette île sur un coup de tête, sans réfléchir une seconde à ce que je faisais. Tout le monde ici vit en famille ou vient s’y promener en touriste. Je n’ai pas d’amis, pas de loisirs, même pas de baignoire. Je me suis délibérément coupée du monde et maintenant, je suis coincée. Il n'y a pas d'hommes libres dans le coin. En tout cas aucun que j'aie eu le plaisir de rencontrer. Et même si j'en dénichais un, je serais bien embêtée. Je n'ai pas flirté avec un homme depuis une décennie. Je ne sais pas si les choses ont changé, mais je n'étais déjà pas très douée à l'époque et je doute que l'on s'améliore avec l'âge. Je suis seule, désespérément seule, et si quelqu'un vous parle d'un exercice physique, baptisé « massage des viscères », n'allez surtout pas croire que c'est génial, parce que ça fait un mal de chien !

Wade la fixa d'un air ahuri, puis toussota pour s'éclaircir la gorge.

— Vous me direz où vous voulez les prises de courant, demain ? demanda-t-il.

Andi le regarda, soudain atrocement gênée, ne sachant si elle devait rire ou pleurer. Elle essaya d'esquisser un sourire, mais elle n'osait même plus le regarder en face.

— Hum, oui… Pardon, marmonna-t-elle. Je ne sais pas pourquoi je vous ai dit tout ça. Ce n'est pas votre problème. Juste un petit coup de blues. Qui n'a rien à voir avec les travaux dans la maison, rassurez-vous. J'aime beaucoup ce que vous faites.

— Merci.

Sur ce, il battit en retraite si vite qu'Andi se serait presque attendue à voir sur le sol les traces d'un démarrage sur les chapeaux de roues.

Confuse, lessivée, déprimée, elle monta à l'étage, prit une douche et se changea. Quand elle redescendit, Wade rassemblait ses outils pour partir.

Comme il s'avançait vers la porte d'entrée, il lui lança un rapide coup d'œil.

— Ça ira mieux demain.

— Pas sûr. Merci tout de même pour la note optimiste.

Il lâcha un petit rire.

— En tout cas, ne vous inquiétez pas pour ce qui est de fréquenter un garçon. Ça n'a pas changé. A demain, Andi.

Elle le regarda sortir et se laissa tomber sur la première marche d'escalier, la tête entre les mains.

Pas de doute, elle lui était totalement indifférente. S'il avait éprouvé la plus petite pointe d'attirance pour elle, il aurait sauté sur l'occasion pour la réconforter d'une façon ou d'une autre. Ce qu'il n'avait pas fait. Et elle n'était même pas surprise.

11

Deanna trancha le pain préparé la veille et confectionna les sandwichs. Plus qu'une heure à tenir. Deux au maximum. Colin serait bientôt parti travailler, les filles à l'école. Elle jeta un coup d'œil impatient à la pendule murale et abandonna les sandwichs. Il était temps de monter réveiller les jumelles.

Comme elle posait le pied sur le palier, elle entendit la voix suppliante de Madison provenant de sa chambre.

— Mais pourquoi, papa ? J'aimerais tellement que tu restes ici.

Deanna se figea.

— Je sais, ma puce. Moi aussi, j'aimerais bien rester, et les choses vont bientôt changer, promis. Mais je dois d'abord m'organiser sur le plan professionnel.

— C'est trop long, protesta Madison. C'est à cause de maman que tu pars toute la semaine, hein ? Je préférerais que ce soit elle qui s'en aille.

Deanna eut l'impression que la lame d'un poignard lui lacérait le cœur.

— Ne dis pas ça, observa la voix calme de Colin. Tu ne le penses pas.

— Si je le pense ! Je la déteste !

Deanna chancela.

— Madison ! gronda Colin. Que je ne t'entende plus parler ainsi de ta mère. Tu lui dois le respect.

— Je ne la respecte pas et je ne l'aime pas. Tu ne peux pas me forcer à l'aimer ! Ni moi ni aucune de nous. Pourquoi on devrait l'aimer ? Les jumelles sont trop petites pour comprendre, mais Lucy et Audrey pensent comme moi. Maman est horrible.

Deanna crut qu'elle allait s'évanouir. Elle se retourna et descendit rapidement l'escalier en trébuchant. Une fois dans la cuisine, elle pressa les mains sur son ventre et se força à respirer.

C'était un cauchemar. Comment Madison pouvait-elle proférer de telles monstruosités ? Une mère horrible… Mais elle n'avait aucune idée de ce que c'était, une mère horrible ! Elle avait eu la vie trop facile. La faute à Colin, bien sûr. Tout était sa faute.

Quelques minutes plus tard, lorsqu'il entra dans la cuisine, elle se tourna vers lui.

— Alors, c'est ainsi que tu montes les filles contre moi ? lança-t-elle.

Il se tenait devant elle, en costume, une valise à la main, son attaché-case dans l'autre.

— Je ne lui ai pas demandé de dire ça, répondit-il, très calme.

— Non, mais tu l'y as encouragée. Tu essaies de détourner les enfants de moi. Tu tiens vraiment à ce qu'il ne me reste rien. Tu veux me dépouiller de tout ?

— Tu te trompes Deanna. Ce qui se passe entre toi et Madison ne regarde que vous deux.

— Bien entendu. Tu te défiles. Comme toujours.

Elle tapa du plat de la main sur le comptoir.

— Mais si je suis aussi horrible que le prétend notre fille, pourquoi m'as-tu épousée ? Pourquoi restes-tu ?

Colin laissa échapper un soupir.

— Je t'ai épousée, parce que je t'aimais, Deanna. Je croyais que nous serions heureux ensemble. Quant à ta dernière question… pourquoi je reste…

Il haussa les épaules.

— Il y a des jours où je me le demande. Sans doute à cause des filles et de ce que nous avons autrefois partagé, toi et moi. Sans doute parce que je veux croire qu'il nous reste encore une chance. Ce dont je commence à douter.

Et sans un regard pour elle, il quitta la pièce.

Deanna porta les mains à sa gorge, le souffle coupé. La douleur et la colère enflaient en elle. Elle avait envie de hurler sa souffrance et sa rage. Mais il y avait les filles à lever, les sandwichs à préparer et…

Elle ne pouvait pas. Elle n'en avait pas la force. Seigneur, il fallait qu'elle respire, mais elle n'y arrivait pas. Sa gorge était trop serrée. L'air ne passait pas. Elle allait s'évanouir.

Elle courut jusqu'à l'évier et ouvrit le robinet d'eau chaude. Cherchant son souffle, elle plongea les mains sous l'eau bouillante et la laissa couler sur sa peau déjà abîmée. Puis elle prit le savon et commença à frotter.

Debout au milieu du jardin magnifique, Andi balayait lentement du regard chaque mètre carré.

Boston n'exagérait pas quand elle disait que le jardin de Deanna Phillips était en harmonie parfaite avec sa maison. Sur l'avant, il était déjà splendide, mais à l'arrière, c'était pure merveille. Une profusion de plantes disposées en parterres symétriques et somptueusement colorés — asters, géraniums-lierres, lis jaunes et rouges, capucines, hortensias, rhododendrons — tout le long d'une allée sinueuse bordée de pavés, conduisant à une gloriette de style victorien couverte de roses odorantes. Entre les plates-bandes débordant de végétation, le gazon était coupé au cordeau. Pas un brin d'herbe ne dépassait.

Au lieu de l'inspiration qu'elle était venue y chercher, Andi n'éprouvait que du découragement. La barre était définitivement trop haute pour quelqu'un comme elle, incapable de faire la différence entre un pétunia et un pissenlit.

Si son propre jardin n'avait pas été dans un tel état d'abandon, elle aurait certainement choisi d'attendre d'en avoir terminé avec la restauration de la maison, avant de s'attaquer à l'extérieur. Une chose après l'autre, c'était sa devise. Mais la vue de sa pelouse desséchée, des arbustes rachitiques et des ronces était si déprimante qu'elle n'osait imaginer ce qu'en pensait sa voisine, Madame Parfaite. Avoir cette horreur chaque jour sous les yeux allait finir par la rendre malade.

Andi soupira. Elle ferait mieux de louer les services d'un paysagiste. Quelqu'un comme Wade, mais pour l'extérieur. Non, surtout pas quelqu'un comme Wade ! rectifia-t-elle aussitôt avec une grimace. Pas question de tomber de nouveau sur un homme pour lequel elle risquait de s'emballer et qui l'ignorerait superbement. Elle avait suffisamment donné, merci.

Cela dit, avec Matt, la situation avait été différente. Pas mieux, mais différente. Matt ne l'avait jamais ignorée. Au contraire ! C'était lui qui décidait de tout pour elle. Quand ils discutaient de leur avenir commun, c'était selon ses conditions à lui. Idem pour sa carrière de pédiatre ; il s'était naturellement rangé du côté de l'avis maternel, la poussant à se spécialiser. Quant à sa façon de s'habiller, il trouvait toujours à redire. Et pour ce qui était de ses cheveux, il détestait. Il voulait qu'elle se les fasse couper et défriser. Et…

Elle secoua la tête comme pour chasser un mauvais rêve.

— Matt était un salaud. Un type superficiel et égoïste. Et dire que je voulais l'épouser. Quelle idiote !

Une porte s'ouvrit à l'arrière de la maison et Deanna apparut.

— Oh ! C'est vous.

Andi se sentit virer au rouge pivoine. Elle avait parlé à haute voix.

— Euh… bonjour, dit-elle avec un petit signe gêné de la main.

— J'ai cru entendre parler. Vous êtes avec quelqu'un ? Je peux vous aider ?

Andi se força à respirer calmement. Elle se tenait au beau milieu du jardin de sa voisine, sans y avoir été invitée, et n'avait aucune raison valable à donner, si ce n'est peut-être la vérité.

— Navrée de vous déranger. J'avais un trou dans mon emploi du temps, alors je suis rentrée à la maison. Mais à cause du chantier, j'ai préféré rester dehors.

En fait, après sa sortie de la veille, elle n'avait pas voulu prendre le risque de croiser Wade. Dire la vérité avait ses limites.

— J'étais en train d'admirer votre jardin et soudain, je me suis retrouvée là, au milieu de vos fleurs. Pareil pour les voix. J'ai commencé à penser à mon ex-fiancé et soudain, j'ai réalisé que c'était un salaud de première. Alors je me suis mise à râler tout haut. Je ne voulais pas vous effrayer.

— Vous ne m'avez pas effrayée.

L'expression distante de Deanna s'adoucit.

— Si c'était un salaud, j'imagine que vous êtes plus heureuse sans lui, fit-elle remarquer.

— Je le suis.

— Une chance que vous n'ayez pas d'enfants. Cela rend la séparation plus facile.

Andi se souvint brusquement de ce que lui avait dit Lucy à propos de sa maman qui pleurait. Spontanément, elle fit un pas vers Deanna.

— Tous les couples connaissent des hauts et des bas, dit-elle. Si je peux faire quoi que ce soit…

Le visage de sa voisine se ferma aussi sec et son regard se fit glacial.

— Veuillez m'excuser, mademoiselle Gordon.

Et elle lui claqua la porte au nez.

Plus tard, dans la soirée, alors qu'elle rentrait chez elle en voiture, Andi décida d'effacer du disque dur de sa mémoire son effondrement émotionnel de la veille devant Wade. Elle allait faire preuve de maturité, de professionnalisme et de calme. Et si cela ne marchait pas, elle ferait comme si cet intermède affreusement gênant n'avait jamais existé. Dans certains cas extrêmes, le déni était l'unique moyen de faire face.

Elle descendit de voiture et redressa les épaules. Avant qu'elle ait pu réfléchir à une formule d'ouverture élégante et décontractée, la porte d'entrée s'ouvrit sur une adolescente dégingandée qui bondit sous le porche.

La fille de Wade, devina aussitôt Andi. Les mêmes cheveux et les mêmes yeux bruns. Ravissante. Et si les garçons ne faisaient pas encore la queue devant sa porte, cela ne saurait tarder.

— Bonjour ! Je m'appelle Carrie. Je n'ai pas pu venir avant, parce que papa craint toujours que ses clients ne veuillent pas d'un gamin dans leurs pattes. J'ai réussi à lui faire comprendre que si vous étiez pédiatre, vous aimiez forcément les enfants. Sinon, c'est que vous aviez fait un très mauvais choix de carrière.

Andi éclata de rire.

— Tu as raison. J'adore mon métier et je suis ravie de faire ta connaissance.

— Moi aussi. Alors, la maison vous plaît ? J'ai vu les plans, elle va être super chouette ! Et je ne dis pas ça parce que c'est mon père qui s'en occupe. Il fait vraiment du beau boulot.

— J'ai toute confiance en lui, assura Andi en rejoignant l'adolescente sous le porche.

— Vous pouvez. Vous vous plaisez sur l'île ? Le coin est sympa, sauf qu'avec mes copines, on trouve que ça manque d'endroits où s'amuser et qu'un centre commercial ne serait pas de trop.

Elle plissa son petit nez mutin.

— Je ne devrais pas dire ça, alors ne le répétez à personne.

— Pas de souci, je serai muette comme une tombe.

— C'est drôlement difficile de devenir médecin, reprit Carrie, passant du coq à l'âne. J'ai demandé à mon prof de sciences. Il m'a dit qu'il fallait continuer l'école encore très très longtemps, après le lycée.

— C'est vrai. J'ai fait sept ans d'études après.

Carrie ouvrit de grands yeux.

— *Sept* ans ? C'est long ! Vous avez des enfants ?

— Non. Mais j'espère bien en avoir un jour.

— Vous avez raison. Les gamins, c'est chouette. Surtout les filles d'une douzaine d'années. Ce sont les plus sympas.

Andi sourit.

— Il paraît. C'est bien de le rappeler.

Carrie éclata de rire.

— Bon, je vous laisse. Je vais voir ma copine Madison. Elle habite à côté. A bientôt !

— A bientôt.

Arrivée au bas des marches, Carrie se retourna vers elle.

— Au fait, j'ai oublié de vous dire. Papa a une idée pour stocker vos réserves de fournitures médicales. Il est super-enthousiaste. Je ne sais pas si l'idée vous plaira, mais ce serait bien que vous fassiez semblant d'être aussi emballée que lui. Parce qu'il s'investit vraiment dans ce qu'il fait, vous savez.

Andi sourit, touchée par tant de fraîcheur et de spontanéité.

— Promis, je serai aux anges.

— Merci !

Carrie agita la main et courut vers la maison de Deanna Phillips.

Quelle enfant formidable, songea Andi en la regardant s'éloigner. En dépit de la perte de sa mère, il était évident que c'était une adolescente épanouie. Il y avait certes une part de génétique, mais l'environnement familial y était forcément pour quelque chose. Par conséquent, Wade n'était pas seulement beau à regarder, ce devait être aussi un excellent père.

Inutile d'en rajouter, se morigéna-t-elle aussitôt. L'homme était suffisamment craquant comme ça.

— Vous voilà ! s'exclama-t-il en la voyant arriver. J'ai une idée dont j'aimerais vous parler. C'est à propos de vos réserves de matériels.

Songeant à Carrie, Andi afficha un sourire faussement étonné.

— Vous lisez dans mes pensées ! J'étais justement en train de me demander où les stocker.

— Le problème est résolu. Laissez-moi vous expliquer.

Deanna s'engagea sur le Gateway Bridge pour traverser le détroit de Puget. Une dizaine de kilomètres plus loin, à l'intérieur des terres, la banlieue résidentielle et ses charmantes maisons cédaient la place aux zones commerciales et aux grandes surfaces sans âme.

Elle s'engagea dans ce qui avait été autrefois un quartier sordide dont les baraques délabrées, aux murs décorés de graffitis, s'alignaient en rang d'oignons, toutes plus laides les unes que les autres.

Elle avait grandi ici, dans un cagibi crasseux donnant sur une rue à la chaussée défoncée, encombrée de carcasses de voitures abandonnées. Elle s'arrêta devant un immeuble récent, soulagée de voir que le trou sordide de son enfance avait été remplacé par quelque chose d'aussi normal.

Cela dit, le temps et les nouveaux bâtiments n'effaçaient pas les souvenirs… La puanteur des lieux, celle de sa mère après des jours sans se laver, le bruit des bouteilles d'alcool entre elles dans la poubelle, le nœud dans son estomac quand les coups s'apprêtaient à pleuvoir. Il était alors inutile de supplier, de demander pardon, ni même de pleurer…

Deanna crispa les doigts sur le volant, ignorant la douleur infligée à sa peau gercée. Elle revoyait chaque détail de cette baraque maudite. Elle se souvenait des rats, de l'obscurité, de l'évier tellement crasseux qu'elle se levait aux aurores pour arriver la première à l'école et pouvoir se laver dans les toilettes des filles.

Il y avait parfois des périodes d'accalmie. Quand sa mère réussissait à capter l'attention d'un homme. La maison était alors plus propre, il y avait de quoi manger sur la table, et les coups étaient moins fréquents. Mais cela ne durait jamais longtemps. Les hommes finissaient toujours par disparaître et la vie de Deanna redevenait un enfer.

Le pire était arrivé quand elle avait dix ans, l'âge de Lucy, songea-t-elle machinalement. Sa mère s'était soûlée pendant deux jours avant de perdre la tête. Elle était entrée dans une rage folle, alimentée par l'alcool et le désespoir. Elle s'en était alors prise à sa fille avec tout ce qui lui tombait sous la main. Elle avait fini par lui casser un bras, trois côtes et par lui éclater le tympan. Deanna avait hurlé si fort que des voisins avaient alerté les forces de l'ordre.

Ivre morte, puant l'alcool et la crasse, sa mère avait malgré tout tenté de flirter avec l'officier de police. Ecœuré, ce dernier l'avait repoussée. Il avait enveloppé Deanna dans une couverture et l'avait emmenée dans sa voiture, direction l'hôpital. Elle se souvenait encore comme tout lui avait paru propre. Comme elle avait peur que les infirmières ne lui crient après pour avoir sali les draps.

Puis tante Lauren était venue à son chevet. Quand elle avait ouvert les yeux, Deanna avait cru voir le reflet de sa mère dans un miroir déformant. La ressemblance était frappante, mais Lauren était tout le contraire de sa sœur cadette. Elle se tenait au pied du lit, son regard bleu assombri par l'inquiétude, ennuyée aussi.

« Les services sociaux nous ont prévenus, lui avait-elle dit. Ton oncle et moi sommes d'accord pour t'accueillir chez nous, à condition que tu promettes de te comporter de façon irréprochable. Absolument irréprochable, avait-elle insisté. Tu comprends ? »

Irréprochable. Deanna n'était pas certaine de comprendre ce que ce qualificatif signifiait, mais le plus important était de ne pas décevoir son oncle et sa tante pour ne pas avoir à retourner chez sa mère. Aussi avait-elle promis tout ce qu'ils voulaient.

Sa tante et son oncle lui avaient imposé des règles, mais respecter les règles c'était facile, surtout quand elles ne changeaient pas d'un jour sur l'autre. Les règles, c'était sécurisant.

Deanna avait très vite appris, et la maison perchée au sommet de Blackberry Island était devenue son foyer. Elle chérissait chaque recoin de cette magnifique demeure. Tante Lauren avait l'habitude de dire à toutes ses amies que Deanna était la fille idéale dont toute mère rêvait. Une fille parfaite.

La perfection. Voilà l'objectif.

Etre parfaite pour pouvoir rester avec son oncle et sa tante et ne pas retourner en enfer. Etre parfaite pour pouvoir vivre dans une maison propre, au milieu de jolies choses. Etre parfaite pour vivre entourée de gens attentionnés à son égard. Du moins, c'était ainsi avant…

Deanna ferma les yeux.

12

Le hurlement strident des scies troublait l'après-midi.

Assise contre un arbre dans le jardin devant chez elle, Andi essayait de se concentrer sur la lecture d'une revue médicale, laissant parfois son regard dériver vers la maison.

Les fenêtres avaient été installées pendant la semaine et les planches retirées, si bien qu'elle bénéficiait à présent d'une vue sur l'intérieur. Et de temps en temps, Wade entrait dans son champ de vision.

Juin avait succédé à mai. Les matins étaient encore frisquets et brumeux, mais les après-midi étaient chauds et ensoleillés. La plupart des ouvriers travaillaient torse nu.

En tant que médecin, Andi était à même d'apprécier d'un rapide coup d'œil la musculature bien développée d'un homme en pleine forme. En tant que femme qui trouvait son entrepreneur particulièrement sexy, elle se surprenait à se lécher les lèvres, telle une chatte devant un bol de crème. C'était plus fort qu'elle. Quelle misère qu'il soit si beau…

Elle s'obligea à reporter son attention sur l'article traitant de la coqueluche chez l'enfant — le pays avait connu une augmentation importante du nombre de cas, et de nouveaux vaccins étaient disponibles. Il était tout de même plus utile de s'intéresser au moyen de préserver la santé de ses patients que de perdre son temps à reluquer Wade King, se sermonna-t-elle.

Le bruit d'une perceuse la fit sursauter.

— On a du mal à se concentrer ? lui lança Boston, qu'elle n'avait pas entendue arriver, et pour cause.

— Je dois avouer que tout ce vacarme n'est pas très reposant.

— Venez donc vous mettre au calme chez moi.

— Ma foi, c'est assez tentant.

Elle se leva et suivit sa voisine. Celle-ci portait une longue robe fluide qui dansait à chacun de ses pas, et sa chevelure rousse illuminée par le soleil formait un halo de feu.

Elles s'installèrent dans la cuisine.

Boston sortit du réfrigérateur un pichet de thé glacé, remplit deux verres, et posa sur la table une assiette de biscuits.

— Autant vous prévenir, j'expérimente la cuisine sans gluten. Alors ne vous enthousiasmez pas trop vite.

— Vous souffrez d'une maladie cœliaque ? demanda Andi en prenant un gâteau.

— Non, je suis la mode. Il paraît qu'il faut éviter le gluten.

— Oui, si vous pensez y être intolérante. Mais il existe des traitements qui permettent d'éliminer les molécules responsables de l'intolérance au gluten. Vous pouvez aussi essayer la technique du lavement. Dans ce cas, je vous conseille de rester chez vous à proximité des toilettes.

Boston éclata de rire.

— Merci pour le conseil. Je ne crois pas que j'opterai pour le lavement.

Elle repoussa l'assiette de biscuits à l'autre bout de la table et la remplaça par une boîte en plastique d'où s'échappa un délicieux parfum de chocolat, lorsqu'elle ôta le couvercle.

Andi inspira profondément.

— Qu'est-ce que c'est ?

— Des brownies.

— Alors là, je vous adore.

Amusée, Boston s'installa à côté d'elle et prit un biscuit.

— C'est rare de vous voir à la maison un après-midi de semaine, dit-elle.

— Je n'ai pas été virée, si c'est ce que vous essayez poliment de me demander. C'est juste une journée de congé, en compensation du fait que j'assure des consultations un samedi sur trois pour faciliter la vie des parents qui travaillent et ne peuvent emmener leurs enfants chez le médecin en semaine. J'en ferai autant dès que j'ouvrirai mon cabinet. Les consultations du samedi seront réservées aux vaccinations et aux visites de contrôle.

— Bonne idée. Personnellement, j'ai la chance de pouvoir organiser mon emploi du temps comme je l'entends.

Elle s'interrompit quelques secondes.

— D'ici à quelques jours, je pourrai vous montrer les premières esquisses de la fresque murale. Ce n'est pas grand-chose. Juste quelques animaux.

— J'ai hâte de les voir. Mais franchement, ça me gêne que vous ayez accepté de mettre votre talent au service d'un projet aussi banal que la décoration d'un cabinet médical. Je ne suis pas une cliente très intéressante pour vous.

— Vous vous sentiriez moins gênée si je vous disais que je le fais pour les enfants qui viendront vous voir ?

— Absolument.

Boston fronça les sourcils, comme si elle voulait en dire plus. Elle hésita, puis finit par hausser les épaules.

— C'est bien d'avoir un projet, reprit-elle. Cela m'oblige à réfléchir à la façon dont j'occupe mon temps. Tiens, ça me rappelle quelque chose. Attendez une seconde.

Elle se leva et sortit de la cuisine presque en courant. Dix secondes plus tard, elle était de retour avec un tableau dans les mains.

Il s'agissait d'une simple aquarelle, représentant les Trois Sœurs perchées au sommet de la colline. La maison de Deanna se dressait plus fièrement que ses deux voisines, de façon un peu plus guindée aussi. A l'aide de minuscules coups de pinceau, Boston avait su rendre la courbure délicate des balustrades, l'épaisseur du gazon coupé au cordeau, la profusion des massifs de fleurs parfaitement entretenus. La maison de Boston était tout aussi belle, mais dans un style plus décontracté avec, à l'avant-plan, la sculpture de l'oiseau prenant son envol.

Andi examina sa maison de plus près. L'artiste avait eu la gentillesse de combler les trous dans la pelouse, d'ajouter des fenêtres là où il n'y avait eu que des planches et de raviver les teintes des volets et de la façade.

— Je vous l'offre, déclara Boston. Pour vous remonter le moral, quand le chantier vous tapera sur les nerfs.

— Magnifique ! s'exclama Andi, touchée par l'attention. Et vous ne pouviez pas mieux tomber, car après seulement cinq semaines de travaux, je commence déjà à me demander si j'ai bien fait de me lancer dans la restauration de cette maison.

Boston éclata de rire.

— Navrée de jouer les oiseaux de mauvais augure, Andi, mais vous en avez encore pour plusieurs semaines. Heureusement, les ouvriers sur le chantier sont plutôt beaux mecs. Ça console, non ?

— Un peu, oui. La vue de ces corps musclés me fait battre le cœur. Mais je parie que ces beaux mâles sont tous mariés.

— Sauf Wade, observa Boston avec un petit sourire entendu.

Andi prit son verre de thé glacé, s'exhortant au calme. Surtout ne pas se mettre à rougir et à bégayer.

— Je sais. Cela dit, j'ai l'impression qu'il me voit davantage comme une cliente que comme une femme.

Elle fit mine d'exprimer son indifférence par un léger haussement d'épaules, tout en ajoutant :

— Ce qui est normal, puisque notre relation est en effet exclusivement professionnelle.

Boston inclina la tête sur le côté, laissant ses cheveux glisser en une cascade d'or roux et de pourpre.

— Mon beau-frère est un homme formidable. S'il est prudent avec les femmes, c'est à cause de Carrie. Il ne veut pas bouleverser la vie qu'ils se sont construite tous les deux depuis la disparition de sa femme.

— Ça se comprend. C'est le souci de tout parent qui élève seul son enfant, et c'est encore plus compliqué dans le cas présent, quand l'un des deux parents n'est plus là. Lors d'un divorce, chacun peut continuer à tenir son rôle. Pas toujours, mais…

Andi s'interrompit en voyant Boston sourire.

— J'ai dit quelque chose de drôle ? demanda-t-elle, soudain gênée.

— Vous êtes perspicace.

— Pas tant que ça quand il s'agit du genre humain.

La preuve, elle s'était totalement trompée sur le compte de Matt.

— Je n'en suis pas convaincue. Vous êtes très intuitive, Andi. C'est de famille ?

— Je ne pense pas. Mes parents sont davantage dans le

mode éducatif qu'intuitif. Chez nous, ce qui compte, ce sont les diplômes. Tout le monde est médecin plus plus plus.

— Plus quoi ?

Andi prit une gorgée de thé glacé.

— Ma mère est une spécialiste réputée en chirurgie cardiaque. Mon père est un neurochirurgien encore plus réputé. Idem pour mon frère et ma sœur qui sont eux aussi des sommités dans le domaine médical. Pour faire simple, disons que dans le monde où j'ai grandi, être pédiatre, c'est du gâchis. Ma mère juge désolant que je perde mon temps à soigner les bobos et les genoux écorchés des enfants.

Boston ouvrit de grands yeux étonnés.

— Mais vous êtes un médecin merveilleux !

— C'est gentil de dire ça, mais vous n'en savez rien.

— Erreur. Je vous ai vue à l'œuvre, l'autre jour, avec Lucy et les jumelles. Elles étaient aux anges. Je parie que vos petits patients vous adorent.

— Merci, murmura Andi, rougissante de plaisir. C'est vraiment très gentil.

— Je ne dis pas ça pour être gentille. En tant qu'artiste, mon boulot consiste à observer le monde autour de moi. Alors quand je dis que vous êtes très intuitive, je sais de quoi je parle.

Le sourire d'Andi se transforma en grimace.

— Dans ce cas, vous pourriez peut-être m'expliquer pourquoi j'ai attendu de me faire plaquer devant l'autel, le jour de mon mariage, par l'homme avec qui je suis sortie pendant dix ans, pour m'apercevoir que c'était un salaud.

Les mots avaient jailli de sa bouche comme l'eau d'une cascade, sans qu'elle puisse les arrêter.

Boston la dévisagea, consternée.

— Oh. C'est affreux.

Andi hocha la tête.

— Il ne m'a même pas prévenue, reprit-elle. J'attendais sur le parvis pour entrer dans l'église au bras de mon père, j'étais heureuse, je croyais que tout allait bien. Jusqu'à ce que ma mère vienne me dire que Matt n'était pas là. Il ne s'est pas montré. Il ne m'a pas envoyé de message, ni même un texto. Plus tard, quand j'ai réussi à le joindre, il a dit qu'il ne se sentait pas prêt. Nous étions sortis ensemble pendant *dix ans* et il n'était pas prêt !

Sa voix avait grimpé d'un ton.

— J'étais furieuse et blessée. Comment pouvait-il ne pas être sûr de vouloir m'épouser ? Que lui fallait-il de plus ? Et s'il ne voulait pas de moi, pourquoi ne pas l'avoir dit *avant* ? Pourquoi avoir attendu le jour du mariage pour m'humilier devant tout le monde ?

La gorge serrée, elle se tut et contempla fixement son verre un instant avant de poursuivre :

— Il a épousé sa secrétaire deux semaines plus tard. A Las Vegas. Il la connaissait depuis seulement trois mois. Le pire, c'est que ce n'est qu'à ce moment-là, que je me suis aperçue qu'il n'aimait pas grand-chose de moi. Il essayait tout le temps de me faire changer. La déco de mon appartement, mes vêtements et même ma coiffure. Rien ne lui plaisait. Il détestait mes cheveux.

— J'adore tes cheveux.

Le tutoiement était venu tout naturellement.

— Merci. Tu sais, je suis contente de ne pas l'avoir épousé. Mais je m'en veux d'avoir été si naïve, si sotte, pendant toutes ces années. Pourquoi ai-je été aussi aveugle ?

Boston posa sa main sur la sienne.

— Ce type m'a tout l'air d'un manipulateur-né, dit-elle.

— Il l'est. Mais ce qui m'agace le plus, c'est de réaliser aujourd'hui que ce n'est pas tant lui qui me manque que le fait de ne plus être en couple. En réalité, je n'étais pas amoureuse de Matt. J'étais amoureuse de l'image que nous donnions ensemble. Se marier aurait été une bêtise. Simplement j'aurais préféré m'en apercevoir avant. J'ai l'impression d'avoir gâché dix ans de ma vie.

— C'est pour cela que tu es venue t'installer ici ?

— Oui, reconnut Andi avec un petit rire étranglé. J'avais besoin d'une rupture radicale. Blackberry Island me paraissait l'endroit idéal pour me couper de mon monde habituel. Je croyais que c'était ce que je voulais. Etre une de ces femmes célibataires, indépendantes, qui n'ont pas besoin d'homme et qui décident de vivre en solo. Sauf que je commence à me demander si je n'ai pas pris une décision un peu trop hâtive.

Boston sourit.

— Je vois. A présent, tu te sens piégée sur une île, sans un seul célibataire en vue.

Andi hocha la tête.

— Quelque chose comme ça, oui.

Elle sirota une gorgée de thé avant de reprendre :

— Heureusement, tout n'est pas négatif. Blackberry Island est un endroit magnifique et je vais enfin pouvoir ouvrir mon propre cabinet médical. Donc, tout va pour le mieux.

— Et Wade est un homme formidable, ajouta Boston.

— Un homme formidable qui n'éprouve pas le moindre intérêt pour moi.

— Comment le sais-tu ?

— Ça se voit. A moins qu'il ne soit secrètement fou amoureux de moi, auquel cas, c'est un excellent comédien, il ne montre aucune attirance à mon égard. Mais ce n'est pas grave. Il y a des cars entiers de retraités qui débarquent sur l'île, chaque week-end. Il y aura bien un ou deux célibataires dans le lot, avec lesquels je pourrai tenter le coup.

Boston éclata de rire.

— Tu as raison, il ne faut pas désespérer ! Tu finiras certainement par décrocher un mari.

— Encore heureux, marmonna Andi.

Reprenant son sérieux, Boston se pencha vers elle.

— Comme je te l'ai dit, Wade se montre d'une extrême prudence à cause de Carrie. Quand il sort avec une femme, ce n'est pas sur l'île, si tu vois ce que je veux dire.

— Pour éviter les complications et les explications ?

— Exactement. Alors ne renonce pas trop vite. J'ai vu son frère nu, et si Wade lui ressemble, ça vaut le coup de patienter.

Ce fut au tour d'Andi d'éclater de rire.

— Si tu n'y vois pas d'inconvénient, je préfère ne pas penser à ton mari tout nu

— Tant mieux.

Andi s'apprêtait à poursuivre sur le ton de la plaisanterie quand elle crut voir le sourire de Boston vaciller, comme s'il n'était pas vraiment à sa place.

Cette dernière poussa l'assiette de brownies vers elle.

— Prends-en un autre. C'est bon pour le moral.

Andi ne se fit pas prier.

— Le chocolat c'est vraiment magique.

— Tu prêches une convaincue.

Deanna en avait assez d'être tenue à l'écart comme une pestiférée, sous son propre toit. Colin voulait du changement ? Parfait ! Elle allait changer. Les filles voulaient qu'elle soit plus marrante ? Qu'à cela ne tienne !

Elle attendit que les jumelles soient occupées à faire des puzzles dans leur chambre, pour aller chercher leur maison de poupée dissimulée derrière des plantes vertes, dans un coin de l'immense salon familial. Sydney et Savannah lui demandaient souvent de les laisser jouer avec dans le jardin. Jusqu'à présent, elle avait toujours refusé. Les poupées allaient se salir et les accessoires s'égarer dans le gazon. Un tracas de plus dont elle se serait bien passée en ce moment, mais elle voulait avant tout montrer à Colin qu'elle faisait des efforts.

En réalité, ce qu'elle voulait, c'était que les choses redeviennent comme avant, quand son mari était attentionné avec elle et qu'elle se sentait bien… Alors, même si c'était parfaitement ridicule, elle allait sortir cette maudite maison de poupée sur la pelouse et laisser les jumelles jouer avec.

Elle chancela en soulevant la maison plus lourde qu'elle ne le pensait.

— Sydney, Savannah, descendez !

Dans la cuisine, elle posa la maison en équilibre sur un coin du comptoir. Comme elle bataillait pour ouvrir la porte de service donnant sur le jardin, la maison bascula et elle la rattrapa de justesse.

Les fillettes arrivèrent en courant.

— Maman, qu'est-ce que tu fais ?

— Je vous autorise à jouer dehors.

La porte s'ouvrit en grand et Deanna inclina la maison de poupée pour la faire passer par l'embrasure.

— Maman, attention à Pickles, la prévint Sydney.

Deanna sentit plus qu'elle ne vit le chat glisser entre ses pieds.

Elle trébucha et soudain, la maison vola en l'air, décrivant un arc de cercle parfait avant d'aller s'écraser au pied des marches.

L'impact avec le sol fut étrangement silencieux, avant que les minces cloisons ne se fracassent et que les minuscules accessoires s'éparpillent dans l'herbe.

— Non ! s'exclama Deanna en se précipitant pour réparer les dégâts, déjà consciente qu'il était trop tard. Je voulais vous faire plaisir.

Elle se tourna vers les jumelles. Savannah avait les larmes aux yeux, mais Sydney la regardait avec le même air dégoûté que Madison, comme si elle était sur le point de vomir.

— Je suis désolée, murmura Deanna. Vraiment désolée.

Elle voulut aller vers Savannah, mais la fillette recula d'un pas et se rapprocha de sa sœur en essuyant ses larmes. Puis, se tenant par la main, elles rentrèrent dans la maison en courant, abandonnant Deanna seule sur sa pelouse si parfaitement entretenue, la maison de poupée brisée à ses pieds, avec l'atroce sentiment que ce jouet n'était pas la seule chose qui venait de voler en éclats.

— Je pourrai en apporter à Madison, quand nous aurons terminé ? demanda Carrie en roulant avec soin le beignet dans le sucre glace. Je vais devoir les passer en fraude. En me glissant derrière les lignes ennemies, comme dans les films de guerre.

Elle souriait, ses yeux bruns pétillant de malice.

Boston était consciente qu'il n'était pas raisonnable d'encourager sa nièce à aider son amie Madison à enfreindre les règles maternelles. En sa qualité d'adulte, elle était censée respecter l'obsession de sa voisine pour la consommation d'aliments non sucrés. Elle aurait même dû admirer sa ténacité à préserver la santé de ses enfants. Et c'était peut-être ce qu'elle aurait fait, si Deanna Phillips n'avait pas été moralisatrice à l'extrême.

— Tu peux, mais si tu te fais prendre, je ne te connais pas.

Carrie poussa un cri de victoire et posa le beignet sur une assiette.

— En tout cas merci pour le cours de cuisine. Papa dit qu'il va se mettre à la pâtisserie, mais tu sais comme il est.

— Comme les garçons ?

Carrie hocha la tête.

— Il essaie de préparer des petits plats, mais ce n'est pas comme avant.

Elle roula un nouveau beignet dans le sucre.

— Tu te souviens d'elle ?

— De ta maman ? Bien sûr, répondit Boston en réfléchissant à la meilleure façon de formuler sa question. Et toi, Carrie… tu as du mal à t'en souvenir ?

— Un peu. J'ai des photos, des affaires qui lui appartenaient. Il y a aussi des souvenirs particuliers. Mais… j'ai l'impression que c'était il y a très très longtemps. J'aimerais qu'elle soit là, mais ce n'est pas comme si elle me manquait vraiment, hein ?

— Pas tout à fait, oui.

Touchée par la pureté et la sincérité de sa nièce, Boston posa un baiser sur sa joue.

— Ta maman t'adorait. Elle serait fière de toi, chérie. Tu es une fille épatante.

— Merci. Tu crois que papa se remariera un jour ?

— Aucune idée. Tu n'as qu'à le lui demander.

Carrie leva les yeux au ciel.

— Comme s'il allait répondre à une question pareille ! Il ne voit aucune femme. En tout cas, pas sur l'île. Evidemment, je sais ce qu'il fait quand il s'absente le week-end.

Elle plissa le nez avant de rectifier :

— Enfin, je ne sais pas *exactement* ce qu'il fait, mais je me doute qu'il n'est pas seul. Il rencontre certainement du monde. Probablement des femmes. Parfois, je me dis que ce serait chouette de reformer une famille.

— Il faut se laisser du temps, Carrie. C'est dur de perdre quelqu'un qu'on aime.

— Comme quand tu as perdu Liam ?

Boston sentit la pointe aiguisée de la souffrance pénétrer dans son cœur.

— Oui, répondit-elle doucement.

— Papa dit que c'est terrible de perdre son enfant, parce que les parents ne sont pas censés survivre à leurs enfants. Mais moi aussi, j'ai eu beaucoup, beaucoup de peine, quand j'ai perdu maman. Personne ne devrait mourir.

— Cela changerait pas mal de choses.

Les yeux de Carrie pétillèrent de nouveau.

— La maison serait surpeuplée si tous ceux qui ont vécu ici étaient encore là, fit-elle remarquer.

— Tu devrais partager ta chambre.

— Avec un fantôme ! Ce serait marrant.

Carrie secoua un beignet au-dessus de l'assiette pour éliminer le sucre en excès.

— Andi serait pas mal pour papa. Je n'arrive pas à savoir s'il l'aime. Je veux dire, s'il l'aime vraiment. Tu crois qu'Andi est amoureuse de lui ?

Question pour laquelle Boston avait la réponse. Toutefois, elle ne partagerait pas ce secret avec sa nièce de douze ans.

— Il vaut mieux ne pas se mêler de ce genre d'histoire, chérie.

Carrie esquissa une moue sceptique.

— Il y a déjà six ans que maman n'est plus là. Si papa était doué pour aborder les femmes, tu ne crois pas qu'il aurait une petite amie, depuis le temps ? Eh bien moi, je crois que l'on ferait bien de lui donner un coup de pouce.

Boston éclata de rire.

— Même si tes arguments sont excellents, je te conseille tout de même de laisser ton pauvre père tranquille.

— Andi est vraiment jolie. Et elle est médecin, ce qui est plutôt cool. Tu crois qu'elle a déjà un petit ami qui va venir la rejoindre ?

— Carrie, cesse de jouer les entremetteuses.

— Pourquoi pas ? Nous pourrions essayer de les caser ensemble. Comme ça papa et moi, nous déménagerions dans la maison d'à côté. Ce serait chouette, non ?

Boston passa un bras autour des épaules de sa nièce.

— Ce serait super, mais il faut avoir le coup de foudre pour tomber amoureux.

— Comme toi et Zeke ?

— Exact.

— Ça a été le coup de foudre au premier regard, hein ?

— Carrie… Tu as entendu l'histoire une centaine de fois.

Passant les bras autour de la taille de sa tante, Carrie supplia :

— S'il te plaît. Raconte-la encore une fois. C'est ma préférée.

Boston serra sa nièce contre elle.

Tenir dans ses bras cette enfant si précieuse lui procurait un sentiment aussi proche que possible de la joie. La tenir ainsi assez longtemps suffisait presque à combler le vide dans son cœur. Presque…

— C'était mon premier jour de lycée, commença-t-elle.

Carrie grimpa sur un tabouret.

— Et tu l'as tout de suite repéré, dit-elle. Il portait la veste de capitaine de l'équipe de football, c'est ça ?

Boston sourit.

— C'est ça.

13

— Je peux voir ma chambre ! s'exclama Lucy, le nez collé à la fenêtre minuscule.

Les jumelles se pressèrent autour d'elle, pour regarder à leur tour. La pluie ruisselait sur la vitre, brouillant la vue sur la maison voisine.

— C'est chouette ici, déclara l'une des jumelles.

Elles portaient des vêtements différents de la dernière fois, si bien qu'Andi n'aurait su dire laquelle était Savannah, laquelle était Sydney.

— C'est chouette, mais un peu sombre. Un peu comme dans une grotte, répondit Andi en ouvrant la boîte de jeu que les filles avaient apportée. Candy Land ! J'adore ce jeu. J'ai une idée. On va prendre des couvertures et s'installer en bas. Nous aurons plus de lumière pour jouer.

La proposition fut accueillie avec enthousiasme. Les jumelles se chargèrent du jeu, tandis que Lucy descendait avec Andi le paquet de cookies, les canettes de soda et des couvertures.

Quelques minutes plus tard, Andi étalait les cartes, face cachée.

L'une des jumelles lui sourit.

— Tu peux commencer.

— C'est gentil, mais vous êtes mes invitées. Lucy, tu commences ?

Lucy tira la première carte avec un sourire ravi. Un quart d'heure plus tard, elles avaient terminé la première partie et démarraient la suivante. Andi ouvrit le paquet de cookies et les canettes de jus de fruits. La pluie frappait les fenêtres.

Sa maison commençait à ressembler à quelque chose, songea-t-elle en regardant autour d'elle. Les cloisons du rez-de-chaussée étaient montées, l'électricité et la plomberie terminées. Ne restait plus qu'à poser l'isolant et le Placoplâtre.

Lucy prit la canette de jus de fruits que lui tendait Andi.

— Merci.

— De rien. Dites donc, les filles, l'année scolaire est bientôt terminée, non ?

— La semaine prochaine, précisa Lucy.

— C'est chouette. Qu'est-ce que vous allez faire, cet été ? Partir en vacances avec vos parents ?

Lucy haussa les épaules.

— Je ne sais pas. Comme papa voyage beaucoup pour son travail, je crois qu'il préfère rester à la maison.

— Je le comprends, reconnut Andi. Il doit être content de s'occuper de ses filles.

— Oh oui ! Il adore jouer avec nous. Il nous aime très très fort, déclara l'une des jumelles.

— Devine qui je suis, gloussa l'autre.

Andi les examina à la recherche d'une légère différence. Une imperceptible différence de teinte dans l'iris, la courbe d'une oreille. Mais rien de visible.

— Je donne ma langue au chat.

Les fillettes éclatèrent de rire.

Celle de gauche, avec un T-shirt rose, leva la main droite pour lui montrer une minuscule cicatrice à la base du pouce.

— C'est arrivé quand j'étais bébé. Maintenant, tu pourras me reconnaître. Je suis Sydney.

Andi, émue, se demanda combien de personnes avaient l'honneur de connaître ce secret.

— Merci de m'avoir dévoilé ta marque secrète, Sydney.

— Il vaut mieux que tu la connaisses, puisque tu vas être notre médecin.

— Ah bon ?

— Oui. Papa et maman ont parlé de toi au dîner, l'autre soir.

Sydney s'interrompit une seconde en fronçant les sourcils, puis reprit :

— Maman a aussi demandé pourquoi tu n'avais pas d'enfants.

« Parce que mon fiancé était un crétin et que j'étais une idiote naïve », répondit mentalement Andi en prenant soin de conserver un visage amical et ouvert.

— Je n'ai pas vraiment eu le temps d'y penser jusqu'à présent, mais j'espère bien avoir des enfants un jour.

— Tu n'es pas lisbonne ? demanda Savannah.

— Ne dis pas ça, lui ordonna Lucy, virant instantanément au rouge coquelicot.

— Mais je sais pas ce que c'est ! protesta la fillette en se tournant vers Andi. Maman a dit ça pendant le dîner. Nous avons demandé à Audrey, elle ne sait pas non plus.

Lucy se tortilla sur la couverture.

— Joue Sydney, c'est ton tour.

« Lisbonne » ? Qu'avait donc bien pu vouloir dire Deanna…

Lesbienne ! comprit-elle brusquement. Sympa, la voisine ! Tout cela, parce qu'elle avait la trentaine et qu'elle n'était pas mariée. Elle choisit d'esquiver.

— Non, je ne viens pas de Lisbonne. C'est la capitale du Portugal. Une ville magnifique à ce qu'il paraît. Lucy, à toi de jouer.

Lucy lui adressa un sourire reconnaissant et tira une carte.

Andi contempla les trois adorables fillettes qui jouaient. Comment Deanna Phillips avait-elle pu donner le jour à des gamines aussi charmantes ? Les gènes paternels avaient forcément pris le dessus sur ceux de la mère.

— Elle se transforme en sirène ! hurla Sydney.

Deanna grimaça. Le son aigu de la petite voix haut perchée lui vrilla les tympans. La migraine latente contre laquelle elle luttait depuis le matin grimpa d'un cran supplémentaire.

— Vite, il faut la sauver ! cria Savannah en plongeant son sous-marin en plastique au fond de la baignoire.

Les jumelles riaient, absorbées par leur monde imaginaire d'océans et de sirènes. Deanna les surveillait depuis la chambre tout en pliant du linge. Les doigts tremblants, elle bataillait avec les serviettes de toilette, incapable d'aligner les coins bord à bord.

Elle était épuisée, la migraine lui martelait les tempes et ses yeux la piquaient. Elle ne se rappelait plus quand, pour la dernière fois, elle avait réussi à dormir quelques heures d'affilée. Dès qu'elle s'étendait sur son lit, les pensées jouaient au ping-pong sous son crâne. Elle se repassait ses conversations avec Colin, revivait chaque détail de leurs accrochages. Le doute alimentait sa peur, et elle passait des nuits blanches, le regard rivé au plafond, avec ses pensées qui tournaient en boucle.

Sans connaître l'origine du problème, elle ne pouvait y remédier. Ce sentiment d'impuissance, de perte de contrôle sur son monde la terrifiait et la rendait folle de rage et d'angoisse. Pourquoi Colin agissait-il ainsi contre elle ? Elle ne comprenait pas. Et lui poser la question était tout simplement impossible. Quand il téléphonait, il parlait uniquement aux filles. Madison se précipitait sur le téléphone dès qu'il sonnait. Deanna les soupçonnait d'avoir organisé le timing des appels.

— Maman, j'ai besoin d'aide pour mon exposé d'histoire.

Deanna tourna la tête vers Lucy, debout sur le seuil de la chambre.

— Pas maintenant, répondit-elle en reportant son attention sur les jumelles. Je dois surveiller tes sœurs.

— Quand alors ?

— Je ne sais pas.

— Tu avais dit que tu m'aiderais. Tu n'avais pas le temps ce week-end. Hier non plus.

Deanna sentit l'étau se resserrer sur ses tempes.

— Je suis occupée, Lucy. Il y a quatre autres enfants dans cette maison. Tu n'es pas seule.

Elle prit dans la corbeille à linge une nouvelle serviette pour la plier, mais ses doigts tremblaient trop. Elle la laissa tomber sur le lit et se sentit tanguer légèrement. Hypoglycémie. Elle n'avait quasiment rien mangé de la journée.

— Maman, j'ai des livres à rendre à la bibliothèque, tu te souviens ? Tu as dit que tu m'y emmènerais ce soir.

La voix d'Audrey se joignit aux éclats de rire perçants des jumelles.

— Pas ce soir.

— Mais c'est ce que tu avais dit.

— Et moi, j'ai un exposé d'histoire ! insista Lucy en brandissant un livre tout corné. Maman, c'est *très important*. Je dois le rendre dans deux jours.

— Poussez-vous, toutes les deux !

Madison écarta ses sœurs et s'avança dans la chambre.

— Maman, est-ce que Carrie peut venir passer la nuit ici, vendredi ? C'est à mon tour de l'inviter.

— Maman ! L'eau est froide. Je peux ouvrir le robinet d'eau chaude ?

La chambre se mit de nouveau à tanguer. La migraine était telle que Deanna n'y voyait plus clair. Elle se sentait sombrer, dériver. Elle avait mal.

Elle s'affaissa au bord du lit.

Les voix continuaient de résonner à ses oreilles, les questions de fuser, encore et encore.

— Assez ! hurla-t-elle brusquement en bondissant sur ses pieds. Taisez-vous toutes ! Je n'en peux plus ! Filez dans vos chambres et restez-y jusqu'à nouvel ordre. Fichez-moi la paix !

Audrey et Lucy se serrèrent l'une contre l'autre. Le visage de Madison se ferma, son regard s'emplit de dégoût.

— Tu n'es qu'une garce, cracha-t-elle d'une voix méprisante, avant de sortir de la chambre.

Deanna l'ignora. Elle fonça sur la baignoire dans laquelle les jumelles frissonnaient, tout autant de peur que de froid.

— Debout ! ordonna-t-elle.

Les fillettes obéirent en pleurant. Deanna les enveloppa dans un drap de bain et les sortit de la baignoire.

— Filez dans votre chambre. Séchez-vous et mettez-vous en pyjama. Immédiatement !

Les yeux pleins de larmes, écarquillés de peur, les jumelles sortirent en courant de la salle de bains.

C'est alors que Deanna la sentit… l'odeur de l'alcool et de la crasse. Elle entendit le sautillement des cafards et des rats. Elle vit les tas d'ordures. Elle était de retour entre les murs sordides de son enfance, poursuivie par sa mère hurlant comme une démente.

La maison était si petite qu'elle n'avait pas de chambre à elle, aucun endroit où se réfugier. Elle se recroquevillait dans le placard sous l'escalier. Elle essayait de disparaître, de se faire toute petite, de se faire oublier. Pour que les hurlements cessent. Pour que les coups cessent.

— Non, je ne suis pas comme elle, chuchota-t-elle d'une voix sourde.

Mais quand elle aperçut son reflet dans le miroir au-dessus du lavabo, elle reconnut sa mère. Les vêtements étaient différents, les traits du visage aussi. Mais l'expression, le regard, le son horrible de sa voix… c'étaient les mêmes.

Elle se força à respirer lentement. Quand ses tremblements s'apaisèrent, elle vida la baignoire, puis se pencha sur les toilettes et vomit.

Elle n'avait rien dans l'estomac, rien à rendre, juste la bile et la haine qu'elle éprouvait envers elle-même. Quand les haut-le-cœur cessèrent enfin, elle s'effondra sur le sol, noua les bras autour de ses genoux et commença à se balancer lentement d'avant en arrière.

Debout au milieu de ce qui serait bientôt la salle d'attente du cabinet médical d'Andi, Boston essayait d'imaginer la pièce une fois les cloisons définitivement montées.

Ces deux dernières semaines, elle avait réussi à croquer une demi-douzaine d'animaux qui viendraient peupler la jungle de la fresque murale. Certes, il ne s'agissait pas d'œuvres exceptionnelles sur le plan artistique, mais chacune représentait en soi un progrès.

Elle sortit son nuancier du carton à dessin. Elle avait préparé à l'intention d'Andi un échantillon des couleurs qu'elle pensait utiliser. La prochaine étape consisterait à réaliser sur papier la fresque grandeur réelle, avant de commencer à la peindre sur les murs eux-mêmes.

Le seul fait d'y penser lui donnait des sueurs froides, mais ça allait. Chaque fois qu'une crise de panique menaçait, elle retournait dans son atelier faire des portraits de Liam, jusqu'à ce que les battements de son cœur s'apaisent.

Ce projet de fresque devait l'aider à guérir, aider son cœur déchiré à cicatriser. C'était une réalité à laquelle elle n'était pas certaine de vouloir adhérer… Tant qu'elle souffrait, Liam restait avec elle.

— Salut !

Boston sursauta et faillit laisser tomber son carton à dessin en voyant Wade entrer.

— Qu'est-ce que tu fais là ? s'étonna-t-elle. Je te croyais en rendez-vous chez un fournisseur, à Marysville.

— Tu n'as pas l'air contente de me voir, lui fit remarquer son beau-frère en haussant les sourcils. Mon rendez-vous a été repoussé.

Boston se mordit la lèvre inférieure.

— Excuse-moi. C'est juste que…

Elle baissa les yeux sur son carton à dessin, puis les releva sur Wade.

— Je ne voulais pas que tu saches que je venais ici.

— Pourquoi ?

— Je peins une fresque pour le cabinet médical.

Il était inutile d'en dire plus. Zeke et Wade étaient très proches. Boston savait qu'ils se disaient tout. Son beau-frère était certainement au courant de son obsession à peindre uniquement des portraits de leur fils disparu.

— C'est super ! s'exclama Wade. Pourquoi ne voulais-tu pas que je le sache ?

— Parce que Zeke ne le sait pas et que je ne me sens pas encore prête à lui en parler.

Levant les mains en l'air, Wade recula d'un pas.

— Je ne veux surtout pas me mêler de vos histoires.

— C'est bien pour ça que je ne viens qu'en ton absence. Tu veux bien faire comme si tu ne m'avais pas vue ?

— D'accord, même si cela ne me plaît pas trop.

— Merci.

Boston resta silencieuse un instant, avant de reprendre avec un demi-sourire :

— Je suis contente de travailler pour Andi. Elle est vraiment sympa. En plus, elle est jolie. Tu n'aimes pas les cheveux bouclés ?

Wade plissa les yeux et l'observa avec attention.

— Tu fais quoi, au juste ?

— Un constat. Elle est célibataire, tu es célibataire.

— C'est une cliente.

— Depuis quand c'est un problème ?

— Ce n'est pas un problème. Simplement, je préfère ne pas fréquenter une cliente tant que nous sommes en affaires.

— Alors tu lui demanderas de sortir avec toi quand le chantier sera terminé.

Wade lâcha un gémissement.

— Tu as décidé de me torturer ? Je croyais que tu m'aimais bien.

— Justement. C'est parce que je t'adore que je te signale que ma voisine est une ravissante célibataire, bourrée de charme et d'humour. Tu devrais profiter d'une telle aubaine.

— Pas question.

— Pourquoi ? Elle ne te plaît pas ?

— Au contraire. Mais elle est médecin.

— Tu n'aimes pas les médecins ?

Wade, sachant qu'elle ne le lâcherait pas, soupira mais répondit :

— Elle a fait des études. C'est une intellectuelle. Moi, je suis un manuel, un gars qui retape des maisons.

— Et alors ?

— Et alors, je ne suis pas son type.

Boston sourit.

— D'accord, tu n'es pas son type. Mais je note que tu n'as pas dit *qu'elle* n'était pas ton type de femme. J'en déduis donc qu'Andi Gordon te plaît.

Wade poussa un nouveau soupir à fendre l'âme.

— Achève-moi tout de suite, gémit-il.

Boston secoua la tête avec un petit sourire en coin.

— Pas question. Ce serait trop facile. Sérieusement, tu devrais l'inviter à sortir avec toi. Je suis certaine qu'elle dirait oui.

Wade fronça les sourcils.

— Comment le sais-tu ?

— L'intuition féminine.

— Ben voyons !

Ce fut au tour de Wade d'afficher un petit sourire en coin.

— Elle t'a posé des questions sur moi ? demanda-t-il.

— Possible…

— Intéressant.

Boston haussa un sourcil amusé.

— C'est là que je dois te rappeler que ton code de déontologie t'interdit de fréquenter une cliente ?

— Tais-toi donc !

Boston éclata de rire.

— Tu es unique, Wade King !

— C'est une de mes qualités.

Andi s'affala contre le dossier de sa chaise. Dommage que son bureau n'ait pas d'ouverture. Parce que ainsi, elle aurait pu se jeter par la fenêtre. Certes, elle ne se serait pas fait bien mal en tombant dans l'herbe d'une hauteur d'un mètre cinquante, mais le geste aurait été hautement symbolique.

Au lieu de cela, elle n'avait d'autre choix que de tenir le téléphone collé à son oreille, les yeux fermés, rassemblant son courage pour l'attaque en règle qui n'allait pas tarder.

— Alors, tu as terminé de t'installer ? demanda sa mère.

— Pas tout à fait, mais le chantier avance.

— Bien. Je tenais à te dire que ton père et moi avons finalement accepté ta décision d'aller t'exiler sur cette île.

— C'est gentil. Je dormirai mieux cette nuit.

— Je croyais que tu avais dépassé l'âge du sarcasme.

— Excuse-moi, maman. Je traînerai probablement ce défaut jusque dans la tombe.

— Je sais, c'est plus fort que toi. Comme je te le disais, nous nous sommes résignés, ton père et moi. De toute façon, tant qu'à perdre ton temps à soigner des bobos et à faire des vaccins, tu peux aussi bien le faire dans un trou de province. Ils ont certainement besoin de soins médicaux, là-bas aussi.

— En effet. Et leur gratitude est touchante. Certains de mes patients me paient en nature. Pas plus tard qu'hier, j'ai gagné deux poulets et un gigot d'agneau.

Andi entendit le soupir agacé de sa mère au bout du fil.

— Franchement, chérie, quelle idée d'aller t'exiler sur cette île ? Est-ce bien nécessaire ?

Andi ouvrit les yeux.

— Oui, c'est nécessaire. Et je te rappelle que Blackberry

Island n'est pas le bout du monde. Je ne suis qu'à deux heures de route de Seattle, nous avons l'eau courante et l'électricité. Et ce que tu appelles « un trou » est tout simplement un paradis pour touristes.

— Très bien. J'ai compris. Simplement, cela me peine, de te voir gâcher ta vie. Tu pourrais faire une carrière autrement plus ambitieuse.

— Mon travail me plaît, maman.

— J'ai entendu parler d'un poste de chef de clinique à…

— Non.

— Mais c'est…

— J'ai dit *non.* Vous allez devoir vous faire à l'idée que je suis heureuse de ce que je fais.

— Mais tu es… pédiatre.

Autrement dit, celle qui fait tache dans la famille, compléta mentalement Andi. Celle qui n'a jamais été à la hauteur.

— Laisse tomber, maman.

— Très bien. Tu sais que ta sœur et son équipe sont nominées pour le Nobel.

— Contente pour elle.

— Autre chose, ton père et moi avons prévu d'aller en Colombie-Britannique assister à un congrès médical, le mois prochain. Nous en profiterons peut-être pour passer te voir.

Quoi ? Oh non…

Andi faillit s'étrangler.

— Ce serait super, réussit-elle à répondre en espérant y mettre un semblant de sincérité.

Sa mère soupira de nouveau. Le très estimé Dr Harrington soupirait lui aussi très souvent dès qu'il s'adressait à plus jeune que lui.

— Je t'aime, Andi. Ton père aussi.

— Je sais, maman. Vous regrettez seulement mon manque d'ambition.

— C'est vrai. Tu es une Gordon.

— J'ai de la chance.

— Je t'envoie tout de même la description du poste de chef de clinique dont je t'ai parlé.

— Inutile.

La sonnerie stridente d'un bipeur coupa momentanément la communication.

— Une urgence, l'informa sa mère. Je dois y aller. On en reparle plus tard.

Un clic signala la fin de l'appel.

Andi reposa lentement le combiné et, machinalement, chercha des yeux une fenêtre.

14

Deanna errait dans sa chambre.

Trois jours s'étaient écoulés depuis qu'elle avait perdu les pédales devant les filles. Trois jours pendant lesquels ses enfants lui glissaient des regards craintifs et se taisaient dès qu'elle entrait dans une pièce. Les jumelles semblaient avoir oublié ce qui s'était passé, mais leurs aînées s'en souvenaient. Elles avaient peur.

Deanna était bien placée pour reconnaître les symptômes de la peur, parce qu'elle-même était passée par là. Elle avait connu cette angoisse de ne pas savoir ce qui allait vous tomber dessus, de devoir suivre des règles qui changeaient tout le temps, de se préparer à recevoir des coups qui laissaient bien souvent des cicatrices au corps comme à l'âme.

Et elle s'était juré de ne jamais ressembler à sa mère.

Elle ne lui ressemblait pas, se répéta-t-elle pour la énième fois. Sa maison était belle. Parfaitement entretenue et décorée. Les repas étaient servis à heures régulières, la nourriture était saine et ses enfants ne manquaient de rien. Pourtant, il y avait dans leurs regards les mêmes ombres que celles qui avaient assombri le sien. Ce matin, quand elle s'était approchée de Lucy, sa fille avait semblé se recroqueviller sur elle-même.

Au bout du couloir, Madison s'était enfermée dans sa chambre avec Carrie King, sa meilleure amie. Deanna avait accepté que celle-ci passe la nuit chez eux. Sans doute pour se déculpabiliser. Et peut-être aussi, parce qu'elle aimait bien discuter de temps en temps avec Carrie.

Elle ne savait jamais quoi dire à Madison, mais parler avec

Carrie était facile. Et là, tout de suite, elle avait besoin de passer quelques instants avec une fillette qui ne la regarderait pas comme si elle était le diable en personne.

Réfléchissant à une excuse, elle sortit dans le couloir. Comme elle s'approchait de la chambre de sa fille, elle entendit la voix de Carrie. Une voix basse et inquiète.

— Tu es sûre que ça va ?

— Mais oui ! répondit Madison. Oublie ça.

— Je ne peux pas. Ça m'inquiète. Tu devrais en parler à ta mère.

Deanna porta la main à sa gorge.

Lui parler de quoi ? Madison était-elle malade ? Avait-elle un problème à l'école ?

— Je ne lui parle *plus,* déclara Madison.

— Mais c'est ta mère.

— Je sais et je n'y peux rien. Mais ça ne m'oblige pas à lui parler. Je la déteste.

Deanna s'adossa au mur, la gorge serrée, les yeux brûlants de larmes. Ce rejet catégorique la déchirait, la mettait en pièces.

— Tu as tort, insista Carrie. Elle n'est pas si méchante. C'est le rôle des parents de nous dire « fais ci, fais pas ça ». Mon père n'arrête pas.

— Ce n'est pas la même chose. Il t'aime, lui. Quand il te regarde, on voit bien qu'il est fier de toi. Ma mère, elle, ne voit en nous que des gamines qui sèment la pagaille dans sa jolie petite maison impeccable. Elle est tout le temps en train de nettoyer derrière nous. L'ordre, c'est son obsession. Elle veut que tout le monde la trouve parfaite. L'épouse parfaite. La mère de famille parfaite. Ce qui compte à ses yeux, c'est ce que les gens pensent d'elle, pas ce que *nous* nous ressentons.

— Même si c'est vrai, tu as tout de même de la chance, lui fit remarquer Carrie. Je donnerais n'importe quoi pour avoir encore ma mère.

— Je te laisse la mienne !

Le dédain de Madison, si glacial et pragmatique, fit frissonner Deanna. Lentement, le cœur battant sourdement dans sa poitrine, elle retourna vers sa chambre.

Les murs se rapprochaient, se refermaient sur elle, tels une prison, et elle ne savait comment leur échapper.

— Maman ?

Elle se figea et cligna des yeux.

— Quoi ?

— Tu ne m'as toujours pas dit si je peux aller à la fête d'anniversaire, cet après-midi. J'espérais que tu dirais oui.

Lucy, aussi blonde que ses sœurs, la regardait fixement. Ses lunettes ridicules perchées sur son nez lui donnaient l'air d'une chouette.

— C'est bon, tu peux y aller.

Lucy lui sourit et fit un pas vers elle, comme pour se jeter à son cou. Mais au dernier moment, elle se ravisa et lui tourna le dos pour courir dans sa chambre.

Deanna la regarda partir.

Elle avait déjà perdu Madison. Lucy serait-elle la suivante ? Ensuite Audrey ? Puis les jumelles ? Une par une, ses filles lui tournaient le dos, s'éloignaient. Et elle était incapable de comprendre pourquoi.

— J'ai gardé le meilleur pour la fin, annonça Wade en précédant Andi vers ce qui serait son bureau.

Elle le suivit, autant intéressée par ses fesses que par les progrès réalisés. Les cloisons de Placoplâtre étaient montées, le matériel médical livré et entreposé dans la future salle d'attente. L'ensemble commençait à prendre forme, et le cabinet médical serait terminé dans quelques semaines.

On ne pouvait malheureusement pas en dire autant de la partie logement… La cuisine était prévue au premier étage, avec une immense pièce à vivre, une chambre d'amis ainsi qu'une salle de bains. Mais là, on en était encore au stade des : « Oh ! De nouveaux câbles électriques ! » Pour le non-initié, voir des cloisons de Placoplâtre délimitant des pièces bien réelles était autrement plus enthousiasmant que la vue de fils électriques serpentant sur le sol.

Une fois la restauration du premier étage terminée, Wade et son équipe s'attaqueraient au grenier pour y aménager la chambre principale avec dressing et salle de bains, un bureau ainsi qu'une seconde chambre d'amis. La fin des travaux était programmée pour fin septembre. Et à en juger par la vitesse à laquelle avançait le chantier, Andi pourrait sans problème ouvrir son cabinet médical avant la rentrée des classes.

Wade entra dans ce qui serait la salle de pause du personnel et s'écarta sur le côté pour la laisser passer.

Bouche bée, Andi contempla les meubles de rangement. Ils n'étaient pas encore installés, mais elle pouvait admirer les finitions délicates des moulures et la teinte ivoirine du chêne blanc.

— Splendide..., lâcha-t-elle dans un souffle en caressant le bois.

— Je suis content que ça vous plaise, parce que vous aurez les mêmes à l'étage.

Il lui avait en effet proposé de commander le même modèle pour la cuisine, afin de réduire les coûts par la quantité.

— Je vais demander à mes gars de les sortir d'ici pour pouvoir poser le revêtement de sol, mais je tenais à vous les montrer dans leur futur environnement.

La haute fenêtre qui donnait sur le jardin inondait la pièce de lumière. La salle de pause serait lumineuse et accueillante même en hiver.

Andi se tourna vers Wade.

— J'adore.

— Tant mieux.

Sa voix était grave et légèrement sexy. Mais sans doute se faisait-elle des idées. Se retrouver confinée dans un petit espace avec un homme musclé et séduisant avait de quoi vous chambouler. Cela dit, elle éprouvait très nettement cette petite crispation dans le bas-ventre qui lui donnait envie de se tortiller.

Wade s'adossa à la cloison de Placoplâtre.

— Vous vous faites à la vie sur l'île ?

— Je m'intègre. Les gens sont sympas.

Andi songea à préciser qu'elle suivait désormais des cours de Pilates, mais elle doutait que cela puisse l'intéresser.

— Il paraît que vous avez questionné Boston à mon sujet, poursuivit Wade, sans la quitter des yeux.

Andi sentit sa mâchoire se décrocher, l'esprit en déroute.

Mille pensées se bousculèrent sous son crâne. Pourquoi s'étonner puisque Boston était sa belle-sœur ? Mais tout de même… Il existait bien un code de déontologie entre femmes, non ? Le fait que Wade mentionne cette conversation était signe, soit qu'il s'intéressait à elle, soit qu'il souhaitait qu'elle lui fiche la paix.

— Oui. En effet. Mais ne vous inquiétez pas, dit-elle en s'éclaircissant la gorge. La rumeur court que je suis lesbienne. Vous êtes donc en sécurité.

Wade haussa les sourcils.

— C'est vrai ? Vous êtes lesbienne ?

— Non !

— Parfait.

Parfait ? Comme dans… parfait ?

Que voulait-il dire ?

Il quitta l'appui du mur et se redressa. Leurs regards s'enchaînèrent…

Andi était grande, mais Wade était encore plus grand, si bien qu'elle était obligée de renverser la tête en arrière tandis qu'il s'avançait lentement vers elle.

— J'ai une fille.

— Je sais. J'ai eu l'occasion de la rencontrer. Une gamine épatante.

— Je le pense aussi.

Wade se rapprocha encore. Sans la toucher, mais envahissant son espace. Elle retint son souffle, s'efforçant d'ignorer la petite voix tentatrice en elle qui proposait un assaut direct.

— Nous sommes en relation d'affaires, mademoiselle Gordon, dit-il en tendant la main vers son visage pour caler derrière son oreille une boucle rebelle. Ça complique les choses.

— Je suis très douée pour résoudre les problèmes, monsieur King…

Elle devait rêver. Il n'était pas possible que son bel entrepreneur la regarde ainsi, avec, dans les yeux, ce que même quelqu'un d'aussi inexpérimenté qu'elle savait reconnaître pour du désir.

— J'allais vous inviter à dîner, poursuivit Wade. Mais je crois que je préférerais ceci…

Lentement, il se pencha vers elle et posa ses lèvres sur les siennes.

L'unique « premier baiser » d'Andi remontait à dix ans. Avec Matt, naturellement. Elle se souvenait surtout de sa timidité, de son manque d'assurance et de sa gêne.

Cette fois, elle n'éprouvait aucune timidité, aucune gêne. Seulement le besoin brûlant d'être embrassée par un homme qui savait manifestement s'y prendre.

Sous le baiser exigeant de Wade, mélange d'avidité et de tendresse, Andi se sentait désirée et étrangement en sécurité. Et tandis que le désir montait en elle, sa nervosité disparut.

Posant sa main libre sur sa taille, Wade l'attira contre lui. Elle se laissa faire et noua les bras autour de sa nuque. Il abandonna sa bouche pour poser un baiser léger comme une plume sur son nez, puis sur chacune de ses joues, avant de revenir s'emparer de ses lèvres.

Elle gémit, accueillant la langue de Wade qui partit à la rencontre de la sienne. Et le désir explosa. Il n'y avait pas d'autres mots pour décrire cet embrasement du corps. L'impression que le sang bouillonnait dans ses veines, ses seins qui se gonflaient, la crispation presque douloureuse entre ses jambes.

Wade releva la tête et la dévisagea.

« Pupilles dilatées », nota machinalement Andi. Preuve qu'il ne simulait pas son intérêt pour elle.

— Surprenant, murmura-t-il en effleurant de nouveau ses lèvres d'un baiser.

— Très.

— A refaire.

— Absolument.

Quelque part dans la maison, quelque chose tomba. Le bruit les sortit de leur enchantement.

Wade se redressa et recula d'un pas.

— Il faut que j'aille voir.

Leurs regards restèrent accrochés quelques secondes de plus, puis il partit.

Andi profita de la présence d'un des placards à proximité pour s'appuyer dessus, le temps de reprendre son souffle et ses esprits. Tout son corps vibrait, et elle avait conscience du sourire béat sur ses lèvres qui devait lui donner l'air d'une parfaite idiote. Mais elle s'en moquait. En ce qui la concernait, la vie sur Blackberry Island promettait soudain de devenir passionnante.

— On espionne les voisins ?

Boston s'écarta de la fenêtre et tourna vers son mari un regard amusé.

— Je crois que Wade s'intéresse à Andi, dit-elle. Or je sais qu'elle aussi s'intéresse à lui. C'est amusant à regarder.

Zeke fit la grimace.

— Mieux vaut ne pas s'en mêler.

— Je sais, mais c'est plus fort que moi. A ce propos, tu pourrais peut-être me renseigner. Ton frère hésite à manifester son intérêt pour Andi, soi-disant parce qu'elle est médecin. C'est quoi, cette histoire ?

Zeke sortit deux bouteilles de bière du réfrigérateur qu'il décapsula, et lui en tendit une.

— A sa place, moi aussi j'hésiterais, dit-il.

— Pourquoi ? Quel est le problème ?

— Cette fille a fait des études supérieures, tandis que Wade n'a aucun diplôme. C'est un manuel, pas un intellectuel comme elle.

— Et après ? Cela leur donnera matière à discussion.

— Il n'y a pas que ça. En tant que médecin, il est probable qu'elle gagne aussi bien sa vie que lui, voire mieux. Il y a des gars que ça dérange.

— C'est idiot. Il m'est arrivé de gagner plus que toi, avec ma peinture. Cela te gênait ?

— Non. Mais ce n'est pas pareil.

— Pourquoi ?

— Je ne sais pas… Parce que tu es une artiste. Tu n'as pas choisi. C'est ton talent qui a fait de toi une artiste.

— Alors qu'Andi a choisi d'être médecin, c'est ça ?

— Peut-être. Je ne sais pas. Je ne dis pas que ça ne marcherait pas entre eux, mais Wade va devoir reconsidérer la conception qu'il se fait du couple. Nous avons été éduqués dans l'idée de subvenir aux besoins de notre famille. Si vous, les femmes, n'avez plus besoin du soutien matériel de vos hommes, à quoi sert-on ?

— Avoir envie d'épouser quelqu'un n'a rien à voir avec le soutien matériel. L'essentiel, c'est l'amour.

— Parce que tu crois que les hommes sont doués pour exprimer leurs sentiments ? C'est plus facile d'apporter un salaire.

— Avant ou après que tu m'auras attrapée par les cheveux pour me traîner dans ta caverne ?

Zeke lui sourit.

— Dois-je trancher ?

Leurs regards s'enchaînèrent. Boston sentit cette légère hausse de tension entre eux, et son corps répondit. Le désir se glissa en elle.

Avant la mort de Liam, elle n'aurait pas hésité une seconde. Elle aurait posé sa bière sur le comptoir et serait allée vers Zeke pour l'embrasser. Il lui aurait rendu son baiser et quelques secondes après, ils auraient fait l'amour ici même. Elle ne comptait plus le nombre de fois où ils s'étaient aimés comme des possédés dans cette cuisine. Aujourd'hui, elle ne se rappelait même plus de quand datait leur dernier rapport intime.

Leur entente sexuelle d'autrefois, qu'elle croyait éternelle, lui manquait. Maintenant qu'elle avait disparu, elle ne savait comment faire pour la retrouver. Elle ne comprenait pas pourquoi Zeke ne pouvait plus lui faire l'amour et elle ne savait à qui s'adresser pour parler de ce problème. Ils n'en avaient jamais discuté entre eux non plus. Peut-être en étaient-ils arrivés là parce qu'elle-même s'interdisait d'éprouver des sentiments et que Zeke avait choisi de noyer les siens dans l'alcool.

Alors qu'elle hésitait à l'approcher, le regard de Zeke se détourna du sien pour se poser sur la maison voisine, et l'atmosphère dans la pièce redevint plus neutre.

— Il faudrait que j'aille voir où en est le chantier.

Boston fit tourner la bouteille entre ses doigts.

— Zeke, est-ce que…

Elle s'interrompit, ne sachant comment lui dire à quel point ça lui manquait, de ne plus faire l'amour avec lui.

Tandis qu'elle cherchait ses mots, elle vit les épaules de Zeke se raidir, comme s'il se préparait à un choc. Il y avait aussi de la méfiance dans son regard et sa bouche s'était crispée.

Elle capitula et passa à autre chose.

— Je travaille sur un projet. Je ne voulais pas t'en parler avant d'être certaine qu'il prendrait forme, mais à présent, j'aimerais te le montrer. Il s'agit d'une fresque murale pour la salle d'attente du cabinet médical d'Andi.

Elle le prit par la main et l'entraîna vers l'atelier.

Les portraits de Liam étaient toujours aussi nombreux dans la pièce, mais il y avait à présent sur les murs les dessins d'un jaguar aux yeux dorés et de singes rieurs, les esquisses de différentes formes de feuilles dans différents tons de vert, et celles d'une envolée de papillons sur fond de ciel bleu. Les couleurs vives irradiaient de gaieté et de vitalité. Boston avait délibérément évité les teintes sombres, afin que même par temps gris, la fresque attire les regards et puisse distraire les jeunes patients de leur anxiété.

— Boston, c'est superbe !

Elle haussa les épaules.

— C'est loin d'être terminé, mais je fais de mon mieux.

Zeke lui sourit.

— Cette fresque sera splendide. Les enfants vont adorer. Surtout les singes.

— C'est vrai, reconnut-elle. On dirait une bande de joyeux garnements.

— Sûr, ils vont semer la zizanie. Ça se lit dans leurs yeux.

— J'espère bien !

Zeke lui tendit les bras. Elle s'y réfugia et instinctivement, releva la tête pour chercher ses lèvres.

Boston ferma les yeux sous le baiser de son mari. Ils avaient fait ça des millions de fois. C'était facile. Il suffisait de se rappeler à quel point ils s'aimaient, tous les deux. Elle prit la main de Zeke pour l'amener à sa poitrine. Sentant ses doigts sur son sein, elle retint son souffle, impatiente d'aller plus loin. Mais quand elle voulut le caresser à son tour, quand elle voulut glisser sa main sous la ceinture de son jean, Zeke recula.

Le rejet était catégorique.

— Je vais jeter un œil au chantier d'à côté, dit-il d'une voix neutre. Félicitations pour la fresque, chérie.

Puis il partit.

Et elle resta seule, le corps encore électrisé de désir, mais le cœur lourd, ne pouvant nier plus longtemps une vérité devenue évidente.

Le chagrin les avait séparés, égarés chacun de leur côté. Zeke avait choisi de noyer sa peine dans l'alcool. Elle, elle avait choisi la peinture. Elle était consciente du problème depuis le début, mais jusqu'à ce jour, elle s'imaginait qu'ils finiraient par se retrouver pour sortir du tunnel ensemble. Parce qu'ils avaient toujours marché ensemble, main dans la main.

Mais alors qu'elle s'engageait péniblement sur le chemin en direction de la lumière, Zeke ne la suivait pas.

Ils n'étaient plus en phase, et pour la première fois, elle se demanda s'ils réussiraient un jour à se retrouver…

15

Incroyable comme un simple baiser pouvait transporter de joie une femme pendant très très longtemps, réalisa Andi, le lendemain matin, alors que son corps poursuivait sa samba intérieure et qu'elle fredonnait sans même s'en apercevoir.

Elle allait devoir se maîtriser un peu. Les parents de ses jeunes patients préféraient avoir affaire à un médecin sérieux et attentif, plutôt qu'à une écervelée rêvant tout éveillée en chantonnant le dernier tube à la mode sur les ondes.

N'empêche qu'elle était d'excellente humeur ! Après ce baiser bref mais intense, l'étape suivante promettait d'être explosive. Le sexe avec Matt avait été correct, mais sans plus. En tout cas, loin d'être aussi excitant que ce simple baiser de Wade. Elle rêvait de se laisser emporter par la passion, juste une fois dans sa vie.

Bon d'accord, peut-être pas qu'une fois. Deux, ce serait mieux, rectifia-t-elle, sourire aux lèvres, tout en remplissant un papier administratif.

Nina frappa à la porte du bureau restée ouverte. Elle tenait un dossier à la main, l'air soucieuse.

— Nous avons une entrée. Madison Phillips. Douze ans.

— Je la connais. Nous sommes voisines.

— Bien. Il y a dans son dossier un formulaire d'autorisation de traitement signé par sa mère. Vous pouvez donc la voir sans prévenir ses parents. D'autant que la gamine ne veut pas que nous contactions sa mère. Elle tient absolument à vous voir seule.

Mauvais signe, s'inquiéta aussitôt Andi en repoussant sa chaise. Il y avait peu de raisons justifiant qu'une adolescente veuille parler à un médecin en cachette de ses parents. Aucune n'était réjouissante. Andi pria pour que Madison ne soit pas enceinte. Dans une telle situation, le soutien familial était essentiel. Or, ses rares entrevues avec Deanna Phillips ne lui laissaient guère d'espoir là-dessus.

Elle prit le dossier médical des mains de Nina.

— Salle 2, précisa celle-ci.

— Merci.

Andi parcourut rapidement le dossier. Madison avait été soignée pour des affections courantes — rhume, bronchite, poignet foulé. Le reste des consultations concernaient des vaccinations et des certificats médicaux pour diverses activités.

Elle referma le dossier, frappa à la porte de la salle 2 et entra.

— Bonjour, Madison. Je m'appelle Andi Gordon.

Assise au bord de la table d'examen, Madison était une version légèrement plus âgée de ses sœurs. Longs cheveux blonds et grands yeux bleus. Elle était ravissante, avec de longues jambes et des bras déliés.

— Bonjour, docteur.

Andi tira un tabouret près de la table d'examen et s'assit, le dossier médical sur les genoux, souriante, l'air attentive.

— Tu peux m'appeler Andi.

— Merci, murmura Madison en jetant un regard anxieux autour d'elle. Lucy parle beaucoup de vous. Les jumelles aussi. Et Carrie vous trouve très sympa.

Elle lui glissa un rapide coup d'œil, puis détourna de nouveau les yeux.

— Carrie est ma meilleure amie.

— Ah, oui. La fille de Wade. Je le trouve très sympa, moi aussi.

Andi sentit son estomac se nouer à l'idée que si Madison avait déjà des rapports sexuels, sa meilleure copine pourrait bien elle aussi… Aïe ! Ce n'était vraiment pas le genre de conversation qu'elle rêvait d'avoir avec Wade.

Madison s'éclaircit la gorge.

— Merci d'avoir accepté de me recevoir. Je sais que je n'ai pas de rendez-vous, mais…

Elle s'interrompit, hésita.

— En fait, je suis censée être chez une amie.

— Tu as bien fait de passer, la rassura Andi sans se départir de son sourire, soucieuse de ne pas brusquer sa jeune patiente.

Madison avait baissé les yeux sur ses mains. Elle finit par relever la tête et prit une grande inspiration.

— J'ai eu mes règles… C'est la première fois. Carrie m'a dit que je devais en parler à quelqu'un. Alors j'ai pensé à vous.

Andi fit de son mieux pour rester impassible et ne pas pousser un « ouf ! » de soulagement. Les règles, ça, c'était facile. Une étape classique de la puberté. Cela dit, il aurait été plus normal que Madison ait cette conversation avec sa mère.

— Comment te sens-tu ? Tu as mal au ventre ?

— Un peu. Enfin, je crois. Je me sens bizarre, vous voyez ce que je veux dire ?

— Tout à fait. Bon, je vais te faire un bref topo sur ce qui est en train de se passer dans ton corps. Les premiers mois, tes règles vont sans doute être irrégulières, ensuite ton organisme va s'adapter.

Elle lui expliqua brièvement les changements morphologiques et physiologiques qui accompagnaient la puberté chez les filles.

— Il te faut des serviettes périodiques, conclut-elle. Tu as ce qu'il faut ?

Madison hocha la tête.

— J'en ai pris quelques-unes dans la salle de bains de ma mère.

Andi jeta un coup d'œil sur sa montre.

— Dans ce cas, nous allons sortir t'en acheter.

Elle marqua une courte pause, à la recherche des mots justes, pour ne pas effaroucher la jeune fille.

— Tu sais, c'est le genre de chose dont tu pourrais parler avec ta maman.

Le visage de Madison se durcit.

— Je ne veux pas qu'elle sache.

Les antennes d'Andi se déployèrent en mode alerte.

— Et moi, y a-t-il quelque chose que je devrais savoir concernant la façon dont ta maman se comporte avec toi et tes sœurs ?

La réponse fusa, comme si la question avait ouvert une vanne.

— Maman est odieuse. Egoïste. Elle nous impose des règles injustes. Parfois, j'ai l'impression qu'elle n'est pas contente de nous avoir. Si nous n'étions pas là, la maison serait nickel. Pas une miette sur le sol, pas la moindre trace de doigt sur les vitres. Elle n'aurait pas besoin de ranger derrière nous. Tout serait en ordre.

Madison se mordit la lèvre inférieure et baissa la tête avant de poursuivre d'une voix soudain à peine audible :

— Il y a des jours où papa est vraiment triste. Quand il la regarde, on dirait qu'il n'arrive pas à croire qu'elle puisse être aussi horrible. Elle passe son temps à lui dire ce qu'il doit faire et à se plaindre ensuite qu'il ne le fait pas correctement. Je voudrais qu'il la quitte et nous emmène.

Les yeux de Madison se remplirent de larmes.

— Elle est méchante. Hier soir, les jumelles ont demandé une glace et elle s'est mise à hurler.

Andi avait écouté, attentive, réfléchissant à la façon dont elle devait réagir face aux aveux de Madison. Elle savait combien la frontière était étroite entre la maltraitance psychologique et un parent qui perd simplement son calme de temps en temps. En tant que médecin, elle était responsable de la sécurité de ses jeunes patients. Elle connaissait aussi les dangers d'une réaction exagérée de sa part. Signaler quelque chose qui n'existait pas pouvait conduire à l'éclatement d'une famille.

Elle avait passé suffisamment de temps avec Lucy et les jumelles pour pouvoir affirmer qu'elles ne présentaient aucun signe de maltraitance. Elles étaient affectueuses, ouvertes, pleines d'imagination et parfaitement équilibrées.

Quant à Madison, les premières poussées hormonales de la puberté mettaient ses émotions à rude épreuve. C'était le lot de tous les adolescents.

Mais elle ne pouvait cependant s'empêcher de s'interroger sur le comportement de Deanna Phillips à l'égard de ses enfants. Etait-ce celui d'une femme stricte, d'un naturel peu chaleureux, ou bien cachait-il quelque chose de plus destructeur ?

— C'est dommage que tu ne veuilles pas dire à ta maman que tu as eu tes règles. En tant que médecin, je suis tenue de l'en informer.

Madison croisa les bras sur sa poitrine.

— Je refuse d'en discuter avec elle, décréta-t-elle.

— C'est donc moi qui le lui dirai. Une dernière chose, Madison. Tu te sens en sécurité chez toi ?

L'adolescente resta silencieuse quelques secondes.

— Ce n'est pas ce que vous pensez, dit-elle enfin. Ma mère ne nous frappe pas. C'est… c'est différent.

— D'accord, mais si jamais tu te sens en danger, viens me le dire, promis ?

Madison hocha la tête.

Andi se leva.

— Et maintenant, allons chercher ce qu'il te faut. Ensuite, nous pourrions faire un saut au Starbucks prendre un chocolat chaud avec des croissants. Qu'en penses-tu ?

— Je veux bien.

Madison descendit de la table d'examen d'un bond.

— Carrie avait raison, c'est facile de parler avec vous, ajouta-t-elle.

Et, avant qu'Andi ait pu dire quoi que ce soit, Madison l'étreignit avec une fougue touchante.

Andi n'avait pas très envie de discuter de quoi que ce soit avec Deanna Phillips. Les rares fois où elles s'étaient croisées, sa voisine ne s'était pas montrée particulièrement chaleureuse. Et ce qu'elle en avait entendu dire par ses collègues de travail au cabinet médical et par Boston n'était guère plus motivant.

Elle avait beau tenter de se convaincre qu'il n'y avait pas d'urgence, qu'elle pouvait très bien reporter cette conversation à plus tard, elle savait que cela ne pouvait pas attendre. En sa qualité de médecin, elle était tenue d'informer Deanna de tout ce qui touchait à la santé de sa fille aînée. C'était son devoir, et ses états d'âme personnels ne devaient pas l'en dissuader.

Aussi, dès qu'elle put se libérer, peu après 17 heures, elle rentra chez elle et alla directement frapper à la porte de sa voisine, avant de prendre le risque de se laisser distraire par une nouvelle entrevue incendiaire avec son bel entrepreneur.

Deanna Phillips vint lui ouvrir.

— Bonsoir, Deanna. Auriez-vous une minute ?

Deanna la dévisagea comme si elle ne la reconnaissait pas.

— Je suis Andi Gordon. La pédiatre. J'habite la maison d'à côté.

— Oh ! Bien sûr, fit Deanna en s'effaçant pour la laisser entrer. Excusez-moi, j'avais la tête ailleurs. Entrez donc, je vous en prie.

Deanna était aussi bien habillée que la dernière fois qu'Andi l'avait vue. Son twin-set bleu foncé était assorti à la couleur de ses yeux. Le pantalon noir à la coupe parfaite mettait en valeur ses hanches étroites et ses longues jambes. Elle était maquillée, et ses cheveux blonds étaient impeccablement coiffés. A côté d'elle, Andi se faisait l'effet d'une souillon avec ses vêtements froissés au sortir d'une journée de travail. Et pour couronner le tout, elle était quasi certaine que son mascara avait migré sous ses yeux, lui donnant l'air séduisant d'un raton laveur.

Deanna la conduisit dans le salon. Chaque meuble ancien, chaque tapis, chaque bibelot était d'époque, en parfaite harmonie avec les boiseries sculptées et le parquet de chêne blond. Andi ne put s'empêcher de faire la comparaison avec son ameublement de fortune dans le grenier et la fresque murale aux couleurs vives que Boston allait réaliser pour son cabinet. A vue de nez, il était clair que Deanna et elle ne partageaient pas les mêmes goûts.

Sur l'invitation de sa très respectable voisine, elle s'assit sur l'extrême bord d'un petit divan ravissant mais inconfortable, et força un sourire sur ses lèvres. L'objet de sa visite n'était pas facile à introduire.

Deanna s'installa face à elle, perchée sur l'accoudoir d'un fauteuil, l'air attentif.

Andi prit une bouffée d'oxygène et se lança comme on se jette à l'eau.

— Madison est venue me voir au cabinet médical, ce matin, dit-elle d'une traite.

Levant la main, elle se hâta de préciser :

— Rien de grave, rassurez-vous. Mais il y a quelque chose dont je dois vous parler.

Deanna fronça ses sourcils délicats.

— Vous lui avez donné un traitement ?

— Non. En fait, j'ai juste discuté avec elle.

Andi se pencha en avant et toussota discrètement pour s'éclaircir la gorge.

— Madison a eu ses premières règles et elle est venue m'en parler. Je lui ai expliqué ce qui se passait dans son corps et je l'ai emmenée acheter ce qu'il fallait.

Le visage figé, Deanna la regarda fixement.

— Je ne comprends pas. Vous êtes en train de me dire que ma fille a eu ses premières règles et qu'elle a préféré se confier à *vous* plutôt qu'à moi ?

Elle avait parlé d'une voix basse et tendue, en détachant chaque mot.

Andi hocha la tête. Son regard dériva vers les mains étroitement serrées de Deanna, dont les doigts gercés et la peau abîmée offraient un contraste saisissant avec le reste de son apparence impeccable.

— J'ai pensé que c'était important que vous le sachiez, dit-elle. Je peux vous aider si…

Deanna bondit littéralement sur ses pieds, le visage rouge et le regard dur.

— Pour qui vous prenez-vous ? Ce n'est pas à vous de vous occuper de ça. Vous auriez dû me l'envoyer. C'est ma fille. La mienne ! Pas la vôtre ! Mêlez-vous de vos affaires et sortez d'ici tout de suite !

Saisie par ce brusque accès de colère, Andi se leva machinalement.

— Ecoutez, Deanna, je n'avais pas l'intention de prendre votre place auprès de votre fille. C'est justement la raison pour laquelle je suis là. Pour que nous puissions en discuter.

— Discuter de quoi ?

Les lèvres de Deanna se tordirent en un méchant sourire.

— Il est trop tard pour vous, hein ? lança-t-elle. Alors vous remplissez votre triste petite vie avec les enfants des autres, c'est ça ?

Sa voix grimpa dans les aigus.

— Vous vous mêlez de ce qui ne vous regarde pas. Je ne vous ai jamais donné l'autorisation de parler de choses aussi intimes avec ma fille. Vous outrepassez vos droits, docteur.

Elle fila vers la porte et l'ouvrit en grand.

— Sortez !

— Je suis vraiment désolée, s'excusa Andi en passant devant

elle. Mais Deanna, s'il vous plaît, écoutez-moi. Le problème est tout autre.

— Ne me dites pas comment élever mes enfants ! Ne me dites pas ce qui est bien ou mal ! Vous n'en savez rien !

Les derniers mots avaient jailli dans un hurlement.

Atrocement gênée, Andi se sentit rougir. L'estomac noué, les mains tremblantes, elle dévala les marches du perron, pressée de partir avant de se ridiculiser, genre fondre en larmes.

Seigneur, pourvu que personne n'ait entendu cette folle lui crier dessus. Que penseraient les gens ? Tenue par le secret médical à l'égard de sa jeune patiente, elle ne pourrait expliquer aux voisins ce qui venait de se passer.

Flûte ! Pourquoi fallait-il systématiquement que quelque chose ou quelqu'un vienne tout gâcher dès qu'elle commençait à se sentir bien quelque part. Etait-ce un message du destin à son intention ? Le signe d'un nouvel échec ? Allait-elle devoir de nouveau faire ses bagages ?

Naturellement, elle connaissait la réponse avant même d'avoir terminé de se poser la question. La réponse était « non », bien sûr. Cela dit, tout le monde avait besoin d'une petite séance d'autoapitoiement de temps en temps. La difficulté consistait à éviter que cela devienne une habitude.

Déçue et découragée par cet entretien catastrophique, elle prit la direction de sa maison. Elle réussirait peut-être à s'y glisser sans se faire voir. Mais elle n'eut pas le temps de l'atteindre que Boston sortait de chez elle et lui faisait signe de venir.

— Je peux te demander ce qui se passe avec notre charmante voisine ?

Andi poussa un soupir.

— Sa fille aînée est venue me voir au cabinet médical, ce matin. J'ai voulu lui en parler.

— Manifestement, elle n'a pas apprécié ce que tu lui as dit.

— Pas vraiment, non.

Boston posa une main amicale sur son bras.

— Tu trembles comme une feuille.

— Je déteste ce genre de situation, marmonna Andi. Je suis plus douée pour le dialogue que pour l'affrontement.

Boston l'étreignit quelques secondes avant de reculer d'un pas.

— D'habitude, je crois aux vertus apaisantes du thé, mais là, tout de suite, je crois qu'un verre de vin ne te ferait pas de mal.

Andi approuva vivement et la suivit dans la cuisine.

Appuyée contre la porte d'entrée, Deanna pressait sa main sur son estomac pour ne pas vomir sa bile et le bout de sandwich qu'elle avait réussi à avaler en guise de déjeuner. La haine lui brûlait la gorge, et son amertume lui provoquait des haut-le-cœur.

— Sale garce, murmura-t-elle entre ses dents. Sale garce moralisatrice qui croit tout savoir. Sale garce arrogante, bardée de diplômes, qui se croit tout permis parce qu'elle est médecin. Garce, garce, garce.

Mais la douleur au fond de son cœur n'avait rien à voir avec Andi et tout à voir avec la nouvelle que celle-ci était venue lui apprendre. Madison la détestait donc à ce point ? Deanna avait peine à le croire et encore plus à l'accepter. Cette fois, force était de constater qu'il ne s'agissait pas d'une simple révolte d'adolescente. Non, c'était une aversion profonde. Le même dégoût que Deanna avait éprouvé pour sa propre mère.

Qu'était-il arrivé ? Où était donc passée sa gentille petite fille ? Quand la métamorphose avait-elle eu lieu ? Il y avait seulement un an, elles étaient encore si proches, toutes les deux. Elles faisaient tout ensemble, comme une équipe. Madison l'avait beaucoup aidée, à l'arrivée des jumelles. Pourquoi ce rejet brutal ?

Deanna respira profondément. Par la fenêtre, elle aperçut Andi qui entrait chez Boston. A coup sûr, elles allaient cancaner sur son compte. Dire que c'était une mauvaise mère. Une mère à qui sa propre fille refusait de parler de choses aussi intimes que ses premières règles. Mais pourquoi, bon sang !

Comme si souvent ces derniers temps, Deanna eut soudain l'impression que les murs se rapprochaient pour se refermer sur elle. Elle ressentit ce sentiment familier d'urgence et comprit que si elle y cédait, si elle s'enfermait dans la salle de bains et tournait le robinet, elle pourrait bien ne plus s'arrêter. Elle envisagea une seconde de sauter dans sa voiture pour ne plus jamais revenir. Elle pourrait aussi partir à pied, s'avancer sur le

Gateway Bridge au milieu de la circulation et laisser le problème se résoudre de lui-même.

Au lieu de ça, elle se tourna vers l'escalier.

— Madison !

— Oui ?

— Je vais chez la voisine. Surveille tes sœurs, s'il te plaît.

D'ordinaire, Madison aurait protesté, mais ce jour-là, elle se contenta de répondre :

— D'accord.

Deanna se demanda si c'était le remords qui la rendait soudain serviable. Peut-être sa fille avait-elle encore suffisamment de cœur pour éprouver une pointe de regret à son égard.

Elle sortit de chez elle et s'avança vers la maison de Boston. Sur le perron, elle hésita une seconde avant d'enfoncer la sonnette d'un index décidé. Elle entendit des pas, puis la porte s'ouvrit.

En toute autre circonstance, les yeux de Boston écarquillés de surprise auraient été du plus grand comique. Mais en cet instant précis, ils confirmaient les pires craintes de Deanna. Tout le monde savait que sa fille la détestait parce qu'elle était une mère odieuse.

— Il faut que je te parle, déclara-t-elle sans détour. Andi Gordon est ici, je le sais. J'ai besoin de lui parler aussi.

Sans un mot Boston lui fit signe d'entrer. Deanna la suivit le long du couloir. Ignorant les fées, les choix de couleurs atroces, elle se répéta qu'elle allait se sortir de ce mauvais pas. Qu'elle allait trouver un moyen de se justifier et qu'elle n'aurait plus à redouter les ragots dans son dos.

Quand elle entra dans la cuisine, Andi était perchée sur un tabouret. Devant elle, sur le comptoir, il y avait deux verres de vin, une assiette de fromage et une boîte de crackers.

Comme Boston, Andi ouvrit de grands yeux en l'apercevant.

— Pas de panique, je ne suis pas armée, ironisa Deanna.

— Tant mieux.

Boston tira un tabouret. Deanna s'y installa, prit le verre de vin qui lui était tendu et le vida à moitié, avant de reprendre son souffle et de se demander pourquoi tout était soudain si flou. Portant la main à sa joue, elle sentit des larmes ruisseler. Des larmes irrépressibles. La douleur était trop forte. Alors elle reposa son verre et se mit à pleurer, secouée de sanglots violents et incontrôlables, cherchant son souffle, incapable de s'arrêter. A sa souffrance venait se mêler la honte de se donner ainsi en spectacle, jusqu'à ce qu'elle ne soit bientôt plus rien qu'une plaie à vif.

Elle sentit qu'on lui mettait des mouchoirs en papier dans les mains, qu'on lui tapotait gentiment le dos. Andi murmura quelque chose et Boston disparut un instant pour revenir avec un gant de toilette humide qu'elle pressa sur sa nuque.

Au bout d'un long moment, ses sanglots s'espacèrent, se transformèrent en hoquets nerveux, et elle put de nouveau respirer normalement. Le tas de mouchoirs en papier devant elle grossissait à vue d'œil, tandis qu'elle essuyait ses larmes.

Andi souleva légèrement son poignet pour prendre son pouls.

— Ce n'est pas la peine, protesta faiblement Deanna. Je vais bien.

— A d'autres, intervint Boston. Même moi qui ne suis pas médecin, je vois bien que ça ne va pas. Tiens, bois encore un peu. Tu en as besoin.

Deanna essaya de prendre son verre, mais ses doigts tremblaient trop. Et quand elle vit sa peau gercée, elle s'empressa de glisser ses mains entre ses genoux, sous le comptoir. Pour les cacher.

Andi et Boston s'assirent face à elle. Toutes deux la regardaient d'un air inquiet.

— Je vais bien, répéta-t-elle.

Puis, décidant qu'il était inutile de dissimuler plus longtemps ses mains abîmées, elle prit son verre de vin et cette-fois, le vida d'un trait.

— En fait, ça ne va pas du tout, murmura-t-elle. Tout va mal. Colin me trompe.

Voyant Boston et Andi échanger un bref regard, elle secoua la tête.

— Non, s'empressa-t-elle de rectifier. Il ne me trompe pas. Je ne sais même pas pourquoi j'ai dit ça.

Elle marqua une courte pause et reprit :

— Enfin, si je sais pourquoi. S'il m'était infidèle, rien ne serait ma faute. Il serait le méchant et moi, la victime. C'est pathétique d'en arriver là, non ? Triste de vouloir que mon mari ait une liaison pour pouvoir dire que rien n'est ma faute.

Sans un mot, Boston posa une main apaisante sur son bras. Deanna baissa les yeux.

— Ils me détestent. Colin et les filles. Surtout Madison.

Elle releva les yeux sur Andi.

— C'est pour ça qu'elle n'a rien voulu me dire à propos de ses…

Elle ne put continuer. Les larmes affluaient de nouveau, ruisselant lentement sur ses joues.

— Je ne sais si c'est par gêne ou pour me punir. En tout cas, il est clair qu'elle ne veut pas se confier à moi. Elle me regarde de la même façon que je regardais ma mère. Sauf que je ne comprends pas pourquoi. Je suis pourtant tout le contraire de ma mère.

Boston n'avait pas retiré sa main de son bras. Elle le caressait doucement du bout des doigts. Et ce contact était étrangement rassurant. Pour la première fois depuis des semaines, Deanna ne se sentait pas complètement seule. Et les mots jaillissaient de sa bouche sans qu'elle puisse les arrêter.

— Vraiment, je ne comprends pas. Je prends soin de mes enfants et de mon mari. Je prépare les repas, j'entretiens la maison. Mais Colin prétend que je veux tout régenter et que je suis trop stricte, trop rigide. Il prétend que je ne l'aime pas, que c'est uniquement son salaire que j'aime chez lui. Madison dit que je me soucie davantage de ce que pensent les gens que du bien-être de ses sœurs et elle. Que je suis intransigeante. Que je suis une maniaque, une obsédée de la perfection.

Elle prit une inspiration tremblante, se moucha.

— C'est vrai que je veux que tout soit parfait. J'aime vivre dans un environnement propre et agréable. En quoi est-ce mal ?

Elle repoussa le verre de vin avec une grimace écœurée.

— Ma mère buvait et il n'y avait rien à manger chez nous. Elle me frappait et m'enfermait dans le cagibi sous l'escalier. J'étais terrorisée, je la haïssais. Je me suis juré de ne jamais lui ressembler, je me suis juré que mes enfants n'auraient jamais faim, qu'ils n'auraient jamais honte, jamais peur… Pourtant, mes filles me regardent de la même façon que je regardais ma mère. Elles me détestent, elles aussi. Je ne vois pas ce que j'ai fait de mal, mais…

Elle s'interrompit avant d'avouer dans un souffle la vérité qu'elle s'efforçait de nier depuis des semaines :

— Mais je commence à croire que ce que ma famille dit de moi est vrai.

Andi percevait la douleur de Deanna, sa fragilité émotionnelle. Avec sa figure toute chiffonnée, ses yeux gonflés de larmes et ses épaules tombantes, sa voisine était tout simplement humaine. Et c'était une femme qui souffrait.

— A la puberté, les adolescents deviennent plus sensibles, plus irritables, dit-elle gentiment. Or Madison est perturbée par beaucoup de choses en ce moment. Quand les parents se disputent, les enfants ont peur. Leurs sentiments s'exacerbent.

— Je ne veux pas que mes filles aient peur. Je veux juste qu'elles…

Deanna secoua la tête.

— Je ne sais plus, murmura-t-elle. Je ne sais plus ce que je veux. Ou plutôt, si. J'aimerais que tout redevienne comme avant. Mais si tout le monde me trouve horrible… Je ne comprends pas. Je voulais juste bien faire. Qu'est-ce qui ne va pas, dans mon comportement ?

— Tu es peut-être un peu trop… sérieuse, hasarda Boston. Un petit brin de fantaisie de temps en temps, ça ne fait pas de mal. Il faut parfois savoir lâcher prise.

Deanna la dévisagea.

— Je ne sais pas faire.

Boston esquissa un sourire triste.

— C'est difficile pour tout le monde. C'est la vie. Tout ceci…

Elle balaya sa cuisine de la main.

— Ce n'est qu'une façade pour garder les démons à distance. Certaines personnes sont meilleures que d'autres à ce petit jeu, mais nous avons toutes nos problèmes.

— Je ne crois pas que nous ayons toutes des problèmes, répliqua Deanna. Regarde-toi, Andi. Tu es belle, et médecin par-dessus le marché.

Si Andi avait été en train de boire, elle se serait étranglée.

— Tu plaisantes ! Je suis la ratée de la famille. Ma mère est déçue que je n'aie pas choisi la chirurgie ou la recherche médicale. Je viens d'apprendre que l'équipe scientifique de ma sœur était sur la liste des futurs prix Nobel. Je suis sortie pendant dix ans avec un homme qui a fini par me demander en mariage pour me plaquer devant l'autel six mois plus tard, devant trois cents invités. Il n'a même pas pris la peine de se montrer ce jour-là, et quand j'ai enfin réussi à le joindre par e-mail, il a prétendu qu'il n'était plus très sûr de vouloir m'épouser et qu'il avait besoin d'un délai supplémentaire de réflexion. Deux semaines après, il convolait en justes noces avec sa secrétaire. Le plus terrible, c'est que j'ai enfin réalisé tout récemment qu'il n'aimait pas celle que j'étais. Pendant dix ans, il a essayé de me transformer en une autre femme en insistant pour que je change de mode vestimentaire, de coiffure. J'ai plus ou moins résisté, mais pas une seule fois, je n'ai osé l'envoyer paître. Aujourd'hui, je ne suis même pas sûre d'avoir été amoureuse de lui un jour.

Elle remplit de nouveau son verre.

— Alors ? Qui dit mieux ?

Boston prit une grande inspiration.

— Moi. Je ne peux plus travailler. Depuis la disparition de Liam, je suis incapable de peindre autre chose que son portrait. Les esquisses pour la fresque murale, Andi, c'est… tout ce que j'ai réussi à faire jusqu'à présent.

Elle se tourna vers Deanna et poursuivit :

— Je n'ai pas pleuré, non plus. Pas une seule fois depuis la mort de mon fils. Je ne peux pas. Peut-être que je ne veux pas. Parce que si je finis par pleurer, je serai forcée d'admettre que j'ai vraiment perdu mon petit garçon.

Il y eut un long silence. Puis Deanna leva son verre.

— Si je comprends bien, nous sommes toutes les trois complètement paumées.

16

Le lundi après-midi suivant, Andi sortit du cabinet médical où elle venait de terminer ses consultations. Le soleil brillait haut dans le ciel, en ce début d'été, et elle était heureuse. Heureuse d'avoir pu discuter avec ses voisines. C'était rassurant de savoir qu'elle n'était pas la seule à galérer pour essayer de s'en sortir.

Savoir que Deanna avait vécu le calvaire d'une enfant martyrisée changeait son regard sur son comportement. Elle éprouvait à présent de la compassion pour Deanna, et pour Madison, qui subissait les conséquences du passé de sa maman. Elle espérait sincèrement qu'elles trouveraient toutes deux un moyen de surmonter leurs différends et de communiquer de nouveau.

Elle se gara devant chez elle et poussa la porte d'entrée. Au lieu de l'habituelle dalle de béton, ce fut un plancher de chêne étincelant qui l'accueillit.

— Magnifique ! s'exclama-t-elle en se baissant pour caresser la surface du bois ciré.

Wade s'avança vers elle.

— Il sera encore plus beau une fois la rénovation terminée. Nous allons le recouvrir d'une bâche pour le protéger pendant la poursuite des travaux.

Andi se redressa avec un soupir de pure satisfaction.

— Je suis contente. J'ai un vrai plancher !

Wade éclata de rire.

— Tu es facile à contenter.

Ce tutoiement soudain fit sourire Andi.

— Ce qui ne veut pas dire que je sois une fille facile.

— Naturellement.

Wade jeta un coup d'œil par-dessus son épaule comme pour s'assurer qu'ils étaient bien seuls.

— Ce qui m'amène à un tout autre sujet, ajouta-t-il. A propos de ce qui s'est passé entre nous. Le baiser.

Le baiser dont elle avait rêvé les quatre dernières nuits ? Le baiser qui lui avait coupé le souffle ? Ce baiser-là ?

— Dois-je m'excuser ? demanda Wade.

— Tu veux t'excuser ?

— Non, mais tu es médecin.

— Et alors ? Tu crois que les médecins prêtent aussi serment de ne pas embrasser ?

Wade déplaça le poids de son corps d'un pied sur l'autre. Un mouvement discret, mais suffisant pour qu'Andi se demande s'il n'était pas un peu nerveux. Wade, nerveux à cause d'elle ? Difficile à croire. Pourtant, il en manifestait certains symptômes.

— Je te rappelle que je suis entrepreneur. Je travaille dans le bâtiment.

— Je le sais, puisque je t'ai engagé pour retaper ma maison. Je n'aurais pas fait appel à tes services si tu avais été comptable.

— Que nous ayons des métiers si différents ne te pose pas de problème ?

— Ben non… Du moment que tu aimes ce que tu fais pour gagner ta vie. De mon côté, j'aime la médecine. Donc, tout va bien.

Elle s'interrompit et le regarda plus attentivement.

— Franchement, je ne comprends pas l'objet de la discussion. Ça t'ennuie que je sois médecin ? Pourtant cela ne devrait pas. Au contraire… Je suis experte en anatomie. Intéressant, non ? conclut-elle avec un sourire chargé de sous-entendus.

Wade lui retourna son sourire.

— Je n'y avais pas pensé sous cet angle.

Andi se demanda si sa bouche n'était pas en train de signer un chèque qu'elle ne serait peut-être pas capable de provisionner. Tant pis ! C'était un problème dont elle se préoccuperait plus tard.

— Alors, tu es contente du parquet ?

— Très.

— Et du baiser ?

— Aussi.

Une lueur amusée étincela dans le regard brun de Wade.

— Ça te dirait de recommencer ? demanda-t-il.

— Beaucoup.

— Et dîner ensemble ?

— Aussi.

Deanna posa la corbeille à linge sur le lit. Depuis sa crise de la semaine précédente, elle oscillait entre espoir et chagrin. Espoir que tout s'arrange et chagrin de réaliser qu'elle ne manquerait à personne si elle disparaissait demain. Ce va-et-vient mental permanent était épuisant. Il l'empêchait cependant de sombrer dans le désespoir le plus total.

Elle se mit à plier le linge tout en se demandant pourquoi elle s'embêtait avec ça. Colin et les filles se moquaient que leurs vêtements soient parfaitement pliés et rangés par coloris. Personne ne remarquait les efforts qu'elle faisait, et c'était…

Elle laissa tomber le T-shirt qu'elle pliait et sortit de la chambre. Dans le couloir, elle ouvrit la penderie et regarda les piles de vêtements bien alignées. Ils s'en moquaient. Alors pour qui le faisait-elle ? Pourquoi perdait-elle du temps avec ça ? Si c'était pour sa propre satisfaction, parce qu'elle se sentait mieux ainsi, alors d'accord. Mais si c'était par désir de reconnaissance, c'était inutile, puisqu'elle seule y accordait de l'importance. Ce n'était certainement pas ainsi qu'elle réussirait à reconquérir…

Ce fut soudain comme une révélation.

Comme elle refermait la penderie, Lucy passa près d'elle.

— Chérie, je vais faire un saut chez Boston. Tu peux surveiller tes sœurs un instant ?

Sa fille s'immobilisa, surprise.

— Moi ?

— Oui, toi. Je sais que je peux te faire confiance. Tu veux bien ?

Soudain rayonnante de fierté, Lucy sourit.

— Pas de problème, je les surveillerai.

— Merci, chérie.

Sans perdre une seconde, Deanna courut sonner chez sa voisine.

— Pardon de te déranger, commença-t-elle quand Boston lui ouvrit. Mais j'ai quelque chose à te demander.

Boston l'invita à entrer.

— Tu ne me déranges pas du tout.

— C'est gentil de dire ça, mais débarquer chez les gens à l'improviste, ce n'est pas très poli.

Elle marqua une pause, ne sachant comment formuler sa question délicatement. Puis elle se souvint que Boston l'avait vue le visage bouffi par les larmes avec le nez qui coulait. La fierté n'était plus de mise.

— Crois-tu que je pourrais séduire de nouveau Colin ? demanda-t-elle sans se laisser le temps de tergiverser davantage. Nous n'avons pas couché ensemble depuis des mois et je ne suis même pas sûre qu'il me désire encore. Mais je ne sais pas quoi faire d'autre.

Choquée par ses propres paroles, elle se demanda ce qui lui prenait de se confier ainsi, sur un sujet aussi intime que son couple. Confuse, elle vit l'inquiétude, puis la surprise se succéder sur le visage de Boston, avant de faire place à une sorte de… tristesse.

— Je ne suis pas la mieux placée pour répondre à ta question.

— Bien sûr que si. Zeke et toi, vous êtes ensemble depuis quoi, douze ans ?

— Quinze.

— Et vous êtes heureux. Ça se voit. Vous vous enlacez et vous vous embrassez tout le temps.

Deanna se garda bien d'ajouter, par ailleurs, qu'elle jugeait ces démonstrations d'affection publiques totalement déplacées. Ou plutôt, qu'elle les avait jugées déplacées. Parce que aujourd'hui, quand elle songeait à la façon dont Zeke regardait son épouse, elle était jalouse. Colin l'avait-il jamais regardée ainsi ?

Boston lui fit signe de la suivre dans le salon où elles s'installèrent sur le canapé.

— Deanna, tu crois que le sexe est la solution à ton problème ?

— Je ne sais pas. Je ne comprends même pas quel est le problème. J'ai l'impression que Colin ne m'aime pas vraiment.

— Et toi, est-ce que tu l'aimes ? Avant que les choses se gâtent entre vous, étais-tu heureuse avec lui ?

— C'est quoi, être heureuse ? J'ai toujours rempli mes responsabilités. J'ai toujours pris soin de mon mari et des enfants.

— Colin a peut-être envie d'être plus… qu'une simple responsabilité.

Deanna fit de son mieux pour ne pas montrer son agacement. Elle n'était guère plus avancée avec ce genre de remarque. Elle ne pouvait tout de même pas se mettre dans la tête de Colin. Elle voulait juste que les choses redeviennent comme avant. Sauf que lui ne voulait pas.

— Il prétend que je ne supporte pas qu'il s'occupe des filles, parce que je veux tout régenter et imposer mes règles.

— C'est vrai ?

— Bien sûr que non ! protesta Deanna avec véhémence.

Boston haussa un sourcil dubitatif.

— Vraiment ?

— Bon, d'accord. J'ai mes façons de faire et c'est agaçant quand il n'en tient pas compte. Mais il y a une raison si je plie les T-shirts d'une certaine façon ou si je remplis le lave-vaisselle avec les assiettes tournées vers le centre. C'est plus efficace et ça facilite la vie. Je fais de mon mieux pour que tout soit bien organisé, mais quand il s'en mêle, c'est le bazar.

En entendant ses propres paroles, Deanna songea que c'était peut-être là le nœud du problème. Cela dit, pourquoi faudrait-il que ce soit elle qui change ? Ramener Colin dans leur lit serait plus simple.

S'il était heureux au lit avec elle, il serait heureux n'importe où.

— Il jure qu'il ne me trompe pas, marmonna-t-elle. Je devrais donc réussir à le séduire de nouveau. Simplement, je ne sais pas comment faire.

— Comment faisais-tu avant ?

Deanna regarda Boston, interloquée.

— Je ne comprends pas.

— Quand tout allait bien entre vous, comment lui faisais-tu comprendre que tu avais envie de lui ?

— Je ne faisais rien.

Ce fut au tour de Boston d'être interloquée.

— Comment ça, rien ?

— Il me demandait et j'acceptais. Ce sont les hommes qui en ont envie, c'est normal que ce soient eux qui demandent.

— Une règle de plus, fit remarquer Boston.

Là encore, Deanna s'efforça de faire taire son exaspération. Pourquoi les gens ne comprenaient-ils pas que les règles étaient indispensables à la bonne marche du monde ? Les règles permettaient à chacun de savoir où était sa place. Quels étaient les risques et les dangers, et comment les éviter.

Elle se leva.

— Tu ne peux pas m'aider. Désolée de t'avoir importunée avec mes problèmes.

— Chaque personne est différente, Deanna. Je ne peux pas te dire comment séduire ton mari. D'ailleurs, si je le savais, ce serait inquiétant, non ?

— Je te demandais une réponse plus générale.

— Dans ce cas, c'est simple. Fais-lui savoir que tu as envie de faire l'amour avec lui. Pour la plupart des hommes, se savoir désiré est un puissant aphrodisiaque.

En réalité, elle n'avait pas vraiment envie de coucher avec Colin, songea Deanna en rentrant chez elle. La seule chose dont elle avait envie, c'était de retrouver sa vie d'avant. Et pour cela, elle était prête à faire ce qu'il fallait. Si séduire son mari était le prix à payer, il n'y avait rien d'insurmontable. Elle trouverait peut-être des idées sur internet.

Assise sur la balancelle, Boston regardait le soleil descendre sur l'horizon. Il était près de 21 heures. Ce serait le jour le plus long de l'année, le début de l'été. Puis les jours diminueraient de nouveau et l'automne serait là. Elle adorait les couleurs d'octobre, mais le soleil lui manquait. Avec l'automne arrivait la pluie. Mais d'ici là, elle avait encore le temps de se prélasser dans la lumière et la douceur du soleil, telle une chatte sur un rebord de fenêtre.

Zeke était étendu dans l'herbe à ses pieds, les yeux fermés. Ils avaient dîné dans le jardin. Une légère brise agitait les feuilles des arbres, des oiseaux s'installaient pour la nuit, un chien aboyait à quelques rues de là, et l'on entendait les rires des filles de Deanna qui s'amusaient dehors.

— La fresque avance ? demanda Zeke.

— J'ai quasiment terminé les croquis. Je commencerai à la peindre, la semaine prochaine.

— Tu te sens nerveuse ou tu es impatiente de t'y mettre ?

— Les deux, répondit Boston avec un sourire pensif. Je me rassure en me disant que les patients d'Andi ne seront pas trop critiques.

Elle repoussa le sol de son pied nu pour se balancer.

— Andi est quelqu'un d'épatant.

— Oui, mais le quartier manque d'hommes, observa Zeke.

— Que veux-tu dire ?

— Les propriétaires des trois maisons sont des femmes. Toi et Deanna en avez hérité, et Andi vient d'acheter la sienne. Colin et moi sommes en sous-nombre.

— Ça te fait moins de concurrence.

— Je suis un compétiteur dans l'âme.

Boston éclata de rire et ne put s'empêcher d'admirer le profil régulier de son mari, la courbe de son épaule. Quand ils étaient jeunes, elle avait réalisé plusieurs portraits de lui en tenue d'Adam. Avant la tragédie, lorsqu'elle se sentait d'humeur joueuse, il lui arrivait de mettre l'un de ces nus dans leur chambre pendant que Zeke prenait une douche au retour d'une journée de travail. Un signal entre eux. Lorsqu'il apercevait le dessin, Zeke venait aussitôt la retrouver. Et ils faisaient l'amour.

— Deanna et Colin ont des problèmes de couple, dit-elle doucement.

Zeke émit un grognement.

— Ça ne m'étonne pas.

— Deanna essaie d'arranger les choses.

— C'est une femme invivable.

— Pourquoi dis-tu ça ?

— Parce que c'est une obsédée de la perfection. La maison, le jardin, les gamines, tout doit être parfait. Tu as déjà vu ses filles habillées avec un short et un T-shirt dépareillés ? Non. Elle ne les laisse même pas regarder la télé, en dehors des émissions éducatives. Et elles n'ont droit au dessert qu'une fois par semaine.

— Comment le sais-tu ?

— Carrie le raconte à Wade, qui me le raconte à son tour.

Il se redressa légèrement et la regarda, l'air soudain méfiant.

— Tu n'as jamais aimé Deanna. Pourquoi cette soudaine sympathie à son égard ?

— C'est vrai, je ne la portais pas particulièrement dans mon cœur, reconnut Boston. Mais ces derniers temps, nous avons eu l'occasion de parler. Elle est différente de ce que je pensais. En réalité, elle est terriblement fragile.

— Possible. Il faut simplement éviter ses griffes. C'est le genre de femme à frapper sous la ceinture.

— Tu crois que Colin la voit comme ça, lui aussi ?

— Je ne sais pas. On ne se parle pas souvent. Juste bonjour bonsoir. Il n'est jamais là. Ce pauvre gars passe sa vie sur la route ou entre deux avions.

— Tu crois qu'il veut la quitter ?

Zeke se rallongea et referma les yeux.

— Aucune idée. Et je ne veux pas le savoir.

Agacée par son indifférence, Boston soupira.

— C'est bien de toi, murmura-t-elle. Eviter ce qui dérange.

Zeke garda les yeux obstinément fermés.

— Ni toi ni moi ne connaissons les faits, ma chérie. A quoi bon discuter de ce que l'on ne connaît pas ?

Boston pouvait citer une douzaine de raisons. Ou juste une. Celle qui s'était insinuée entre eux, menaçante. Erodant leur vie, tel du papier de verre. Provoquant des plaies qui ne cicatriseraient jamais complètement.

— C'est pour cela que tu ne veux pas parler de ta souffrance, observa-t-elle doucement.

— Toi non plus.

— Tu bois, Zeke.

— Et toi tu peins.

Il ouvrit les yeux et s'assit.

— Tu peux faire autant de portraits de Liam que tu veux, ça ne le fera pas revenir, pas plus que je ne pourrai l'oublier dans l'alcool. Il ne reviendra jamais.

Boston le regarda quelques secondes sans rien dire.

— J'aimerais juste que nous puissions parler, Zeke.

— Non, ce n'est pas ce que tu veux. Tu veux que je reprenne le dessus et que j'arrête de boire. J'essaie. Chaque jour, j'essaie de tourner la page. Mais la douleur est toujours là. Guéris d'abord. Ensuite, nous nous occuperons de mon cas.

— J'essaie de m'en sortir. La preuve, j'ai entrepris de réaliser cette fresque.

— Tu n'as pas pleuré la perte de notre enfant, Boston. Pas une seule fois.

— L'absence de larmes n'a rien à voir avec ce que je ressens.

— D'accord. C'est comme moi. Mon problème avec l'alcool n'a rien à voir avec ce que je ressens. Allons, Boston, regarde les choses en face. Nous sommes brisés.

— Et selon toi, quelle est la solution ?

— Si je le savais !

Il se leva.

— Je sors.

Pour aller au bar. Boston se leva à son tour et posa les poings sur les hanches.

— Tu préfères partir plutôt que de discuter.

— A quoi bon ? Puisque aucun de nous deux ne veut prendre le risque de parler franchement.

— Je veux bien prendre ce risque.

— Vraiment ?

Boston ouvrit la bouche, puis la referma.

Le regard de Zeke se fit dur.

— Dans ce cas, tu veux bien me parler de ce que tu as éprouvé quand notre fils est mort ? Raconte-moi comment tu as crié pour avoir de l'aide et que personne n'est venu ? Parlons de l'enterrement et de tous ces gens venus nous offrir leurs condoléances. Et puis aussi de ce moment atroce où le petit cercueil de notre bébé…

Boston leva les mains et les pressa sur ses oreilles.

— Arrête ! Je ne veux plus t'entendre !

Zeke hocha la tête, lentement, puis s'éloigna.

Quelques secondes après, Boston entendit son pick-up démarrer.

Elle se laissa retomber sur la balancelle et offrit son visage au soleil. Il n'y avait pas de larmes, se dit-elle en pressant la main sur son estomac. Il n'y avait plus rien.

*
* *

C'était devenu une tradition. Deux fois par semaine, Andi sortait déjeuner avec ses collègues de travail au restaurant de l'Hôtel des Baies.

— Ma fille est enceinte, annonça Laura après avoir passé les commandes.

— Félicitations ! dit Dawn.

— C'est merveilleux, renchérit Misty.

Andi et Nina approuvèrent.

— C'est vous qui le dites, maugréa Laura. Franchement, je suis trop jeune pour être grand-mère. Ma fille n'a que vingt-six ans.

— Je crois me souvenir que tu étais encore plus jeune quand tu l'as eue, observa Misty.

— Oui, mais c'était une autre époque. Enfin, du moment qu'elle est heureuse, j'imagine que je le serai aussi dès que le bébé sera là. Justement, elle aimerait bien m'avoir près d'elle pendant les deux premières semaines après la naissance.

— Où habite-t-elle ? demanda Andi.

— Seattle. Ce n'est pas loin.

— C'est formidable que vous soyez si proches.

Andi aurait aimé pouvoir en dire autant de ses relations avec sa mère. Elle n'imaginait pas une seconde l'avoir auprès d'elle, si d'aventure elle avait un bébé. Dans sa famille, la réussite primait sur les liens affectifs. Vus de l'extérieur, les Gordon étaient d'ailleurs un parfait modèle de réussite sociale et intellectuelle. Tous médecins. Cependant, Andi ne se souvenait plus quand elle avait parlé avec sa sœur pour la dernière fois. Et il y avait bientôt deux ans qu'elle n'avait pas vu son frère.

— Et toi, Nina ? Ta mère vit toujours sur l'île, n'est-ce pas ? s'enquit Laura.

— Oh oui ! Elle partage son toit avec un nouveau compagnon, répondit Nina d'une voix légèrement tendue. Ils forment un couple original.

— Tu veux dire bizarre ? demanda Dawn.

— Un peu, oui. Mes parents n'ont jamais été des parangons de responsabilité. Ma mère a un cœur d'or, mais elle est plutôt frivole.

— Ce qui fait de toi l'unique personne responsable de la famille, fit remarquer Andi avant de froncer le nez. Excuse-moi, ces fichus cours de psycho refont surface de temps à autre.

Nina sourit.

— Mais tu as tout à fait raison. Je dois m'occuper de ma mère et de tout le reste de la famille. Ce qui explique certainement pourquoi j'ai choisi le métier d'infirmière. Je suis destinée à prendre soin des autres.

Laura leva son verre de thé glacé.

— A nos familles ! Même si elles nous font tourner en bourrique, nous les aimons bien.

Les quatre femmes trinquèrent.

— Et chez toi, Andi, les travaux avancent ? demanda Misty.

— L'électricité et la plomberie sont terminées. Les sols sont posés au rez-de-chaussée. Dans deux semaines, le cabinet médical devrait être opérationnel.

— Il faudra organiser une petite fête pour pendre la crémaillère.

— Bonne idée.

— A condition que tu invites ton entrepreneur, intervint Laura avec un clin d'œil coquin. Et que tu t'assures qu'il portera un jean moulant.

— Sinon tu ne viens pas ? plaisanta Dawn.

— Je viendrai tout de même. Mais je serais encore plus heureuse si le beau Wade était de la fête.

Laura se pencha vers Andi et baissa la voix.

— Il travaille torse nu ? S'il te plaît, dis oui. Je vais bientôt être grand-mère, il me faut un peu de piment dans ma vie.

Andi songea au baiser échangé avec Wade. Une merveilleuse expérience qui n'avait malheureusement pas été réitérée à ce jour. Toutefois, pas plus tard qu'hier, Wade avait confirmé son invitation à dîner pour vendredi soir.

— Non, il ne travaille pas torse nu.

— Décevant, marmonna Laura avec un soupir théâtral.

Sur ce, un serveur s'approcha avec leurs commandes, et la conversation dériva sur un tout autre sujet concernant la reprise de l'école et la difficulté de trouver une place en garderie pour les enfants.

Une heure plus tard, toutes reprenaient le travail.

Comme Andi consultait son emploi du temps pour l'après-midi, Nina vint la trouver dans son bureau et referma la porte derrière elle.

— Je peux te parler une seconde ?

— Bien sûr. Qu'y a-t-il ?

— J'aimerais savoir si tu as réfléchi au personnel dont tu auras besoin pour faire tourner ton cabinet. Il te faudra certainement une infirmière.

— Je sais. J'ai contacté une agence de recrutement spécialisée dans le médical.

— Eh bien, si ça t'intéresse, j'aimerais travailler avec toi. Le Dr Harrington est un excellent patron, mais je suis sortie avec son fils autrefois, et la situation risque de devenir compliquée quand il va venir travailler au cabinet.

— Je vois. Le problème, c'est que le Dr Harrington m'a clairement fait comprendre que je ne devais pas lui chiper son personnel.

— C'est bien de lui, ça. Mais il est au courant, pour son fils et moi. Alors, si tu acceptes de m'embaucher, j'irai lui parler et l'affaire sera réglée. Crois-moi, Dylan n'a pas plus envie que moi de travailler dans le même périmètre.

— Je peux te demander pourquoi ?

— Une histoire d'amour démarrée au lycée qui s'est mal terminée. Nous étions fiancés quand il est parti étudier à l'université. Là-bas, il a découvert un autre monde et il m'a larguée. Cela a été affreusement humiliant. Pour me venger, j'ai épousé le premier idiot qui me l'a demandé. Un cauchemar. Je préfère ne plus y penser.

— Ma foi, ça fait du bien de savoir que je ne suis pas la seule à avoir jeté mon dévolu sur un crétin, murmura Andi.

— Ah bon ? Toi aussi ?

— Oh oui ! Un de ces soirs, on sortira boire des margaritas et je te raconterai la triste histoire de ma vie.

— J'ai hâte d'entendre ça !

Andi se mit à rire.

— En tout cas, ce serait super si tu pouvais venir travailler avec moi. Alors, si le Dr Harrington est d'accord, je t'embauche. Nous discuterons des détails après lui avoir parlé. Qu'en penses-tu ?

— Formidable ! Merci.

Andi se serait volontiers levée pour exécuter une petite danse célébrant sa joie, mais elle se contenta d'un « hourra ! » mental.

Réussir à débaucher Nina était un coup de maître. Son cabinet médical commençait à prendre forme. Un de ces jours, elle disposerait même d'une cuisine et d'une véritable salle de bains. La vie serait alors presque parfaite.

17

Andi se tourna vers le miroir. Impossible de se voir au-dessous des épaules. Dès demain matin, elle vérifierait les plans de sa future salle de bains afin de s'assurer que l'espace pour un miroir en pied était bien prévu. Voir à quoi on ressemblait pour sortir dîner avec un homme était un minimum.

Elle jeta un coup d'œil au réveil digital, près du lit. Wade serait là dans dix minutes. Changer d'idée une fois de plus concernant sa tenue serait une folie. De toute façon, elle n'avait pas trente-six choix. Sa garde-robe ne contenait rien de très sexy, du moins rien qui puisse faire l'affaire pour un premier rendez-vous galant. Le jean faisait trop décontracté. Le pantalon de toile faisait trop tenue de travail. La jupe n'était pas vraiment son style, compte tenu de ses hanches étroites. Et les robes ne tombaient jamais bien sur elle.

Le choix était dramatiquement limité.

Son regard s'attarda sur une robe drapée en polyester présentant l'avantage de ne pas se froisser. C'était sa petite-robe-noire-toutes-occasions. Pas du tout sexy, malheureusement. Trop habillée pour un endroit comme Blackberry Island et certainement plus appropriée pour assister à un enterrement.

Au bord du désespoir, elle sortit une robe de coton rouge achetée douze ans plus tôt, qui n'était pas trop mal. D'accord, les manches raglan étaient un peu démodées, mais Wade n'était visiblement pas un fondu de la mode. La jupe légèrement évasée donnait l'impression qu'elle avait des hanches, ce qui n'était pas plus mal. Par ailleurs, le décolleté était suffisamment plongeant pour ne pas lui donner l'air d'une nonne. D'autant qu'elle avait enfilé son soutien-gorge le plus pigeonnant afin de mettre un maximum sa petite poitrine en valeur.

Elle se détourna du miroir avec une grimace résignée. De toute façon, Wade l'avait souvent vue en short et en T-shirt. Il savait donc à quoi s'en tenir. S'il avait eu un penchant pour les femmes aux courbes généreuses, il ne l'aurait pas invitée à sortir avec lui.

— Je vais me sentir mal, gémit-elle en pressant les mains sur son estomac. J'aurais dû sortir avec des hommes plus souvent.

Conseil éclairé, qu'elle n'avait malheureusement pas pu mettre en pratique, puisqu'elle s'était embourbée dans une relation exclusive avec Matt pendant dix longues années. Résultat : elle n'avait aucune idée de la façon de se comporter avec un homme lors d'un premier rendez-vous amoureux, ni de ce qu'elle devait dire.

Sur un dernier regard consterné à sa penderie, elle dévala les marches quatre à quatre. Quoi qu'il arrive dans les prochaines semaines, elle se propulserait jusqu'à Seattle pour renouveler sa garde-robe. Elle s'achèterait des vêtements sympas, modernes, adaptés à son style. Et les chaussures qui allaient avec.

Arrivée au rez-de-chaussée, elle réalisa qu'il n'y avait pas un seul endroit où s'asseoir. C'était toujours le chantier. Il y avait des bâches et des outils un peu partout. Nulle part où discuter tranquillement. Elle n'avait même pas de quoi offrir l'apéritif. Elle avait bien une ou deux bouteilles de vin à l'étage, mais inviter Wade dans ses quartiers privés au grenier paraîtrait bizarre.

— Non, je ne peux pas faire ça, murmura-t-elle tandis que résonnaient des pas sous le porche.

Elle s'avança vers la porte d'entrée et l'ouvrit avant même que Wade ait frappé.

— Je ne suis pas très douée pour ce genre de situation, déclara-t-elle tout de go. Alors ne t'attends pas à une soirée inoubliable.

Wade la regarda en silence, ce qui lui laissa le temps de noter qu'il portait un jean noir, une chemise blanche et de très élégants mocassins.

Il était tout simplement beau à tomber, se dit-elle, béate d'admiration. Sexy et viril. Et il sentait bon. Terriblement bon. Mélange de propre et de tentation.

Fascinée, elle vit sa bouche esquisser un sourire moqueur.

— Si tu veux, on peut essayer une entrée en matière plus conventionnelle. Genre se dire tout simplement : « Bonsoir, ça va ? »

Elle grimaça.

— Pitié, achève-moi tout de suite.

— Ce n'est pas mon style, répondit Wade en entrant. J'adore ce que vous avez fait de cette maison, mademoiselle Gordon.

La tension s'évanouit. Andi referma la porte derrière lui en riant.

— J'ai la chance d'avoir un entrepreneur formidable. Si vous le souhaitez, monsieur King, je peux vous donner ses coordonnées.

Wade se tourna vers elle et posa les mains sur ses bras.

— Il court de drôles d'histoires à propos de certaines clientes et de leurs entrepreneurs. C'est vrai ce qu'on dit ?

Ses pouces caressaient sa peau. « Délicieux », songea-t-elle en se perdant dans ses yeux sombres.

— Pas encore, murmura-t-elle. Mais j'ai bon espoir.

— Moi aussi.

Il se pencha et l'embrassa. Sa bouche était tout à la fois ferme et tendre. Il taquinait ses lèvres de la langue, très doucement, tout en exigeant.

Confusément, elle sentit les mains de Wade glisser sur ses hanches, puis remonter doucement pour s'arrêter à la naissance de ses seins. Plaquée contre lui, elle se laissa sombrer dans un océan de sensations… Le contact du corps de cet homme, l'odeur de sa peau, le goût de sa bouche… Au tréfonds de son ventre, des muscles se crispaient. Elle avait envie de sentir ses mains partout sur son corps…

Wade s'écarta légèrement pour poser ses lèvres contre sa joue.

— J'ai réservé une table au restaurant, chuchota-t-il.

— Oh… oui, bien sûr, bredouilla-t-elle, le souffle court. Super.

Les lèvres de Wade glissèrent le long de sa joue pour aller s'égarer dans son cou, puis revenir lécher un point sensible juste derrière son oreille. Elle frissonna violemment.

— Nous devrions y aller, souffla-t-il en lui mordillant le lobe de l'oreille.

Elle ferma les yeux avec un petit gémissement et se cambra

contre lui. Pour découvrir une protubérance éloquente. Elle rouvrit les yeux et Wade s'écarta légèrement.

Ils se regardèrent.

— Dois-je m'excuser ? demanda-t-il.

S'excuser d'avoir une érection ? Dans le monde si tristement chaste d'Andi, cette manifestation de désir simple et viril tenait presque du miracle.

Elle secoua la tête.

Il y avait pourtant mille raisons pour lesquelles elle aurait dû sourire poliment et proposer qu'ils s'en tiennent là et sortent dîner. Avec Matt, le sexe était toujours programmé. Son ex-fiancé ne croyait pas aux effusions spontanées et n'était pas partisan de sauter un repas pour passer directement au dessert. Andi n'avait jamais connu autre chose.

Il était également possible que Wade ait juste envie de sortir dîner avec elle. Se faire des idées, imaginer autre chose pourrait lui faire franchir un palier supplémentaire sur l'échelle de l'humiliation.

Elle prit soudain conscience qu'elle avait passé sa vie à jouer la sécurité. Acheter cette maison avait été son premier acte véritablement impulsif. Il était peut-être temps de laisser libre cours à cette tendance.

— Dîner serait très agréable, dit-elle avec l'impression de sauter du haut d'une falaise, en priant pour ne pas s'écraser en bas sur des rochers acérés, et atterrir au contraire sur un matelas de plumes. Mais nous pourrions aussi monter à l'étage.

— Qu'y a-t-il à l'étage ?

— Mon lit.

Une lueur brûlante passa dans le regard sombre de Wade. Il lui sourit.

— Je vous suis, mademoiselle Gordon.

Il n'était pas question qu'elle fasse une chose pareille. Impossible. Ridicule. Mais c'était aussi la seule solution qui lui venait à l'esprit. Les hommes aimaient le sexe. Et pour autant qu'elle sache, Colin ne fréquentait aucune autre femme. Par conséquent, il était forcément en manque. Il fallait juste qu'elle réussisse à l'attirer dans leur lit. Ensuite, le reste irait de soi. C'était son plan.

Après avoir pris un bain, Deanna ouvrit le tiroir de la commode où elle rangeait ses sous-vêtements. Elle possédait deux ensembles de lingerie qu'elle n'avait jamais portés, car trop sexy et inconfortables. Mais aux grands maux les grands remèdes. Elle jeta son dévolu sur un ensemble de soie bleu pâle. Et tandis qu'elle effleurait la dentelle du bout des doigts, elle crut se souvenir que c'était Colin qui le lui avait offert.

Ce qu'elle avait dit à Boston, un peu plus tôt dans la journée, était la stricte vérité. Elle n'avait jamais pris l'initiative au lit. Si Colin était demandeur, elle acceptait. Enfin, pas tout le temps. Disons une fois sur deux. Mais ces derniers mois, leurs rapports s'étaient faits de plus en plus rares. Et voilà plusieurs semaines que Colin n'avait manifesté aucune envie de coucher avec elle. Elle avait été trop occupée pour s'en apercevoir. Ou peut-être était-elle tout simplement soulagée, parce que faire l'amour avec son mari la troublait, lui faisait perdre ses repères.

Colin était un amant patient et attentif. Du moins, l'avait été. C'était lui le premier, et le seul bien sûr, à lui avoir fait connaître l'orgasme. La toute première fois, elle avait d'abord protesté quand sa main avait glissé… plus bas, puis elle avait déclaré qu'elle mourrait si jamais il usait de sa bouche. Mais il avait tenu bon et tendrement, patiemment, il l'avait caressée jusqu'à ce qu'elle s'abandonne.

Elle se souvenait de cette toute première fois, le soir de leurs noces, où elle avait connu la jouissance. Aussitôt après, elle s'était sentie atrocement vulnérable. Terrifiée, elle avait fondu en larmes et il l'avait serrée dans ses bras jusqu'à ce qu'elle se calme. Ensuite, il lui avait de nouveau fait l'amour en lui disant combien il l'aimait.

Elle se souvenait avoir cambré les reins, malgré la pudeur lui interdisant de succomber. Elle se souvenait avoir eu envie de connaître de nouveau ces sensations merveilleuses, folles et barbares qu'il faisait naître en elle. Mais au fil du temps, effrayée de se sentir si nue devant lui, effrayée par cette sauvagerie des sens et la perte de contrôle de tout son être, elle s'était peu à peu renfermée. Moins elle participerait, moins elle en aurait envie.

Un peu comme si cette part d'elle-même, cette part animale qui lui faisait honte, pouvait s'éteindre, à défaut d'être utilisée. Alors, à seule fin de se protéger, elle avait orienté la sexualité de leur couple uniquement sur celle de Colin.

Quand il lui demandait si elle le désirait vraiment ou si ce serait toujours ainsi, à sens unique, lui seul à éprouver du désir, elle esquivait la question, prétextant la fatigue, celle d'une jeune maman avec deux enfants, puis trois, puis cinq, qui s'épuisait à répondre aux demandes de sa famille.

Oui, c'était elle qui avait délibérément choisi de museler son désir. Parce que c'était plus sûr. Pas seulement pour sa pudeur, mais aussi par souci de ne rien dévoiler de son âme. Que se passerait-il si Colin découvrait à quel point elle était abîmée ?

Elle enfila le soutien-gorge de soie bleue et la petite culotte assortie. Puis elle choisit une robe sans manches au décolleté plongeant. Une robe avec fermeture Eclair pour pouvoir l'ôter facilement. Après quoi, sans se laisser le temps de tergiverser davantage sous peine de changer d'avis, elle sortit dans le couloir.

Il était 22 heures. La maison était calme. Les filles dormaient, à l'exception de Madison et de Carrie. Mais Deanna savait qu'elles ne sortiraient pas de la chambre avant le lendemain matin.

Pieds nus, elle descendit l'escalier sans bruit. Elle s'immobilisa un instant devant la porte du bureau de Colin. Puis elle frappa et entra.

Assis sur le canapé, son mari lisait une revue. Ses cheveux étaient en bataille, ses lunettes de lecture au bout de son nez. Lorsqu'il était rentré un peu plus tôt dans la soirée, il avait troqué son costume-cravate contre un jean et un T-shirt. Lui aussi était pieds nus.

Il était vraiment bel homme, nota-t-elle, surprise de ses pensées. Il ne faisait pas ses quarante ans.

Elle essaya de le regarder comme le ferait une autre femme. Elle essaya de le regarder pas comme un époux, mais comme un homme. Et force était de reconnaître qu'elle le trouvait toujours aussi séduisant.

Il leva les yeux sur elle, fronça les sourcils, mais ne prononça pas un mot. Rien dans son langage corporel n'indiquait qu'il était heureux de la voir. Elle força cependant un sourire sur ses lèvres.

— Nous n'avons pas eu l'occasion de beaucoup parler pendant le dîner, dit-elle d'un ton qu'elle espérait léger. Comment s'est passée ta semaine ?

Colin ôta ses lunettes qu'il posa sur le guéridon près du canapé, et laissa tomber la revue sur ses genoux.

— Très bien. Et toi, ta semaine ?

— Comme d'habitude.

Elle se rapprocha.

— J'ai inscrit les filles au centre aéré pour les vacances.

Sans un mot, il observait son approche.

Elle s'assit sur le canapé, près de lui, mais pas trop, puis se tourna vers lui en inclinant légèrement le buste vers l'avant pour mettre en valeur la naissance de ses seins. Ces derniers remplissaient généreusement les provocants balconnets du soutien-gorge bleu qui jouait son rôle à la perfection. Pourtant, Colin n'eut pas l'air le moins du monde intéressé.

— Lucy est impatiente d'aller à la fête d'anniversaire de demain, dit-il. J'espère qu'elle va très vite se faire une nouvelle amie. C'est important, à son âge.

— Bien sûr.

Il reprit sa revue.

— Tu avais autre chose à me dire ? demanda-t-il.

Deanna le regarda, désemparée. Qu'était-elle censée faire, maintenant ? Elle avait enfilé cette robe ridicule, elle portait une petite culotte de soie et le soutien-gorge assorti, et rien ne se passait comme prévu. Elle ne savait que faire. Jouer les femmes fatales n'était pas dans son répertoire. Elle avait beau être mariée depuis plus de dix ans avec Colin, elle n'avait pas la moindre idée de la façon de le séduire.

— J'ai pensé, commença-t-elle, avant de s'interrompre, incapable d'imaginer la suite.

Colin la dévisagea.

— Oui ?

Elle se sentit rougir.

— Eh bien…

Il continuait de la regarder fixement. Soit il ne comprenait pas. Soit il avait choisi de la faire souffrir. L'espace d'une fraction de seconde, une lueur traversa son regard. Mais ce n'était pas du désir. Peut-être de la pitié, songea Deanna, se faisant l'effet d'une parfaite idiote.

C'était injuste. Pourquoi était-ce toujours à elle d'essayer d'arranger les choses ? Pourquoi était-ce à elle de changer ? Vivre avec Colin n'était pas…

— Deanna ?

Elle plongea dans son regard bleu, à la recherche d'une petite pointe de désir pour elle. D'une étincelle de ce qui avait autrefois existé entre eux.

Elle n'y vit qu'impatience contenue, comme s'il avait hâte qu'elle s'en aille.

Les hommes étaient davantage visuels, se souvint-elle. Elle avait sans doute lu cela dans un magazine chez le coiffeur. Le message passerait peut-être mieux avec des gestes plutôt qu'avec des mots.

Déterminée, elle passa la main dans son dos et tira sur la fermeture Eclair, puis fit glisser la robe de ses épaules jusqu'à sa taille.

— C'est toi qui m'as offert cette lingerie, murmura-t-elle, incapable de relever les yeux sur Colin, tant elle se sentait gênée, exposée ainsi à son regard. Quand je l'ai vue, je me suis dit… Si tu veux, nous pourrions…

Il la dévisagea encore de longues secondes, sans piper mot, l'air indéchiffrable. Sous son regard bleu impassible, elle était au supplice, mais elle résista à l'envie de remonter la robe sur ses épaules.

— Tu joues les séductrices, parce que tu crois que c'est ce que je veux, dit-il enfin. Pas parce que tu as envie de coucher avec moi.

Mortifiée, elle baissa les yeux, puis les releva sur lui.

— Non, Colin, mentit-elle. J'ai vraiment envie de toi.

Elle vit sa mâchoire se durcir.

— Deanna, je t'ai vue à l'œuvre avec les filles, ces derniers jours. Tu fais ce qu'il faut pour la forme, mais tu n'as toujours pas compris. Nous ne sommes que des pions pour toi. Des pions qui te gênent.

Le rouge aux joues, elle se leva brusquement. La robe glissa à ses pieds.

— Alors, tu ne veux pas ? lança-t-elle, gagnée par le froid glacial qui l'envahissait.

— Je ne veux pas, confirma Colin.

Il prit ses lunettes et rouvrit la revue sur ses genoux.

— Bonne nuit, Deanna.

Ces trois petits mots lui firent l'effet d'une gifle. Les joues brûlantes de honte et de rage, elle remonta sa robe et se précipita hors de la pièce.

Mais dans le couloir, sa colère disparut, emportant avec elle ses dernières forces. Elle s'effondra sur le sol, la tête sur les genoux, tremblant de froid, mais aussi de chagrin. Parce qu'elle venait de comprendre que Colin n'éprouvait désormais plus rien pour elle.

Pour la première fois depuis des mois, et peut-être même depuis des années, elle aurait voulu sentir ses mains chaudes et douces sur ses épaules. Elle aurait voulu qu'il la prenne dans ses bras comme il le faisait autrefois, à l'époque où ils s'embrassaient encore. Il était toujours le dernier à rompre leur étreinte. Il la taquinait souvent à ce sujet en disant qu'elle ne pouvait lui échapper. Maintenant, tout ce qu'elle désirait, c'était retrouver la sécurité de ses bras, et cette fois, ce serait elle qui le retiendrait.

Mais Colin ne sortit pas de son bureau. Il ne vint pas la retrouver. Elle était assise, seule au milieu du couloir, frissonnante. Une crampe dans la jambe l'obligea à se lever. Elle remonta la fermeture Eclair de sa robe et regagna sa chambre. Puis elle s'approcha de la fenêtre, le regard perdu dans l'obscurité.

Elle avait l'impression d'avoir tout perdu. Son mari, ses filles… Elle n'avait pas la force de se demander pourquoi, comment. Elle ne comprenait pas, elle ne comprenait plus rien. Elle n'avait plus rien à quoi se raccrocher. Elle s'était tellement absorbée dans son souci de perfection, qu'elle avait perdu quelque chose d'essentiel, quelque chose dont elle n'avait pas réalisé à quel point c'était vital pour elle. L'amour de Colin.

C'était trop tard à présent. Il allait la quitter. Cette pensée lui avait plus d'une fois traversé l'esprit, ces dernières semaines. Mais pour la première fois, ce qui l'effrayait n'était pas de se retrouver mère célibataire avec cinq filles. Non, ce qui la rendait folle de terreur et de chagrin, c'était de réaliser qu'elle avait définitivement perdu ce qu'elle avait cru acquis pour toujours. Elle avait perdu l'amour de l'homme qu'elle aimait.

18

— Il sait, déclara Andi.

Wade posa la boîte de pizza sur le sol, puis l'attira contre lui pour l'embrasser.

— Il ne sait pas.

— Si ! Je te dis que le livreur de pizzas sait que nous venons de faire l'amour. Je suis prête à parier.

— Il est jaloux. Et maintenant, tu veux bien cesser de penser à lui pour ne penser qu'à moi ?

Andi se dressa sur la pointe des pieds pour offrir ses lèvres à Wade. Tout en l'embrassant, il glissa ses mains sous le T-shirt trop grand qu'elle avait enfilé et fit courir ses doigts sur sa peau nue.

De nouveau, elle se sentit grésiller comme une goutte d'eau sur une plaque électrique. Et c'était là un sérieux problème. Elle allait devoir regarder les choses en face et trouver un moyen de se désintoxiquer. Parce qu'elle était manifestement tombée sous l'emprise sexuelle de cet homme, ce qui pourrait la conduire à abandonner sa carrière professionnelle pour se consacrer entièrement au culte du Dieu Wade King.

Ils venaient de faire l'amour dans son petit lit, là-haut sous les combles. Les caresses de Wade avaient embrasé chacune de ses terminaisons nerveuses. Il l'avait fait trembler de la tête aux pieds avant de déclencher en elle un orgasme digne d'un séisme de magnitude 7 sur l'échelle de Richter. En cet instant même, alors que la langue de Wade jouait avec la sienne et que ses doigts exploraient la courbe de ses fesses, le corps d'Andi était en adoration.

— La pizza nous attend, murmura-t-elle contre sa bouche, incapable cependant de s'arracher à son étreinte.

— Elle ne se sauvera pas.

— Je devrais m'habiller.

— Tu es habillée.

— Je ne porte qu'un T-shirt. Sans rien dessous.

Wade avait enfilé son jean et sa chemise, mais au sortir de l'orgasme, Andi avait l'esprit trop embrumé pour se mettre en quête de sa petite culotte, abandonnée quelque part entre le rez-de-chaussée et le grenier.

— Je ne peux pas manger, à moitié nue.

Wade la regarda dans les yeux.

— Voyons si cette théorie est juste.

Il la fit pivoter entre ses bras, le dos contre son torse, puis il glissa une main sous son T-shirt pour caresser ses seins et l'autre entre ses jambes.

Elle voulut protester qu'il n'y avait pas de volets aux fenêtres, mais le contact des doigts chauds et experts glissant dans son intimité lui ôtait toute faculté d'élocution.

Instinctivement, elle se cambra pour aller à la rencontre du plaisir et ferma les yeux, savourant les myriades de sensations. L'expertise de Wade dans l'art de la caresse était impressionnante. Ses doigts sur ses seins savaient exactement comment les exciter, jusqu'à embraser son corps tout entier. Le souffle court, elle sentait la tension monter en elle, inexorablement… Ses hanches ondulaient, le désir lui brûlait de nouveau les reins… La pression des doigts de Wade sur le bouton de sa féminité, l'amenait déjà au bord du gouffre… et son corps se convulsa dans un orgasme aussi intense que le précédent.

Wade attendit que ses spasmes s'apaisent pour la faire pivoter de nouveau entre ses bras et la plaquer contre le mur le plus proche, la clouant sous lui, tandis qu'il enfilait un préservatif avant de plonger en elle.

Dès le premier assaut, Andi sentit son ventre frémir de nouveau, et sous le va-et-vient puissant de son amant, il ne lui fallut que quelques secondes pour exploser dans un nouvel orgasme délicieux et épuisant. Le sexe avec Wade était extraordinaire, songea-t-elle confusément en le sentant tressaillir en elle, puis s'immobiliser.

Ils restèrent ainsi de longues secondes, front contre front, souffle irrégulier, le temps de reprendre leurs esprits. Puis Wade se retira lentement et la dévisagea, l'air aussi surpris qu'elle.

Il s'éclaircit la gorge.

— C'est toujours aussi intense avec toi, Andi ?

— Non. Je suis plutôt du genre ennuyeux au lit.

Wade fronça les sourcils.

— Ennuyeux n'est certainement pas le terme que j'emploierais. Comme tout homme normalement constitué, j'aime le sexe, mais là, je dois avouer que je n'ai jamais rien connu de pareil.

— Je suppose qu'il s'agit d'une alchimie particulière entre nous.

— C'est une façon de voir les choses. Je reviens tout de suite.

Andi le regarda disparaître dans la salle de bains du bas. Quand il revint, il avait reboutonné son jean et bouclé sa ceinture. Mais il paraissait toujours en état de choc. C'était bon de savoir qu'il était aussi ébranlé qu'elle par ce qu'ils venaient de partager.

Ils grimpèrent à l'étage.

— A quelle heure dois-tu rentrer chez toi ? demanda Andi en découpant la pizza. Tu as une baby-sitter ou Carrie est-elle assez grande pour passer la soirée seule ?

Wade lui tendit un verre de vin.

— Elle passe la nuit chez sa copine Madison. Je suis libre jusqu'à demain matin.

Andi sentit aussitôt des muscles se crisper délicieusement au creux de son ventre. Machinalement, son regard dériva vers la chambre. Alors, sans un mot, Wade lui reprit son verre des mains et le posa sur la table. Puis ils se jetèrent l'un sur l'autre. Le temps d'arriver dans la chambre, ils étaient nus. Et le vieux lit antique protesta pour la forme, quand ils roulèrent dessus en riant.

En règle générale, Deanna adorait sa maison. Elle en était propriétaire — sa tante et son oncle la lui avaient léguée. Mais plus qu'un héritage, cette maison, elle l'avait méritée. Quand ils l'avaient recueillie chez eux, sa tante et son oncle lui avaient fait clairement comprendre qu'ils attendaient d'elle qu'elle soit l'enfant qu'ils désiraient depuis toujours. Naturellement, tout rappel de ses origines maternelles serait inacceptable. Par conséquent, son comportement devait être en tout point exemplaire.

Terrorisée à l'idée de retourner en enfer, Deanna s'était appliquée à être une enfant parfaite. Polie, toujours tirée à quatre épingles, studieuse, serviable. Elle avait appris par cœur l'histoire de la maison dans ses moindres détails. Elle connaissait chaque bibelot, chaque meuble. Elle avait appris l'importance d'avoir une maison toujours prête à recevoir une visite à l'improviste. Elle avait appris que les apparences comptaient davantage que la réalité. La maison était son royaume. Ou plutôt, l'avait été. Car pour la première fois depuis son arrivée ici, à l'âge de dix ans, elle ne savait plus où se mettre. Elle avait l'impression d'être sous les feux d'un projecteur éclairant son humiliation.

Elle n'avait pas fermé l'œil de la nuit. La veille, de retour dans sa chambre après l'humiliation infligée par Colin, elle s'était enfermée dans la salle de bains. Des profondeurs obscures d'un placard, elle avait sorti une brosse à récurer. Puis elle était allée sous la douche et avait frotté chaque centimètre carré de son corps dans une vaine tentative de se décaper la peau pour en faire sortir la honte.

Hébétée, elle avait regardé son sang ruisseler et disparaître dans le siphon sous ses pieds. Quand elle avait enfin émergé de la cabine de douche, son corps était couvert de lacérations à vif. Elle avait passé une nuit atrocement douloureuse. Mais cette fois, la douleur n'avait pas suffi à lui faire oublier le rejet de Colin.

Il lui avait tourné le dos, alors qu'elle s'était mise à nu devant lui. Elle lui avait donné tout ce qu'elle avait, mais cela n'avait pas suffi. Elle n'avait rien d'autre à offrir qu'elle-même et ce n'était pas assez. Ce ne serait jamais assez.

Il en avait toujours été ainsi — elle avait toujours su qu'elle était en sursis. Elle vivait avec Colin comme elle avait vécu avec son oncle et sa tante. En sachant qu'à tout moment, au moindre faux pas, elle serait rejetée. Au fil des ans, sa vigilance avait cependant fini par se relâcher. Elle avait cru qu'être parfaite suffisait.

Elle s'était trompée.

— Maman ?

Elle sursauta et se retourna.

Lucy se tenait sur le seuil de la cuisine. Cette fois, ce qui la frappa sur le visage de sa fille, ce ne furent pas les horribles lunettes ou les yeux trop grands. Non, cette fois, ce qui la frappa, ce fut la peur que trahissait le tremblement de sa bouche enfantine.

— Qu'est-ce qu'il y a, ma chérie ?

— Je suis invitée à une fête d'anniversaire, cet après-midi. Tu te rappelle ? Tu as dit que je pouvais y aller.

Le cœur de Deanna se serra douloureusement.

Elle avait l'impression d'entendre sa propre voix implorante. Une voix emplie de crainte ; crainte que les règles aient changé, crainte d'être punie pour avoir eu l'audace de demander.

Elle avait dix ans, l'âge de Lucy, lorsque sa mère avait failli la tuer et que la justice lui avait retiré sa garde. La liberté valait bien une commotion cérébrale, un tympan éclaté, une fracture du bras et quelques côtes cassées, s'était-elle consolée à l'époque. Mais aujourd'hui, elle se demandait si cette liberté si chèrement payée n'avait pas été un leurre. Elle avait simplement échangé un mal contre un autre. En réalité, la liberté, elle ne l'avait jamais eue…

Elle réussit à esquisser un sourire tremblant.

— Oui, Lucy. Je me souviens. C'est très bien que tu ailles à cet anniversaire.

Les émotions se succédèrent sur le visage de sa fille. Espoir, soulagement, mais aussi méfiance, comme si elle n'osait croire qu'elle puisse obtenir ce dont elle avait tant envie, sans en payer le prix.

— A quelle heure dois-tu y aller ? demanda Deanna.

— 15 heures. Il y aura des jeux et le dîner ensuite, précisa Lucy en se dandinant, mal à l'aise, d'un pied sur l'autre.

Pizzas et beignets de poulet industriels seraient probablement au menu, songea Deanna.

— Ce serait bien qu'il y ait aussi un gâteau, s'efforça-t-elle de plaisanter. Il n'y a pas d'anniversaire sans gâteau.

— Et sans glace, ajouta aussitôt Lucy, tout sourires.

— En effet. Il faut les deux. Je t'emmènerai là-bas pour

15 heures. Tu prendras le téléphone portable de secours pour pouvoir m'appeler quand tu voudras que je vienne te chercher.

Les filles n'avaient pas de portables, mais Deanna en mettait un à leur disposition pour les voyages ou ce genre d'événement.

Lucy hocha la tête.

— J'y ferai très attention, maman.

— Je sais, chérie.

Dans un élan de joie spontanée, Lucy se précipita vers elle. Mais quand ses petits bras étreignirent sa taille, la pression sur ses plaies lui arracha un cri de douleur.

Affolée, Lucy fit un bond en arrière.

— Pardon, maman. Pardon. Pardon. Ne te fâche pas.

Et avant que Deanna ait pu dire quoi que ce soit, sa fille était partie en courant comme si elle avait le diable aux trousses.

Pas le diable, rectifia tristement Deanna.

Seulement sa mère.

— Emma m'a dit qu'elle ira à Seattle, samedi prochain, avec sa maman. Elle aimerait bien que je vienne. Il faut que je demande la permission à papa.

Lucy s'arrêta à peine une seconde pour reprendre son souffle avant de poursuivre :

— Ensuite, il y a eu le gâteau d'anniversaire et nous avons fait des équipes pour jouer à chat perché. Sarah et Emma voulaient m'avoir chacune dans leur équipe.

Ses grands yeux bleus étincelaient de joie. Dans un élan instinctif, Andi se pencha et serra la fillette dans ses bras.

— Je suis contente que tu te sois bien amusée.

Elles étaient dans sa cuisine de fortune sous les combles. Par la fenêtre ouverte, le murmure d'une pluie fine offrait une musique de fond à ce dimanche après-midi consacré à la confection de petits gâteaux décorés.

Andi avait déniché chez l'épicier du coin un kit à cupcakes qu'elle s'était empressée d'acheter en prévision d'une visite des filles de Deanna. Elle avait également rempli son petit réfrigérateur, fait la lessive, récuré la salle de bains et de façon plus générale, elle avait essayé de s'occuper l'esprit pour éviter de ne penser qu'à Wade.

Ils avaient passé une nuit fantastique. Sur le coup de minuit, ils avaient dévoré la pizza froide, puis ils étaient retournés au lit. Ils avaient fait l'amour jusqu'à ce que, épuisés, ils s'endorment dans les bras l'un de l'autre.

Andi avait ensuite passé la journée de samedi sur un petit nuage, fatiguée mais heureuse.

Mais ce dimanche matin, le doute insidieux avait pointé le bout de son nez. Pourquoi Wade n'avait-il pas appelé ? Etait-ce à elle d'appeler ? Ce qu'ils avaient vécu dans les bras l'un de l'autre, n'était-ce rien d'autre que du super-sexe pour lui ? La prenait-il pour une fille facile ? Il ne lui avait pas proposé de la retrouver… Peut-être n'attendait-il d'elle qu'une simple amitié doublée de petits extras. Etait-il possible qu'elle soit tombée sur un « Matt bis » ? Un homme qui allait la mener en bateau pendant dix ans, avant de la larguer pour en épouser une autre deux semaines après ? Pourquoi n'appelait-il pas, bon sang ?

Heureusement, l'arrivée de Lucy lui avait permis de mettre en sourdine ses interrogations.

— Que font tes sœurs aujourd'hui ? demanda Andi, histoire de poursuivre la conversation et de se distraire l'esprit.

— Papa a emmené Audrey et les jumelles faire du bateau.

Lucy remonta ses lunettes sur le nez.

— J'aime bien moi aussi, mais je suis malade.

— C'est le mal de mer, expliqua Andi. En voiture aussi, tu es malade ?

— Oui.

— Moi aussi, j'étais malade en voiture quand j'avais ton âge. Heureusement, ça passe en grandissant.

Lucy lui tendit le gâteau qu'elle venait de terminer. Une petite génoise en forme de marguerite avec des pétales rose vif et un cœur vert. Andi le disposa au milieu des autres sur l'assiette de présentation.

— Superbe ! On en fait encore quelques-uns, puis on ira sonner chez Boston pour lui en offrir. Ça lui fera plaisir.

Et par la même occasion, elle laisserait son téléphone portable à la maison. Si Wade voulait la voir, il savait où la trouver. S'il voulait lui téléphoner, il avait son numéro. Pas question d'appartenir à la catégorie de ces pauvres malheureuses, l'oreille collée en permanence à leur messagerie vocale ou le regard rivé sur l'écran dans l'attente d'un texto.

La nouvelle Andi Gordon était une femme mature, sûre d'elle, maîtresse de sa destinée, qui ne se laissait pas marcher dessus.

Terminé, les relations à sens unique !

19

Andi était prête à tuer. Naturellement, un tel acte l'enverrait en prison, mais cela ne lui faisait pas peur. Une fois derrière les barreaux, elle n'aurait plus à se préoccuper des hommes qui la faisaient grimper au septième ciel, puis qui ne prenaient même pas la peine de la rappeler. Des hommes qui lui souriaient, beaux gosses dans leur bleu de travail, qui l'attrapaient par le bras pour l'attirer dans un coin tranquille en murmurant : « Je n'ai cessé de penser à toi », et qui la laissaient ensuite en plan parce qu'ils étaient appelés pour un stupide problème de plomberie.

Eh oui, c'était exactement ce qui s'était passé.

Lundi après-midi, Andi avait vu Wade pendant quarante-sept secondes très précisément, avant que leur bref aparté ne soit interrompu par le plombier de l'équipe. Ensuite, l'arrivée de Carrie avait sonné le glas de toute possibilité de conversation intime.

Le lendemain, mardi, Wade avait brillé par son absence. Une histoire de sortie de classe parents-enfants pour clore l'année scolaire de sa fille.

On était maintenant mercredi matin, jour de congé d'Andi car elle était censée travailler samedi. Et oui, elle était prête à trucider quelqu'un.

Ce n'était pas juste à cause de cette histoire de coup de fil, ou de son absence plutôt. En réalité, elle devenait folle à force de se poser des questions sur sa relation avec Wade, à se demander s'il l'aimait ou non, si cette histoire entre eux n'était pour lui que du super sexe sans corde au cou. Disons-le franchement, elle était à deux doigts de tomber dans la catégorie des harceleuses pathologiques.

Si bien que lorsque Wade gara son pick-up devant la maison à 7 h 45, elle décida qu'il serait plus prudent pour elle de ne pas traîner derrière lui toute la journée à la maison, de crainte de faire ou dire quelque chose qu'elle regretterait. Il lui fallait une distraction, voire un soutien psychologique.

Elle attrapa son sac à main, dévala l'escalier, salua rapidement Wade d'un signe de main et se rua sur la porte d'entrée. Arrivée là, elle marqua une pause. Boston était la personne à laquelle elle avait immédiatement pensé. Cela dit, cette option présentait deux inconvénients majeurs. *Primo*, à cette heure-ci, Boston n'était peut-être pas encore réveillée. *Secundo*, c'était la belle-sœur de Wade. Par conséquent, tout ce qu'elle dirait à Boston au sujet de Wade reviendrait tôt ou tard aux oreilles de l'intéressé.

Réflexion faite, elle courut sonner chez Deanna. Cette dernière était forcément debout et raisonnablement opérationnelle, puisque ses filles étaient déjà parties au centre aéré.

— Ça va ? demanda Deanna en ouvrant la porte.

— Non, ça ne va pas du tout. Je peux te parler une minute ?

Une lueur inquiète traversa le regard de Deanna.

— C'est à quel sujet ?

— Les hommes.

— Ouf ! J'ai cru qu'il s'agissait d'un nouveau problème avec Madison. Laisse-moi attraper mon sac et sortons prendre un petit déjeuner.

Dix minutes après, elles étaient assises à une table de l'Hôtel des Baies.

Deanna attendit qu'elles aient commandé du café et du pain perdu à la française, avant de hausser un sourcil intrigué.

— Je t'écoute.

Andi jeta un coup d'œil autour d'elle. La salle était pleine d'hommes d'affaires s'attardant devant leur petit déjeuner et de touristes organisant leur journée.

— Je sais pourquoi tu m'as amenée ici. Tu t'es dit que tu maîtriserais mieux la situation parce qu'il y a moins de chances que je fonde en larmes devant tout ce monde.

Deanna esquissa un sourire penaud.

— Exact. Peu de gens aiment se donner en spectacle. Je me suis trompée ?

— Je ne sais pas encore, répondit Andi en prenant une grande inspiration. Tu connais Wade King ?

— Le beau-frère de Boston ? Bien sûr que je le connais. Il participe aux travaux de restauration de ta maison, n'est-ce pas ?

— En fait, c'est lui qui assure la supervision du chantier. Il est sympa, charmant, sexy et célibataire.

Deanna hocha la tête mais ne releva pas, se contentant d'attendre la suite.

Andi fit la grimace.

— Nous avons couché ensemble. Vendredi soir. Au départ, il s'agissait d'un dîner, mais nous n'avons pas mis le nez dehors, et Wade a passé la nuit chez moi. Et maintenant, je crois que je deviens folle. Sérieux. Je me suis rongé les sangs tout le week-end parce qu'il ne m'appelait pas. Lundi, quand nous nous sommes croisés, il avait l'air d'aller bien. Il avait l'air normal, quoi. Alors que moi, je ne vais pas bien du tout. Je ne sais pas si tu te rends compte, mais je suis sortie pendant dix ans avec Matt, c'est long dix ans, et je me suis tout de même fait plaquer devant l'autel, parce qu'il trouvait que notre mariage était trop précipité. Mais voilà qu'aujourd'hui, je suis déjà en train de me demander si Wade a l'intention de m'épouser au bout de trois jours seulement !

— Respire, lui conseilla Deanna. Il faut respirer.

Andi obéit et se força à inspirer profondément, lentement.

— Je m'en veux d'être aussi impulsive, reprit-elle. J'aime beaucoup Wade et j'ai très envie de le revoir, mais je ne veux pas l'effrayer. J'aimerais pouvoir me comporter normalement. Pas comme une névrosée.

Un serveur vint leur apporter le café. Deanna attendit qu'il se soit éloigné pour demander :

— Que t'a-t il dit exactement, lundi ?

— Qu'il n'avait cessé de penser à moi pendant le week-end. Ensuite, sa fille est arrivée. Hier, je ne l'ai pas vu. Et ce matin, quand il a débarqué avec sa caisse à outils, j'ai préféré partir de peur de céder à l'envie de me jeter à ses pieds pour quémander un peu de son attention.

— Mendier ne sert à rien. Crois-moi, cela ne sert à rien.

Il y avait tant de tristesse dans sa voix qu'Andi en fut frappée et mit de côté son problème pour la regarder de plus près. Comme d'habitude, Deanna était impeccablement habillée d'un pantalon de toile rose et d'un chemisier blanc. Elle portait une écharpe, d'élégantes ballerines et des boucles d'oreilles. Mais son maquillage soigné ne parvenait pas à dissimuler les cernes sous ses yeux, et son sourire était malheureux. Andi s'en inquiéta.

— Ça n'a pas l'air d'aller, murmura-t-elle.

Deanna frotta légèrement son bras, puis secoua la tête.

— Si, si, ça va.

— Je ne te crois pas.

— C'est le diagnostic du médecin ou de la voisine ?

— C'est le diagnostic d'une amie.

A ce stade de leur relation, le terme *amie* était peut-être un peu excessif car elles ne se connaissaient pas vraiment. Mais plus Andi côtoyait Deanna Phillips, plus elle la trouvait attachante. La façade parfaite dissimulait de nombreuses fêlures qui la rendaient d'une fragilité émouvante.

Le serveur les interrompit de nouveau avec, cette fois, deux énormes assiettes de pain perdu nappé de sirop d'érable, saupoudré de sucre. A lui seul, ce petit déjeuner apportait, au bas mot, la ration calorique de quarante-huit heures. Mais Andi s'en fichait.

— Je mange tout, annonça-t-elle solennellement.

— Il se pourrait que je réussisse à en faire autant, renchérit Deanna.

Elles prirent chacune une bouchée. Les bords du pain perdu étaient croustillants et le centre moelleux à souhait.

— Aussi délicieux que la nuit avec Wade ? demanda Deanna.

— Pas loin, répondit Andi avec un sourire.

Elle but une gorgée de café avant d'ajouter :

— Parle-moi un peu de toi.

— Il n'y a pas grand-chose à dire. Tout va bien.

Deanna baissa les yeux sur son assiette, coupa un nouveau morceau de pain perdu, puis reposa sa fourchette.

— Enfin, pas vraiment… Tout va de travers.

Andi resta silencieuse, le regard attentif. Deanna se tortilla, mal à l'aise sur sa chaise.

— C'est de pire en pire avec Colin. Et les filles me détestent.

— Bien sûr que non, protesta Andi.

— Si. Je leur fais peur. J'ai entendu les jumelles jouer à la poupée, hier après-midi, dans leur chambre. Elles m'imitaient, en demandant à leurs poupées de ranger leur chambre, de ne pas faire de bruit, de faire attention à ne pas tacher leurs vêtements et de terminer leurs légumes, parce que ce n'était pas le jour du dessert.

Deanna rougit légèrement et baissa les yeux sur son assiette. Puis elle laissa échapper un petit rire triste.

— Je ne leur autorise les desserts qu'une fois par semaine, murmura-t-elle, et je me retrouve ici à déguster du pain perdu nageant dans du sirop d'érable.

— C'était quand, la dernière fois que tu en as mangé ?

— Il y a une vingtaine d'années, je crois.

— Alors ce n'est pas trop grave.

Deanna releva la tête et esquissa un faible sourire qui s'évanouit aussitôt.

— Je suis trop stricte. Je le sais, mais c'est dur de changer.

Elle hésita un peu.

— Ma mère était alcoolique, Andi. Elle avait l'alcool mauvais. J'avais l'âge de Lucy quand je suis venue vivre chez mon oncle et ma tante, dans la maison que j'habite aujourd'hui. Il y avait des règles strictes. Suivre des règles me rassurait, parce que je savais ce que l'on attendait de moi. Mais à présent, j'ai l'impression que les règles sont devenues pour moi une sorte de bouée de sauvetage, la seule chose qui me donne un sentiment de sécurité. Quant à Colin… je ne comprends pas ce qu'il veut.

Andi n'avait guère d'expérience en la matière, mais elle connaissait les ravages provoqués par l'alcool dans les familles. Aux urgences pédiatriques, elle avait vu des enfants maltraités par des parents alcooliques. De petits corps brisés, d'immenses yeux remplis de terreur. Des enfants abîmés à vie. Des ravages qui se répercutaient de génération en génération. Il fallait beaucoup de courage pour sortir du cycle infernal.

— Et toi, que veux-tu, Deanna ?

— Je ne sais pas. Je voudrais me sentir en sécurité. Ne plus avoir peur. Je voudrais être aimée.

Andi posa sa main sur celle de Deanna.

— De quoi as-tu peur ?

— Si je ne suis pas parfaite, je vais devoir repartir.

La réponse avait jailli spontanément. Andi comprit et son cœur se serra devant la détresse de Deanna.

— Repartir chez ta mère, c'est ça ? demanda-t-elle doucement.

Deanna hocha la tête.

— Ridicule, hein ? Elle est morte depuis des années. La maison n'existe même plus. Je suis passée devant, l'autre jour. Elle a été rasée. Il y a un immeuble à la place. Heureusement, j'ai ma propre maison aujourd'hui. Quoi qu'il arrive, personne ne pourra me l'enlever.

— Mais la maison dont tu as besoin pour te sentir en sécurité, c'est peut-être bien plus qu'un simple toit. C'est ta famille.

Deanna hocha la tête et entoura sa tasse de café de ses mains.

— Malheureusement, mon mari et mes filles ne m'aiment pas.

— Tu te trompes. Il se peut qu'ils ne te supportent pas, mais cela ne veut pas dire pour autant qu'ils ne t'aiment pas. Prends ma mère, par exemple. Je l'aime et je sais qu'elle aussi, même si je ne la supporte pas et qu'à ses yeux, je fais figure de déception chronique tant sur le plan professionnel que sur le plan personnel. La désertion de Matt le jour de notre mariage a été le pompon. Je suis le mouton noir de la famille.

Deanna sourit.

— C'est gentil d'essayer de me consoler.

— De rien. J'essaie juste de te montrer que les relations familiales, ce n'est jamais facile. Si ma mère me lâchait les baskets, j'aurais certainement envie de lui parler. Mais comme nos conversations tournent toujours autour de mon manque d'ambition et de l'extraordinaire réussite du reste de la famille, je préfère éviter. En fait, il est difficile de réaliser le bon dosage entre « prendre » et « donner ».

Elle s'interrompit avec une grimace.

— Mais tu le sais sans doute mieux que moi. C'est toi la mère de cinq filles adorables, alors que moi, je n'ai même pas de chat. Tu ferais mieux de ne pas m'écouter.

— Au contraire. Ce que tu dis est très juste.

Elles se sourirent et retournèrent à leur petit déjeuner.

Quelques instants plus tard, Deanna posa de nouveau sa fourchette.

— A propos de Wade… Tu ne devrais pas laisser tomber. Tout le monde ici te dira que c'est quelqu'un de bien. Les hommes ne ressemblent pas tous à ton ex-petit ami.

— Peut-être, mais je préfère imaginer le pire. C'est plus facile.

— Tu me surprends. Je n'aurais pas cru que tu fonctionnais ainsi.

Andi sourit.

— Ne le prends pas mal, mais la première fois que je t'ai vue, je me suis imaginé le pire sur ton compte. Je n'ai pas vraiment accroché avec toi.

— Ne t'inquiète pas, je fais cet effet à tout le monde.

— Tu es pourtant sympa et amusante.

— Tu pourrais m'écrire une lettre de recommandation à l'intention de mon époux et de mes filles ?

— Je veux bien, si ça peut t'aider.

— Je ne pense pas. Mais merci tout de même. C'est gentil.

— Je suis là pour toi.

— Moi aussi, je suis là pour toi. Viens me voir, quand tu as le moral à zéro.

— Idem pour toi, Deanna.

— Promis.

Andi sourit à Deanna et se dit que, ma foi, sa voisine pouvait bien faire partie de ses amies.

Elle était consciente que ses inquiétudes à propos de Wade reviendraient vite à la charge, bien sûr, mais pour l'instant, les choses n'allaient pas si mal. Elle avait une amie. Et avec une amie, elle se sentait capable de tout surmonter. Parce que si jamais elle flanchait, Deanna serait là, prête à la soutenir.

Assise sous le porche de sa maison, Boston regardait les filles de Deanna jouer dans le jardin d'Andi.

Carrie était là, elle aussi. Ainsi que le chat de la famille. Tandis que les fillettes couraient autour de lui en riant, Pickles dormait, allongé à l'ombre d'un arbre. Les petits pieds passaient dangereusement près de sa queue, mais cela ne semblait pas le déranger outre mesure. Il ne prenait même pas la peine d'ouvrir un œil. Boston n'aurait su dire si ce chat était fataliste ou incroyablement confiant.

Le soleil éclaboussait le jardin de lumière. Le bruit des scies et des marteaux ponctuait les rires des enfants. Savannah courait autour de ses sœurs en criant qu'elle ne voulait pas se faire attraper.

Boston fit glisser son crayon sur le papier, créant rapidement l'arrière-plan, un bateau pirate en lieu et place de la pelouse vert tendre. En quelques coups de crayon, Pickles portait un bandeau noir sur l'œil gauche et Carrie, un sabre à sa ceinture. Quant aux jumelles, elles étaient coiffées d'un chapeau et derrière elles, au-delà du plat-bord du bateau, les vagues menaçaient.

Boston arracha la feuille de son carnet de croquis et commença un nouveau dessin. Cette fois, les filles s'étaient transformées en fées avec des robes vaporeuses et des ailes. Pickles s'était métamorphosé en papillon-chat, et Madison était leur reine. Carrie berçait un bébé dans ses bras.

La main de Boston ralentit tandis qu'elle en dessinait les traits. Des traits si familiers. Des traits si précieux. Liam. Son enfant…

Elle traça la courbe de sa bouche, la fossette du menton, puis se figea, comme si tout son corps était écrasé sous un poids énorme.

Certes, elle était encore capable de respirer, encore capable de bouger, mais seulement de l'extérieur. A l'intérieur, c'était le calme absolu. Les couleurs avaient changé… Le poids, bleu foncé avec des pointes de vert. Du brun sur les bords qui s'estompait pour laisser place à la grisaille. Tristesse, songea Boston, presque effrayée par la sensation. Elle se faisait l'effet d'une fleur dans le désert, en train de dépérir mais qui ne voulait pas croire que les nuées orageuses apportaient la pluie salvatrice.

Elle lâcha son crayon et ouvrit la main, paume en l'air. Elle était prête à la recevoir. Si la douleur choisissait de venir maintenant, elle était prête à l'accueillir. Elle avait perdu son enfant. Elle le tenait dans ses bras quand son cœur avait brusquement cessé de battre et que son âme s'était envolée.

L'horreur ne cessait de croître, la plaquant au sol. La grisaille grandissait, s'étendait, envahissant les autres couleurs jusqu'à les faire toutes disparaître. Seule subsistait l'absence.

Boston ferma les yeux et pria. Pria pour que viennent les larmes et la souffrance.

La grisaille s'intensifia et elle l'accueillit avec soulagement. Elle sentit les larmes brûler ses yeux, sa gorge se serrer.

Et puis… la douleur la quitta. Le rire des enfants revint, les couleurs aussi, et elle put de nouveau bouger. Il n'y avait aucun nuage d'orage à l'horizon.

Elle baissa les yeux sur son dessin. Elle reconnaissait les visages des fillettes, mais c'était comme si quelqu'un d'autre les avait dessinés. Soigneusement, elle arracha la page du carnet et inspira profondément. Puis elle reprit son crayon, cette fois pour dessiner Liam.

Ce chagrin qu'elle était incapable d'extérioriser l'étouffait. Mais aussi longtemps qu'elle réussissait à le tenir enfermé dans le secret de son cœur, peut-être cela le rendait-il moins vrai…

20

Ce jeudi soir, Andi rentra chez elle à une heure décente.

Sur le front de l'anxiété, elle gérait un peu mieux. Elle réussissait à passer plusieurs minutes à ne pas paniquer au sujet de Wade. Un réel progrès. Toutefois, ils n'avaient toujours pas eu de conversation, ce qu'elle était bien décidée à rectifier sur-le-champ.

Wade allait devoir expliquer pour quelle raison il ne l'avait pas appelée. S'il considérait que ce qu'ils avaient partagé l'autre nuit n'était qu'une aventure sans lendemain, alors elle n'aurait plus qu'à trouver un moyen de patienter jusqu'à la fin de la rénovation de sa maison pour démembrer le corps de son entrepreneur, l'enfermer dans le coffre de sa voiture et aller le jeter dans l'océan du haut d'une falaise.

Elle se gara devant chez elle et descendit de voiture. Elle n'avait pas fait trois pas que la porte d'entrée s'ouvrit sur l'objet de ses préoccupations. Dès qu'il l'aperçut, le regard de Wade s'éclaira.

— Enfin, te voilà ! J'ai renvoyé les gars de l'équipe chez eux un peu plus tôt que d'habitude et Carrie n'attend pas mon retour avant une bonne heure.

Sans lui laisser le temps de réagir, il lui prit la main et l'attira à l'intérieur de la maison. Une fois la porte refermée, il effleura ses lèvres d'un baiser.

— Salut. Je ne t'ai pas vue depuis des jours. Comment vas-tu ?

Andi cligna des yeux, ne sachant comment prendre les choses avec légèreté après quatre jours de je-ne-te-cause-plus-Wade.

— Ça va, répondit-elle sobrement.

— Hier, j'ai eu l'impression que tu m'évitais. Je tenais à m'assurer que tout allait bien.

L'éviter ? Disons plutôt qu'elle s'était tenue à l'écart pour ne pas se faire piétiner le cœur.

— Nous n'avons pas vraiment eu l'occasion de discuter, dit-elle, tout en s'efforçant de faire abstraction du délicieux contact des mains de Wade sur sa taille.

Elle avait certes davantage envie de l'embrasser que de bavarder, mais elle devait faire ce qu'il fallait. Pas ce qui lui plaisait.

Elle s'obligea donc à reculer d'un pas.

— En fait, je ne savais pas si tu me fuyais ou si tu voulais simplement te faire désirer, lança-t-elle d'un ton qu'elle espérait léger.

Wade haussa un sourcil étonné.

— Comment ça ? Je t'ai envoyé un texto dimanche auquel tu n'as jamais répondu.

— Je ne l'ai pas reçu.

A moins qu'elle ne l'ait pas entendu arriver. Ce qui était dans l'ordre du possible

Elle sortit le téléphone de son sac à main et fit défiler le journal des messages. Il y en avait bien un de Wade…

> Pense à toi. Impatient de te revoir demain. Essayons de dîner ensemble dans la semaine.

Elle leva un regard contrit sur Wade.

— Mince ! J'ai chargé mon agenda de consultations sur ce téléphone et j'ai annulé la notification d'arrivée des textos pour ne pas être dérangée toutes les trente secondes. Et comme je n'en reçois pas beaucoup dans ma messagerie privée, depuis que j'ai déménagé ici… je vérifie rarement.

Anéantie par sa propre bêtise, elle baissa la tête et déglutit péniblement.

— Je croyais que c'était *toi* qui voulais m'éviter, murmura-t-elle.

— Eh bien, nous avions tort tous les deux.

Wade prit délicatement son menton entre ses doigts et la força à relever les yeux sur lui.

— Reprenons du début. J'ai passé une nuit merveilleuse avec toi, Andi, et j'ai très envie de te revoir.

— Moi aussi.

— On pourrait sortir dîner. Cette fois, je dis bien *dîner.* Histoire de prendre le temps de discuter et de se connaître un peu mieux. Si tu es d'accord, bien sûr.

Elle hocha la tête.

Wade sourit et s'empara de ses lèvres. Elle en savoura la douceur quelques délicieuses secondes, avant de s'écarter légèrement.

— Il faut que je te dise, Wade… Ce que j'ai pris pour un silence radio de ta part m'a rendue à moitié folle. Matt m'a menée en bateau si longtemps, que je ne savais plus trop quoi penser. Je me suis dit que tu étais peut-être comme lui.

— Je ne suis pas ce genre d'homme.

— Je veux te croire, mais après ce que j'ai vécu avec Matt, il va me falloir un peu de temps.

Wade caressa sa joue.

— Tu n'es pas la seule à te poser des questions, tu sais. Ma femme critiquait le fait que je travaille sur des chantiers. Elle aurait sans doute préféré un mari qui parte au boulot en costume-cravate, l'attaché-case à la main. Elle voulait que je trouve un job différent sur Seattle. Elle voulait que je quitte l'île. Nous nous disputions souvent à ce sujet. Alors, même si tu es belle et sympa, le fait que tu sois médecin m'inquiète terriblement.

— Pourquoi ?

— Je crains que toi aussi, tu veuilles essayer de changer l'homme que je suis.

Elle était bien placée pour comprendre son appréhension.

— Matt a essayé de me métamorphoser en une autre femme. Cela n'a pas marché et c'était source de tension perpétuelle entre nous. Personnellement, je t'aime tel que tu es.

Wade lui décocha ce sourire craquant qu'elle adorait.

— Vraiment ?

— Bien sûr. Du moment que tu ne fais rien d'illégal, j'aime la façon dont tu gagnes ta vie. Je trouve formidable de ressusciter une pauvre maison abandonnée. Mais ce qui compte le plus à mes yeux, c'est l'homme que tu es, pas ce que tu fais.

Wade plongea son regard dans le sien.

— Alors, tu veux bien sortir avec moi ?

— Absolument.

— Samedi soir. 19 heures. Ça te va ?

— Je serai prête.

— Si cela ne t'ennuie pas, je klaxonnerai. Je préfère t'attendre dans la voiture, précisa-t-il avec un sourire canaille. Parce que si j'entre, je crains de ne pas pouvoir me maîtriser.

Elle éclata de rire.

— D'accord. Ça me rappellera le lycée.

Wade passa le bras autour de ses épaules et la fit pivoter en direction de la salle d'attente.

— Et maintenant, viens admirer les progrès du jour.

Le lundi soir, Andi arriva à son cours de Pilates avec cinq minutes d'avance.

Katie, la réceptionniste, leva les yeux sur elle et fronça les sourcils.

— Salut, Andi. Que t'est-il arrivé ?

— Rien. Pourquoi ?

— Marlie, viens voir ! Tu ne trouves pas qu'Andi a l'air différente ?

La prof de Pilates s'approcha et scruta Andi quelques secondes avant de décréter :

— Je dirais qu'il y a un homme là-dessous. Elle rayonne de cette aura particulière aux femmes comblées.

Marlie posa ses fesses musclées de sportive sur le bord du bureau.

— Allez, dis-nous tout. Qui est-ce ?

Andi se sentit rougir.

— Ce n'est pas ce que vous pensez, commença-t-elle avant de sourire. Bon, d'accord, il y a bien un homme.

— Je le savais ! s'exclama Marlie. C'est merveilleux une relation qui démarre. Toutes ces promesses, toutes ces perspectives qui s'ouvrent devant nous… C'est du sérieux, Andi ?

— Peut-être.

Elle profita de l'arrivée des autres participantes au cours pour s'esquiver. Donner plus de détails, pas question.

Comme promis, elle était sortie avec Wade, samedi soir. Dîner seulement. Ce qui avait été à la fois formidable et décevant. D'un côté, ils avaient pris le temps de se connaître un peu mieux. D'un autre côté, elle n'avait eu droit qu'à un baiser devant sa porte.

L'explication de Wade selon laquelle Carrie était seule à la maison à attendre son retour était tout à fait cohérente avec son côté papa poule, et sa frustration manifeste avait considérablement apaisé les regrets d'Andi.

— Série de cent pour commencer, annonça Marlie, une fois les élèves installées sur leur tapis.

— Ne pourrait-on pas débuter par une série de soixante et faire les quarante autres plus tard ? proposa Katie.

— Bonne idée, renchérit Andi.

Comme les rires fusaient, Marlie leva les yeux au ciel.

— Courage, les filles ! Le lundi, la reprise est toujours difficile. Prenez vos poids et au boulot !

Andi s'exécuta. Elle prit les haltères et s'allongea sur le tapis, jambes tendues vers le haut, pieds joints, menton relevé, omoplates décollées du sol, et commença à pomper avec les bras.

— Bravo, Andi ! Tu es très en forme, lança Marlie depuis le fond de la salle. Applique-toi, Katie. Allez, une série de plus pour tout le monde !

A la fin de l'heure de cours, Andi était épuisée. Elle se redressa, légèrement chancelante, et s'avança vers les casiers.

Marlie lui donna une petite tape amicale sur l'épaule.

— Tu as fait de gros progrès.

— Merci. Je me sens plus tonique qu'au début.

— Dans deux semaines, j'organise une démonstration de Pilates sur la pelouse du parc municipal entre 11 heures et midi. Ce serait bien si tu pouvais venir. J'ai besoin de quatre élèves pour présenter les mouvements de base.

La jeune femme sortit une carte de visite de son portefeuille.

— Voici mon e-mail. Réfléchis-y. Tu me diras si ça t'intéresse et si tu es disponible, bien sûr.

— Cela ne devrait pas poser de problème, répondit Andi. Mais je ne comprends pas… Pourquoi moi ? Il y a d'autres élèves plus performantes.

— Tu es ma star des débutants, répondit Marlie avec un clin d'œil. J'aime bien présenter différents niveaux. Si je dis aux gens que tu as commencé la méthode Pilates il y a seulement quelques semaines, ils auront moins peur de se lancer.

— Je ne sais pas si je dois le prendre comme un compliment. Mais je vais vérifier mon agenda et je te dirai très vite si je suis libre.

— C'est un compliment. Et je serais vraiment contente que tu viennes.

Quelques minutes plus tard, Andi s'asseyait au volant de sa voiture, le sourire aux lèvres, heureuse de constater qu'elle commençait à s'intégrer à la petite communauté de Blackberry Island. Peu à peu, des liens se tissaient. Certes, il y avait des jours où sa vie d'autrefois à Seattle lui manquait, mais plus si souvent que ça.

Depuis sa rupture avec Matt, elle avait découvert que la plupart de ceux qu'elle considérait, il y a encore quelques semaines, comme des amis, étaient en réalité des amis de leur couple. Car en dépit des invitations lancées aux uns et aux autres, personne n'avait manifesté jusqu'ici le désir de venir la voir sur l'île.

Au final, elle avait peut-être bien fait de redémarrer à zéro, même si c'était sur un coup de tête. Parce qu'elle était enfin en train de se bâtir sa propre vie. Une maison bien à elle. Avec des amis bien à elle, eux aussi.

Comme elle tournait la clé de contact, elle leva les yeux sur les Trois Sœurs, perchées au sommet de la colline.

Aucun lien de sang n'existait entre Deanna, Boston et elle, mais l'amitié qui se développait entre elles trois était tout aussi bien, non ?

Lorsqu'elle rentra chez elle en fin d'après-midi, Boston était fatiguée, mais dans le bon sens du terme.

Elle avait travaillé toute la semaine sur la fresque murale dont elle avait esquissé les grandes lignes sur les deux principaux murs de la salle d'attente. Dans quelques jours, elle s'attaquerait à la peinture elle-même. D'abord le fond, puis ce seraient les feuillages, les insectes et les animaux. Heureusement, Andi n'avait pas prévu d'ouvrir son cabinet avant fin août, ce qui lui laissait amplement le temps de terminer la fresque.

Cela dit, il y avait bientôt près d'un an qu'elle n'avait pas travaillé avec une échéance de temps, si bien qu'elle se sentait sous pression. Mais il était important pour elle d'avoir ce projet. Il lui donnait un but. Elle ne pouvait pas laisser tomber Andi.

Elle posa son sac dans l'entrée et gagna la cuisine. L'horloge murale affichait 18 heures. Zeke n'allait pas tarder à rentrer. Comme elle ouvrait le réfrigérateur pour sortir de quoi préparer le dîner, un bruit sourd à l'arrière de la maison la fit sursauter.

Elle courut jusqu'à son atelier, au bout du couloir.

Zeke était là, raide, les poings serrés. Le chevalet gisait à ses pieds.

— Que se passe-t-il ? demanda-t-elle. Quand es-tu rentré ?

— Il y a quelques minutes.

Son visage était blême. Mais ce qui la stupéfia le plus, ce fut le regard qu'il posait sur elle. Un regard empli de fureur et de dégoût.

— Regarde ça. Regarde ! s'exclama-t-il.

Elle jeta un coup d'œil interloqué autour d'elle, ne sachant de quoi il parlait.

C'était le désordre habituel. Ni plus ni moins. Elle avait accroché aux murs les dessins des animaux qu'elle allait peindre. Il y avait là plusieurs versions de singes et de jaguars dans des postures différentes. Elle avait aussi joué avec les coloris des ailes de papillons.

— De quoi parles-tu ? demanda-t-elle, abasourdie.

— Nom d'un chien, Boston ! Arrête. Il faut que ça cesse !

Il prit un dessin de Liam. Un de ceux qu'elle avait réalisés tout récemment. Avant qu'elle ait eu le temps de réaliser ce qu'il allait faire, il le déchira en deux.

— Zeke, non. Je t'en prie…

— Ça ne peut plus durer. Quand Wade m'a dit que tu travaillais sur la fresque, j'y ai vraiment cru. Et regarde-moi ça !

Il tendit la main vers une peinture à l'huile commencée l'autre jour. Puis il fit tomber sur le sol une pile de croquis de leur bébé. Des images en noir et blanc de Liam s'éparpillèrent.

— Combien y en a-t-il ? demanda-t-il d'une voix rauque de fureur et peut-être de douleur. Combien, Boston ?

Soudain, elle vit ce qu'il voyait.

Oui, il y avait bien quelques croquis destinés à la fresque murale du cabinet médical d'Andi, mais partout ailleurs, chaque surface, chaque centimètre carré de mur était occupé par des dessins, des tableaux, des esquisses de leur enfant. Endormi, réveillé, assis, souriant. Liam dans ses bras, Liam dans son lit, Liam sur la pelouse, Liam près de la cheminée.

— Des centaines, murmura-t-elle, sidérée. Des centaines…

Zeke s'empara d'une peinture à l'huile et l'envoya valser de l'autre côté de la pièce. Une nouvelle pile de portraits vola au sol. Fou de rage, il se mit à arracher et à déchirer tout ce qui lui tombait sous la main.

Pétrifiée, Boston le regardait détruire son atelier sans faire un geste pour l'en empêcher. Pas parce qu'il lui faisait peur, mais parce que cette fureur était la première manifestation de quelque chose d'humain qu'ils partageaient depuis la mort de leur fils. Et peut-être aussi parce qu'une part d'elle-même avait conscience que cette destruction était nécessaire.

Quand il eut terminé, Zeke se tourna vers elle, le souffle court, les poings serrés. Sa souffrance était palpable et Boston vit les larmes dans ses yeux.

Tout au fond d'elle, le chagrin luttait pour sortir de sa coquille de déni. Il luttait, tel l'oisillon donnant des coups de bec pour voir le jour.

Elle fit un pas vers Zeke. Pour qu'il la prenne dans ses bras. Pour pleurer avec lui. Partager sa douleur.

Ils avaient entamé ce voyage ensemble… La seule façon de le terminer, c'était ensemble.

Il se tourna vers elle.

— C'est ta faute.

Elle se figea.

— Quoi ?

— Oui, c'est ta faute ! Tu étais là et tu n'as rien fait pour sauver notre enfant. Tu l'as laissé mourir !

L'accusation avait jailli avec la violence d'une lame.

Boston eut un mouvement de recul et se retint au dossier d'une chaise pour ne pas tomber.

Elle voulut protester, mais aucun son ne sortit. Les paroles de Zeke venaient de la poignarder plus sûrement qu'un couteau en plein cœur. Paralysée par le choc, elle ne pouvait rien faire d'autre que secouer la tête. Zeke ne pouvait pas croire une chose pareille. Ce n'était pas possible.

— Les médecins ont dit..., articula-t-elle enfin avec effort. Ce n'était pas...

Le visage de Zeke était aussi dur que ses mots. Aussi impitoyable. Alors elle comprit. Ce qui les séparait depuis le début, ce n'était pas seulement la disparition de leur fils... C'était ce reproche terrible qui venait de sortir de la bouche de son mari.

Il n'y avait là aucune logique. Zeke savait pertinemment que la mort de Liam avait été un cruel tour du destin. Le cœur de leur enfant n'était pas assez solide. Mais la logique n'avait pas grand-chose à voir avec les émotions. Peut-être était-ce pour cela qu'elle s'était elle-même perdue dans la peinture. Parce qu'elle pressentait depuis le début ce que Zeke avait été incapable d'exprimer jusqu'à ce jour.

— Je ne peux me reprocher une faute que je n'ai pas commise, murmura-t-elle.

Un gouffre s'était ouvert entre eux. C'était comme s'ils étaient chacun sur les bords opposés. Il n'y avait aucun pont, aucun moyen de le traverser... Seuls le vide et la distance entre eux. Elle avait l'impression que l'homme qu'elle aimait était à des milliers de kilomètres.

— Zeke.

Il secoua la tête, puis s'en alla.

Il était parti tant de fois, après tant de disputes. Parce qu'il était malheureux, il se servait d'elle comme d'une excuse pour s'évader de la maison. Mais cette fois, c'était différent. Cette fois, il ne reviendrait peut-être pas.

Quand tout redevint silencieux, quand elle fut certaine d'être tout à fait seule, elle s'assit lentement sur la chaise.

Des peintures et des dessins étaient éparpillés sur le sol, tout autour d'elle. Il y avait aussi des pinceaux et des crayons. Mais face à elle, sur la table, il y avait un morceau de carton. Et juste à côté, une craie.

Ses doigts se refermèrent sur le morceau de craie, puis se mirent à glisser sur le carton.

La courbe d'un crâne de bébé apparut, et elle put de nouveau respirer.

21

Deanna jeta un coup d'œil par la fenêtre. La nuit était tombée, mais le pick-up de Zeke n'était toujours pas garé devant chez lui.

Il n'était pas dans ses habitudes d'espionner ses voisins, mais elle en savait assez sur leurs allées et venues pour commencer à s'inquiéter. Elle alla trouver Colin dans son bureau. Il était rarement à la maison en milieu de semaine, mais depuis quelques jours, il s'arrangeait pour organiser ses réunions et ses rendez-vous professionnels par visioconférence.

Elle s'immobilisa sur le seuil de la pièce et attendit qu'il relève les yeux de l'écran d'ordinateur.

— Zeke n'est toujours pas rentré chez lui. Je vais passer voir Boston. M'assurer que tout va bien.

— Je ne savais pas que vous étiez amies.

Deanna haussa les épaules.

— Je ne serai pas longue.

Elle songea un instant à lui rappeler que les jumelles devaient prendre leur bain avant de se coucher et qu'Audrey pourrait avoir besoin d'aide pour ses devoirs d'école. Mais elle n'en fit rien. Audrey était tout à fait capable de venir demander de l'aide à son père, et si les jumelles ne prenaient pas leur bain, la terre ne s'arrêterait pas de tourner pour autant.

Avant de sortir, elle descendit chercher une bouteille de vin à la cave, puis, comme elle passait devant chez Andi, elle décida d'aller sonner chez elle.

Elle patienta, le temps qu'Andi dévale les deux étages qui la séparaient de sa porte d'entrée.

— Je n'ai pas vu le pick-up de Zeke depuis un bout de temps, dit-elle. Je vais chez Boston m'assurer que tout va bien. Tu m'accompagnes ?

— Bien sûr. Maintenant que tu le dis, c'est vrai que je n'ai pas vu son pick-up depuis plusieurs jours. Tu crois qu'il lui est arrivé quelque chose ?

— Wade te l'aurait dit, si son frère avait eu un accident ou un problème quelconque.

— Exact.

— Tu lui parles toujours, n'est-ce pas ?

— Entre autres choses, répondit Andi avec un grand sourire. Nous sommes sortis dîner deux fois la semaine dernière, et nous avons passé une nuit délicieuse ce week-end…

— Tu as l'air heureuse.

— Je le suis. C'est dingue ce que cet homme est capable de faire au lit.

Deanna lui jeta un regard à la fois choqué et curieux.

— Tu ne t'intéresses donc qu'à son corps ?

— Me concentrer sur l'aspect physique de notre relation m'empêche de me poser trop de questions existentielles. Alors, oui, je m'intéresse uniquement à son corps. Pour le moment.

Une fois devant la porte de leur voisine, Andi sonna.

— Je n'ai pas l'habitude de passer à l'improviste, marmonna Deanna, soudain mal à l'aise.

Boston leur ouvrit.

— Salut. Qu'est-ce qu'il y a ? s'enquit-elle, l'air à peine surprise de les voir sous son porche.

Deanna hésita, ne sachant comment lui demander avec tact si tout allait bien. Elle n'était pas très douée en amitié. Il n'y avait jamais vraiment eu de place pour ce genre de relation dans cette vie qu'elle s'était imposée, consacrant tout son temps et son énergie à atteindre l'impossible objectif de la perfection.

Heureusement, Andi prit les devants.

— Comme nous nous inquiétions de ne plus voir le pick-up de Zeke, nous sommes venues voir si tout va bien.

Boston se mordilla la lèvre, gênée.

— Zeke et moi, nous nous sommes disputés et il a claqué

la porte. Il loge chez Wade. Ce n'est pas comme s'il errait dans les rues, mais c'est dur…

Sa voix se brisa et Deanna se mit à paniquer. Qu'étaient-elles censées faire ? La rassurer ? La consoler ? Partir ?

Une fois de plus, Andi prit les choses en main. Elle étreignit Boston.

— Nous allons nous asseoir autour d'une bonne bouteille de vin et dire du mal des garçons. Ça te dit ?

— Bonne idée.

Deanna les suivit dans le salon. Un salon tellement différent du sien avec ses couleurs éclectiques et son mobilier moderne, ne put-elle s'empêcher de noter. Elle avait toujours considéré Boston comme une hippie excentrique. Mais ce soir-là, à la vue des couleurs étincelantes et des peintures féeriques, elle se demandait si son jugement n'avait pas été trop sévère.

Dans son salon à elle, chaque meuble, chaque bibelot était de valeur et bien placé, mais on ne s'y sentait pas forcément à l'aise. Un jour, comme elle lui reprochait de laisser traîner des journaux sur la table basse, Colin avait déclaré qu'un grain de poussière paraissait aussi déplacé qu'un rire dans cette pièce. Dans le salon de Boston, c'était tout le contraire. On s'imaginait volontiers laisser son livre dans un fauteuil ou l'empreinte de ses pieds sur les coussins du sofa.

— L'ouvre-bouteilles est dans le tiroir du buffet de la salle à manger, lança Boston. Je vais chercher des verres et de quoi grignoter.

Deanna suivit Andi dans la salle à manger et lui tendit la bouteille.

— Je vais aider Boston.

Quand elle s'avança dans la cuisine, Boston était en train de disposer des brownies sur une assiette. Elle avait déjà sorti plusieurs sortes de biscuits et trois verres à vin.

— C'est ma nouvelle lubie… Manger pour lutter contre le stress, avoua-t-elle. Si je grossis encore, je vais finir par ne plus pouvoir me regarder dans une glace.

Deanna observa les mèches rouge sombre de Boston, les boucles d'oreilles en plumes, la tunique fleurie.

— Tu es très belle.

— C'est gentil et je veux bien accepter le compliment, même si c'est un mensonge, s'efforça de plaisanter Boston, touchée.

Elles retournèrent dans la salle à manger, Andi remplit les verres de vin, et toutes trois s'installèrent dans les fauteuils.

— Zeke et moi, nous nous sommes encore disputés à propos de la mort de Liam, commença Boston, les yeux baissés sur son verre qu'elle tenait des deux mains. Mais cette fois, c'est plus grave… Il me reproche ce qui s'est passé… Il me reproche de n'avoir pas pu sauver notre enfant.

— Non ! s'exclama Andi, incrédule. Il ne peut pas dire une chose pareille. Personne n'aurait pu le sauver.

— Il le sait, mais il ne veut pas le croire. Ou peut-être est-il tout simplement furieux contre moi, parce que je n'ai pas pleuré.

Boston releva les yeux et affronta le regard de ses amies.

— C'est vrai, je n'ai pas versé une larme, dit-elle. Et même aujourd'hui je ne peux pas. J'ai l'impression d'avoir un bloc de glace à la place du cœur.

— Le chagrin se manifeste différemment selon les gens, lui fit remarquer Andi. Chacun réagit aux épreuves à sa façon.

Boston hocha la tête.

— Possible, dit-elle d'une voix sourde. Zeke, lui, s'est mis à boire. Vous croyez qu'il est alcoolique ?

Andi se tourna vers Deanna, comme pour lui demander ce qu'elle en pensait, mais se ravisa aussitôt, sans doute parce qu'elle n'avait aucune idée de ce que Boston connaissait de la terrible enfance de sa voisine.

Appréciant son tact, Deanna prit le relais.

— Si Zeke peut passer toute une journée sans boire une goutte d'alcool, alors il n'a rien d'un alcoolique, répondit-elle avec un léger haussement d'épaules. Il buvait beaucoup, avant la disparition de Liam ?

— Une ou deux bières, le soir. Un verre de vin, de temps en temps.

— Dans ce cas, tu n'as pas à t'inquiéter. Si ce n'est qu'il rend cette situation encore plus difficile qu'elle ne l'est déjà.

— Je sais bien, murmura Boston avec un sourire triste. Mais peut-être a-t-il raison… Que se passera-t-il si je ne réussis pas à extérioriser mon chagrin ?

— Un jour ou l'autre, il finira par sortir, intervint Andi.

— Mais si ce jour-là arrive trop tard, j'ai peur de perdre Zeke. Je l'ai peut-être déjà perdu.

— Tu ne le perdras jamais, lui assura Deanna malgré elle. Il suffit de voir la façon dont il te regarde. Cet homme-là t'adore. Colin ne m'a jamais regardée ainsi.

Elle lâcha un petit rire étranglé qui n'avait rien de gai et ajouta :

— Je suis jalouse.

Jalouse et amère, songea-t-elle. Les vieilles blessures et l'humiliation la submergèrent, et soudain la pression fut trop forte. Les mots se bousculèrent sur ses lèvres.

— Colin me déteste. En fait, c'est même pire que ça. Il n'éprouve rien pour moi. Ni haine ni colère. Je lui suis indifférente. Je pourrais partir demain que cela ne changerait rien pour lui. Alors que Zeke, lui, ne peut vivre sans toi, c'est évident. Crois-moi, je sais reconnaître l'indifférence.

Deanna sentit les larmes brûler ses yeux. Elle s'éclaircit la gorge.

— Je pourrais pleurer pour deux, essaya-t-elle de plaisanter. Qu'en penses-tu, Boston ?

— J'aimerais bien.

— Moi aussi. Parce que je ne peux m'empêcher de pleurer quand je réalise tout ce que j'ai gâché. Quand je réalise que je ne sais comment montrer à ma famille que je l'aime. J'ai déjà perdu Colin et Madison. Lucy et Audrey sont les suivantes. Quant aux jumelles, elles n'ont pas vraiment besoin de moi. Elles se suffisent à elles-mêmes.

Les larmes à présent ruisselaient sur ses joues.

— Ma vie est un cauchemar, conclut-elle d'une voix étranglée.

— Le TOC s'est aggravé ? demanda posément Andi.

Deanna la dévisagea fixement, puis baissa les yeux sur ses mains gercées.

— Comment sais-tu ? murmura-t-elle, soudain gênée.

— J'ai deviné. Tes mains sont très abîmées et pendant des jours, tu as porté des manches longues malgré la chaleur.

— Mais de quoi parlez-vous ? voulut savoir Boston.

Deanna lui jeta un bref regard et prit une profonde inspiration.

— Quand je suis stressée, je me lave les mains. C'est plus fort que moi. Je frotte jusqu'à les faire saigner. J'ai l'impression que cela me soulage et que je reprends le contrôle de mes émotions.

— Eh bien moi, je mange, avoua Boston avec une grimace d'autodérision. Quand j'ai vu mes fesses dans la glace, l'autre jour, j'ai failli faire une crise cardiaque.

Elle secoua la tête et posa sur Deanna un regard empreint de gravité.

— Ton TOC… c'est vraiment grave ?

— Parfois, murmura Deanna, les yeux rivés sur ses mains.

— Il existe des traitements, intervint Andi. Si tu veux, je pourrai te donner les coordonnées d'un médecin spécialiste.

— Je ne sais pas. Peut-être. Même si je ne vois pas en quoi déballer ma vie à un étranger pourrait m'aider. Et toi, que fais-tu quand tu es stressée ?

— Je me noie dans le travail et j'achète sur un coup de tête une maison sur une île. Ensuite, je réfléchis à la façon dont je vais redémarrer ma vie. Ma mère te dirait que je suis impulsive.

— Tu es pourtant sortie avec le même homme pendant dix ans, lui rappela Deanna. Dans ton cas, on peut difficilement parler de comportement impulsif.

— Toujours selon ma mère, je souffre également d'une totale incapacité à décider.

— Comment peut-on être à la fois impulsive et indécise ? demanda Boston, sceptique. Il s'agit de deux traits de caractère diamétralement opposés.

Andi haussa les épaules et but une gorgée de vin.

— Je collectionne les défauts. J'ai toujours été source de déception pour mes parents.

Elle leva son verre.

— Mais cela ne les empêche pas de vouloir passer ici, histoire de voir comment je me débrouille, enchaîna-t-elle. Ils ont appelé il y a une heure pour me confirmer qu'ils se rendaient à un séminaire en Colombie-Britannique et qu'ils en profiteraient pour faire un saut sur l'île. Je ne vous dis pas comme je suis heureuse. Là, tout de suite, je cache ma joie.

Boston esquissa une grimace.

— C'est si terrible que ça ?

— Oh non. Seulement deux jours de critiques incessantes.

— Dis-leur de ne pas venir.

— J'en serais bien incapable.

Deanna comprenait. Elle savait que si sa tante et son oncle étaient encore en vie, elle serait, elle aussi, incapable de leur refuser quoi que ce soit. C'étaient eux qui l'avaient sortie de l'enfer, et elle se sentirait toujours redevable à leur égard.

Elle se souvint d'un épisode, des années plus tôt. Elle venait d'épouser Colin et ils s'étaient disputés, à propos d'un détail, sans doute. Elle ne se souvenait pas de quoi, mais elle se revit debout devant l'évier, en train de se laver les mains encore et encore. Colin l'avait regardée faire, puis il avait marmonné quelque chose à propos de sa tante, comme quoi elle lui avait fait plus de mal que de bien. Elle s'était alors mise à hurler qu'il ne pourrait jamais comprendre. Mais à présent, à la vue de ses mains abîmées et au souvenir de la façon dont elle s'était frottée jusqu'au sang sous la douche, l'autre jour, elle commençait à se demander s'il n'avait pas vu juste.

— Il y a bien un dicton qui dit que la vie est une aventure dont on ne sortira pas vivant, non ? lança-t-elle avec un petit rire triste.

— En effet. Aucun de nous n'en sortira vivant, renchérit Boston.

— Eh oui ! s'exclama Andi. Il faut faire avec ce que l'on a, et rappeler à nos parents qu'il n'est pas nécessaire de décrocher le prix Nobel pour être heureux.

— Tu es médecin, marmonna Boston. C'est déjà énorme.

Comme Andi ouvrait la bouche pour répliquer, Boston leva la main.

— Je sais. Pas dans ta famille. Tu devrais dire à ta mère que je passe mes journées à peindre des portraits de mon fils décédé. Ça lui permettrait de relativiser et elle finira par te vénérer.

— Tu continues à dessiner Liam ? demanda Deanna.

— Oui, mais ça va mieux. Ce projet de fresque m'aide beaucoup, précisa-t-elle en souriant à Andi. Malheureusement, dès que je me sens triste ou contrariée, je replonge.

Puis, elle se tourna vers Deanna.

— Peut-être devrais-je commencer ma thérapie en reconnaissant la vérité, de temps en temps. Alors je te le dis, Deanna Phillips, je regrette que nous n'ayons pas été amies plus tôt. Je ne sais pas pourquoi nous avons attendu si longtemps.

— Parce que tu me considérais comme une garce prétentieuse et sans humour, et que je te considérais comme une artiste fantasque, uniquement soucieuse d'étaler son parfait mariage d'amour aux yeux de tous.

Deanna porta la main à sa bouche.

— Oh mon Dieu ! Je ne peux pas croire que j'ai dit ça…

Andi regarda ses deux amies tour à tour.

— Je dirais qu'il y a du progrès.

— Moi aussi, reconnut Boston, avant d'éclater de rire. Deanna, je vais te peindre sous les traits de la méchante reine de *Blanche-Neige*. On l'a toujours représentée sous les traits d'une brune, mais je suis certaine qu'au fond de son cœur, c'était une blonde.

Par pur réflexe, Deanna chercha en elle un signe avant-coureur de contrariété, ce sentiment aigu d'injustice qui la mettait sur la défensive dès qu'elle se sentait visée par une critique ou une blague. Mais tout ce qu'elle ressentait, c'était une certaine vulnérabilité et le soulagement d'être enfin acceptée. Acceptée telle qu'elle était.

— C'est vrai, je *suis* une sorcière, confirma-t-elle. Du moins, c'est ainsi que tout le monde me voit.

— Pas du tout ! protesta Andi. Je t'aime bien.

— Moi aussi, je t'aime bien, renchérit Boston. Tu es parfois terrifiante, mais je te trouve tout de même sympa.

Deanna battit des paupières, luttant contre les larmes.

— Voilà que je me remets à pleurer. Bon sang, je n'ai que trente-cinq ans. Est-ce possible que ce soit le début de la ménopause ?

Andi éclata de rire.

— Je crois plutôt que c'est l'effet du stress et de l'alcool. Plus un sentiment d'unité. Je suis aussi paumée que vous deux.

— Si ce n'est plus, répliqua Deanna, pince-sans-rire.

— Sûrement le maillon faible de notre trio, renchérit Boston.

— Vous avez raison. Passez-moi un brownie.

*
* *

— Et là, c'est le carrelage mural, expliqua Andi.

Sa mère acquiesça d'un léger hochement de tête et fit le tour de la cuisine en voie d'installation. Le revêtement de sol stratifié était posé, mais les meubles n'étaient pas encore installés.

Leanne Gordon était une femme d'une soixantaine d'années, mais grâce à sa silhouette longiligne et à son programme de soins de la peau, conjugué à l'emploi judicieux de botox et d'acide hyaluronique pour combler les rides, elle paraissait facilement vingt ans de moins. Lorsque sa mère la rendait folle, Andi se consolait en se disant que si elle avait hérité de certains gènes maternels sur le plan physique, ça compenserait le reste.

Leanne jeta un coup d'œil par la fenêtre.

— La vue est charmante d'ici. Les fenêtres ont des doubles-vitrages ?

Wade avait passé son bras autour des épaules d'Andi. Ses doigts exercèrent une légère pression, comme pour la réconforter.

— Oui, répondit-il simplement. Tout a été rénové du sol au plafond. Nous avons abattu les cloisons intérieures et entièrement refait l'isolation et l'électricité.

— N'y a-t-il pas une société d'histoire locale à laquelle vous devez rendre des comptes ?

— Il y en a une, confirma Andi. Les directives imposent de conserver l'aspect extérieur de la maison, mais je suis libre de moderniser l'intérieur comme je l'entends.

Leanne passa son bras sous celui de sa fille et l'entraîna vers l'escalier, laissant son mari discuter avec Wade de l'installation d'une seconde cuisine à l'étage.

— Ton entrepreneur fait du très beau travail, déclara-t-elle. J'aime beaucoup le bureau, et la fresque murale promet d'être… gaie.

— C'est l'œuvre d'une merveilleuse artiste.

— Vraiment ?

Leanne jeta un coup d'œil dubitatif sur ce qui serait le salon, mais ne fit aucun commentaire.

— Lorsque tu m'as annoncé ton projet d'acheter cette maison, j'ai franchement cru que tu avais perdu l'esprit. Peut-être sous l'effet d'un désordre hormonal ou suite au choc psychologique de ta rupture avec Matt.

Andi se retint de lever les yeux au ciel.

— Et maintenant ? demanda-t-elle.

— Je peux comprendre qu'elle t'ait plu.

— J'en doute.

— J'essaie de positiver, Andrea. Je suppose qu'il te serait difficile de revenir t'installer à Seattle.

— Je suis très bien ici et je vais y rester.

— Mais ta carrière professionnelle, Andrea. N'as-tu aucune ambition ?

— Je suis heureuse ainsi, maman. Est-ce si difficile à comprendre ?

— Justement, j'essaie de comprendre. Tu as parlé avec Matt, récemment ?

Instinctivement, Andi jeta un coup d'œil par-dessus son épaule pour s'assurer que Wade n'était pas dans les parages.

— Non. Pourquoi devrais-je lui parler ?

— Vous êtes restés ensemble tant d'années. Ce qui est arrivé est très triste.

— Tu parles de la façon dont il m'a plaquée le jour du mariage sans prévenir ? Devant tout le monde ?

— Il est vrai qu'il n'a pas très bien su gérer cette situation, reconnut sa mère, un peu à contrecœur.

Andi songea un instant à s'arracher les cheveux, mais cela ne servirait à rien. Elle regarda sa mère.

— Mais ?

— Mais quoi ?

— Tu vas m'expliquer que ce n'est pas vraiment la faute de Matt et qu'il n'est pas aussi mauvais que je le pense. Tu veux me faire comprendre que tu es de son côté, ce qui est stupéfiant dans la mesure où je suis ta fille, celle qu'il a larguée comme une vieille chaussette devant l'autel pour se marier avec sa secrétaire. Ne devrais-tu pas plutôt prendre *mon* parti ?

Sa mère la dévisagea calmement, sans ciller.

— Vous avez vécu tant de choses ensemble, Andrea. C'est dommage que cela n'ait pas marché.

— Si je comprends bien, tu ne lui reproches rien. Tu ne veux pas dire de lui que c'est une belle ordure ?

— En quoi cela t'aiderait ?

— Cela me consolerait peut-être un peu. Ou bien tu pourrais faire semblant de t'indigner du fait qu'il n'a jamais offert de payer la moitié de la note du mariage qu'il m'a laissée sur les bras.

— Tu as besoin de cet argent ?

— Là n'est pas la question, maman, laissa échapper Andi dans un soupir.

Sa mère pinça les lèvres.

— Je ne suis pas venue ici pour me disputer avec toi, Andrea. Désolée que tu ne me considères pas comme un soutien.

Ce qui était très différent que de dire qu'elle était désolée de ne pas être un soutien, songea Andi, résignée. Elle ne gagnerait jamais cette bataille. Elle ne serait jamais une sommité de la médecine. Elle serait toujours la ratée de la famille qui n'avait même pas réussi à garder son homme.

— Nous ferions mieux d'aller rejoindre Wade et papa, dit-elle, voulant mettre fin à cette conversation.

— Bien sûr. Ce Wade a l'air charmant. Je suis contente que tu aies trouvé un ouvrier séduisant avec qui coucher. Et son travail de restauration a l'air de qualité.

Andi ne savait si elle devait éclater de rire ou se jeter du haut de l'escalier. Cela dit, sa mère ne changerait pas pour autant. Elle tourna la tête vers le couloir, en espérant que Wade était hors de portée de voix. A coup sûr, il ne prendrait pas bien ce genre de remarque.

— Tu as raison, maman, ironisa-t-elle. C'est très pratique de l'avoir sous la main.

— Il te donne satisfaction, sur le plan sexuel ?

Sidérée, Andi dévisagea sa mère.

— Pardon ?

— Je veux juste m'assurer que tu es heureuse. Tu ne vas pas faire une carrière éblouissante. Alors, à défaut de t'épanouir dans ta vie professionnelle, autant que tu t'épanouisses sur le plan personnel.

Andi ouvrit la bouche puis la referma.

— Comme toujours, tu as le don de me laisser sans voix, maman.

— Dois-je le prendre pour un compliment ?

— Pas vraiment.
— Tu ne changeras donc jamais.
Andi passa son bras sous celui de sa mère.
— Je tiens ça de toi.

22

Deanna contemplait le tableau posé contre le fauteuil de style Queen Anne dans son salon.

Le portrait avait été peint sur un fond bleu sombre, presque noir. La scène était extraite du film de Disney et représentait la belle-mère de Blanche-Neige tendant une pomme. Mais au lieu de la diabolique sorcière aux cheveux noirs, la méchante était une jolie blonde aux yeux bleus et au sourire arrogant.

— Je ne sais si je dois me sentir flattée ou insultée, admit Deanna, impressionnée par la ressemblance.

— A ta place, je me sentirais flattée, dit Andi. Ce tableau est splendide.

— S'il ne te plaît pas, je peux le reprendre, proposa Boston.

— Pas question. Je le garde. Peut-être trouverai-je la rédemption si je l'embrasse tous les matins.

Naturellement, ce n'étaient que des paroles en l'air sous l'effet des margaritas.

Il était 21 heures, ce 4 juillet. Colin avait emmené les filles sur le port voir le feu d'artifice, et plutôt que de se retrouver coincée entre l'indifférence de son mari et sa propre colère contenue, Deanna avait préféré rester à la maison. Evidemment, aucune des filles n'avait insisté pour qu'elle vienne avec eux, et Colin avait semblé soulagé.

Alors, au lieu de se laisser submerger par la triste réalité de sa présence inutile et indésirable au sein de sa propre famille, elle avait sorti de la glace pilée, une bouteille de tequila, un mélange pour margaritas, et s'était préparée à passer sa soirée en solo.

Mais quand Andi avait appelé pour lui dire qu'elle célébrait l'indépendance du pays avec Boston, Deanna les avait invitées à se joindre à elle pour une fête impromptue.

Elles étaient à présent affalées sur les précieux divans d'époque du salon, en train de siroter des margaritas, tout en essayant de comprendre à quel moment leur vie avait basculé hors de tout contrôle.

— Toujours pas de Zeke ? demanda Andi.

— Toujours pas, murmura Boston. Il est passé une ou deux fois prendre des vêtements. J'imagine que Wade va finir par le jeter dehors.

Elle haussa les épaules.

— Je vais attendre que cette crise soit passée, ensuite je réfléchirai à ce que nous allons faire. Et on peut parler d'autre chose, conclut-elle avec un sourire tremblant.

— Bien sûr, intervint Deanna, bien placée pour comprendre la souffrance provoquée par la désintégration d'un mariage que l'on croyait éternel. Dis-nous, Andi, tu as survécu à la visite de tes parents ?

— A peine. Ma mère s'est débrouillée pour prendre le parti de mon ex-fiancé, tout en déclarant qu'elle me soutenait.

— Joli tour de force, commenta Deanna. Tu lui es rentrée dedans ?

— Non, répondit Andi avec un soupir las. C'est inutile, elle ne changera pas. Nous ne connaîtrons jamais cette relation fusionnelle mère-fille. Le pire, c'est qu'elle n'a pas l'air de le regretter. Ce qu'elle regrette, c'est que je ne sois pas telle qu'elle me veut.

— C'est dommage, fit gentiment remarquer Boston.

— Que voulez-vous, ma mère est incurable. Elle a osé me dire qu'elle était contente que j'aie trouvé un bel ouvrier avec qui m'envoyer en l'air. Imagine si Wade l'avait entendue. Tu parles d'une insulte !

Elles continuèrent à discuter des relations mère-fille, mais Deanna n'écoutait plus. Elle pensait à ses propres filles. Que diraient-elles de leur mère, dans dix ou vingt ans ?

Elle n'avait jamais souhaité devenir leur ennemie. Elle avait rêvé d'être une de ces mamans qui jouent à se déguiser avec leurs enfants, qui organisent des goûters, une maman dont la maison serait accueillante, chez qui tout le monde aurait envie de s'éterniser. Mais quelque part en route, elle avait perdu de vue son objectif. Elle avait été si occupée à tenir ses démons à distance qu'elle n'avait pas eu le temps de penser à autre chose. Elle était si occupée à ne pas sombrer qu'elle n'avait même pas vu arriver la vague sur le point de l'engloutir.

— Cela n'a aucun sens, décréta-t-elle soudain.

Andi et Boston la regardèrent.

— Qu'est-ce qui n'a aucun sens ?

— Euh, rien… Désolée. Je songeais à mes filles. A quel point j'aimerais que nous soyons plus proches.

— Cela ne tient qu'à toi, dit Andi.

— Tu le crois vraiment ?

— Oui.

— Ta naïveté est charmante.

Deanna vida son verre d'un trait.

— Ce matin, j'ai failli partir, avoua-t-elle. C'est ce qu'ils veulent. Me voir partir. J'avais fait ma valise et je l'avais mise dans la voiture. Puis je me suis assise derrière le volant. Mais où aller ? Je n'ai personne en dehors de Colin et des filles. Ils sont ma seule famille. J'ai fait tout ce que j'ai pu pour eux et ils me détestent.

— Techniquement parlant, tu as fait tout ce que *toi*, tu voulais faire pour eux, observa Boston avec un hoquet. Oups ! Pardon. Je crois que je suis pompette, marmonna-t-elle en couvrant sa bouche de la main.

— J'ai fait un tas de choses que je n'avais aucune envie de faire, répliqua Deanna, exaspérée. On croirait entendre Colin. Tu t'imagines que j'aime laver leur linge et passer un temps fou à préparer ces foutus repas à partir de légumes que je me tue à faire pousser dans le jardin ?

— Pourquoi t'embêtes-tu avec ça, si cela ne te plaît pas ? demanda Andi.

— Parce que je n'ai pas le choix. Je tiens à ce que mes enfants mangent sainement.

Boston s'enfonça dans son fauteuil et ferma les yeux.

— Il y a un océan entre manger sainement et faire son propre pain avec des farines exclusivement bio, dit-elle. Sans parler du reste. Tes filles n'ont droit à un dessert qu'une fois par semaine, le chocolat leur est interdit, de même que les émissions télévisées en dehors des documentaires éducatifs.

Deanna replia ses genoux contre sa poitrine, furieuse d'entendre critiquer ce qu'elle croyait bien faire.

— Je tiens à ce que mes filles grandissent dans de bonnes conditions tant sur le plan alimentaire qu'éducatif. Au fait, comment sais-tu tout ça ?

Boston rouvrit les yeux.

— C'est Carrie qui me l'a dit.

Deanna rougit.

— Je suppose qu'elle t'a également dit que Madison me déteste et qu'elle veut que son père me quitte et l'emmène.

Boston hocha la tête sans répondre.

Les larmes familières ruisselèrent sur les joues de Deanna.

— Bon sang, je ne suis tout de même pas une mère horrible à ce point !

Andi se pencha vers elle et posa une main rassurante sur son bras.

— Si j'ai bien compris, garder le contrôle est pour toi synonyme de sécurité. Et pour garder le contrôle, il faut des règles. Des règles que tu imposes à ton mari et à tes enfants. Ainsi, si tu prends les commandes, tu as l'impression qu'ils sont en sécurité eux aussi. C'est ça ?

— Peut-être, reconnut Deanna en reniflant.

— J'ai une idée ! s'exclama Andi. Lève-toi, Deanna. Toi aussi Boston.

Deanna s'exécuta à contrecœur.

— Prends son poignet, ordonna Andi à Boston. Je prends l'autre.

Elles étaient debout au milieu du salon, chacune tenant Deanna par le poignet. Celle-ci attendit quelques secondes avant de demander d'une voix hésitante :

— Et maintenant ?

— Maintenant, rien. Nous te protégeons. Tu es en sécurité avec nous.

« Absurde », songea Deanna.

— J'ai besoin d'aller aux toilettes, dit-elle.

— Désolée, mais c'est non. Tu pourrais te blesser. Il n'est pas question que nous te lâchions. Tu ne serais plus en sécurité.

Deanna patienta encore quelques secondes avant d'essayer de se libérer.

— C'est bon, j'ai compris. Lâchez-moi.

Andi secoua la tête.

— Non. Tu crois savoir ce qui est mieux pour toi, mais tu te trompes.

Deanna sentit les signes avant-coureurs de panique. Le besoin de se sauver et de se cacher. Le besoin de s'enfermer dans la salle de bains, de sentir l'eau brûlante sur ses mains. Le glissement du savon entre ses doigts. Maintenant ! Elles ne comprenaient pas que…

— Lâche-la, dit soudain Andi. Tout va bien Deanna, chuchota-t-elle en la serrant contre elle. Tu es en sécurité. Nous sommes là. Détends-toi, tu es en sécurité.

Tout en prononçant ces mots, Andi lui caressait le dos, la consolant comme si elle avait deux ans, réalisa Deanna, un peu hébétée et honteuse. Plus surprenant, cela fonctionnait. La panique refluait.

Andi recula pour céder sa place à Boston dont l'étreinte plus hésitante n'en était pas moins réconfortante.

— Moi aussi je suis là, murmura-t-elle. C'est vrai que tu es une râleuse. Mais une gentille râleuse.

Incapable de se retenir, Deanna se mit à sangloter. Boston et Andi la firent asseoir sur le divan et lui tendirent un verre de margarita.

— Que s'est-il passé ? demanda Deanna en essuyant ses larmes.

— Je ne sais pas, avoua Andi. Je voulais te montrer comme c'est frustrant quand quelqu'un prend les commandes et décide à ta place. Mais visiblement, cela t'a emmenée ailleurs. Pardonne-moi, j'ai failli déclencher chez toi une véritable crise de panique.

— Ça va, murmura Deanna, reprenant son souffle. J'ai saisi le message. Je crois… je crois que j'ai revu une partie de mon enfance avec ma mère. La façon dont elle exerçait un contrôle total sur moi.

Elle se tut.

Toute sa vie, elle s'était battue pour ne pas ressembler à sa mère et voilà le résultat : le même scénario se répétait avec ses propres enfants.

— Je suis vraiment horrible, marmonna-t-elle.

— L'acceptation est le premier pas vers la guérison, ne put s'empêcher d'ironiser Boston.

— Si j'avais autre chose qu'un verre sous la main, je te le jetterais à la figure.

Andi poussa un soupir.

— J'aime bien nos soirées entre filles. Elles ne sont pas classiques, mais elles sont passionnantes.

Deanna leva son verre.

— A nous !

Il était près de minuit quand Boston rentra chez elle.

Avec Andi, elles étaient restées chez Deanna jusqu'au retour de Colin et des filles. Elles avaient en effet jugé que c'était plus sûr. Deanna cherchait toujours à comprendre ce qui clochait dans sa vie, et un esprit confus faisait rarement bon ménage avec l'alcool.

Boston ne prit pas la peine d'éclairer pour traverser le salon. Elle connaissait sa maison par cœur. Chaque recoin, chaque meuble. Comme Deanna, elle avait vécu ici une bonne partie de sa vie. Bizarrement, toutes deux habitaient depuis des années l'une à côté de l'autre, mais jusqu'à tout récemment, elles ne se fréquentaient pas.

Pourquoi ? Boston ne s'était jamais posé la question quand elles étaient gamines. Elles étaient différentes, voilà tout. Plus tard, elle s'était imaginé que Deanna la méprisait. Aux yeux de sa voisine parfaite, mariée à vingt ans, mère de cinq enfants, elle passait forcément pour une artiste excentrique se moquant des conventions.

Pour sa part, elle avait décidé que Deanna était une snobinarde collet monté. Pourtant, elles souffraient toutes deux. Chacune dans son coin, en prenant soin de ne pas le montrer.

Zeke et elle avaient retardé le moment de fonder une famille ; ils aimaient trop leur vie « juste toi et moi » pour la partager.

C'était égoïste, Boston en était consciente. Et chaque fois que Deanna était enceinte, elle éprouvait une pointe de culpabilité. Ensuite, Liam était né.

Ce qu'elle n'avait dit à personne, c'est que dès les premières semaines de sa grossesse, elle avait vécu dans l'angoisse d'être punie pour son égoïsme. Le décès de Liam avait confirmé ses pires craintes. Son enfant lui avait été enlevé parce qu'elle ne l'avait pas assez désiré, parce qu'elle avait trop attendu, trop hésité.

Elle était consciente que cela n'avait aucun sens, bien sûr. Mais l'irrationnel prenait parfois le pas sur la logique. Et les dernières paroles de Zeke lui reprochant la mort de leur fils avaient fait resurgir ses vieux démons.

Soudain, le poids des émotions la fit trébucher. Le chagrin la cernait de toute part, pesant sur elle pour la faire plier, jusqu'à la faire tomber à genoux dans l'obscurité. Elle accueillit la sensation avec une forme de soulagement. Elle attendait ce moment depuis si longtemps… Sentir enfin la douleur, la souffrance de son âme en miettes. Goûter le sel de ses propres larmes. Son cœur qui cogne contre ses côtes.

Elle s'effondra sur le sol, recroquevillée sur elle-même, attendant, espérant, les yeux fermés, le souffle court. Attendant de se laisser aspirer par le chagrin.

Mais peu à peu, le poids s'atténua. Sa respiration redevint régulière et il n'y eut bientôt plus que le vide laissé par l'absence d'émotion. La vie était de nouveau telle qu'elle était depuis la mort de Liam. Vide. Dépourvue de sens. Un sombre kaléidoscope aux formes floues et aux couleurs grises, semblable à un tunnel. Sauf qu'à présent, Zeke n'était plus là pour lui montrer comment c'était de l'autre côté. Du côté de la lumière.

Deanna jeta un coup d'œil sur le réveil.

Déjà 6 heures. Lundi matin, songea-t-elle, l'esprit embrumé par le manque de sommeil. Elle avait entendu Colin quitter la maison un peu plus tôt. Il était de nouveau parti à l'autre bout du pays, la laissant seule avec les filles.

Ces derniers jours, elle avait tenté de tirer les leçons de ce qu'Andi avait voulu lui faire comprendre le soir du 4 Juillet.

En cherchant à tout contrôler, elle perdait ce à quoi elle tenait le plus au monde : sa famille. Le message était clair en théorie, mais en pratique, elle ne savait comment l'appliquer. Elle ne savait comment renouer le contact avec ses filles.

Pour Colin, c'était encore plus difficile. Surtout parce qu'elle n'arrivait pas à croire qu'il puisse encore éprouver un quelconque sentiment à son égard. Pourquoi en serait-il autrement, d'ailleurs ? Même si elle n'avait jamais cessé de l'aimer, elle s'était comportée avec lui comme s'il était la dernière roue du carrosse, la personne la moins importante de son existence. Elle ne lui avait jamais dit qu'elle l'aimait ou qu'elle le désirait. Il avait raison de lui en vouloir — elle n'avait vu en lui guère plus qu'un salaire pour assurer son train de vie.

Parce qu'elle était propriétaire de cette maison, elle s'était crue en sécurité. Mais la vérité était tout autre. Sans sa famille, cette maison n'avait aucune valeur à ses yeux.

Elle secoua la tête. Elle était fatiguée. Ce genre d'introspection serait sans doute plus efficace si elle réussissait à dormir un peu, songea-t-elle en se dirigeant vers l'escalier.

Elle fit du café et prépara les sandwichs des filles. Elles n'allaient plus à l'école, mais elles étaient inscrites au centre aéré, si bien qu'il fallait prévoir les repas de midi. Comme elle tranchait le pain fait et congelé quelques semaines plus tôt, elle repensa à ce que lui avait dit Andi, l'autre soir. Sur son besoin pathologique de contrôler chaque détail de la vie de sa famille. Elle devrait peut-être s'entraîner à lâcher prise.

Elle termina les sandwichs et reprit une tasse de café. Ce serait bientôt l'heure de réveiller les enfants. Elle finissait sa tasse de café quand Madison entra dans la cuisine.

Dieu que sa fille était belle ! De longs cheveux d'or pâle, de grands yeux bleus. Et un sourire merveilleux. Mais un sourire qu'elle n'avait plus vu depuis des mois…

Comme sur commande, sa fille posa sur elle un regard hostile.

— Papa est déjà parti ?

— Oui.

Madison poussa un soupir à fendre l'âme.

— J'aimerais tant qu'il cesse de voyager. Pourquoi ne l'aides-tu pas ? Tu pourrais travailler plus, tu sais. Ce n'est pas juste qu'il soit le seul à nous faire vivre.

Les doigts de Deanna se crispèrent sur sa tasse. Les paroles de sa fille la transperçaient, telles des centaines de coups d'aiguilles.

— Je suppose que ce que je fais ici ne compte pas, répliqua-t-elle en désignant la cuisine. La préparation des repas, l'entretien de la maison, celui du linge que tu portes, tout cela compte pour du beurre, n'est-ce pas ? Je te rappelle que je travaille également dans une boutique. Et toi, quelle est ta contribution, Madison ? Tu te plains que ton père voyage trop pour son travail, mais tu es la première à réclamer le dernier vêtement à la mode. A moins que tu ne considères que tes sœurs devraient être les seules à se sacrifier ?

Madison rougit.

— Tu es injuste.

— Ah bon ?

— Je n'aime pas que papa s'en aille tout le temps.

Deanna dévisagea sa fille.

— Moi non plus, conclut-elle avant de sortir de la cuisine.

Une demi-heure plus tard, elle était de retour avec les quatre plus jeunes habillées et coiffées. Elles s'installèrent à leurs places respectives autour de la table. Madison était déjà assise, mais n'avait même pas pris la peine de sortir le paquet de céréales.

Deanna faillit lui faire remarquer que c'était exactement ce genre d'attitude qu'elle lui reprochait, puis se ravisa. Elle lui en avait assez dit pour ce matin.

Elle sortit le paquet de céréales et fit passer les bols.

— Je n'aime pas ces céréales, décréta Madison. Pourquoi n'avons-nous jamais rien de bon à manger ?

Deanna se tourna vers elle.

Qu'était-il donc arrivé à l'adorable petite fille dont elle se souvenait ?

— Dans quelques années, quand tu repenseras à ton comportement, tu auras honte, observa-t-elle calmement, sur le ton de la conversation. Et tu te demanderas comment nous avons pu te supporter.

Madison rougit de plus belle et repoussa sa chaise.

— Je te déteste ! hurla-t-elle.

— Tu ne me plais guère, toi non plus.

Sa fille ouvrit de grands yeux.

— Tu n'as pas le droit de me dire ça ! s'écria-t-elle.

— Pourquoi pas ? C'est la vérité. Si tu étais à ma place, tu serais contente d'avoir une fille comme toi ? Tu crois que c'est marrant de vivre avec une gamine qui râle tout le temps et critique tout ce que l'on fait ?

Madison en resta bouche bée. Elle hoqueta, comme un poisson hors de l'eau, puis se précipita hors de la cuisine.

Deanna ne prit même pas la peine de la regarder partir. Au lieu de cela, elle prit le paquet de céréales et lut ce qui était marqué sur l'emballage.

Des céréales de premier choix, proclamaient les inscriptions. Franchement, le contenu ressemblait davantage à un mélange de graines pour oiseaux, songea-t-elle. Pas très appétissant.

Elle se tourna vers le réfrigérateur et l'ouvrit en grand. Deux pizzas trônaient sur l'étagère du milieu, reliquat du dîner de la veille. Un dîner avec lequel Colin était arrivé sans lui demander son avis. Si bien que le repas qu'elle avait préparé était resté intact.

Elle sortit les pizzas et les posa sur la table.

Ses quatre filles la regardèrent avec des yeux ronds.

Lucy parla la première.

— Maman, tu nous sers de la pizza au petit déjeuner ?

— Oui. Vous pouvez aussi prendre des céréales, si vous préférez. C'est comme vous voulez.

Aussi sec, Audrey dégringola de sa chaise pour aller chercher des petites assiettes, tandis que Lucy découpait des portions de pizzas qu'elle mit dans le four micro-ondes. Pendant ce temps, Deanna distribua du jus d'orange à tout le monde et se resservit un peu de café.

L'odeur du fromage fondant mêlée à celle des poivrons et des champignons la fit saliver. Pour la première fois depuis des jours, elle avait faim.

Lucy lui tendit une assiette.

— Maman, tu en veux un morceau ?

Deanna prit l'assiette.

— Merci, Lucy. C'est gentil.

Un sourire rayonnant illumina le visage de sa fille. Et bientôt, tout le monde mangea dans un joyeux brouhaha. Une fois n'est pas coutume, ce matin-là, il y avait des bavardages et des rires au petit déjeuner.

Deanna regarda la chaise vide, celle de Madison, et son cœur se serra. Elle ignorait totalement comment rétablir le contact perdu avec sa fille aînée. Elle savait simplement que ce n'était pas une fatalité et qu'elle devait le retrouver coûte que coûte. Les plus jeunes étaient encore accessibles. Alors, elle commencerait avec elles, petit à petit. Elle trouverait un moyen d'être la mère qu'elles méritaient. Et peut-être aussi la mère qu'elle méritait d'être.

23

— Merci de m'avoir emmenée, dit Carrie en entrant dans le grand magasin accompagnée d'Andi. Boston ne se sentait pas bien. Elle avait mal à l'estomac.

Intérieurement, Andi se demanda si les problèmes d'estomac de Boston n'étaient pas liés à l'absence de Zeke. Celui-ci n'avait toujours pas réintégré le domicile conjugal.

— Inutile de me remercier, ma belle. Cela me fait plaisir.

Carrie sourit.

— Papa m'aurait bien emmenée, mais ça m'aurait un peu gênée.

— Normal. Acheter des soutiens-gorge, c'est un truc de filles. Lui aussi se serait senti mal à l'aise.

— Certainement.

Carrie s'avança vers un présentoir de lingerie spécialement conçue pour les adolescentes. La mine concentrée, elle examina les différentes étiquettes.

— Je suis presque sûre que je fais un bonnet A maintenant, annonça-t-elle en plissant les yeux. Tu as déjà vu des bonnets triple A ? Ils sont faits pour des seins minuscules. Je ne vois pas pourquoi s'embêter à porter un soutien-gorge quand on fait du triple A. L'année dernière, Boston m'avait emmenée ici en disant qu'il était temps pour moi de choisir un soutien-gorge parce que j'allais bientôt être une femme.

Elle fronça le nez.

— Je lui ai répondu que je n'étais pas prête.

— Le corps n'en fait qu'à sa tête. Cela dit, j'ai fait du triple

A jusqu'à quinze ans. J'avais presque abandonné tout espoir d'avoir des seins.

— Eh bien, moi, je ne suis pas certaine d'en vouloir, avoua Carrie. C'est bizarre la façon dont les garçons les regardent. Ils ont l'air bêtes.

— Non, ils sont fascinés, précisa Andi, amusée.

— Pourquoi ? Leurs mères ont des seins.

— Oui, mais ils ne les voient pas de la même façon. C'est une histoire d'hormones.

— Je sais. Le sexe, c'est ça ? Nous avons des cours d'éducation sexuelle à l'école. Papa a essayé lui aussi de m'en parler. Il est super-sympa, mais je ne tiens pas à discuter de ça avec lui.

Carrie choisit quelques soutiens-gorge et se tourna vers Andi.

— C'est plus une conversation mère-fille.

— En effet. J'imagine que ta maman te manque beaucoup.

Le sourire de Carrie s'effaça.

— Parfois, oui, murmura-t-elle, le regard un peu vague soudain. Je ne me souviens plus tellement d'elle. Et quand je vois à quel point Madison est en colère contre sa mère, je me demande si ça aurait été pareil entre maman et moi.

— Probablement. A l'adolescence, nous avons toutes été en conflit avec notre mère, à un moment ou un autre. Le fait d'avoir perdu ta maman te donne une autre vision de cette relation.

— Je sais. Aujourd'hui, c'est l'idée que je me fais de cette relation avec maman qui me manque, plus que la personne réelle.

Retrouvant son sourire, elle agita les soutiens-gorge.

— Je vais les essayer et je reviens !

Dix minutes plus tard, elle en avait choisi trois qu'Andi régla avec la carte bancaire de Wade. Elles allèrent ensuite s'installer à la terrasse d'un snack-bar pour déjeuner.

Andi observa la ravissante adolescente face à elle.

— Alors comme ça, les garçons sont toujours aussi bêtes ?

Carrie éclata de rire.

— Un petit peu moins que ce qu'ils étaient l'année dernière. Une de mes copines de classe avait invité des garçons pour fêter ses treize ans. C'était sympa. Mark Evenson l'a embrassée.

— Sur la bouche ?

— Oui, répondit Carrie avec une grimace. Si tout le monde

le fait, je me dis que ça doit être agréable. Personnellement, je trouve ça dégoûtant.

— Tu t'y feras.

— Sans doute. Tu embrasses mon père ?

Andi fit de son mieux pour ne pas réagir physiquement. Sursauter, se tortiller sur sa chaise ou pousser un cri offusqué serait du plus mauvais effet. Quant à mentir, cela ne lui effleura même pas l'esprit.

— Oui, nous nous sommes embrassés. Et c'était agréable.

Carrie leva les deux mains en l'air en grimaçant.

— S'il te plaît, ne m'en dis pas plus ! Je ne veux surtout pas savoir !

— Plus un mot, promit Andi en riant.

Elles s'absorbèrent quelques instants dans la contemplation de la carte ; Carrie choisit un steak frites, Andi une salade.

— J'ai vu la fresque, annonça Carrie après que le serveur eut pris leur commande. J'adore ce que fait Boston. Les animaux sont super-chouettes.

— Je trouve aussi.

La semaine précédente, Boston était passée des esquisses à la réalisation de la fresque murale. Chaque jour, les murs de la future salle d'attente s'ornaient de couleurs supplémentaires. Les arbres étaient pratiquement terminés et des papillons multicolores commençaient à apparaître ici et là.

— J'aimerais bien savoir dessiner comme elle, avoua Carrie. Elle essaie de m'apprendre, mais je ne suis pas très douée pour le dessin. Par contre je me débrouille super-bien en tricot. J'ai pris des cours à la boutique où travaille la mère de Madison. C'était amusant. A Noël dernier, j'ai tricoté une écharpe pour papa.

— Je parie qu'il l'adore.

Carrie laissa échapper un petit rire.

— Je ne sais pas s'il l'aime, mais il la porte. C'est tout lui, ça. Même s'il la trouve horrible, il dira le contraire pour ne pas me faire de peine.

Un constat tout simple, songea Andi, émue malgré elle. Un détail amusant et pourtant terriblement touchant. Wade était un homme bien. Un homme drôle et plein d'esprit, généreux et attentionné. C'était aussi un père formidable. Et tout ceci la mettait en état d'alerte. Vu ses antécédents, elle pourrait facilement tomber follement amoureuse d'un homme comme lui. Et ça, c'était dangereux !

Elle n'avait rien contre l'amour en général, mais cette fois, elle tenait à être lucide. Pas question de « croire que ». Pas question de perdre de nouveau dix ans de sa vie à attendre le bon vouloir d'un homme. Pas question de se faire d'illusions. Pas question d'espérer plus qu'il n'était raisonnable.

— Je crois qu'il t'aime bien, dit Carrie, la tirant de ses réflexions.

— Qui ?

— Mon père. Il n'arrête pas de parler de toi.

— Oh. C'est gentil de me le dire.

Naturellement, elle aurait voulu en savoir davantage, poser quelques questions en apparence anodines, mais elle craignait de mettre Carrie mal à l'aise.

— Moi aussi, je l'aime bien.

— J'espère que c'est sérieux vous deux, décréta Carrie sans détour. Même si papa a tendance à se comporter bizarrement, ces jours-ci.

— Que veux-tu dire ?

Carrie haussa les épaules avec une petite moue dubitative.

— Eh bien, ce matin, il m'a répété au moins cinquante fois que je devais te remercier de m'emmener faire les magasins. Tu lui diras bien que je t'ai remerciée, d'accord ?

— Promis. Je lui dirai que tu es très polie et qu'il peut être fier de toi.

— Cool ! Ensuite, il m'a aussi dit de ne pas trop m'attacher à toi. Incroyable, non ? Comme si j'étais une gamine qui s'imagine qu'il va épouser toutes les femmes qu'il fréquente. Cela dit, je trouve que tu ferais une belle-mère épatante. Mais il refuse d'en entendre parler. Il ne cesse de me répéter que le mariage ne l'intéresse pas et que je ne dois pas me mêler de sa vie privée. Sauf qu'il n'en fait pas autant pour moi. Il me pose tout le temps des questions sur mes amis et ce que j'ai fait de ma journée. Ah, les parents…

— Ce qu'ils peuvent être agaçants, conclut Andi en adressant un sourire machinal au serveur qui leur apportait les boissons.

— Justement, en parlant de parents…

Carrie s'interrompit le temps de siroter une gorgée de soda.

— C'est après avoir croisé les tiens chez toi, l'autre jour, qu'il a commencé à dire que vous n'étiez pas du même monde et que je devais faire attention à ne pas trop m'attacher à toi. Et c'est là que je lui ai répondu que tu ferais une belle-mère formidable. Je te le dis pour que tu saches que je suis cent pour cent de ton côté.

— Merci, répondit Andi en espérant que sa voix paraissait plus ferme qu'elle ne l'était à son oreille.

Sans remarquer son malaise, Carrie poursuivit son bavardage, notamment à propos d'un film qui sortait vendredi sur les écrans et qu'elle mourait d'envie d'aller voir avec Madison.

Andi hochait la tête, demandait deux ou trois informations, s'efforçant de rester concentrée sur leur conversation, en dépit des questions qui se bousculaient sous son crâne.

Elle comprenait tout à fait que Wade veuille tenir sa fille à l'écart de leur relation. Elle aurait pu énumérer elle-même les raisons de telles précautions. Mais quand Wade avait donné sa bénédiction à cette sortie shopping, elle s'était imaginé qu'il prenait leur relation très au sérieux et qu'il souhaitait qu'elle noue des liens avec sa fille.

Si ce n'était pas le cas, alors de quoi s'agissait-il ? D'une garde d'enfant gratuite ?

Qu'est-ce qui avait changé et quand ? Avait-il été contrarié par un incident ou une parole malheureuse pendant la visite de ses parents ? Avait-elle dit quelque chose qu'elle n'aurait pas dû ?

Elle essaya de se raisonner en avançant tous les arguments qui lui passaient par la tête et qui justifiaient l'attitude de Wade. Ils ne se fréquentaient que depuis un mois, et elle non plus n'était pas prête à se marier de sitôt. Wade avait raison de vouloir avancer sans rien précipiter, calmement ; il était complètement différent de Matt.

Malheureusement, la femme récemment plaquée devant l'autel le jour de son mariage, avait du mal à se raisonner. Wade la menait-il en bateau ? N'était-elle qu'une distraction pour lui ? Peut-être était-il comme Matt, après tout : un homme qui la bercerait d'illusions, avant de la larguer devant tout le monde…

Elle sentit brusquement les mâchoires d'un étau se resserrer sur son cœur. Elle pressa la main sur sa poitrine, incapable de respirer.

Le début d'une petite crise de panique, se raisonna-t-elle. Elle était trop centrée sur elle-même. Trop centrée sur une situation qui l'effrayait. Il lui fallait penser à autre chose. Tout de suite.

Elle balaya la salle de restaurant du regard. Un lycéen déjeunait avec sa petite amie.

— Regarde, dit-elle en pointant le menton dans leur direction. Tu ne trouves pas qu'il ressemble à Zac Efron ?

Carrie observa le couple un instant.

— Pas vraiment. Peut-être les yeux. En tout cas il est mignon.

Elle se retourna vers Andi.

— Est-ce que je peux dire à papa que tu aimes Zac Efron ?

— Inutile. Zac est un peu trop jeune pour moi. Et quand il me téléphone, j'ai un mal fou à m'en débarrasser. Un vrai pot de colle.

— J'aimerais bien que ce soit vrai ! répliqua Carrie en riant. Et Ryan Gosling ?

— Mieux. Plus adapté à ma tranche d'âge. Et toi ? Pour quel acteur as-tu le béguin ?

Andi but une gorgée de soda. Elle respirait un peu mieux à présent ; son malaise était passé.

Carrie se mit à lui parler de ses émissions de télévision préférées, et elle fit de son mieux pour participer à la discussion. Elle réfléchirait au « problème Wade » plus tard, se promit-elle. Histoire de comprendre si c'était elle qui souffrait de névrose ou si elle avait une fois de plus jeté son dévolu sur un salaud. Après quoi, elle déciderait d'un plan d'action. Ou de renoncer définitivement aux hommes. Ce qui serait somme toute le plus simple.

Mais comme sa mère le lui avait souvent dit, la vie n'était jamais simple.

Deanna prit le téléphone et composa le numéro.

Elle tremblait comme une feuille et ses mains étaient plus abîmées que jamais par des centaines de lavages. Elle avait jeté sa brosse à récurer dans la poubelle extérieure pour ne pas être tentée de la reprendre sous la douche.

— Pourrais-je parler au Dr Gordon, s'il vous plaît ? De la part de Mme Phillips.

— Bien sûr, répondit la réceptionniste. Je vais voir si je peux vous la passer.

Deanna s'agrippa au combiné téléphonique tandis qu'elle patientait.

— Deanna ?

— C'est moi, oui. Désolée de te déranger.

— Tu ne me déranges pas. Qu'est-ce qui ne va pas ? Un problème avec l'une des filles ?

— Non, c'est moi. J'ai besoin d'aide. Je ne me lave pas simplement les mains. C'est plus grave… J'ai peur.

— Deanna, calme-toi. Je suis là. Dis-moi ce qui se passe.

— Je… je me sers d'une brosse à récurer sous la douche. Pour me sentir propre.

Il y eut quelques secondes de silence. Deanna savait Andi suffisamment intelligente pour comprendre sans plus d'explications.

— Je vais raccrocher pour appeler une amie et lui demander de te voir aujourd'hui même. Je te rappelle tout de suite après. D'accord ?

— Oui.

— Tu veux que je vienne près de toi ?

Deanna ferma les yeux très fort et prit une profonde inspiration.

— Non. Je peux tenir encore un peu, murmura-t-elle.

— Donne-moi cinq minutes.

Andi rappela trois minutes plus tard.

— Elle t'attend pour 14 heures.

Deanna nota le nom et l'adresse.

— Merci, Andi.

— De rien. Et surtout, ne râle pas, mais j'ai appelé Boston. Elle va venir te tenir compagnie jusqu'à l'heure de ton rendez-vous.

— Il… ne fallait pas, bredouilla Deanna. Vous êtes si gentilles et moi je ne suis qu'une horrible bonne femme.

— Ne dis pas ça. Tu es une femme formidablement courageuse qui a un gros problème que seul un spécialiste peut t'aider à régler. Alors, parle avec la thérapeute, Deanna. Fais-toi aider. Tu mérites mieux que ce que tu vis en ce moment.

— Je… je ne sais pas quoi dire.

— Il n'y a rien à dire.

Boston accompagna Deanna jusqu'à sa voiture, inquiète.

— Tu es sûre que tu ne veux pas que je vienne avec toi ?

— Ne t'inquiète pas. Je suis en état de conduire quelques kilomètres. La thérapeute est juste de l'autre côté du pont. Je te promets de ne pas zigzaguer d'un bord à l'autre, de ne pas sauter par-dessus les rambardes de sécurité et d'arriver saine et sauve à mon rendez-vous.

Boston sourit et la serra dans ses bras.

— Et dire que pendant tout ce temps, je ne me suis jamais doutée que tu possédais un tel sens de l'humour, Deanna Phillips.

— Moi non plus.

Deanna lui fit un signe de la main et monta dans sa voiture. Boston la regarda s'éloigner, rassurée, puis se rendit chez Andi.

La fresque murale avançait vite. Même si ce travail n'était pas de ceux qui lui amèneraient de nouveaux clients, elle était fière des progrès réalisés jusque-là. Cela compensait presque le sentiment croissant de mal-être qui accompagnait chacun de ses réveils.

Zeke n'était toujours pas revenu à la maison. C'était la première fois qu'ils restaient séparés si longtemps. La première fois qu'ils restaient si longtemps sans se parler…

Elle avait pris l'habitude de dormir avec une de ses chemises pour avoir l'impression qu'il était là, tout contre elle. Elle ne savait que faire. Continuer à l'attendre ou aller lui parler ? Ils s'étaient déjà tellement éloignés l'un de l'autre.

Elle s'avança dans la salle d'attente et contempla l'immense fresque colorée, fière d'elle — elle avait passé les deux derniers jours, assise sur le sol, à peindre de minuscules familles d'insectes qui amuseraient les plus petits. La fresque couvrait deux pans de mur entiers, puis se rétrécissait en un long serpentin dans le couloir.

— Salut ! lança Wade en la rejoignant. Je t'ai aperçue avec Deanna. Tout va bien ?

— Oui. J'avais quelque chose à lui demander.

— On dirait que vous êtes devenues amies, ces derniers temps. Je croyais que tu la détestais.

— Détester est excessif. Disons que je ne la connaissais pas et que j'avais des préjugés contre elle. Une erreur de jugement de ma part. Et toi, ça va ?

— Bien.

— Tu fréquentes pas mal Andi.

Wade lui glissa un rapide coup d'œil, puis détourna les yeux.

— Tu cherches à me mettre en boîte ?

— Non. Je formule juste une évidence, mon cher beau-frère. Andi est une femme formidable que j'apprécie énormément.

Wade hocha la tête, mais il y avait quelque chose dans son expression. Quelque chose que Boston n'arrivait pas à déchiffrer.

Elle attendit qu'il en dise plus, mais il resta silencieux. Un instant, elle songea à signaler que Carrie aimait bien Andi elle aussi, puis se ravisa. Sous leurs airs de durs à cuire, les hommes étaient parfois d'une grande fragilité psychologique.

— J'aimerais organiser un barbecue, annonça Wade. Samedi. Je me suis dit que tu serais peut-être d'accord pour le faire dans ton jardin.

Boston aurait aimé croire que c'était l'idée de Zeke, mais elle savait qu'il n'en était rien.

— Tu en as marre de partager ton lit avec ton frère ?

— Je l'ai installé dans la chambre d'amis, mais j'aimerais bien qu'il retourne auprès de son épouse. A moins que tu ne veuilles plus de lui.

— Je ne lui ai pas demandé de partir.

— Il croit que tu te fiches qu'il soit là ou non.

Boston songea à toutes ces nuits passées seule dans son lit, souffrant de ne pas avoir Zeke près d'elle, de ne pas pouvoir se blottir contre lui, le serrer dans ses bras… Alors que lui n'avait manifestement plus besoin d'elle.

— Ce n'est pas moi qui ai changé, laissa-t-elle tomber.

Wade passa d'un pied sur l'autre, visiblement mal à l'aise.

— Boston, je…

Elle leva la main pour l'interrompre.

— J'ai pitié de toi, alors c'est oui pour ton barbecue. Quelle heure ?

— 18 heures ?

— Parfait. En dehors de Zeke, Carrie et de nous deux, tu veux que j'invite d'autres personnes, histoire de rendre la manœuvre moins ostensible.

— Si tu pouvais t'en charger, ce serait mieux, en effet.

— Et pour ce qui est du repas proprement dit ?

— J'apporterai la viande et les sauces.

Boston acquiesça. Il lui faudrait naturellement s'occuper de tout le reste — salades et boissons — mais cela ne la gênait pas, du moment que ça lui permettait de revoir Zeke. Ils pourraient se parler de nouveau et elle lui dirait combien il lui manquait.

Darrelyn était une jolie femme d'une quarantaine d'années, brune au regard sympathique.

— En quoi puis-je vous aider ?

Deanna prit une profonde inspiration.

— Je ne sais pas… je ne peux plus continuer à vivre ainsi. C'est trop dur.

Tremblante, elle tendit ses mains abîmées devant elle. Puis lentement, honteusement, elle releva ses manches pour exposer les écorchures sur ses bras, causées par la brosse à récurer.

— Je l'ai jetée, chuchota-t-elle.

— La brosse ?

Elle hocha la tête.

— Je l'ai jetée aujourd'hui. C'est affreux. Je m'en veux de faire ça, mais je me sens mieux après. Cela n'a pas de sens.

— Certainement que si. Savez-vous ce qui vous pousse à vous laver les mains si souvent ?

— Oui, murmura Deanna. Ma mère était alcoolique. Elle était instable et violente. La maison était d'une saleté repoussante. Je détestais ça. Quand j'étais petite, elle m'enfermait dans un placard. Je me souviens de l'odeur. C'était noir et il y avait des choses qui me couraient dessus.

Les souvenirs jaillissaient de sa bouche l'un après l'autre, les images défilaient dans sa tête, les sensations se réveillaient…

Silencieuse, Darrelyn écoutait en prenant des notes, tandis que Deanna racontait comment son oncle et sa tante l'avaient sortie de cet enfer, en exigeant d'elle la promesse d'être parfaite. Elle confia combien c'était difficile. Elle avoua sa peur permanente d'être rejetée, renvoyée chez sa mère, dans la rue.

— Je devais être parfaite pour qu'ils m'aiment, chuchota-t-elle. Ensuite, j'ai épousé Colin. Là aussi, j'étais persuadée qu'il fallait que je sois parfaite pour pouvoir le garder. Mais au final, c'est ce souci de la perfection qui l'a éloigné de moi. Qui a éloigné mes enfants aussi. J'ai perdu l'aînée, Madison. Peut-être me reste-t-il encore une chance avec les plus jeunes. Je n'en suis pas certaine.

Elle tendit la main vers la boîte de mouchoirs en papier.

— Je ne sais plus comment m'en sortir. Le seul moment où je me sens en sécurité, c'est quand j'ai le contrôle sur mon monde. Dès que je le perds, je panique. Dans ma tête, je suis consciente que j'ai tort, que cette obsession à vouloir tout régenter est insupportable pour mon entourage et que je dois à tout prix changer. Mais c'est plus fort que moi, je n'y arrive pas.

Elle se mit à pleurer. Après avoir essuyé ses larmes, elle releva les yeux sur la femme assise face à elle.

— Est-ce sans espoir ?

Darrelyn lui adressa un sourire empli de douceur.

— Vous êtes si courageuse, Deanna. Tellement forte. Je vous admire.

Deanna la regarda, interloquée.

— Pardon ? Comment pouvez-vous dire ça, après ce que j'ai fait à mes enfants et à mon mari ? Colin n'éprouve plus rien pour moi.

— Si c'était le cas, il vous aurait quittée depuis longtemps. Ouvrez les yeux, Deanna. Regardez l'enfer d'où vous êtes sortie. Avez-vous frappé une seule fois l'une de vos filles ?

— Quoi ? Bien sûr que non ! Je ne lèverais jamais la main sur elles.

— Preuve de votre courage. Car il en faut, pour rompre le cycle de la violence. Vous avez été battue si cruellement par votre mère que vous avez failli perdre la vie. Pourtant, vous n'avez jamais frappé vos enfants. Vous avez préféré retourner vos frustrations contre vous-même plutôt que de prendre le risque de leur faire le moindre mal. Si vous avez besoin de contrôler votre monde, c'est uniquement parce que vous avez peur de ce que vous êtes à l'intérieur. Des émotions que vous ressentez. C'est la raison pour laquelle vous vous interdisez de lâcher prise.

Deanna froissa les mouchoirs dans ses mains.

— Je ne peux croire que ce soit si simple, murmura-t-elle.

— Oh ! mais ce n'est pas simple. Vous allez devoir apprendre à croire en vous-même et ce n'est pas facile. Vous allez devoir apprendre à faire confiance à vos enfants et à votre mari. Vous allez devoir changer radicalement votre mode de fonctionnement. Vous allez devoir vous convaincre que le monde continuera de tourner sans vous. La route est longue, mais ce n'est rien en comparaison du chemin que vous avez déjà parcouru pour remonter de l'enfer.

Deanna rougit.

— Je n'ai rien fait.

— Au contraire. Vous avez surmonté bien des épreuves grâce à votre seul courage. J'espère vous le faire comprendre très bientôt.

— Alors, vous pouvez m'aider ?

— Bien sûr. Votre cas n'est pas très grave. Il suffit de quelques petits ajustements.

Songeant à son besoin compulsif de se laver les mains et au sang ruisselant dans le bac à douche, Deanna haussa un sourcil interloqué.

— Des petits *ajustements*. C'est tout ? Vous devriez retravailler vos définitions.

Darrelyn se mit à rire.

— Vous comprendrez ce que je veux dire d'ici à quelques semaines. Je vais d'abord vous prescrire des calmants. Ce traitement ne devrait pas durer très longtemps. Il permettra d'atténuer le problème de votre TOC, afin que nous puissions fixer des objectifs visant à vous faire lâcher prise progressivement, tout en vous sentant sécurisée. Pour cela, vous vous entraînerez ici, avec moi, à l'aide de jeux de rôle.

Cette fois, le sourcil de Deanna se fit dubitatif.

— Vous êtes capable de jouer une ado de douze ans insupportable ? demanda-t-elle.

— C'est ma spécialité. Alors, qu'en pensez-vous ? Il y a du pain sur la planche, mais comme je vous l'ai déjà dit, ce n'est rien au regard du chemin que vous avez déjà parcouru toute seule.

— C'est d'accord. Je veux bien tenter l'expérience. J'aimerais être normale.

— Il y a beaucoup trop de personnes soi-disant normales qui n'ont ni âme ni courage, fit remarquer Darrelyn avec un sourire amusé. Selon moi, la notion de normalité est toute relative et très exagérée.

24

Andi avait réussi à éviter Wade pendant toute la semaine. Elle ne savait si elle devait s'en féliciter ou pas, mais c'était ainsi qu'elle avait décidé de gérer la situation. Manque de chance, elle lui rentra littéralement dedans, samedi matin.

Elle s'engageait dans l'escalier, il le descendait, ce fut la collision. D'une main, il la rattrapa, de l'autre rattrapa son sac de courses plein à ras bord.

— Ça va ? demanda-t-il.

Andi sentit aussitôt sa résolution faiblir.

Le simple contact des doigts de Wade sur sa peau lui avait mis les jambes en coton, et elle avait soudain très envie de se jeter sur lui, de l'embrasser comme une folle et de l'entraîner vers son lit. Le bon sens et l'équipe d'ouvriers à l'œuvre dans la maison l'en dissuadèrent.

— Ça va, murmura-t-elle. Merci.

Il lui prit le sac de courses des mains et remonta l'escalier avec elle.

— C'est pour le barbecue ?

— Oui. J'ai prévu de quoi préparer une salade de pommes de terre. C'est le seul plat décent que je peux réaliser dans ma cuisine de fortune. Une vieille recette de famille.

— Je suis certain que ce sera délicieux.

Il parlait avec naturel, mais il évitait son regard. Elle avait l'impression qu'il voulait mettre de la distance entre eux — en dépit de l'étroitesse de la cage d'escalier.

Elle le suivit dans la kitchenette. Il posa le sac sur la table, puis recula d'un pas.

— Je ne t'ai pas vue, ces derniers jours, dit-il en s'arrêtant sur le seuil de la pièce.

Seigneur, si elle avait pu être ailleurs ! Elle ne pouvait le regarder sans le désirer. Quelques jours plus tôt, elle se serait simplement avancée vers lui pour se glisser dans ses bras. Mais là, tout de suite, elle s'en sentait incapable. Pas seulement parce qu'elle s'efforçait de résister à cet étrange pouvoir physique qu'il détenait sur elle, mais surtout parce qu'elle n'était pas certaine de la façon dont il réagirait. Quelque chose avait changé entre eux. Mais quoi ?

Le mieux serait sans doute de le lui demander. Pour résoudre un problème, il fallait d'abord le comprendre. Et s'il n'y avait pas de solution, autant regarder les choses en face pour ne pas réitérer l'erreur commise avec Matt.

— Wade, nous devons parler.

— De quoi ?

— De ce qui se passe entre nous. Ou ne se passe pas. Tu as demandé à Carrie de ne pas trop s'attacher à moi. Elle me l'a dit quand nous sommes allées faire des courses ensemble, l'autre jour.

Comme Wade ouvrait la bouche, elle leva la main pour le faire taire.

— Surtout ne lui dis pas que je t'en ai parlé. Ça la mettrait affreusement mal à l'aise.

— Je ne le lui répéterai pas. Qu'aurais-tu préféré que je lui dise ? Elle t'adore et vous vous voyez souvent puisqu'elle passe son temps chez sa copine Madison.

— Et après ? C'est une gamine suffisamment intelligente pour comprendre que deux adultes peuvent sortir ensemble, sans pour autant que cela aboutisse à un mariage. Mais lui demander de ne pas s'attacher…

Elle se plaça de l'autre côté de la table ; elle avait besoin d'un peu de distance et peut-être d'une barrière physique entre Wade et elle. En espérant qu'une table suffirait.

— … c'est affirmer dès le départ qu'il s'agit d'une relation sans avenir.

— Personne ne peut prédire où tout cela nous mènera, Andi. Nous ne nous connaissons que depuis quelques semaines. Pourquoi prends-tu les choses ainsi ?

Parce que Carrie lui avait confié qu'il ne voulait pas se remarier. Parce qu'elle était en train de tomber amoureuse de lui et qu'elle craignait de remettre une fois de plus son cœur entre les mains d'un homme qui le piétinerait allègrement. Voilà pourquoi.

Mais sa réponse fut tout autre.

— J'ai été surprise, c'est tout. Je pensais que nous avions peut-être un avenir ensemble. Visiblement, toi non. Alors maintenant, je dois me demander si j'ai envie d'une relation purement sexuelle ou pas.

Wade l'observa un instant sans répondre.

— Il ne s'agit pas de ça, Andi. Et tu le sais très bien. Mais Carrie est ma fille et je ne veux rien faire qui puisse la chambouler. Je dois la protéger.

— Je crois surtout que c'est toi que tu cherches à protéger. Pourquoi ?

Il la regarda, l'air sidéré, comme si elle avait mis en plein dans le mille. Ce qui était probablement le cas. Mais cela ne donnait pas la réponse à sa question. En quoi était-elle dangereuse pour lui ? Elle n'avait rien fait qui puisse l'inquiéter.

Ils se dévisagèrent en silence. Un des ouvriers appela Wade du bas de l'escalier.

— Faut que j'y aille, marmonna-t-il.

Andi hocha la tête, espérant qu'il lui proposerait d'en rediscuter plus tard.

Il n'en fit rien.

— Cela n'a pas marché, murmura Boston, déçue. Il a refusé de me parler. C'est tout juste s'il m'a adressé un regard.

Deanna aurait voulu pouvoir lui dire qu'elle se trompait, mais dès l'instant où Zeke était arrivé pour le barbecue, il était clair qu'il n'était pas venu se réconcilier avec son épouse. Il était resté à l'écart, assis sous un arbre, à boire bière sur bière.

— Il te regardait dès que tu avais le dos tourné, protesta Andi en pressant la main de Boston. Il souffre autant que toi.

Toutes trois étaient assises dans le jardin au milieu des restes du barbecue. La poubelle était pleine et la glacière vide, à l'exception d'un ou deux packs de glace. Assis à proximité, Pickles faisait sa toilette.

— Pauvre Wade ! murmura une fois de plus Boston en renversant la tête en arrière. Lui qui croyait bien faire.

— On ne va tout de même pas le plaindre, marmonna Andi.

— Il faut reconnaître que ce barbecue n'était pas une bonne idée, renchérit Deanna.

— Les hommes sont tellement bêtes, décréta Andi. Et moi, je suis encore plus bête. Comment ai-je pu croire que Wade était différent ?

Boston hocha tristement la tête.

— Je voudrais bien le défendre, mais je ne sais quoi te dire. Demander à Carrie de ne pas s'attacher à toi est parfaitement stupide. A quoi a-t-il donc pensé ?

— Justement, il n'a pensé à rien. Zut ! Je voudrais qu'il soit nul au lit.

Deanna se surprit à rire.

— Tu es sérieuse ?

— Pas vraiment, marmonna Andi. Mais ce serait tellement plus facile. Je sais bien que c'est un peu tôt et que nous nous connaissons à peine. Je reconnais qu'à cause de Matt, j'ai un petit côté paranoïaque et que je réagis de façon excessive au moindre signe de non-engagement. Je suis consciente d'avoir des attentes irrationnelles. Mais Wade ne fait rien pour me rassurer !

Elle sirota une gorgée de bière, puis se tourna vers Deanna.

— Parlons un peu de toi. Tu as l'air moins tendue.

— J'essaie. La séance chez la thérapeute m'a permis d'y voir plus clair et je prends également un traitement contre l'anxiété. Je ne ressens pas encore de réel changement, mais j'ai commencé il y a seulement quelques jours. Je dois être patiente.

— Tu vas t'en sortir, la rassura Boston.

— La thérapeute m'a dit que Colin serait déjà parti s'il avait voulu me quitter.

— Elle a raison. Ton mari s'est montré très attentionné, ce soir, observa Andi. Il est resté assis près de toi.

— Oui, j'ai remarqué, mais je ne me fais pas trop d'illusions. J'imagine qu'il n'avait pas d'autre endroit où s'asseoir.

— Il aurait pu aller s'asseoir à l'autre bout du jardin, avec les enfants, lui fit gentiment remarquer Boston.

— C'est vrai, renchérit Andi. S'il a choisi de s'asseoir à côté de toi sur le banc, c'est plutôt bon signe. Il faut battre le fer tant qu'il est chaud. Fonce le retrouver.

— Je ne me sens pas prête, murmura Deanna. Je préfère rester assise ici encore un moment pour respirer.

Elle les regarda tour à tour.

— Merci pour votre soutien, les filles. Sans vous, je ne sais pas ce que je serais devenue.

Boston lui sourit.

— Personnellement, je suis ravie de t'aider, cela me permet de penser à autre chose. Tout compte fait, ça tombe bien que tu sois paumée.

Deanna éclata de rire.

— A ton service !

Andi et Deanna étaient parties peu après minuit, après lui avoir donné un coup de main pour ranger, si bien que Boston n'avait plus qu'à monter se coucher. Avec un peu de chance, elle réussirait peut-être à dormir quelques heures.

A mi-chemin dans l'escalier, elle entendit la sonnerie de son téléphone portable. Elle redescendit en toute hâte et le sortit de son sac à main, le cœur battant. Aucun appel à cette heure n'était porteur de bonnes nouvelles.

— Zeke ? Ça va ?

— Madame King ? fit une voix masculine qu'elle ne connaissait pas.

— Oui.

— Shérif adjoint Sam Anders. Votre mari m'a aidé à rafistoler une maison que j'ai achetée, il y a quelques mois. Bref, je le connais et je viens de le ramener au poste. Il conduisait en état d'ivresse. Son pick-up a percuté un arbre.

Boston se laissa tomber sur le canapé et ferma les yeux.

— Il va bien ? A-t-il blessé quelqu'un ?

— Ne vous inquiétez pas, il était seul sur la route. Il est un peu sonné, mais il va bien. En revanche, le pick-up est très endommagé.

— Je me fiche du véhicule. Zeke est-il en état d'arrestation ?

— Non, m'dame.

Tant mieux. Parce que l'île était un endroit où tout le monde connaissait tout le monde et où tout se savait.

— Vous pouvez venir le chercher et le ramener à la maison.

A la maison ? Zeke ne vivait plus ici. Il ne voulait plus d'elle. Il lui reprochait la mort de leur fils.

— J'arrive.

Sans perdre une seconde, elle prit son sac à main et se rendit au poste de police. A cette heure tardive de la nuit, ils n'étaient que deux policiers de garde.

Sam Anders la conduisit dans une petite pièce où Zeke attendait, assis à une table, et repartit, les laissant seuls tous les deux.

Elle observa Zeke un instant en silence. Il avait une paupière entaillée, ainsi qu'un hématome sur la mâchoire.

— Difficile de m'ignorer maintenant, dit-elle calmement.

Zeke releva sur elle un visage fermé, au regard sans expression, et elle eut l'impression d'avoir face à elle un étranger. Il y avait un gouffre entre eux. Un gouffre de tristesse. De colère. D'incompréhension.

En chemin, elle avait préparé ce qu'elle voulait lui dire. Qu'il n'était pas question qu'elle supporte son alcoolisme. Qu'il devait s'arrêter et que si c'était trop difficile, il devait se faire aider.

Mais les mots qui franchirent ses lèvres furent tout autres…

— Si tu me crois réellement responsable de la mort de Liam, alors nous deux, c'est fini. Parce que tu ne peux me pardonner pour quelque chose que je n'ai pas fait et que je ne pouvais empêcher.

Zeke la dévisagea quelques secondes sans rien dire. Les émotions se succédaient sur son visage, trop rapidement pour pouvoir être nommées.

— Il t'a fallu tout ce temps ? demanda-t-il enfin d'une voix rauque.

— Je ne comprends pas. De quoi parles-tu ?

— J'attendais que tu viennes me demander des comptes. J'attendais que tu te défendes. Pour toi. Pour nous.

Elle ouvrit de grands yeux.

— C'était un *jeu* ? s'exclama-t-elle, incrédule. Tu faisais *semblant* de me reprocher la mort de notre enfant ?

— J'essayais de te faire réagir.

Sous le choc, elle chancela. Elle ne voulait pas s'approcher de Zeke, mais ses jambes tremblaient tant qu'elle ne put faire autrement que de traverser la pièce pour prendre l'une des chaises autour de la table et l'installer le plus loin possible de son mari. Elle s'y laissa tomber. La trahison l'encerclait tels les anneaux d'un serpent, se resserrant jusqu'à l'étouffer.

Comment avait-il pu lui faire une chose pareille ? Il l'avait manipulée. Il lui avait menti.

— Je ne savais plus quoi faire pour t'atteindre, expliqua-t-il en repoussant sa chaise.

Il se leva et se mit à marcher de long en large dans la pièce.

— Tu n'es plus là, Boston. Tu as disparu, depuis la mort de Liam. Je ne peux plus t'approcher. J'ai essayé, mais tu n'es plus là. Le jour où Liam a cessé de respirer, je n'ai pas seulement perdu mon fils, j'ai aussi perdu la femme que j'aimais. Tu te tiens là, devant moi, pourtant tu es hors d'atteinte. Je ne sais pas ce que tu penses. Ni ce que tu ressens. Notre mariage a-t-il encore un sens à tes yeux ?

— Comment peux-tu poser la question ? lança-t-elle, luttant contre les larmes. Je t'aime depuis toujours.

— Tu *m'aimais*, rectifia Zeke. Et maintenant, qu'éprouves-tu pour moi ? Tu crois que je bois pour oublier notre fils ? Non. Je bois parce que *justement* je ne peux pas l'oublier. Je bois parce qu'il me manque atrocement. Je bois parce que mon chagrin est trop lourd et que chaque fois que j'essaie de t'en parler, tu t'enfermes dans ton maudit atelier et tu peins !

— C'est ma façon de surmonter sa disparition.

— Non. C'est ta façon d'esquiver. De ne rien ressentir. Et moi, je dois me débrouiller seul avec ma peine. Je suis seul depuis le jour où nous avons enterré notre fils. J'ai essayé d'aller vers toi, mais tu ne m'as pas laissé t'approcher. Tu es partie. Et je ne crois pas que tu reviendras.

Boston se leva d'un bond. La colère lui redonnait des forces.

— Tu prétends que je ne ressens rien, parce que je n'ai pas pleuré et que je ne pleure toujours pas, laissa-t-elle tomber d'une voix sourde, le foudroyant du regard. Mais la façon dont je fais le deuil de notre enfant ne regarde que moi. Tu n'as pas à me dire ce qui est bien ou pas.

Zeke haussa les épaules.

— D'accord. Tu la trouves efficace, ta façon de surmonter la mort de Liam ? Tu te sens mieux ?

— Oui, je travaille à la fresque murale pour Andi. C'est un progrès. Je suis bel et bien là, chaque jour, Zeke. C'est *toi* qui n'es pas à la maison. C'est *toi* qui es parti.

Elle attendit qu'il proteste. Qu'il lui dise qu'elle avait tort, mais au lieu de ça, elle lut la tristesse sur son visage. Le genre de tristesse résignée qui trahit la simple reconnaissance du fait qu'à partir de ce point, il n'y a plus d'espoir.

— C'est vrai, je suis parti. Mais parce que tu n'as pas besoin de moi, Boston. Tu n'as jamais eu besoin de moi. Tu m'as aimé, je te l'accorde. Mais tu es une artiste de talent, tes clients te supplient de travailler de nouveau pour eux, cette maison est ta propriété et tu es entourée d'amies. Tu n'as absolument pas besoin de moi.

Boston déglutit, le cœur serré dans un étau.

— Je ne comprends pas, murmura-t-elle. Qu'ai-je donc fait de si terrible ? Tu ne me désires plus. Nous n'avons plus fait l'amour depuis la mort de Liam. Pourquoi ?

Le regard de Zeke se fit de nouveau dur.

— Parce que tu n'es pas là. Tu es comme une coquille. En apparence, tu es la même, tu dis les mots qu'il faut, mais tu ne me laisses pas entrer. Je t'aime toujours, Boston. Je t'aimerai toujours. Mais je refuse de participer à ce… déni.

Une fois de plus, il rejetait la faute sur elle.

La douleur submergea Boston. La colère aussi.

— Cela ne m'étonne pas. Tu es trop occupé à conduire en état d'ébriété ! Tu aurais pu tuer quelqu'un.

— Je sais. C'est idiot. Cela n'arrivera plus.

Elle lâcha un petit rire méprisant.

— Bien sûr. Tu vas arrêter de boire, comme ça !

— L'alcool n'est pas le problème.

— Ah, parce que c'est moi le problème, là aussi ? Tout est ma faute. Je n'ai rien fait de mal. Je ne l'ai pas tué !

Elle avait hurlé ces derniers mots. Ils retentirent dans la petite pièce, puis tout redevint silencieux.

Boston regarda Zeke, son mari, l'homme qu'elle aimait.

Un froid glacial s'insinua en elle, emprisonnant son cœur derrière une muraille de glace.

— Tu as raison, finit-elle par laisser tomber. Je n'ai pas besoin de toi. Il n'est donc pas nécessaire que tu reviennes à la maison.

Serrant son sac à main sur sa poitrine, elle sortit.

Elle marcha jusqu'à sa voiture et s'installa derrière le volant. Puis elle attendit que l'énormité de ce qu'elle venait de faire s'abatte sur elle. Elle attendit que viennent les larmes, parce qu'à présent, elle allait sûrement pleurer.

Mais rien ne vint. Pas de larmes, pas de panique. Rien. Juste ce froid glacial en elle et la certitude que plus rien ne serait jamais pareil.

25

Deanna disposa les fourchettes et les cuillères sur la table en se répétant que tout se passerait bien. Elle n'en croyait pas un mot, bien sûr, mais se le répéter lui apportait un certain apaisement. Ce n'était peut-être qu'une illusion, mais au point où elle en était, tout était bon à prendre.

Darrelyn lui avait simplement demandé d'observer ses enfants. De les écouter sans porter de jugement. Cela faisait partie de son exercice de la semaine — prendre son traitement, compter jusqu'à dix avant d'aller se laver les mains et écouter. Ce qui paraissait facile dans l'intimité du cabinet de sa thérapeute, s'avérait en réalité beaucoup plus compliqué sur le terrain. Mais elle allait se battre.

Elle jeta un coup d'œil à l'horloge murale.

L'heure du dîner approchait. La table était mise et le règlement de la commande était prêt — elle avait posé l'argent sur la console du hall d'entrée. Elle avait anticipé chaque détail, si bien qu'il ne lui restait plus qu'à observer ce qui se passait autour d'elle sans se soucier du reste.

Facile. Tout à fait réalisable.

Le carillon de la porte retentit.

Elle alla ouvrir, récupéra les deux grands sacs en papier et paya le coursier.

— Gardez la monnaie, dit-elle avant de refermer la porte d'un coup de hanche. Le dîner est là, les filles !

Audrey apparut la première en haut de l'escalier.

— Le dîner est là ? demanda-t-elle, étonnée. Ça veut dire quoi ?

— Que nous mangeons chinois, ce soir, répondit Deanna.

Les jumelles pointèrent le bout de leur nez à leur tour, suivies de près par Lucy. Toutes quatre regardaient leur mère, incrédules.

— Chinois ? répéta Sydney. Ça vient de Chine ?

Deanna éclata de rire.

— Non. Ça vient d'un nouveau restaurant en ville. Je me suis dit que ce serait amusant d'essayer.

— Ce n'est pas toi qui as préparé le dîner ? demanda prudemment Lucy.

— J'ai pensé que vous aimeriez un peu de changement.

Les filles sortirent brusquement de leur état de catatonie et dévalèrent l'escalier d'un seul bloc. Audrey ralentit une seconde, le temps d'appeler Madison.

— Viens vite, on mange chinois, ce soir !

Les jumelles se ruèrent dans la cuisine, tandis que les deux aînées couraient se laver les mains dans la salle de bains du bas.

Deanna disposa les plats sur la table et attendit que tout le monde soit assis pour servir. Madison vint les rejoindre, l'air maussade, comme toujours.

« Observe », se répéta Deanna. Elle ne dirait rien à Madison. Elle se contenterait d'observer et d'écouter.

— Je n'ai jamais mangé chinois, dit Lucy en examinant les différents plats.

— Moi non plus, renchérit Savannah.

— Ça n'a rien d'extraordinaire, maugréa Madison avec dédain.

— Eh bien moi, j'ai envie de goûter ! claironna Sydney. Maman, c'est quoi ça ?

— Du poulet chop suey. Nous avons aussi du porc sauce aigre-douce, du bœuf accompagné de pousses de bambou. Du riz et des nems. Goûtez un peu de tout et vous reprendrez de ce que vous préférez.

Les jumelles hochèrent la tête, Lucy et Audrey attendirent d'être servies. Puis Deanna sourit à Madison.

— Je parie que tu sais déjà ce que tu veux.

Madison haussa les épaules et prit le plat de riz.

Deanna choisit pour sa part de grignoter un nem. Notant que ses quatre benjamines la regardaient mâcher, elle leur sourit.

— C'est bon. Essayez donc.

Les fillettes prirent un nem et mordirent dedans. Une par une, elles commencèrent à hocher la tête.

Sydney prit un morceau de poulet.

— C'est bon, déclara-t-elle, la bouche pleine.

Deanna s'apprêtait à lui dire de ne pas parler en mâchant, mais se ravisa. Elle était là pour observer, pas pour critiquer.

— Je suis contente que cela te plaise, dit-elle simplement.

— On doit choisir un pays pour faire un exposé au centre aéré, lui apprit Sydney.

— Nous pouvons choisir la Chine, ajouta sa jumelle.

— Et parler de la nourriture !

— Ce serait amusant, les encouragea Deanna. Je pourrais demander au restaurant de vous préparer un échantillonnage des différents plats pour que vos camarades puissent goûter. Je suis certaine que votre moniteur serait d'accord.

— Maman, on va faire une sortie à cheval, la semaine prochaine, annonça Audrey d'une voix prudente. Tu veux bien me signer l'autorisation ?

— Pas de problème. Où sont les chevaux ?

— Marysville. Il y a un ranch là-bas. Alison est déjà montée à cheval. Elle dit que même si les chevaux sont grands, ça ne fait pas peur.

— Je suis certaine que tu vas aimer.

Audrey sourit, visiblement soulagée par la réaction positive de sa mère.

Lucy prit une portion de porc sauce aigre-douce.

— Samedi, j'aimerais bien aller à la bibliothèque avec Emma. J'ai vu une pancarte annonçant qu'un auteur va venir nous parler de son livre pendant l'heure du conte.

Madison lui jeta un regard sceptique.

— Ça m'étonnerait qu'un auteur accepte de se déplacer sur notre petite île, fit-elle remarquer.

— C'est ce que dit l'affiche, insista Lucy. J'ai envie d'aller l'écouter.

— Moi aussi, intervint Deanna. C'est formidable de pouvoir rencontrer un écrivain.

— Maman, je peux avoir plus de riz ? demanda Audrey.

— Bien sûr.

Deanna se leva pour la servir, vérifia que les assiettes étaient pleines et alla se rasseoir.

Elle continua d'écouter, sans juger. A poser des questions et à laisser ses filles répondre. Elle s'aperçut ainsi que Lucy était la plus sérieuse des cinq et qu'Audrey, en dépit de sa timidité, avait un grand sens de l'humour. Quant aux jumelles, elles achevaient mutuellement leurs phrases. Et Madison, fidèle à elle-même, bouillonnait de rage contenue.

Pas de quoi s'en préoccuper dans l'immédiat, décida Deanna. Ce serait l'objet d'un prochain « devoir maison ».

Le repas terminé, les filles débarrassèrent rapidement la table et Deanna chargea le lave-vaisselle.

— On pourrait essayer un petit déjeuner chinois, demain matin, plaisanta Audrey.

— Pourquoi pas ? lança Deanna en riant.

— Je remonte dans ma chambre, annonça Madison.

— Comme tu veux, répondit Deanna en allant s'installer sur le canapé du salon.

Lucy s'empara de la télécommande et mit en route la télévision, déjà réglée sur la chaîne éducative locale.

« Ce soir, nous allons apprendre comment les déchets ménagers passent de notre poubelle à la décharge », annonça le présentateur.

Savannah et Sydney échangèrent un regard résigné, Audrey ravala un soupir et Lucy s'assit sur une chaise sans piper mot.

Parce qu'il y avait des règles, songea Deanna. Uniquement des émissions éducatives en semaine. Et pas plus d'une heure par soir. Ensuite, les filles lisaient ou jouaient à des jeux de société avant d'aller au lit. Les films et les émissions commerciales étaient exclusivement réservés au samedi soir.

« Contente-toi d'observer », se répéta-t-elle. Sans porter de jugement. Ni sur ses enfants ni sur elle-même. Parce que ces règles, elle les avait établies dans une bonne intention. Bien qu'à cette seconde précise, elles lui semblaient dictatoriales et injustes…

Dans un geste impulsif, elle prit la télécommande.

— Je n'ai pas très envie de suivre le circuit du contenu de ma poubelle jusqu'à la décharge. Qu'est-ce qu'il y a d'autre ?

Elle fit dérouler le menu des programmes. L'une des chaînes proposait un épisode de *Family Ties.*

— Ma tante adorait cette série, dit-elle en sélectionnant la chaîne. J'aimais bien moi aussi la regarder quand j'avais votre âge.

— De quoi ça parle ? demanda Sydney en venant s'asseoir près d'elle sur le canapé.

— Il s'agit de la vie d'une famille. Les parents sont hippies. Ils ont deux filles et deux garçons.

— C'est quoi « hippie » ? s'enquit Savannah en s'asseyant de l'autre côté de sa mère.

— C'est un peu difficile à expliquer, répondit Deanna, étrangement émue d'avoir ses deux filles auprès d'elle. Vous allez comprendre.

Le thème musical familier annonça le début de l'épisode. Alex P. Keaton entra dans la cuisine familiale. Quelques minutes plus tard, les quatre filles se tordaient de rire. Lucy et Audrey avaient rejoint les jumelles sur le canapé. Si bien qu'à la fin du premier épisode, toutes étaient serrées comme des sardines sur le canapé.

Deanna avait mille choses à faire entre les e-mails, les listes de courses à établir et les factures à trier. Mais au lieu de s'extirper du canapé, elle resta là où elle se trouvait, entourée de ses enfants.

Emue aux larmes, elle réalisa qu'elle venait de passer une soirée merveilleuse. Pas de disputes, pas d'ordres, pas de « tu dois ». Juste un moment de bonheur partagé avec ses filles. Et pour une fois, elles aussi étaient heureuses en sa compagnie.

Le pick-up de Wade n'était pas dans l'allée quand Andi rentra chez elle en fin de journée. Mais elle ne s'en inquiéta pas plus que ça. Il se montrerait sans doute plus tard dans la soirée. Sinon, elle le verrait le lendemain matin.

Tous les deux jours, il lui faisait un compte rendu des travaux réalisés dans la maison. Mais quand elle ouvrit la porte d'entrée, ce fut Zeke qui l'accueillit, un papier à la main.

— Salut, Andi. Ça va ? Je t'attendais pour faire le point sur le chantier.

Incrédule, Andi le regarda. Depuis le début des travaux, c'était Wade qui s'en occupait.

— Wade n'est pas là ?

Gêné, Zeke baissa les yeux sur son papier.

— Hum, non. Il a été appelé sur un autre chantier.

Il marmonna autre chose qu'elle ne put entendre, mais elle s'en fichait.

— Ne me dis pas qu'il a la frousse de se montrer, dit-elle.

Zeke esquissa une grimace éloquente.

— Un peu, oui. Ecoute, Andi, je ne sais pas ce qu'il y a entre vous deux, mais sache que je ferai ce qu'il faut pour que tu sois satisfaite de notre boulot.

— Où est-il ?

— Wade ?

— Oui. Donne-moi l'adresse du chantier où je peux le trouver. Nous allons régler ça sur-le-champ.

Zeke hésita quelques secondes avant d'inscrire une adresse sur un bout de papier qu'il lui tendit. Elle le lui arracha des mains et sortit.

— Ne lui fais pas de mal ! lui cria Zeke.

— Je ne promets rien !

Andi trouva facilement l'adresse.

Le pick-up de Wade était garé devant un petit immeuble de deux étages en cours de rénovation. Au vu du nombre de véhicules dans l'allée, il s'agissait d'un gros chantier. En tout cas, maintenant, elle savait où le trouver, si elle décidait de l'étriper vivant.

Se dirigeant au bruit des marteaux-piqueurs et autres outils de démolition, elle découvrit Wade qui discutait avec deux autres gars. Dès qu'il l'aperçut, il s'excusa et la rejoignit.

Ni l'un ni l'autre ne pipèrent mot, tandis qu'il la précédait pour sortir du bâtiment. S'efforçant d'ignorer ses fesses joliment musclées ou quoi que ce soit d'autre susceptible de la distraire, Andi s'exhortait à rester concentrée sur le fait qu'il avait choisi de disparaître de la circulation plutôt que de lui faire face pour s'expliquer. Décidément, l'ombre de Matt rôdait de nouveau partout.

— C'est ça, ta solution ? attaqua-t-elle d'emblée. Plus de discussion ? Même pas un e-mail ? Dans *Sex and the City,* Berger rompt par Post-it.

— Qui ?

— On s'en fiche, répondit-elle en enfonçant un index accusateur dans les pectoraux de Wade. Alors nous deux, c'est déjà fini ?

— Je ne sais pas.

— Comment ça, tu ne sais pas ? C'est bien toi qui as décidé que notre relation s'arrêtait là, non ? Mais au lieu de me faire passer le message toi-même, tu as envoyé ton frère me prévenir. C'est minable !

Elle n'aurait peut-être pas dû crier, mais elle devait s'accrocher à sa colère pour ne pas se mettre à pleurer. Wade ne méritait pas de savoir qu'elle tenait tant à lui.

— Je n'imaginais pas que tu étais ce genre d'homme. Je me suis trompée sur ton compte.

Le regard de Wade devint polaire.

— Peut-être. Mais ce n'est pas moi qui m'envoie en l'air avec l'ouvrier sexy. Evidemment, c'est pratique pour toi. D'un côté, je te fais grimper au septième ciel, de l'autre, je rénove ta baraque. Tu fais d'une pierre deux coups, si je peux dire.

Atterrée, elle recula d'un pas.

— Tu as entendu ce qu'a dit ma mère, murmura-t-elle.

— Chaque mot. En revanche, toi, je ne t'ai pas entendue. Tu t'es bien gardée de protester.

Elle rougit.

— Je suis désolée que cela t'ait blessé. Mais je n'avais aucune envie de discuter de notre relation avec ma mère.

— Bien sûr, pourquoi parler de moi à tes parents ? Je ne suis qu'un ouvrier, rien de sérieux. C'est toi, Andi, qui as décidé que notre relation ne mènerait nulle part.

— Non. Tu ne comprends pas. J'ai préféré me taire parce que ma mère a l'art de déformer les choses. Tu as aussi dû l'entendre défendre le triste individu qui m'a plaquée devant l'autel. Quoi que je fasse, elle critique. Alors je préfère ne pas lui parler de ce qui me tient à cœur.

Elle posa une main sur son bras.

— C'est à cause de ça que tu as pris tes distances avec moi ? demanda-t-elle.

Wade se dégagea.

— J'ai surtout compris que tu avais besoin de distraction le temps de t'installer sur l'île. Maintenant, ce qui t'ennuie, c'est que j'y mette un terme avant que tu n'y sois prête. Tu aurais peut-être préféré t'amuser encore un peu.

— Tu ne m'écoutes pas, Wade. Ce que j'ai dit ou non à ma mère n'a rien à voir avec ce que j'éprouve pour toi. Je t'aime, Wade. Je t'en prie, ne gâche pas tout à cause de ma mère. Tu dois me croire.

— Non, répliqua-t-il, impitoyable. Je ne te crois pas. La mère de Carrie n'appréciait pas non plus ce que je faisais pour gagner ma vie. Elle attendait davantage de moi. Davantage que la vie que je pouvais lui offrir ici. Elle ne cessait de me pousser à être plus ambitieux. Mais j'aime ce que je fais et ce que je suis. Je n'ai aucune envie de changer.

— Je ne te demande pas de changer.

— Tu seras plus heureuse avec quelqu'un de ton monde, Andi. Quelqu'un comme toi, déclara Wade d'un ton neutre. Et de mon côté, je préfère quelqu'un en qui je peux avoir confiance.

Sous la gifle infligée par ces derniers mots, Andi recula.

— Alors… c'est fini ?

— Oui.

Le cœur en lambeaux, elle dut faire un effort de volonté pour ne pas prendre ses jambes à son cou et partir en courant.

Lentement, elle pivota sur ses talons, puis se retourna brusquement, dans une ultime tentative désespérée.

— Tu te trompes sur moi, Wade. Tu laisses ta fierté nous priver de quelque chose qui pourrait être merveilleux.

— Je prends le risque.

Elle aurait voulu lui faire comprendre qu'il était en train de laisser son passé prendre racine dans sa tête et décider de celui qu'il était. Exactement de la même façon qu'elle était devenue parano après sa désastreuse expérience avec Matt.

Mais à quoi cela servirait-il ?

Wade s'était forgé son opinion et ne semblait pas vouloir en démordre.

De son côté, elle s'était juré de ne plus jamais supplier un homme de l'aimer.

26

Deanna considérait depuis toujours les recettes à la cocotte-minute comme une forme de supercherie, car c'était une solution de facilité. Une solution qu'elle s'interdisait naturellement d'utiliser.

Cela dit, elle avait décidé de changer et, comme l'avait souligné sa thérapeute, certaines règles existaient uniquement parce qu'elles n'étaient jamais remises en question. Aussi, les « devoirs maison », cette semaine, consistaient-ils à tester une règle par jour.

Ce vendredi, Deanna avait donc décidé qu'il était temps de s'attaquer à sa relation avec la cocotte-minute.

Colin avait envoyé un texto pour la prévenir qu'il rentrerait en fin d'après-midi. Lorsqu'elle revint du centre aéré avec les filles, sa voiture était déjà dans l'allée.

— Papa est là ! s'exclamèrent les jumelles, ravies.

Elles sautèrent du minivan, suivies de près par Lucy et Audrey. Madison, elle, passait la nuit chez sa copine Carrie et ne serait pas à la maison avant le lendemain matin.

Deanna descendit de voiture plus lentement, terrifiée à l'idée que Colin lui annonce qu'il la quittait.

Elle entra dans la maison en prenant soin de l'éviter. Quelques semaines plus tôt, elle agissait ainsi pour lui montrer qu'elle se moquait qu'il soit là ou pas. Aujourd'hui, c'était tout le contraire. Elle ne voulait pas qu'il parte. Sauf qu'elle ne savait comment le lui dire… Parce qu'elle était quasi certaine que c'était trop tard.

Elle sortit la cocotte-minute du fond d'un placard et posa sur le comptoir la barquette de framboises qu'elle avait achetées chez l'épicier près du pont. Elle les accompagnerait d'une boule de glace.

Elle terminait de nettoyer les fruits quand Colin entra dans la cuisine.

— Bonsoir, Deanna.

Rassemblant son courage, elle se retourna et lui sourit.

— Bonsoir. C'est bien que tu sois rentré plus tôt.

Il s'appuya contre le comptoir et croisa les bras.

— Tu te sers de la cocotte-minute, fit-il remarquer, surpris.

— Ce soir, c'est bœuf braisé. La météo est pluvieuse. Je me suis dit que c'était un temps à sortir la cocotte-minute.

— Tu détestes cet engin.

— Nous n'étions pas copines jusqu'à aujourd'hui, mais réflexion faite, nous pourrions le devenir.

Colin haussa les sourcils.

— Intéressant, murmura-t-il.

— Il est clair que nous avons chacune des préjugés l'une sur l'autre. Le bœuf braisé est un test. Si tu veux, je te ferai un compte rendu demain.

— D'accord. Comment s'est passée ta semaine ?

— Bien. Et toi ?

— Fructueuse.

Deanna attendit. C'était généralement le moment où Colin tournait les talons et allait retrouver les filles. Ils ne se parlaient plus. Voilà des semaines qu'ils ne se parlaient plus…

— Deanna, tu as l'air… différente. Tout va bien ?

— Ça va très bien. Je me suis occupée des filles. J'ai aussi réfléchi à ce que tu m'as dit l'autre jour, concernant notre revenu, et j'ai réactualisé mon CV.

Elle lut la surprise dans le regard bleu de son époux.

— J'aime mon travail dans la boutique d'artisanat, mais cela ne paie pas beaucoup, poursuivit-elle. Je veux participer davantage au budget familial. D'autant que les jumelles iront à l'école toute la journée dès la rentrée des classes. Je pourrai travailler plus, ce qui te permettra de lever le pied et de ne plus te déplacer autant pour le boulot. Les filles ont besoin de toi ici.

« J'ai besoin de toi ici, moi aussi. »

Les mots restèrent coincés dans sa gorge, mais c'était la vérité.

Colin lui manquait. Pas l'étranger froid et distant qu'elle avait elle-même créé, mais l'homme qu'il était avant, l'homme des premiers temps de leur mariage. Il l'avait adorée, elle l'avait aimé et ils avaient été heureux. Pourquoi avait-elle voulu changer ça ?

Elle toussota.

— Je… hum… je vois quelqu'un.

Colin se raidit. Ses bras retombèrent et sa bouche se durcit.

— Qui ? lança-t-il sèchement.

Deanna fronça les sourcils.

— Qu'est-ce que tu… Oh ! non ! Il ne s'agit pas de ça.

Elle jeta un coup d'œil par-dessus son épaule pour s'assurer qu'ils étaient seuls, puis baissa la voix.

— J'ai commencé une thérapie. A cause de mon problème de lavage des mains et de tout le reste dont tu as essayé de me parler. Ça m'aide beaucoup et j'ai déjà fait pas mal de progrès. Je voulais te prévenir pour que tu ne sois pas surpris quand tu recevras les papiers de l'assurance maladie.

Colin se détendit, visiblement soulagé.

— C'est un grand pas, dit-il simplement.

— Un pas nécessaire. Vu mon passé, il n'est guère surprenant que j'aie des problèmes. Je ne veux pas que les filles en souffrent, elles aussi. Je veux rompre ce cycle.

Au fond d'elle-même, elle se sentait soudain plus légère et pleine d'espoir. Si Colin avait manifesté de la jalousie à l'idée qu'elle puisse voir un autre homme, c'était bon signe, non ? Elle ne voulait pas se faire d'illusions, mais c'était peut-être un début.

— Que puis-je faire pour t'aider ? demanda-t-il.

L'espoir grimpa encore d'un cran sur sa corde élastique.

— Rien, pour le moment, répondit-elle, émue. C'est à moi de m'entraîner à lâcher prise.

Colin jeta un coup d'œil amusé à la cocotte-minute.

— Cela fait partie de la thérapie ?

— En effet. C'est un de mes devoirs maison de la semaine.

— J'ai hâte de voir quel sera le prochain. Un mixeur ?

— Ou une friteuse. Sait-on jamais !

*
**

— C'est superbe, tu ne trouves pas ? dit Andi, sur le seuil de la salle de consultation.

Le plancher était posé, la table d'examen installée, ainsi que le plan de travail et un petit évier. Sur l'un des murs, Boston avait dessiné des singes qu'elle peindrait dans quelques jours.

— Je vais pouvoir ouvrir le cabinet avec une ou deux semaines d'avance. C'est inespéré, non ? Le Dr Harrington est d'accord pour que Nina vienne travailler avec moi. C'est super.

Elle s'interrompit pour ravaler ses larmes.

— Alors, comme tu peux le voir, je nage dans le bonheur.

Pickles se tortilla dans ses bras, comme pour souligner le fait qu'il avait été suffisamment patient et que cette situation frisait le ridicule.

— Tu as raison, murmura Andi en le reposant sur le sol. Excuse-moi, j'oubliais que tu avais une famille qui t'attendait à la maison. J'ai un sérieux coup de blues, mais ce n'est pas à toi de subir mes états d'âme.

Pickles se frotta contre ses jambes, puis se dirigea vers la porte d'entrée restée ouverte. Andi le regarda s'éloigner, consciente du vide dans la maison et de la longue soirée en solitaire qui l'attendait. Puis elle laissa errer son regard sur les murs de sa toute nouvelle salle de consultation, attendant l'explosion de joie… qui ne vint pas.

— Toc, toc, c'est moi.

Boston se tenait sur le seuil de la salle d'attente.

— Alors, mon travail te plaît ?

— Beaucoup. Je suis impressionnée par ton talent.

— Merci.

Boston soupira et ajouta :

— J'ai le moral à zéro.

— Moi aussi.

Elles s'étreignirent brièvement, puis Boston lui prit la main.

— Je t'invite chez moi, dit-elle. Colin a emmené les enfants au cinéma. Du coup, Deanna est partie chez le traiteur acheter des sandwichs, et j'ai ouvert une bouteille de vin. Nous allons nous offrir une soirée sympa entre filles.

— Bonne idée, murmura Andi en soupirant. Je deviens folle

toute seule dans cette maison. La semaine, je suis occupée, mais les week-ends sont sans fin et le dimanche, c'est encore pire.

— Pour moi aussi, maintenant.

Andi ne connaissait pas les détails, mais elle avait l'impression que Boston ne comptait pas sur le retour de son mari dans un proche avenir.

— Toujours pas de contact avec Zeke ? demanda-t-elle, tandis qu'elles entraient dans la cuisine de Boston par la porte de service.

— Rien. Il prétend que je n'ai pas besoin de lui. Peut-être a-t-il raison, après tout.

— Impossible. Vous formiez un couple merveilleux avant la mort de votre enfant. Il faut vous laisser du temps, pour surmonter une telle tragédie.

— Ça fait neuf mois, Andi. Neuf mois ! On ne peut pas continuer ainsi. J'essaie d'aller de l'avant, mais pour Zeke, ça ne suffit pas. Il faut que ce soit à son rythme, à sa façon. Il n'accepte pas que nous soyons différents et c'est ce qu'il me reproche.

— Tu as une analyse très rationnelle de la situation. Peut-être un petit peu trop rationnelle.

— On n'est jamais trop rationnel, déclara Deanna en débarquant dans la cuisine avec des sandwichs. Moi, je paie une fortune pour faire semblant d'être rationnelle, pour faire comme si je n'étais pas folle.

— Tu n'as rien d'une folle, la rassura Boston.

Deanna sourit.

— A l'exception des TOC ?

— Tout le monde a ses petites bizarreries.

Boston ouvrit la bouteille de vin, tandis que Deanna disposait les sandwichs sur une assiette et qu'Andi installait trois tabourets.

— Vous parliez de Zeke ? demanda Deanna.

— Oui, son attitude est décevante, répondit Andi.

— Tout comme celle de Wade, renchérit Boston.

Andi fit de son mieux pour ne pas flancher.

— Ce doit être de famille, murmura-t-elle.

— C'est quoi, le problème de Wade, au juste ? demanda Deanna.

— Je n'ai pas pris sa défense devant ma mère, répondit

Andi, en contemplant son sandwich, l'appétit coupé. Grosso modo, elle a dit que c'était pratique d'avoir un beau mec sous la main capable de restaurer ma maison et avec qui je pouvais m'envoyer en l'air. Je n'ai pas protesté, cela n'aurait servi à rien. Du coup, Wade l'a mal pris.

Deanna mordit dans son sandwich.

— Mais l'autre soir, tu nous as bien dit que ta mère avait également pris le parti de ton ex qui t'a plaquée devant l'autel, non ?

— En effet.

— Wade l'a entendue ?

— Sans doute.

— Donc, il sait qu'elle raconte des âneries.

Andi haussa les épaules avec un pauvre sourire résigné.

— C'est bien ce qui me fait croire qu'il se sert de cette excuse pour me larguer.

Il y eut un silence.

— Je suis vraiment désolée pour toi, murmura Deanna.

— Il ne faut pas. Pendant dix ans, j'ai adopté la politique de l'autruche. Aujourd'hui, c'est terminé. Autant regarder les choses en face. Je pensais juste…

Elle s'interrompit et poussa un soupir à fendre l'âme.

— J'aime Wade et je croyais sincèrement que notre relation pourrait déboucher sur quelque chose de sérieux, reprit-elle. Le plus terrible, c'est que je ne comprends pas où est le problème. Mes parents ne sont guère présents dans ma vie et quand je les vois, c'est en coup de vent. Par conséquent, pour éviter toute polémique inutile, je préfère les laisser dire et pousser un « ouf » de soulagement quand ils s'en vont. Sauf que Wade ne semble pas de cet avis.

Andi, gênée, jeta un coup d'œil à Boston.

— Cela t'ennuie que l'on parle de ton beau-frère ?

— Non, ça va. Ce qui m'ennuie, c'est de ne pas comprendre pourquoi il se comporte comme un idiot et te rend malheureuse. En revanche, toi, tu as l'air d'aller mieux, enchaîna-t-elle en se tournant vers Deanna.

Deanna lui offrit un sourire radieux.

— C'est vrai. Je crois que les médicaments commencent à

faire effet, et je suis en train de faire la paix avec ma cocotte-minute et d'autres appareils ménagers.

— Pardon ? s'étonna Andi.

— C'est une blague. Quoi qu'il en soit, ces temps-ci, Colin est gentil avec moi, ce qui me redonne espoir et en même temps m'angoisse. J'ai peur de me faire des illusions et qu'il me quitte. Je crois que je n'y survivrais pas.

Elle posa la main sur sa bouche et regarda ses amies.

— Excusez-moi. Je n'aurais pas dû dire ça.

— Inutile de t'excuser, la rassura Boston.

— Oui, mais tout de même… C'est un tel manque de tact de ma part.

Andi se pencha vers elle.

— Laisse tomber et changeons de sujet. Avez-vous vu le beau garçon qui s'occupe de restaurer mon jardin ?

Boston se mit à rire.

— Bien sûr. Il est craquant.

— Il s'appelle Thad et il a vingt-quatre ans, précisa Andi. N'allez pas vous faire des idées, mais je le trouve vraiment très mignon.

— J'adore quand il retire sa chemise, plaisanta Deanna. C'est tellement beau, tous ces jeunes muscles ondulant sous le soleil…

— Ou sous la pluie, renchérit Boston. J'adore peindre des nus. Je me demande s'il accepterait de poser pour moi.

Andi et Deanna la fixèrent un instant, surprises, puis toutes trois éclatèrent de rire.

Réalisant que son appétit était revenu, Andi mordit dans son sandwich. Du moment qu'elle avait ses amies, les dimanches n'étaient pas si mal, après tout.

Dans la salle d'attente du futur cabinet médical, assise à même le sol, Boston examinait des échantillons de tissus en attendant que la peinture sèche sur les murs.

Depuis la disparition de Liam, elle n'avait plus travaillé avec ses anciens clients, pour la plupart des décorateurs d'intérieur qui avaient cependant gardé le contact avec elle et continuaient à lui faire des propositions. Aujourd'hui, pour la première fois depuis des mois, elle se sentait capable d'étudier leurs différents projets et peut-être même d'en choisir un.

Elle lut la lettre d'un décorateur de Raleigh.

« Ma cliente adore le bleu. J'ai essayé de l'orienter sur d'autres teintes, mais elle résiste. Rien sinon bleu. Si tu pouvais me créer un motif dans ces tons, je te serais éternellement reconnaissant. »

Boston sourit et jeta un coup d'œil aux échantillons de tissus et de peinture dans le carton. Il y avait aussi des photos du mobilier de la cliente.

Son métier consistait à réaliser des tentures sur mesure. Elle peignait différents motifs sur de petits bouts de tissus. Le client en choisissait un qu'elle reproduisait ensuite à la main sur le métrage de tissu voulu.

Elle facturait cent dollars le mètre sans compter le prix du tissu et de l'envoi. C'était cher, mais le client possédait en retour une œuvre unique de Boston Flemming.

Boston Flemming, pas Boston King. Elle utilisait son nom de jeune fille pour ses activités professionnelles. Zeke l'y avait encouragée. Il tenait à ce que leurs entreprises soient séparées et elle avait accepté. A présent, elle se demandait si à la longue, sa réussite n'était pas devenue elle aussi un problème.

Wade s'avança dans la pièce et s'accroupit près d'elle.

— Ça fait beaucoup de bleu, fit-il remarquer.

— C'est sûr. Pour un homme qui pense que le beige est une couleur.

— *C'est* une couleur.

— Pas pour moi. Une couleur, c'est tonique, ça réveille. Le beige, c'est neutre.

Boston observa son beau-frère avec attention, le sourcil interrogateur.

— Qu'est ce que tu fais là ? Je croyais que tu évitais Andi et que tu avais refilé le chantier à ton frère.

— Oui, mais nous avons un petit problème, reconnut-il.

— Je vois. Tu ne veux pas être là quand Andi s'y trouve, et Zeke ne veut pas mettre les pieds dans cette maison si j'y suis.

Wade s'assit sur la bâche qui protégeait le sol.

— Quelque chose comme ça, oui, avoua-t-il. Tu pourrais redonner une chance à Zeke.

— Je pourrais, mais je ne le ferai pas.

— Pourquoi ?

— Il a renoncé à nous. A ce propos, renoncer semble être un trait de famille, ajouta-t-elle en le regardant dans les yeux.

Le visage de Wade se ferma.

— Je n'ai pas envie de parler d'Andi avec toi, laissa-t-il tomber.

— Pas de problème. Je peux très bien faire les questions et les réponses. Tu te trompes complètement sur elle. Elle est gentille, charmante, drôle, à l'écoute des autres. Et elle t'adore. Non, elle t'aime. Avec tous les défauts que tu as, c'est inespéré qu'une fille aussi formidable s'amourache d'un homme comme toi. Tu ferais mieux de t'en réjouir au lieu de jouer les délicats.

— Je ne joue pas les délicats, mais…

— Tu sais très bien que sa mère est bizarre. Andi n'est pour rien dans ce que sa mère a dit. Pourquoi le lui faire payer ?

— Cela n'aurait pas marché entre nous.

— Eh bien moi, je suis persuadée du contraire. Cela pourrait marcher et c'est justement ça qui te fait peur. Tu crains qu'Andi ne vienne bouleverser ta petite vie confortable entre ta fille, ton frère, moi et ton boulot. Tu as peur de prendre ce risque. Peur de commettre une nouvelle erreur ?

— Je n'ai pas fait d'erreur avant.

— Bien sûr que si. Je sais que ta femme voulait que tu quittes l'île et que toi, tu ne voulais pas. Je sais que vous étiez sur le point de divorcer quand elle est décédée. Je sais que tu n'étais pas heureux.

Elle posa une main légère sur le bras de son beau-frère et ajouta :

— Je sais aussi qu'elle te trompait.

Wade détourna les yeux.

— Tout ceci n'a plus d'importance maintenant, marmonna-t-il d'une voix sourde.

— Si. Andi est terrifiée à l'idée d'ouvrir son cœur à un homme qui ne sera jamais prêt à s'engager. Toi, tu es terrifié à l'idée d'ouvrir ton cœur à une femme qui te voudrait différent. Vous avez tous deux une sensibilité à fleur de peau qui vous aveugle et vous empêche de voir que vous êtes faits l'un pour l'autre. Alors, tant que tu n'as pas réglé tes propres problèmes, reste en dehors de mon mariage.

Elle prit une profonde inspiration, s'attendant à ce que Wade lui fasse remarquer qu'elle n'avait plus de mariage.

Au lieu de ça, il se pencha pour poser un baiser sur son front.

— Je t'aime tout de même, dit-il.

— Moi aussi.

— Alors, fais-moi plaisir, parle à Zeke.

— Et toi, parle à Andi.

Wade se redressa avec un soupir.

— Tu es têtue comme une mule.

Il leva les mains avant qu'elle ait pu répliquer.

— Je sais ! Je sais. Moi aussi, je suis une bourrique. Et maintenant, je file.

Boston jeta un coup d'œil sur sa montre. 18 heures. Andi n'allait pas tarder à rentrer.

— Froussard ! lança-t-elle.

— Je suis surtout un gars conscient de la valeur d'un repli stratégique.

27

Audrey se mordilla la lèvre inférieure.

— Tu es sûre, maman ?

— Sûre à cent pour cent, répondit Deanna avec un sourire encourageant.

— Mais c'est payant.

— Appuie sur le bouton, chérie.

Les jumelles poussèrent un petit cri et Lucy serra un coussin contre sa poitrine. Après un dernier regard à leur mère, Audrey s'exécuta, et le générique du film apparut sur l'écran de télévision.

Dans ce domaine-là aussi, elle s'était montrée beaucoup trop rigide, songea Deanna en allant dans la cuisine préparer du pop-corn. Une émission payante chaque soir finirait par coûter cher, mais une de temps en temps, c'était agréable.

Elle remplit quatre bols de pop-corn qu'elle apporta à ses filles déjà absorbées par le dessin animé.

— Amusez-vous bien ! leur lança-t-elle avant de regagner la cuisine.

Elle leva les yeux vers le plafond et envisagea un instant de monter un bol de pop-corn à Madison. Puis elle se ravisa. Son aînée trouverait encore le moyen de voir dans ce geste quelque chose de machiavélique. Et dans l'immédiat, elle ne se sentait pas capable d'affronter l'un de ces regards méprisants dont sa fille avait le secret.

Cela dit, elle se sentait nettement moins tendue, ces derniers temps, et elle réussissait à dormir quelques heures chaque nuit. Les filles étaient plus spontanées et souriantes. Sauf Madison, bien sûr. Heureusement, c'était le week-end et Colin était là. Elle aimait de nouveau le sentir à la maison, même si sa présence la rendait nerveuse.

— Les filles regardent un film ?

Elle sursauta.

Colin se tenait sur le seuil de la pièce. Il était beau... Deanna sentit la vague de désir s'insinuer dans son cœur, et même un peu plus bas.

Elle avait envie de faire l'amour avec Colin, mais plus encore d'être serrée dans ses bras. De se blottir dans sa chaleur et sa force. Elle ne voulait plus avoir peur qu'il la quitte. Elle voulait de nouveau former un couple avec lui.

— Elles ont choisi un dessin animé, répondit-elle. Mais Madison a préféré rester dans sa chambre.

— A douze ans, elle est peut-être trop grande pour les dessins animés.

Deanna hocha la tête sans répondre.

— Le week-end se termine et les filles ne nous ont pas laissé une seconde pour discuter, reprit Colin. Que dirais-tu de venir prendre un verre de vin avec moi dans le bureau ?

— Un... ? Euh oui. Je veux bien.

Elle le suivit dans le bureau, où les attendaient une bouteille de merlot et deux verres à pied. Elle s'assit dans un coin du canapé, puis se demanda si elle n'aurait pas plutôt dû s'asseoir au milieu. Ou...

Elle soupira. Elle connaissait Colin depuis seize ans. Cela ne devrait pas être si difficile. Pourtant, ça l'était.

Il lui tendit un verre et prit aussi place sur le canapé. Ils étaient proches, mais ne se touchaient pas. Et Deanna réalisa soudain à quel point elle avait besoin de son contact. « Juste un baiser », songea-t-elle.

Ils restèrent silencieux un court instant. Une éternité...

Puis Colin prit une gorgée de vin et se tourna vers elle.

— J'ai discuté avec mon patron, dit-il. Il est d'accord pour que je prenne la direction du service des ventes. Mais si je donne suite, je ne pourrai plus bénéficier des commissions et des primes de déplacement. J'ai fait le calcul, mon salaire sera quasiment divisé par deux. Alors j'hésite. Je crains que notre budget ne soit trop serré.

— C'est bon. J'ai envoyé plusieurs CV et j'ai décroché un entretien, la semaine prochaine, à l'Hôtel des Baies pour un poste de comptable. Trente heures par semaine, dont une partie en télétravail, ce qui me permettrait d'être là quand les filles rentrent de l'école. Je devrais gagner deux fois plus que ce que je gagne aujourd'hui. Cela compensera ta différence de salaire.

Colin l'observa un instant avec attention, surpris.

— Tu es sûre ?

— Tout à fait. Nous en avons déjà discuté, Colin. Les filles ont besoin de toi ici. Tu leur manques.

Elle s'éclaircit la gorge, hésita, et ajouta dans un souffle :

— Et… tu me manques aussi.

Colin posa son verre sur la table basse et lui prit la main. Ses doigts étaient forts et chauds. Familiers. Mais il y avait si longtemps qu'il ne l'avait pas touchée, caressée… Son estomac se contracta. Elle avait tout à la fois envie de se jeter à son cou et de se sauver en courant.

Il dut le sentir car il resserra légèrement son étreinte sur sa main.

— Demain, je dirai à mon patron que je suis prêt à prendre la direction du service des ventes, dit-il. Il y aura quelques semaines de transition, mais ensuite, je rentrerai chaque soir à la maison. Je pourrai conduire les filles à leurs activités.

— Elles seront contentes. Les jumelles aimeraient prendre des cours de danse. Et…

Elle se tut et regarda leurs deux mains serrées.

Etait-ce un effet de son imagination ou bien Colin s'était-il rapproché ? Il tenait toujours sa main dans la sienne, ce qui était agréable, mais soudain, elle ne savait que faire de son autre main. Ni où poser les yeux. Ni quoi penser.

— Et nous pourrions aller skier, laissa-t-elle échapper.

— Quoi ?

— Eh bien, oui… Puisque nous n'avons pas prévu de partir en vacances cet été, nous pourrions aller passer Noël à la montagne. Nous ne sommes plus remontés sur des skis depuis la naissance d'Audrey. Je ne suis même pas certaine de savoir encore en faire, mais ce serait amusant.

Colin lui sourit d'un air songeur.

— Oui, ce serait super, murmura-t-il. Mais nous en reparlerons plus tard. Parce que là, tout de suite, j'ai très envie de t'embrasser.

Elle le regarda, perplexe.

— Vraiment ?

— Vraiment, oui.

— Je n'étais pas sûre. J'espérais, mais… mais après tout ce qui s'est passé… je ne savais pas si…

Elle hésita, se pencha vers lui, puis recula.

— Tu m'as acheté toute cette jolie lingerie que je n'ai jamais portée. Excuse-moi, Colin, j'aurais dû. C'est juste que…

Soudain, les mots se précipitèrent sur ses lèvres.

— J'aimais tellement faire l'amour avec toi que cela me faisait peur. Cette perte de contrôle, ce côté animal en moi… J'avais honte. Je me sentais tellement vulnérable. Alors je me suis interdit d'y prendre du plaisir. J'ai fait semblant de croire que je n'en avais pas envie. Et au bout d'un moment, j'ai fini par y croire. Je n'avais plus besoin de faire semblant et…

— Tu cherches à me déconcentrer ? l'interrompit Colin. Tu ne veux pas que je t'embrasse ?

— Pas du tout. Enfin, si ! Je veux que tu m'embrasses. Mais je voulais juste m'excuser pour…

Elle rassembla ses esprits et le peu de courage qui lui restait et reprit :

— Ce serait merveilleux si tu m'embrassais… maintenant.

Alors, lentement, Colin se pencha vers elle et effleura sa bouche de la sienne.

Ses lèvres étaient douces, accueillantes… Et elle sentit renaître au creux de ses reins ce désir depuis si longtemps bâillonné. Elle entrouvrit les lèvres, et leurs langues s'entrelacèrent, se cherchèrent, se goûtèrent. La main de Colin glissa le long de sa hanche, remonta le long de son corps jusqu'à ses seins qui se gonflèrent sous la caresse de ses doigts.

Soudain, la porte du bureau s'ouvrit.

— Papa, il faut que…

Deanna sursauta et s'arracha à leur baiser. Colin releva la tête.

— Oui, Madison ?

Deanna se sentait à la fois affreusement gênée, terrifiée, mais aussi excitée et bouleversée. Un mélange qui ne faisait pas bon ménage.

— Je… je voulais te parler d'un cours auquel j'aimerais m'inscrire, bafouilla Madison.

Deanna se reprit et se tourna vers sa fille.

Immobile dans l'embrasure de la porte, Madison les regardait. Et Deanna fut surprise de lire dans son regard l'attente et l'espoir. Lueurs fugaces qui cédèrent rapidement la place à la résignation. Comme si Madison avait appris à ne plus espérer.

Deanna se leva et força un sourire sur ses lèvres.

— C'est bon, chérie. Je te laisse en discuter avec ton papa.

Puis elle se sauva avant que Colin ait pu dire quoi que ce soit.

Lorsqu'elle regagna la sécurité de sa chambre, elle se laissa tomber sur le lit et se couvrit le visage de ses mains.

Madison la détestait peut-être, mais ce n'était pas pour les raisons qu'elle croyait. Sa fille était tout simplement terrifiée à l'idée que ses parents puissent se séparer, à l'idée de les voir divorcer. Si elle poussait son père à partir, ce n'était pas parce qu'elle le voulait, mais parce qu'elle était persuadée que la séparation aurait lieu tôt ou tard. Et si ses parents devaient en arriver là, autant que ce soit clair et rapide. En digne fille de sa mère, Madison avait besoin de savoir. Pour elle aussi, vivre dans l'incertitude du lendemain, c'était pire que tout.

L'aube se levait quand Colin passa dans la salle de bains. Il referma doucement la porte derrière lui avant d'allumer la lumière.

C'était lundi matin. Il s'apprêtait à partir en déplacement pour toute la semaine. Deanna l'entendit se raser, puis se brosser les dents. Elle entendit ensuite le bruit de la douche. Elle avait à peine fermé l'œil, la nuit dernière, tant elle était dévastée par la prise de conscience du mal qu'elle avait fait à sa fille aînée. Et elle ne savait ce que serait la suite avec Colin.

Sans l'irruption de Madison, ils seraient sans doute allés beaucoup plus loin. Colin avait fait un pas vers elle et elle s'était sauvée. C'était donc à elle de faire le prochain pas.

Elle sortit du lit et entra dans la salle de bains.

Elle s'approcha de la cabine de douche et attendit que Colin la remarque. Il termina de se rincer les cheveux, puis rouvrit les yeux.

— Tu te lèves tôt, dit-il.

Elle hocha la tête.

Elle portait une chemise de nuit à fines bretelles qu'elle fit glisser sur ses épaules. La chemise de nuit tomba sur le sol. Colin écarquilla légèrement les yeux. Elle ouvrit la porte de la cabine de douche et entra. La peur lui tenaillait le ventre, mais elle l'ignora. Pour sauver son mariage, elle devait prendre des risques. Par ailleurs, la vision du corps nu de son époux était enivrante.

— Bonjour, murmura-t-elle.

Posant les mains sur ses épaules, elle se dressa sur la pointe des pieds pour l'embrasser. L'eau ruisselait sur eux. La bouche de Colin s'écrasa sur la sienne, sa langue s'insinua entre ses lèvres, tendre et avide, tandis qu'il l'attirait contre lui.

Deanna sentit ses mains glisser le long de son dos jusqu'à sa taille, puis sur ses fesses qu'il pressa contre ses hanches. Elle gémit dans sa bouche au contact de son érection, et instinctivement se frotta contre lui… Dans son corps se déchaînèrent de folles sensations… Des sensations connues, puis d'autres, nouvelles, étranges, délicieuses… Elle avait envie de lui. Envie de caresser chaque centimètre carré de son corps. Elle était affamée.

Il s'arracha à ses lèvres et inclina la tête pour prendre la pointe de son sein droit entre ses dents. Abandonnant toute retenue, Deanna se laissa emporter par la passion, et lorsque Colin glissa une main entre ses jambes pour enfoncer un doigt en elle, elle ne put retenir un cri.

Il releva la tête.

— Tu es mouillée.

Ils allaient bavarder, maintenant ?

— Normal, nous sommes sous la douche, murmura-t-elle, le souffle court.

— Non, c'est différent… Tu me désires.

Deanna perçut alors ce mélange de soulagement et d'appréhension dans la voix de son mari. Parce que jusqu'à cette seconde, il n'était pas certain que tout ceci soit réel. Parce que jusqu'à cet instant, il ne savait pas si elle faisait semblant ou si elle le désirait vraiment.

— Pardonne-moi, chuchota-t-elle. Pardonne-moi. Pour tout.

— Moi aussi, je te demande pardon, chérie. Pour t'avoir repoussée. Il fallait que je sache si tu avais encore réellement envie de vivre avec moi.

— Je n'ai jamais cessé de t'aimer, Colin.

L'appréhension dans le regard bleu lumineux de son mari céda la place à la passion. Il coupa l'eau et l'entraîna hors de la douche, vers le lit, leurs corps ruisselants. Il s'écarta juste le temps de fermer la porte de leur chambre à clé, puis il revint vers elle et l'embrassa comme s'il ne pourrait jamais se rassasier, tout en caressant ses seins, jouant avec jusqu'à ce qu'elle ne puisse plus respirer.

Lorsqu'il se mit à semer des baisers sur son ventre, Deanna sut ce qui allait se passer ensuite. Ce à quoi elle avait résisté pendant si longtemps pour tout un tas de raisons. Mais cette fois, au lieu de protester et de refuser, elle lui ouvrit l'accès à son intimité afin qu'il puisse l'embrasser.

La première caresse de sa langue lui fit fermer les yeux. La seconde lui coupa le souffle et la troisième lui arracha un cri de pur plaisir.

Il poursuivit son exquise torture jusqu'à ce qu'elle tremble, implore, se soumette à son contrôle.

— Je t'adore, souffla-t-elle, tandis que les spasmes de la jouissance se rapprochaient.

Il ralentit le rythme quelques secondes. Les yeux fermés, elle sourit.

— Oui, c'est bien moi, Deanna, en train de te parler pendant que nous faisons l'amour.

Quelque chose qu'il lui avait souvent demandé et qu'elle lui avait toujours refusé.

— Bientôt, tu me supplieras de me taire, ajouta-t-elle.

Elle le sentit sourire, puis il reprit le délicieux mouvement de sa langue contre le cœur de sa féminité.

Alors elle s'abandonna à la houle qui se levait dans son ventre, désireuse de la retenir. En vain. La jouissance explosa sans prévenir, la faisant se convulser, mais sans émousser son désir. Et lorsque Colin plongea en elle, elle ouvrit les yeux et vit qu'il la contemplait.

Là aussi, c'était quelque chose qui la mettait mal à l'aise, mais cette fois, elle soutint son regard bleu, s'y noya, tandis qu'il bougeait en elle, lui imposant son rythme. Telle une liane, elle s'enroula autour de lui, l'attirant plus profondément en elle, le poussant toujours plus loin, exigeant davantage encore. Et lorsqu'il jaillit en elle, leurs regards restèrent enchaînés et pour la première fois, Deanna vit l'âme de Colin.

Lorsque Andi arriva chez elle le mercredi soir, elle trouva Carrie qui l'attendait sous le porche. Elle ne l'avait plus beaucoup vue depuis leur séance shopping, essentiellement parce que Wade ne venait plus. C'était Zeke qui s'occupait désormais des travaux de rénovation de la maison.

La semaine précédente, l'équipe avait terminé le premier étage et s'était attaquée au second. Dans moins d'un mois, Andi disposerait d'une cuisine digne de ce nom et d'une salle de bains. Elle pourrait enfin quitter le grenier. Une idée réjouissante, si ce n'est qu'il lui était difficile de se réjouir de quoi que ce soit, tant Wade lui manquait. Et le pire, c'est qu'elle passait un temps fou à tenter de se persuader qu'il ne lui manquait pas du tout.

Comme elle descendait de voiture, Carrie dévala l'escalier.

— Ça fait un moment que nous t'attendons. Viens vite !

— C'est qui, nous ? demanda Andi en lui emboîtant le pas.

— Boston et Deanna.

Carrie ouvrit la porte d'entrée et s'élança à l'intérieur en dansant. Amusée, Andi la suivit à pas plus mesurés. Elle s'arrêta net en entrant dans la salle d'attente.

La fresque murale dominait tout l'espace. Le soleil se déversant par les hautes fenêtres illuminait les animaux. Les feuillages verts, immenses, vibraient de vie, et les papillons avaient l'air prêts à s'envoler.

Les chaises et le canapé qu'Andi avait commandés étaient arrivés et déjà installés. Il y avait aussi des tables basses sur lesquelles trônaient des magazines pour enfants. Une aire de jeux avait été aménagée dans un coin de la pièce, sur un épais tapis de laine. Les jouets en plastique qu'Andi avait achetés étaient entassés dans une caisse d'où débordaient également de très beaux jouets de bois qu'elle n'avait jamais vus — un train, des maisons et des animaux de la ferme.

— Surprise ! lança joyeusement Deanna en s'avançant dans la salle d'attente avec Boston. Nous nous sommes permis d'ajouter quelques petites choses. J'espère que ça te plaît.

— Magnifique, murmura Andi en effleurant du doigt l'une des tables basses. Ce n'est pas moi qui les ai achetées.

— Je sais, répondit Deanna d'un ton léger. C'est une donation. Je refais la déco de mon salon dans un style moins conventionnel. Ces tables sont suffisamment solides pour survivre à une horde de gamins grimpant dessus, je te le confirme. J'ai aussi apporté le tapis.

— Et là, ce sont mes jouets, dit Carrie en prenant un petit cochon de bois sculpté. Papa les a fabriqués pour moi quand j'étais petite. Il a dit que je pouvais les donner si je voulais, mais je crois qu'il sera content de les savoir ici. J'ai tout de même gardé mes préférés, avoua-t-elle avec un sourire contrit. Pour quand j'aurai des enfants.

— Merci, Carrie. C'est très gentil.

— Et ce n'est pas tout ! intervint Boston. Viens voir ton bureau.

Andi la suivit le long du couloir et entra dans son bureau.

La table de travail y était déjà installée, ainsi qu'une lampe et des sièges confortables. Au mur étaient accrochés deux tableaux qu'elle ne connaissait pas. L'un représentait un paysage marin, l'autre les filles de Deanna en train de jouer avec Pickles dans le jardin.

Andi ouvrit la bouche et la referma.

— Je… ne sais quoi dire, avoua-t-elle. Tout est parfait. Vous êtes si gentilles.

— Tu es des nôtres à présent, observa Deanna. Que cela te plaise ou non.

Andi éclata de rire. Carrie se jeta à son cou et bientôt, toutes quatre s'enlacèrent. Andi savoura cette sensation d'appartenance. En quelques mois seulement, elle s'était créé un véritable foyer ici, sur cette île.

— Je vais voir Madison ! lança Carrie en courant vers la porte d'entrée.

Andi lui souhaita de bien s'amuser, puis se tourna vers ses amies.

— Franchement, il ne fallait pas vous donner tout ce mal, les filles.

— C'est vrai, mais cela nous faisait plaisir, répliqua Boston. Et comme vient de le dire Deanna, tu es des nôtres, à présent. Alors il est normal que nous t'aidions à t'installer dans cette nouvelle vie dont nous faisons partie.

Deanna acquiesça d'un hochement de tête en balayant les lieux d'un regard admiratif.

— La rénovation est très réussie et je trouve ta fresque absolument splendide, Boston.

— Merci.

Andi, qui s'apprêtait à renchérir, se surprit brusquement à dévisager Deanna.

— Que s'est-il passé ? demanda-t-elle.

— Rien. Pourquoi ?

Andi plissa les yeux et observa son amie avec attention.

Deanna était comme d'habitude, impeccablement coiffée, maquillée et habillée avec goût. Mais il y avait quelque chose de différent… Dans son regard, peut-être ? Ou dans la luminosité de son sourire ? Ou…

Soudain, elle comprit.

— Tu es heureuse, affirma-t-elle.

Deanna sourit.

— Possible. En tout cas, j'essaie. Je fais des efforts… Colin aussi.

Rougissante, elle baissa les yeux avant d'avouer d'une toute petite voix :

— Nous avons fait l'amour, l'autre matin. Nous ne l'avions jamais fait ainsi… Tout n'est pas parfait, mais j'ai bon espoir.

— Tant mieux ! s'exclama Andi. Je suis juste un peu jalouse.

— Toujours aucun signe de Wade ?

Andi secoua la tête sans répondre.

— Les King sont tous des idiots, décréta Boston. Il faut se rendre à l'évidence.

— Si je comprends bien, Zeke non plus ne t'a pas fait signe, fit remarquer Andi.

— Pas un signe, pas un mot, répondit Boston, les larmes aux yeux. Il me manque terriblement, mais je ne sais comment faire pour arranger les choses entre nous. Notre amour a peut-être disparu avec Liam. Je ne sais pas.

— L'amour ne meurt jamais, dit doucement Deanna. Tu finiras par retrouver l'homme que tu aimes.

— J'espère, murmura Boston. Parce que sans lui, je suis perdue.

28

Boston se tenait devant la porte fermée, les doigts crispés sur la poignée. Deanna posa une main amicale sur son bras.

— Rien ne t'oblige à faire ça.

— Si. Il le faut. J'ai déjà attendu trop longtemps.

Elle tourna la poignée et entra dans la chambre.

La pièce joliment décorée était meublée d'une commode, d'une table à langer et d'un berceau ancien sur lequel veillait une armée de peluches. Un rocking-chair attendait près de la fenêtre et sur l'un des murs, une grosse locomotive rouge souriait.

Boston se planta au milieu de la chambre et se laissa submerger par la douleur, priant pour que viennent les larmes.

Deanna passa un bras autour de ses épaules.

— Quand es-tu venue ici pour la dernière fois ? demanda-t-elle doucement.

— Une semaine après sa mort. Je n'y suis plus revenue depuis. Et je ne crois pas que Zeke y ait jamais remis les pieds.

Deanna alla chercher les cartons dans le couloir.

— Nous allons tout empaqueter, et quand Colin sera venu nous aider à démonter les meubles, nous emporterons tout au grenier, proposa-t-elle. Si tu es sûre que c'est bien ce que tu veux.

— Oui. Même si ça s'arrange avec Zeke, je ne pourrai jamais me servir de cette pièce pour un enfant. Je vais la transformer en chambre d'amis.

— Tu as raison, approuva Deanna.

Elle posa les cartons près de la commode et commença à ouvrir les tiroirs.

— Tu n'es pas obligée de rester, tu sais. Je peux m'en occuper seule.

Boston refusa d'un signe de tête, et tandis que Deanna vidait les tiroirs, elle s'avança vers le rocking-chair.

— Le fauteuil aussi doit partir, dit-elle.

Deanna lui jeta un coup d'œil en coin.

— C'est prévu. Colin l'emmènera au foyer pour femmes de Marysville, ce week-end. Je me doutais que tu ne voudrais pas le garder.

Boston effleura du bout des doigts l'accoudoir de bois sculpté. C'était un fauteuil magnifique, mais elle était assise là quand Liam était mort dans ses bras. Il ne pouvait rester dans la maison.

Elle se laissa glisser sur le sol et remonta ses genoux contre sa poitrine. Il n'y avait toujours pas de larmes et la douleur s'estompait. Elle était dans cette chambre, la chambre de son enfant mort, mais c'était comme si tout se passait à distance.

— Deanna… Tu crois que je suis cassée ?

— Non.

Boston leva les yeux vers elle, surprise.

— C'est tout ? Juste non ?

— Laisse-toi le temps de guérir, Boston. C'est long.

— Je n'arrive pas à pleurer.

— Et moi, c'est tout le contraire. J'ai beaucoup trop pleuré, ces derniers temps. Ne sois pas si exigeante envers toi. Sois patiente.

Boston réussit à sourire.

— Et c'est toi qui me dis ça ? Dis donc, ta thérapie a l'air sacrément efficace.

— Elle m'aide, en effet, reconnut Deanna. J'apprends à lâcher prise. J'apprends que je ne peux pas être parfaite tout le temps et que la terre ne va pas s'arrêter de tourner si je n'utilise pas du fil dentaire chaque soir ou si mes filles ne portent pas des vêtements assortis.

Elle baissa la voix pour ajouter :

— J'ai pris deux kilos en dix jours et je m'en moque.

— C'est rien, par rapport à moi, rétorqua Boston avec une grimace. J'en ai pris quinze avec la grossesse et je ne les ai toujours pas perdus.

— Surtout ne change rien. Tu es très belle comme tu es.

— Merci.

Deanna reprit sa tâche, et Boston la regarda sortir les vêtements si minuscules qu'on les aurait crus faits pour des poupées. Son cœur se serra. Elle ouvrit les mains, comme pour y recevoir la souffrance. Cette souffrance qui l'étouffait.

Elle ferma les yeux, priant pour que viennent les larmes. Il fallait que son chagrin sorte. Elle avait besoin de l'exprimer.

« S'il te plaît », implora-t-elle silencieusement.

Deanna se redressa et se dirigea vers l'armoire.

Boston rouvrit les yeux et comprit qu'elle n'était pas prête. Pas encore.

— Nous avons trois comptabilités séparées, expliqua Michelle Sanderson, dans son bureau de l'Hôtel des Baies. Une pour l'hôtel, une pour le restaurant et une pour cette maudite boutique de souvenirs.

Assise le dos bien droit sur sa chaise, Deanna s'efforçait de dissimuler sa nervosité.

— Vous n'êtes pas favorable à la boutique de souvenirs ? demanda-t-elle.

— Je me dispute régulièrement à ce sujet avec mon associée. Savez-vous combien de colliers de marguerites nous vendons ? demanda Michelle, l'air exaspérée. Beaucoup. Je ne peux plus voir les marguerites. Ces fleurs me sortent par les yeux. Malheureusement, Carly a raison, c'est un produit qui marche. Mais il ne faut pas que ma haine irrationnelle des marguerites vous effraie, enchaîna-t-elle en lui souriant. En réalité, je suis d'un naturel pacifique, rassurez-vous. Le poste vous intéresse toujours ?

— Bien sûr.

— Parfait. Comme nous en avons déjà discuté lors de l'entretien téléphonique, nous recherchons quelqu'un pour tenir la comptabilité à la fois de l'hôtel, du restaurant et de la boutique. C'est trop de travail pour Carly et moi. Et maintenant que Carly va se marier…

Michelle se renversa contre le dossier de son fauteuil et soupira.

— Elle veut à tout prix un grand mariage avec tout le tralala !

Je ne comprends pas pourquoi elle ne se marie pas à Reno, comme tout le monde.

Michelle avait beau râler contre son associée, l'affection dans sa voix était manifeste. Elle jeta un coup d'œil aux notes sous son nez, et reprit :

— L'idéal serait que vous puissiez venir ici trois fois par semaine, étant entendu que vous ferez le reste du travail chez vous. Vous savez vous servir du logiciel que nous utilisons ?

Deanna hocha la tête et tendit un certificat.

— J'ai récemment suivi une formation en ligne pour rafraîchir mes compétences.

Michelle jeta un coup d'œil au certificat.

— Parfait. Vous connaissez déjà Carly, je crois.

— En effet. Elle a pris des cours de patchwork avec moi à la boutique d'artisanat.

— Je ne sais pas tenir une aiguille, plaisanta Michelle en se levant. Suivez-moi, je vais vous faire visiter les lieux. Je tiens à ce que vous sachiez dans quel monde de fous vous vous embarquez avant de signer votre contrat de travail. Vous aimez les animaux ?

— Euh… oui.

— Nous avons un chien et un chat à demeure. Le chien est à moi. Le chat, M. Moustache, appartient à notre cuisinière. Pour votre information, sachez que M. Moustache a tendance à penser que c'est lui qui dirige ici. Certains jours, j'en arrive à le croire.

Une heure plus tard, Deanna remontait dans sa voiture. Elle sortit le téléphone portable de son sac à main et composa le numéro familier.

Colin décrocha aussitôt.

— Salut, chérie. Comment ça s'est passé ?

— J'ai le poste.

— Félicitations ! Cela ne me surprend pas et je suis ravi pour toi.

— Je commence dans une semaine. Cela m'angoisse un peu.

— Ne t'inquiète pas, tu te débrouilleras très bien.

— Merci. Je l'espère.

C'était nouveau, ces discussions entre eux. Colin l'avait appelée le soir après qu'ils avaient fait l'amour, et ils avaient parlé jusqu'à près de minuit. Depuis, il l'appelait plusieurs fois par jour. Pour parler de tout et de rien. Et elle était impatiente d'entendre sa voix. Elle se sentait jeune et insouciante. Heureuse. Amoureuse.

— Je serai à la maison demain soir, dit-il.

— J'ai hâte.

— Moi aussi.

Colin marqua une courte pause.

— Qu'est-ce que tu portes ?

— Colin ! Je suis dans la voiture, devant l'hôtel où je vais bientôt travailler.

— C'est ta façon de me dire que tu n'es pas toute nue ?

Deanna ferma les yeux, le cœur battant, un peu honteuse… mais pas trop.

Ces derniers temps, elle avait découvert qu'elle adorait parler pendant leurs ébats. Colin était même parvenu à la faire rire, alors qu'il lui faisait l'amour.

— Je ne suis pas toute nue.

— Zut ! Mais ce soir, tu le seras ?

Deanna sentit ses joues brûler.

— Oui, chuchota-t-elle.

— Et voici pour vous ! lança le Dr Harrington en tendant un carton d'invitation à Andi. Nous organisons une grande fête pour le retour de mon fils sur l'île.

— J'ai hâte de le rencontrer. J'ai tellement entendu parler de lui.

— Sa mère et moi sommes très fiers de lui, lui répéta le Dr Harrington pour la énième fois. Il a de grands projets pour ce cabinet. J'ai hâte de travailler avec lui.

— J'imagine, répondit poliment Andi qui ne pouvait cependant imaginer une seconde travailler avec ses parents.

Son cœur se serra brièvement. Elle aurait tant aimé que les choses puissent être différentes entre eux. Mais…

— Tout est arrangé avec Nina ? s'enquit le Dr Harrington.

— Oui. Encore une fois, merci d'avoir accepté de vous séparer d'elle.

— Ma foi, c'est aussi bien. Dylan et elle sont sortis ensemble au lycée, et cela ne s'est pas très bien terminé. A l'époque, nous les trouvions trop jeunes. Nous n'aurions peut-être pas dû interférer.

Il s'interrompit, puis secoua la tête.

— Bah ! C'est de l'histoire ancienne. Les gens changent, mais la terre continue de tourner, la vie continue.

Nina avait évoqué sa romance avec Dylan, mais Andi n'en connaissait toujours pas les détails.

— Si vous avez besoin de quoi que ce soit, Andi, vous savez où me trouver.

— Merci, docteur Harrington.

Dès qu'il eut quitté son minuscule bureau, Andi éteignit l'ordinateur et prit son sac à main.

On était jeudi soir et c'était le dernier jour de son contrat temporaire chez le Dr Harrington. Dans deux semaines, elle ouvrirait son propre cabinet médical.

Avec Nina, elles avaient prévu de se retrouver chez elle, dès lundi matin, pour faire le point sur l'équipement et les fournitures, vérifier que tout était opérationnel et prendre les premiers rendez-vous pour les consultations. Plusieurs parents avaient déjà laissé des messages sur son nouveau numéro de téléphone. Son avenir professionnel lui semblait relativement clair.

Elle sortit par la porte de service donnant sur le parking.

Demain, elle retrouverait ses ex-collègues de travail pour leur rituel déjeuner de groupe auquel elle était toujours conviée. Par ailleurs, deux professeurs du lycée lui avaient demandé d'intervenir auprès des élèves pour parler de la santé et du cursus des études médicales. Ses voisines étaient devenues ses amies. Elle avait aussi ses camarades du cours de Pilates et elle s'était inscrite à un cours de patchwork dans la boutique d'artisanat où Deanna avait travaillé jusqu'à tout récemment. Sa vie était maintenant sur l'île. Et, ma foi, ce n'était pas si désagréable que ça.

Comme elle s'avançait vers sa voiture, elle tressaillit en voyant un homme adossé contre la portière. Il était grand, blond, séduisant, dans le genre « star de cinéma ». Dès qu'il l'aperçut, il lui décocha un sourire d'une blancheur aveuglante.

— Chérie, enfin te voici !

Andi se figea, n'en croyant pas ses yeux.

— Matt ?

— Tu as l'air surprise.

— C'est le moins que l'on puisse dire. Après tout ce temps.

La dernière fois qu'elle l'avait vu, il essayait de lui expliquer pourquoi il l'avait abandonnée le jour du mariage. Mais plutôt que de s'excuser de l'avoir humiliée devant tout le monde, il était surtout soucieux de lui faire comprendre que ce n'était pas sa faute. A l'époque, blessée et furieuse, elle avait accepté leur rupture, tout en se demandant au fond d'elle-même si elle ne resterait pas amoureuse de ce salaud toute sa vie.

A présent, alors qu'elle s'approchait, elle réalisa soudain qu'elle n'avait pas pensé à lui depuis des semaines. Il lui était devenu totalement indifférent. C'était juste un sale égoïste qui lui avait donné une dure leçon.

— Pourquoi es-tu là ? lança-t-elle sèchement.

— Pour te voir.

Il lui prit la main, mais elle la lui retira et recula d'un pas.

— Je t'ai demandé ce que tu faisais là ? répéta-t-elle.

Il se rapprocha, tout sourire.

— Il faut que l'on se parle, Andi. On peut aller quelque part ?

Elle le dévisagea avec méfiance. Rien de surprenant, compte tenu de son comportement de lâche dans un passé pas si lointain. Ce qui était surprenant, en revanche, c'était de constater que revoir cet homme dont elle s'était crue amoureuse pendant dix longues années ne ravivait aucun souvenir. En tout cas, aucun souvenir agréable. A cet instant précis, elle aurait préféré être chez elle, en train de se préparer un petit dîner ou de papoter avec une copine.

— Juste un verre, implora Matt. Il y a forcément un bar, dans le coin.

— Il y en a plusieurs, mais je n'ai pas envie de prendre un verre avec toi. Dis-moi ce qui t'amène ici ou je m'en vais.

— Waouh ! Tu as changé. Tu te souviens ? Je te disais toujours de t'affirmer, de te défendre. Je suis content de constater que tu as suivi mon conseil.

Andi leva les yeux au ciel et sortit ses clés de voiture. Vif comme l'éclair, Matt s'interposa.

— Ecoute Andi. Je suis venu te dire que je regrette. Te quitter comme je l'ai fait, c'était stupide et irresponsable.

Des excuses ? Qui aurait cru ? Un peu tard, certes, mais des excuses.

— Contente que tu aies enfin réalisé que tu as agi comme un minable. Autre chose ?

Il tressaillit sous l'insulte, mais chercha son regard.

— J'ai fait une bêtise, Andi. C'est ce que je suis venu te dire. Je n'ai pas réfléchi. J'ai épousé Lindsey sur un coup de tête. C'était idiot.

Il lui jeta un regard hésitant avant de reprendre :

— Nous sommes en instance de divorce. Il ne m'a pas fallu bien longtemps pour comprendre que j'avais tiré le mauvais numéro. C'est toi que j'aime, Andi. Voilà pourquoi je suis ici. Pour te dire que je suis maintenant prêt à vivre avec toi comme tu le souhaitais.

Fier de sa tirade, il lui décocha son charmant petit sourire en coin.

— Epouse-moi, Andi. Je t'aime.

Six mois plus tôt, elle aurait vendu son âme pour entendre ces mots. Quatre mois plus tôt, elle aurait pu être tentée de dire oui. Mais aujourd'hui…

— Non merci.

Elle pressa le bouton d'ouverture de sa voiture.

Matt cligna des yeux.

— Je ne comprends pas.

— J'ai dit non. Je n'ai rien à faire avec toi. Tu t'es comporté de façon odieuse, mais au final, je ne m'en plains pas. C'est même une chance, car cela m'a ouvert les yeux sur l'homme que tu étais réellement. Je ne t'aime pas, Matt. Et je n'ai aucune envie de reprendre une quelconque relation avec toi.

— Mais… nous sommes restés dix ans ensemble. C'était super, nous deux.

Il hésita.

— Je reconnais que j'ai pu être parfois pénible à trop insister pour que tu changes, mais ça m'a passé, je t'assure. Aujourd'hui, je réalise que je te veux telle que tu es.

Son regard dériva sur ses boucles indisciplinées. Il ouvrit la bouche puis la referma.

— S'il te plaît, chérie.

— C'est trop tard, Matt. La femme que tu aimais a disparu. J'ai changé et certainement pas comme tu le souhaiterais. Au début, quand tu m'as plaquée, j'ai été anéantie. Maintenant, je me demande pourquoi je n'ai pas rompu dix ans plus tôt.

— Allons, chérie, tu ne penses pas ce que tu dis.

— Si, je le pense.

Elle pensait en effet à toutes ces années perdues avec lui. Elle pensait à cet instant atroce où elle s'était tenue seule devant l'autel, dans sa robe blanche, face à tous ces gens qui la regardaient, stupéfaits.

— Il y a quelqu'un d'autre, Andi ?

— Non.

Dans son cœur, il y avait Wade, bien sûr. Mais il lui avait clairement fait comprendre qu'il ne voulait pas d'elle. Ce qui était dommage, car elle était persuadée qu'ils avaient le potentiel d'un bel avenir devant eux.

Sans se décourager, Matt lui prit de nouveau la main.

— Andi, tu ne peux pas me faire ça. J'ai besoin de toi. Laisse-moi une chance.

Elle se dégagea et ouvrit la portière.

— Tu aurais dû y penser avant de me piétiner le cœur. Je t'ai laissé ta chance pendant dix ans, Matt. C'est long, dix ans. Maintenant, c'est trop tard.

Il ouvrit de grands yeux. Elle aurait juré qu'il était sur le point de pleurer.

— Mais je t'aime, Andi.

— Désolée.

— Je t'en prie !

— Adieu, Matt.

Elle se glissa derrière le volant et mit le contact. L'espace d'une seconde, elle crut qu'il allait se jeter devant le capot pour l'empêcher de démarrer. Heureusement, il ne prit pas ce risque.

Comme elle sortait du parking, elle réalisa qu'elle n'éprouvait aucun remords, aucune culpabilité, aucune tristesse. Elle ressentait au contraire une sorte de légèreté intérieure. Un sentiment de liberté, songea-t-elle avec un sourire.

Plutôt vivre seule qu'avec Matt. Elle en avait terminé avec lui. Son seul regret, c'était de ne pas l'avoir compris dix ans plus tôt.

*
* *

Deanna attendit que ses cinq filles soient installées autour de la table de la salle à manger, lieu où se déroulaient habituellement les conversations sérieuses et, voyant leur inquiétude, leur sourit pour les rassurer.

— Ne vous en faites pas, dit-elle. Il n'y a rien de grave. Juste quelques changements dont je veux vous parler.

Les filles se regardèrent, mais pas une n'ouvrit la bouche.

— Dans quelques jours, je vais commencer un nouveau travail, leur expliqua Deanna. Je vais m'occuper de la comptabilité de l'Hôtel des Baies. Je travaillerai à l'hôtel trois matins par semaine, le reste du temps, je travaillerai ici. Je vais donc avoir besoin de votre coopération pendant mes heures de travail. Naturellement, j'essaierai d'en faire le maximum pendant que vous serez à l'école, mais nous allons devoir établir un système réduisant les interruptions au minimum.

La bouche de Madison trembla.

— Papa et toi… vous…

« Vous allez divorcer ? »

Madison ne pouvait prononcer les mots, mais Deanna les entendit. Elle lui sourit.

— Ton père est très content que j'aie décroché ce nouveau travail. Nous avons prévu de sortir dîner tous ensemble ce week-end pour fêter ça.

Et pour fêter son changement de poste à lui aussi. Mais c'était à Colin de leur en parler. Il lui avait demandé d'annoncer aux filles qu'il serait désormais plus présent à la maison, mais elle préférait que ce soit lui qui le leur dise. Elles allaient être aux anges et il méritait de profiter de ce moment.

— Nous formons une famille, Madison, précisa-t-elle doucement. Et quoi qu'il arrive, nous le resterons.

Si la question avait été posée par Lucy, Audrey ou une des jumelles, elle aurait accompagné ces derniers mots d'une caresse ou d'un baiser. Mais c'était plus compliqué avec sa fille aînée.

Madison la regarda puis détourna les yeux.

— D'accord, murmura-t-elle.

— Nous allons donc établir une liste de tâches pour chacune, reprit Deanna. Nous discuterons ensemble de ce que vous préférez faire et de ce que nous attendons de vous, votre père et moi. J'aimerais aussi vous apprendre à cuisiner, les filles, car là aussi, je vais avoir besoin d'un coup de main. Chacune pourrait se spécialiser sur deux ou trois recettes.

Les jumelles échangèrent un regard.

— Les gâteaux, c'est possible ? demandèrent-elles en chœur.

— Va pour les gâteaux. C'est un bon début.

Les jumelles applaudirent.

Deanna sourit à Audrey et Lucy.

— Toutes les trois, nous pourrions réfléchir à des plats à préparer ensemble. Bœuf braisé à la cocotte-minute, par exemple.

— Spaghettis, proposa Lucy.

— Bonne idée. C'est moi qui me chargerai de faire bouillir l'eau, pendant que vous préparerez la sauce.

Un sourire gourmand se dessina sur la frimousse d'Audrey.

— Sauce volaille parmesan !

— Ambitieux, mais certainement délicieux, commenta Deanna. Ce sera amusant.

Elle se tourna vers Madison.

— J'imagine que passer du temps avec moi dans la cuisine n'a rien d'amusant à tes yeux, dit-elle d'un ton neutre. Aussi, je ne vois pas d'inconvénient à ce que tu choisisses de participer autrement aux tâches de la maison, du moment que tu fais ta part, comme tes sœurs.

Madison la dévisagea sans rien dire. Les émotions se succédaient sur son visage ; la bataille était manifeste. Elle mourait d'envie de s'amuser avec ses sœurs, mais comment pourrait-elle s'amuser avec sa mère ?

La tristesse serra le cœur de Deanna. Elles avaient été si proches, toutes les deux. Madison avait été son rayon de soleil, son amour d'enfant. A présent, c'était une étrangère qui la détestait. Sa thérapeute lui avait conseillé la patience, mais c'était si difficile…

Comme si elles avaient perçu son désarroi, les jumelles dégringolèrent de leur chaise pour venir se jeter dans ses bras.

— On peut faire des cookies au chocolat, maintenant ? demanda Sydney.

— Je veux apprendre tout de suite ! renchérit Savannah.

Deanna éclata de rire.

— Bonne idée. Toutes celles qui le souhaitent peuvent participer à la préparation des cookies au chocolat.

Audrey et Lucy se précipitèrent dans la cuisine en criant qu'elles allaient se laver les mains pour les aider. Quant à Madison, elle se leva et se dirigea lentement vers l'escalier.

Deanna suivit les jumelles dans la cuisine. Elle aurait voulu regarder derrière elle, voir sa fille aînée hésiter et peut-être changer d'avis. Mais elle se souvint qu'à l'âge de Madison, il n'y avait rien que sa mère aurait pu faire pour combler le gouffre qui s'était creusé entre elles.

La ligne de non-retour avait-elle été franchie, ici aussi ? En était-elle arrivée à ce point avec sa propre fille ?

29

Boston sentit l'odeur de peinture à la seconde où elle ouvrit la porte d'entrée. L'espace d'une seconde, elle ne comprit pas. Elle peignait uniquement dans son atelier, alors pourquoi quelqu'un était-il venu peindre dans…

Elle se figea sur place.

Wade savait que Deanna et Colin l'avaient aidée à empaqueter les affaires de Liam. Elle lui avait aussi dit qu'il faudrait repeindre la chambre d'enfant, effacer la locomotive… mais qu'elle n'était pas certaine d'en avoir le courage. Il avait aussitôt proposé de s'en charger. Elle avait refusé. Elle ne se sentait pas prête. Pas encore.

— Non ! hurla-t-elle en se ruant dans l'escalier.

Arrivée à l'étage à bout de souffle, elle s'élança dans le couloir en courant, sachant déjà ce qui l'attendait avant même d'en avoir franchi le seuil. Sachant déjà ce qui lui avait été enlevé.

La pièce était vide. Plus de rideaux, plus de tapis sur le parquet. Une ampoule nue au plafond. Des murs blancs.

Plantée au beau milieu de la chambre, elle ressentit l'absence cruelle de tout ce qu'elle avait chéri. C'était comme si… comme si Liam n'avait jamais vécu ici.

Elle eut soudain l'impression que sa poitrine se déchirait. Elle pressa la main sur la plaie, espérant contenir l'hémorragie, mais il n'y avait que le T-shirt et la chaleur de sa peau.

Impossible. C'était un cauchemar éveillé. Liam, son adorable bébé… Ce n'était pas possible…

Hagarde, elle secoua violemment la tête, comme pour nier la

réalité de ce qu'elle voyait. Elle ouvrit la bouche à la recherche d'oxygène, mais l'air ne passait plus. Elle cria, appela, mais il n'y eut pas de réponse. Sans savoir ce qu'elle faisait, elle sortit son téléphone portable de sa poche.

— Zeke, hoqueta-t-elle. Zeke ! Liam est mort !

Elle se mit à trembler. Le téléphone tomba et elle s'effondra sur le sol, repliée sur elle-même pour ne pas exploser en mille morceaux.

Quand les larmes vinrent, ce fut comme un torrent. Secouée de sanglots et de râles, elle pleura sur ce qu'elle avait perdu, sur l'enfant innocent qui avait été la prunelle de ses yeux, sur les conséquences et la perte de Zeke. Pour la première fois, elle connut la souffrance de la solitude. La souffrance de n'avoir personne.

Le corps engourdi, glacé, elle pleura sans s'arrêter, écrasée de douleur, rendue inconsciente par le chagrin. Puis quelque chose de chaud caressa son bras.

Elle ouvrit les yeux et vit Zeke agenouillé sur le sol, à ses côtés. Il l'attira contre lui, dans la chaleur rassurante et protectrice de son corps. Il la serra dans ses bras, l'enveloppa, l'emprisonna pour ne plus jamais la laisser s'échapper. Alors elle posa la tête sur son épaule et laissa ses larmes les inonder tous les deux.

Deanna regarda les vêtements étalés sur le lit. Dans la mesure où elle s'habillait classique, la plupart feraient très bien l'affaire pour son nouveau travail à l'hôtel. Et c'était tant mieux, car il fallait faire des économies pour leurs vacances à la neige. Pas question de dépenser de précieux dollars pour des futilités telles que le renouvellement de ses tenues de travail. D'autant que Colin lui avait envoyé par e-mail la liste des locations disponibles pour Noël.

Sa préférée était un chalet sur trois étages dont le dernier était occupé par la suite parentale. Il y avait là non seulement une cheminée, mais une baignoire assez vaste pour deux. Commentaire de Colin : « Tu crois que les filles sont assez grandes pour aller skier sans nous ? »

La seule pensée de longues nuits enneigées dans cette chambre avec son mari la faisait frissonner…

— Maman, je peux te parler une seconde ?

Deanna sursauta et se retourna vers Madison.

— Bien sûr, ma chérie.

Elle poussa les vêtements sur le côté et s'assit sur le lit, puis tapota le matelas à côté d'elle. Elle s'attendait à ce que Madison refuse et reste plantée sur le seuil de la chambre, mais elle vint s'asseoir près d'elle.

Deanna contempla le beau visage de sa fille, mélange de ses traits et de ceux de Colin. Les grands yeux bleus, l'éclat de sa peau.

— Tu es belle, dit-elle avec un sourire. Excuse-moi. Ce n'est sans doute pas de cela que tu veux me parler.

Madison secoua la tête, se mordit la lèvre inférieure, puis fondit en larmes.

Deanna essaya de comprendre ce qu'elle avait fait de mal. Ne voyant pas, elle attendit quelques secondes. Puis, comme sa fille continuait de pleurer, elle passa un bras hésitant autour de ses épaules et la serra légèrement contre elle.

— Qu'y a-t-il, chérie ? Tu ne te sens pas bien ?

Madison se mit à sangloter de plus belle. Alors, Deanna la prit simplement dans ses bras, partagée entre espoir et appréhension. Pour une fois que sa fille venait à elle, elle ne voulait surtout pas gâcher cet instant. Indécision et confusion s'insinuaient en elle. Le picotement dans ses mains la poussait presque à se ruer vers le lavabo. Avec de l'eau et du savon, elle se sentirait mieux… Non.

Cela ne disparaîtrait jamais. La thérapeute le lui répétait depuis plusieurs semaines. Ce besoin impérieux, Deanna le maîtrisait mieux ces temps-ci. Il ne disparaîtrait jamais, mais elle pouvait lutter contre lui.

Elle se força à respirer profondément et se mit à compter comme le lui avait conseillé Darrelyn, pour résister à l'envie. Mais avant qu'elle soit arrivée à dix, Madison se redressa.

— Pardon, maman, murmura-t-elle, les yeux emplis de larmes. Pardon pour tout.

Bouleversée, Deanna la dévisagea.

— Moi aussi, je te demande pardon, chérie. Je sais que je ne suis pas facile à vivre.

Elle prit les mains de Madison entre les siennes.

— Je sais aussi que tu avais peur que ton père et moi, nous nous séparions, ajouta-t-elle, hésitante, cherchant les mots justes. Mais quoi qu'il arrive, sache que je t'aime et que ton père t'aime aussi très fort. Nous nous sommes engagés tous les deux à former cette famille et nous voulons tout faire pour la préserver. Pour cela, certaines choses doivent changer. *Je* dois changer. J'essaie, mais je comprends que tu sois en colère contre moi.

Madison essuya ses larmes.

— Je ne suis pas en colère tout le temps, dit-elle d'une petite voix. Parfois même, je n'ai pas envie de t'en vouloir. Tu as changé, ces derniers temps.

— J'essaie d'assouplir les règles, reconnut Deanna en posant un baiser sur le front de sa fille. Et demain, quand il rentrera, ton père va vous annoncer une bonne nouvelle. Mais je crois que tu te sentiras mieux, si je te la dis maintenant. Il change de poste. Il prend la direction du service des ventes.

Le regard de Madison s'illumina.

— Il ne voyagera plus, alors ?

— Plus aussi souvent. Mais s'il te plaît, n'en parle pas à tes sœurs. Il veut leur faire la surprise.

— Promis, je ne dirai rien, murmura Madison en reniflant. C'est pour ça que tu as pris ce poste de comptable ? Pour rapporter plus d'argent à la maison ?

— En effet. Nous avons les études de cinq filles à financer.

Madison esquissa un petit sourire.

— Lucy décrochera certainement une bourse d'études.

— Je le pense aussi.

— Maman, j'ai quelque chose à te dire.

Madison baissa les yeux, hésita, et lâcha d'un trait :

— J'ai eu mes règles, il y a quelques semaines. J'ai eu peur, alors j'en ai parlé à Andi. Elle voulait que je te le dise, mais j'ai refusé.

Madison se couvrit le visage de ses mains et se remit à pleurer.

— Pardon, maman. Pardon.

Deanna la serra contre elle.

— Ce n'est rien, chérie. Nous avons eu des moments difficiles, toutes les deux, et j'en suis désolée. Mais tu sais quoi ? Tu as fait exactement ce qu'il fallait. Tu en as parlé avec un médecin au lieu d'aller sur internet ou de demander conseil à tes amies. Tu as agi comme une grande et je suis fière de toi.

Madison lui jeta un regard perplexe.

— Tu n'es pas fâchée ?

— Non. Je regrette juste de ne pas avoir pu aider ma grande fille.

Elle était en réalité très triste d'avoir perdu ce moment précieux avec sa fille, mais elle savait qu'elle seule était à blâmer.

— Il faut que tu saches, chérie, que j'ai eu des relations difficiles avec ma propre mère. Elle buvait et elle me battait.

Voilà, c'était dit.

Madison la regarda, stupéfaite.

— Grand-mère te maltraitait ?

Deanna hocha la tête.

— Le jour où elle a failli me tuer, la police est intervenue et je suis venue vivre ici, chez mon oncle et ma tante. Ils m'ont dit que je pourrais rester, à condition que je sois une gentille fille qui obéisse au doigt et à l'œil. J'avais tellement peur qu'ils me renvoient chez moi que j'ai décidé d'être absolument parfaite. Si j'étais parfaite, plus rien de mal ne pourrait m'arriver.

— Personne ne peut être parfait, maman.

— Je sais, mais j'ai essayé. A la longue, c'est devenu une obsession. A mes yeux, le plus important était d'avoir l'air parfaite et que tout soit parfait. Ça l'est encore aujourd'hui, ce qui explique que je sois si pénible pour certaines choses, et parfois même trop dure avec vous.

Deanna sentit la main de sa fille se poser sur la sienne.

— Tu n'es pas si pénible.

— Merci, chérie. Mais je suis consciente que toutes ces règles que je vous impose, c'est invivable. Il faut que j'apprenne à lâcher prise. C'est compliqué. Alors, s'il te plaît, sois patiente avec moi.

Madison se jeta à son cou.

— Je t'aime, maman.

— Moi aussi, ma chérie, je t'aime.

— Tu veux bien m'apprendre une recette ?

Deanna éclata de rire.

— Ce que tu veux.

— Le pain de viande. C'est le plat préféré de papa.

— Bonne idée ! Je vais aller acheter ce qu'il faut pour le préparer.

— Je viens avec toi, déclara Madison en bondissant sur ses pieds. Lucy surveillera les jumelles.

Deanna retint un geste de protestation. Lucy n'avait que dix ans, mais Madison n'en avait que douze. L'amour et la confiance, voilà la clé du bonheur.

— C'est gentil de m'accompagner, chérie. Allons demander à Lucy si ça ne l'ennuie pas de s'occuper des jumelles pendant que nous allons faire les courses.

Madison prit sa main et l'entraîna hors de la chambre.

Alors, pour la première fois, Deanna sentit une paix inhabituelle s'insinuer en elle. Tout n'était pas parfait et il y aurait certainement encore bien des conflits avec sa fille, mais elles s'étaient retrouvées.

Andi s'assit sur perron, devant la maison.

Elle avait rendez-vous avec son entrepreneur pour faire le point sur tout ce qui avait été fait à ce jour, et décider des plans pour l'aménagement du grenier. Rien de bien important en soi, si ce n'est que le rendez-vous était censé avoir lieu avec Wade, et non avec Zeke.

Elle n'avait pas revu Wade depuis des semaines. Chaque fois qu'il passait sur le chantier, il prenait soin de le faire pendant ses heures de consultation. Cela dit, même si elle n'en avait pas la preuve, elle sentait quand il était là. C'était comme si l'air se chargeait d'une énergie particulière.

Elle le regardait à présent descendre de son pick-up et s'avancer vers elle. Elle s'était attendue à ce qu'il vienne accompagné de Carrie pour lui servir de tampon, mais il était seul. Beau et fort. Un dieu au lit. Un père merveilleux. Un homme qui la faisait rire. Malheureusement, c'était aussi un homme qui ne lui faisait pas confiance. Et ça, c'était rédhibitoire.

Elle attendit qu'il arrive en bas des marches pour se redresser.

— Salut, Andi.

— Salut.

Il avait l'air en forme, nota-t-elle.

Sa petite voix intérieure lui chuchota que peut-être, juste une fois de plus pour la route, ce serait chouette… Elle fit de son mieux pour l'ignorer.

— Prête à signer le premier état d'achèvement des travaux ? demanda-t-il en lui tendant le document.

Elle hocha la tête et lui fit signe d'entrer.

Wade s'avança dans la salle d'attente et se mit à énumérer tout ce qui avait été fait, en vérifiant le bon fonctionnement des prises électriques et des interrupteurs, que les menuiseries correspondaient bien à ce qui avait été commandé et que le sol était de niveau. A ce train-là, ils en avaient pour une semaine, s'inquiéta Andi. Elle aurait dû prévoir de quoi grignoter un morceau.

— Tu n'écoutes pas, lui fit remarquer Wade.

— Nous savons tous les deux que tu as bien fait ton travail. Par ailleurs, ton frère habite à côté. S'il y a un problème, j'irai taper à sa porte pour me plaindre.

Elle sortit le chèque qu'elle avait préparé de sa poche et le lui tendit.

— Voilà le solde.

Wade le prit.

— Tu essaies de te débarrasser de moi ?

Andi le regarda droit dans les yeux et sut que c'était l'un de ces moments dont elle se souviendrait toute sa vie. Une sorte de tournant, pour ainsi dire. Ce moment où l'on sait que le choix que l'on est sur le point de faire sera crucial, voire définitif.

— Matt est venu me voir, l'autre jour, dit-elle.

Wade fronça les sourcils.

— Ton ex ?

— Celui-là même. Il est en train de divorcer et il veut que nous nous remettions ensemble.

Un muscle tressauta dans la mâchoire de Wade.

— Qu'as-tu répondu ?

— Je lui ai dit que ce n'était pas près d'arriver et que ma vie était ici, désormais. Je lui ai dit que je ne voulais pas partir et, plus important encore, que je ne l'aimais pas. Je finis même par me demander si j'ai été amoureuse de lui un jour.

Elle croisa les bras et poursuivit :

— Et maintenant, à toi. Voilà ce que je veux te dire, Wade. J'aime mon métier. Je suis futée, drôle, attentionnée et courageuse. Par ailleurs, il existe entre nous une sorte d'alchimie sexuelle totalement indécente. Alors, très franchement, tu serais le dernier des idiots si tu me laissais filer. Je n'ai rien de commun avec ma mère. Je ne te demande pas d'être différent. Je te veux exactement tel que tu es.

Elle marqua une pause.

— Enfin, pas tout à fait… J'aimerais que tu sois moins bête nous concernant. Mais c'est tout.

Elle n'avait jamais rien dit de tel à qui que ce soit. Une première, dans sa relation avec les autres.

Wade posa l'état des lieux sur le comptoir d'un geste lent.

— Tu sais que j'ai un enfant.

Ne sachant où il voulait en venir, elle hocha la tête.

— Je connais Carrie, oui.

— J'imagine que tu vas en vouloir d'autres.

Seigneur ! Il était déjà passé à la vitesse supérieure. Elle parlait de sortir ensemble et il… Mince ! Elle n'avait aucune idée où il comptait atterrir.

— Un, reconnut-elle d'une toute petite voix. Peut-être deux.

— Mais tu es médecin.

Andi sentit la moutarde lui monter au nez.

— Oui, je suis médecin et après ? Je ne vais pas m'en excuser. J'ai travaillé d'arrache-pied pour y arriver et je ne vois pas ce que cela vient faire ici !

Wade esquissa un sourire canaille.

— Ce que tu peux être susceptible !

Il s'approcha d'elle.

— Tu m'as manqué, Andi. Tu as raison. Tu es drôle, sexy et tout le reste, et je serais bien bête de te laisser filer.

Il lui prit le menton et plongea son regard dans le sien.

— Mais j'ai peur que tu me brises le cœur, que tu me rendes dingue de toi et qu'ensuite tu te sauves avec un agent de change.

— Pourquoi m'enfuirais-je avec un agent de change ?

— Comment veux-tu que je le sache ?

— Alors c'est quoi, le problème ?

Wade inclina la tête et s'empara de ses lèvres.

Elle ferma les yeux et sa petite voix intérieure poussa un « hourra ! ».

Lorsque Wade se redressa, elle eut quelque peine à retrouver son souffle.

— Je ne peux pas dire que j'apprécie particulièrement ta mère, reprit-il.

— Moi non plus.

— Alors autant te prévenir, quand nous lui dirons que nous deux, c'est du sérieux, je mettrai les choses au clair avec elle.

Du sérieux ? Elle aurait été plus jeune, elle aurait dansé sur place !

— J'ai hâte de voir ça, dit-elle.

— Quand je m'engage, c'est pour de bon, Andi. Es tu sûre que c'est ce que tu veux ?

Elle noua les bras autour de son cou et lui sourit.

— A cent pour cent, monsieur King.

Il lui décocha alors son plus beau sourire. Un sourire craquant.

— C'est ce que je voulais entendre. Et maintenant, que dirais-tu de vérifier si le canapé de cette salle d'attente est aussi confortable qu'il en a l'air ?

Andi éclata de rire.

— J'ai cru que tu ne me le demanderais jamais…

Boston fredonnait tout en faisant griller du bacon dans la poêle. Il était à peine 6 heures du matin et elle n'avait pas fermé l'œil de la nuit. Elle se sentait pourtant pleine d'énergie.

Elle sortit les œufs du réfrigérateur et s'interrompit un instant pour jeter quelques notes sur un papier. Trois décorateurs l'avaient suppliée de reprendre le travail. Après examen des échantillons qu'ils lui avaient envoyés, elle fourmillait d'idées. Elle battit les œufs et les versa dans la poêle, avant de retourner compléter ses notes.

Zeke arriva dans la cuisine juste à temps pour sauver l'omelette.

— Bonjour, dit-il en éteignant le feu sous la poêle avant de s'avancer vers elle.

— Bonjour.

Ils avaient fait l'amour, la nuit dernière. Leur vieux lit avait grincé joyeusement au rythme familier de leur union, après qu'elle eut pleuré toutes les larmes de son corps.

Zeke glissa les mains sous son peignoir et caressa ses seins. Elle s'abandonna contre lui et sentit son érection contre son ventre.

Elle rit.

— Ton omelette va être froide.

Il l'embrassa et la relâcha.

— *Mon* omelette ? Tu n'en manges pas ?

— Je vais m'en préparer une, mais sans bacon. J'ai décidé de faire un régime.

— Pourquoi ?

Elle sourit. La surprise sincère de son mari lui donnait envie de lui offrir le monde entier.

— Zeke, j'ai pris quinze kilos pendant ma grossesse et je n'ai pas perdu un gramme.

— Et alors ? Tu es belle.

— J'ai besoin de retrouver ma ligne. Je vais me mettre au sport, suivre des cours de Pilates comme Andi, marcher et faire attention à ce que je mange. Je tiens à vivre très longtemps avec toi. Et je veux que toi aussi, tu mènes une vie saine.

Zeke soutint son regard.

— Je crois comprendre le fond de ta pensée.

— Je t'aime, Zeke. Mais pour nous permettre d'aller de l'avant, il faut que tu cesses de boire.

— C'est déjà fait, chérie. Tout ira bien, crois-moi. Du moment que nous sommes ensemble, rien ne nous est impossible. Nous surmonterons les obstacles.

Boston s'accrocha à l'espoir contenu dans ces mots aussi fort qu'elle s'accrocha au cou de son mari.

Deanna remontait la rue avec le journal. Apercevant le pick-up de Wade garé devant chez Andi, elle sourit.

Cela expliquait le coup de téléphone affolé de Wade, hier soir, lui demandant si Carrie pouvait venir dormir chez eux.

Le véhicule de Zeke était lui aussi garé devant chez lui.

Ses voisines n'avaient pas dû beaucoup dormir.

Elle s'avança dans la cuisine où Colin l'attendait. Il lui sourit par-dessus sa tasse de café.

— J'ai quelque chose pour toi.

Deanna haussa les sourcils, l'œil mutin.

— Déjà ?

— Ça aussi, répondit-il en riant tout bas. Mais il s'agit d'autre chose.

Il lui tendit la brochure d'un hôtel trois étoiles à Seattle, avec vue sur le détroit et tout près de Pike Place Market.

— Avec les compliments de mon patron. Deux nuits dans la plus belle suite.

Baissant la voix, il se pencha vers elle.

— Tu pourras faire autant de bruit que tu voudras.

Elle rougit.

— Ce n'est pas ma faute si tu me rends folle.

— Je le prends comme un compliment.

— Ça l'est.

Elle feuilleta la brochure.

— Je vais demander à Andi et Boston de s'occuper des filles pour un week-end. Je suis sûre qu'elles seront d'accord.

Jetant un coup d'œil sur l'horloge murale, elle ajouta :

— En parlant des enfants, je ferais bien d'aller les réveiller.

Comme elle s'avançait vers la porte, Colin lui saisit le bras et l'attira contre lui.

— Deanna ?

— Oui ?

— Je t'aime, chérie.

Deanna sentit sa gorge se serrer et son cœur se dilater. Elle ne se souvenait pas quand, pour la dernière fois, il avait prononcé ces mots. Il y avait des années. Trop d'années.

— Je t'aime aussi, Colin. Je suis désolée d'avoir tout gâché.

Il secoua la tête et l'embrassa.

— Personne n'est à blâmer, chérie. Nous nous sommes égarés tous les deux, c'est tout.

Deanna le regarda de ses yeux sages et courageux qui avaient vu l'enfer, mais qui n'avaient plus peur. Alors, il se leva et passa un bras autour de sa taille.

— Viens. Allons réveiller les filles ensemble.

Epilogue

Andi était assise, mains en l'air, doigts écartés.

— Je ne suis pas douée pour le vernis à ongles, marmonna-t-elle, terrifiée à l'idée d'abîmer sa manucure.

Assise près d'elle, dans la même situation, sa mère avait cependant l'air plus détendue.

— Le vernis se pose en couches successives, chérie. La clé, c'est d'attendre que la précédente soit bien sèche avant d'appliquer la suivante.

— Des couches successives, Leanne ? demanda Boston, un petit sourire en coin. Comme dans les lasagnes ?

— Exactement, très chère.

Instinctivement, Andi se prépara à intervenir entre sa mère et son amie, puis se souvint que les choses avaient changé.

Oh bien sûr, elle recevait encore régulièrement des annonces de postes à pourvoir dans divers hôpitaux et des mises à jour concernant les succès de son frère et de sa sœur, mais depuis qu'elle avait annoncé ses fiançailles avec Wade, ses parents semblaient s'être un peu calmés. La discussion franche et claire qu'elle avait enfin eue avec eux y était sans doute pour quelque chose. Cela dit, Carrie avait certainement été l'autre facteur déterminant.

La fille de Wade avait en effet fait la connaissance des parents d'Andi à l'occasion de la fête du Travail, lorsqu'ils étaient allés passer cinq jours à Seattle. Ravie d'avoir des « beaux-grands-parents », l'adolescente les avait conquis par sa spontanéité et son charme. Leanne l'avait emmenée faire les boutiques, et son époux les avait ensuite accompagnées à un match des Mariners.

A la fin du séjour, ils avaient déclaré à Carrie combien ils avaient hâte de la revoir, et Carrie les avait embrassés avec effusion. De nouveaux liens se tissaient, tendres et solides.

Des rires arrachèrent Andi à ses pensées.

Pour l'enterrement de sa vie de célibataire, Boston et Deanna, en accord avec Leanne, avaient jeté leur dévolu sur le salon d'esthétique de l'île. Carrie et les cinq filles de Deanna faisaient également partie de la fête. Il était ensuite prévu qu'elles passent la soirée chez Boston à se gaver de pizzas en regardant des films.

Deanna fit passer la bouteille de champagne qu'elles avaient pris soin d'apporter.

— Tu n'en es toujours qu'à ta première coupe, Andi. Ce n'est pas un véritable enterrement de vie de jeune fille si tu n'essaies même pas de t'enivrer.

— Il n'est que 15 heures !

— Poule mouillée.

— Tes filles sont là, Deanna.

— Pas de souci. Je t'ai déjà vue pompette. Tu restes très polie. Et nous rentrons à la maison à pied.

— Tu devrais au moins en prendre une deuxième, renchérit Leanne en lui tendant d'autorité une coupe juste remplie qui pétillait encore.

— Vous êtes des monstres, protesta Andi en sirotant une gorgée sous le regard amusé de sa mère.

Comme celle-ci s'excusait pour aller s'asseoir près des jumelles, Boston prit sa place. Elle jeta un coup d'œil autour d'elle, puis se pencha vers Andi et fit signe à Deanna d'en faire autant.

— J'ai quelque chose à vous annoncer, commença-t-elle à voix basse.

Andi échangea un sourire entendu avec Deanna.

Elles avaient déjà deviné.

Depuis quelque temps, Boston avait tiré un trait sur l'alcool et le café. Quelques semaines plus tôt, elle avait commencé à rayonner.

— Raconte, ordonna Deanna.

— Je suis enceinte. De sept semaines, chuchota Boston.

Zeke ne voulait pas que je l'annonce avant le mariage, mais je ne peux attendre. Il fallait que je vous le dise.

— Félicitations ! s'exclama Andi en l'embrassant, tout en gardant ses doigts écartés. C'est merveilleux !

Deanna l'embrassa à son tour.

— Super. Un gamin de plus dans le quartier. Et toi, Andi ? Tu vas bientôt t'y mettre ?

Andi faillit s'étrangler.

— Hé, je ne suis même pas encore mariée ! Laissez-moi le temps de souffler, les filles !

— Il faut y penser. Tu veux des enfants, Wade aussi. Vous n'êtes plus tout jeunes.

— Merci !

Deanna lui offrit son sourire le plus charmant.

— De rien.

Elles se renfoncèrent dans leur siège et contemplèrent les filles qui se faisaient vernir les ongles des pieds. Madison et Carrie pouffaient de rire, les plus jeunes riaient aux éclats, et Leanne conseillait les jumelles sur le choix d'un vernis rose vif.

Demain, Andi épouserait Wade. Ils partiraient deux semaines à Hawaii pour leur lune de miel avant de rentrer chez eux. Wade et Carrie déménageraient dans la maison au sommet de la colline. Une maison qu'Andi avait achetée sur un coup de tête, avec l'idée que si elle réussissait à la remettre en état, elle pourrait se reconstruire elle-même. A dater de ce jour, elle avait appris à s'affranchir du passé, elle était tombée amoureuse, elle avait repris confiance en elle et découvert que l'on pouvait être sœurs sans être du même sang.

Cette maison, c'était la meilleure chose qui lui soit jamais arrivée.

Si vous avez aimé ce roman,
découvrez sans attendre le précédent roman de la série
« Blackberry Island » :

Meilleures ennemies, Susan Mallery

Disponible dès à présent sur www.harlequin.fr

Et ne manquez pas la suite dans votre collection Sagas :

Le choix de Nina, à paraître en août 2015

Composé et édité par HARLEQUIN

Achevé d'imprimer en mai 2015

CPi
BLACK PRINT

Barcelone

Dépôt légal : juin 2015

Pour l'éditeur, le principe est d'utiliser des papiers composés de fibres naturelles, renouvelables, recyclables, et fabriquées à partir de bois issus de forêts qui adoptent un système d'aménagement durable. En outre, l'éditeur attend de ses fournisseurs de papier qu'ils s'inscrivent dans une démarche de certification environnementale reconnue.

Imprimé en Espagne